W0352466

NADINE WILMSCHEN

Hold my Girl

ROMANCE EDITION

Hold my Girl

Nadine Wilmschen

8712 Niklasdorf, Austria

1. Auflage

Covergestaltung: © Nadine Kapp
Titelabbildung: © Summer loveee © dekazigzag
Lektorat & Korrektorat: Romance Edition

Printed in Germany

ISBN-Taschenbuch: 978-3-903278-45-5
ISBN-EPUB: 978-3-903278-46-2

www.romance-edition.com

Prolog

Newark, Ohio

Die Newark Highschool war für viele Dinge bekannt – ein besonders talentiertes Cheerleading-Team gehörte jedoch nicht dazu.

Nur diesem Umstand hatte ich es zu verdanken, dass sie meine beste Freundin Haley und mich in diesem Jahr aufgenommen hatten. Seit sechs Wochen waren wir ein Teil der schlechtesten Cheerleading-Truppe des ganzen Bezirks. Was wir an Talent einbüßten, versuchten wir, durch Enthusiasmus auszugleichen. Unsere Choreografien waren vielleicht nicht atemberaubend akrobatisch, doch wir hatten Spaß dabei. Meistens jedenfalls.

»Gott sei Dank ist es gleich vorbei.« Haley stand schwer atmend mit deutlich sichtbaren Schweißperlen auf der Stirn neben mir und fächerte sich mit ihren Pompons Luft zu. »Ich fühle mich wie in einem Backofen.«

Nicht nur ihr war warm. Ich selbst stand kurz davor, mich einfach auf den Rasen fallen zu lassen und wie ein toter Käfer auf dem Rücken liegen zu bleiben. »Wir haben es gleich geschafft.« Das Spiel war im letzten Quarter, und es standen nur noch drei Minuten auf der Uhr.

»Meinst du, es merkt jemand, wenn wir einfach verschwinden?« Haley sah mich aus großen, hoffnungsvollen Augen an.

Lachend schwang ich meine Pompons von rechts nach links. »In dem Outfit kommst du nirgendwo ungesehen hin.«

Haley blies sich sichtlich frustriert ein paar wirre, dunkle Strähnen aus dem Gesicht. »Diese Farbe ist so scheußlich.«

Dem konnte ich nur zustimmen. Wie beim Cheerleading üblich trugen wir Tops und kurze Röcke. Nicht üblich war dieses schreckliche Neongrün, das an einen nuklearen Unfall erinnerte. »Immerhin beißt sich die Farbe nicht mit deinen Haaren.«

»Ich habe dir gesagt, dass du dieses Pink bereuen wirst, Em.«

Doch das tat ich nicht. Ich hatte ein paar Tage gebraucht, um mich daran zu gewöhnen, doch mittlerweile liebte ich mein pinkfarbenes Haar über alles. Der einzige Nachteil war, dass es fürchterlich zu den neongrünen Cheerleading-Klamotten aussah.

Mein Blick glitt zum Spielfeld und damit zu dem Grund, aus dem ich mich jede Woche wie ein hyperaktiver Papagei verausgabte. Ich hatte mir nie viel aus Football, Cheerleading oder Sport an sich gemacht. Mit dem Wechsel von Joshua Sanders an die Newark High hatte sich all das jedoch schlagartig geändert. Wie in einem schlechten Film war es um mich geschehen gewesen, kaum dass ich ihm zum ersten Mal begegnet war. Ich hatte in der Mensa mit Haley zu Mittag gegessen, als er durch die Tür getreten war. Mein Herz schlug schneller, meine Atmung setzte kurz aus, Fanfaren erklangen und die Erde stand für ein paar Sekunden still. So dramatisch hatte Haley den Augenblick beschrieben, in dem ich mich völlig kopflos in Joshua Sanders verliebt hatte.

Die Wahrheit war nicht ganz so poetisch, und ich ließ in meiner eigenen Schilderung dieses denkwürdigen Tages die Fanfaren aus gutem Grund weg. Doch Haley hatte recht: Ich war verliebt. Bis über beide Ohren. Hoffnungs-, rettungs- und sinnlos. Bis zu meiner ersten Begegnung mit ihm hatte ich Liebe auf den ersten Blick immer als Mythos abgetan.

Josh war siebzehn und somit ein Jahr älter als ich. Er fuhr einen uralten Jeep, der schon bessere Tage gesehen hatte, war mit seinen Eltern aus Seattle hierhergezogen, hatte keine Geschwister und war der beste Runningback, der jemals für die Newark High gespielt hatte. All diese Infos hatte ich in den letzten Wochen aufgeschnappt. Wann auch immer jemand über Josh redete, sog ich jedes Detail wie ein Schwamm auf. Und geredet wurde viel. Insbesondere von den Mädchen. Josh war nicht nur ein begabter Footballer, er sah auch noch unglaublich gut aus. Dunkelblondes Haar, warme braune Augen, Gesichtszüge wie aus Marmor gemeißelt und das alles in Kombination mit dem trainierten Körper eines Footballers. Joshua Sanders wäre in jedem schlechten Highschool-Film das Objekt der

Begierde gewesen. Und auch wenn es an der Newark High weniger klischeehaftes Drama gab – für ein Date mit Josh hätte jedes weibliche Wesen zwischen vierzehn und siebzehn getötet. Ich selbst war da keine Ausnahme, ansonsten hätte ich Haley nicht dazu überredet, mit mir Cheerleaderin zu werden.

In einer hollywoodreifen Darbietung hatte ich ihr in einem mitreißenden Monolog erklärt, wie überaus gesund regelmäßiger Sport wäre. Wie fit und gut wir uns nach dem Training fühlen würden. Dass sich dieses Engagement in unseren College-Bewerbungen hervorragend machen würde. Ihre einzige Erwiderung war ein *Okay, ich stalke Sanders mit dir* gewesen. Sie war die beste Freundin, die sich ein hoffnungslos verliebtes Mädchen wünschen konnte.

Die Uhr zeigte noch zwanzig Sekunden Spielzeit an, und unser Team führte uneinholbar mit 42:18. Ein Umstand, den wir allein Josh zu verdanken hatten. Seit er für die *Newark Wildcats* spielte, hatte die Mannschaft nur ein einziges Spiel verloren – das Spiel, an dem er wegen einer Grippe nicht teilnehmen konnte.

Auf den Rängen erklang lauter Applaus, aus den Boxen dröhnte *Born in the U.S.A.* von Bruce Springsteen, das Spiel war vorbei. »Endlich.« Haley ließ ihre Pompons fallen und zog eine Wasserflasche aus ihrer Sporttasche. »Noch ein paar Minuten und ich wäre an einem Hitzschlag gestorben.« In einem langen Schluck leerte sie die halbe Flasche und drückte mir diese in die Hand. »Was hältst du davon, wenn du ihn einfach ansprichst?«

Prustend verschluckte ich mich. »Auf gar keinen Fall.«

»Willst du wirklich warten, bis eine andere schneller ist? Wann hat er sich von Vanessa getrennt? Vor zwei Wochen?«

Fünfzehn Tage. Seitdem war Josh Single. Und seitdem malte ich mir in den schillerndsten Farben aus, wie es wäre, seine Freundin zu sein. Es war nicht so, dass ich mir wirklich eine Chance bei ihm ausrechnete, doch so lange er solo war, bestand immerhin die theoretische, völlig absurde Möglichkeit, dass er mich bemerken würde. »Das Thema hatten wir jetzt schon so oft.« Mehr als einmal hatte Haley auf mich eingeredet. Stur wie immer, wenn sie sich etwas in den Kopf gesetzt hatte.

»Was glaubst du denn, wie lange das dauert, bis eine der Hyänen zuschlägt?«

Damit hatte sie meinen wunden Punkt getroffen. Insgeheim rechnete ich jeden Tag damit, dass die Information über eine neue Freundin an seiner Seite die Runde machte. Kandidatinnen gab es jedenfalls genug.

»Ich werde nicht viel dagegen tun können.«

»Wenn du nicht wenigstens mal versuchst, mit ihm zu sprechen, stimmt das wohl.« Sie war müde und genervt. Die gefühlt zwei Millionen Grad sorgten zudem nicht dafür, dass sich ihre Laune besserte.

»Sieh es dir doch an.« Ich nickte so unauffällig wie möglich in Richtung des Schauspiels, das sich etwa hundert Meter von uns entfernt abspielte. Josh stand vor der Tribüne und war umringt von Fans. Von ausschließlich weiblichen Fans. »Willst du wirklich, dass ich mich unter den Club seiner Bewunderer mische?«

Haley sah mich an, als wäre ich begriffsstutzig. »Du sollst ihm nicht nach dem Spiel auflauern, aber du könntest heute Abend versuchen, einfach mal mit ihm zu sprechen.«

»Er kommt zu Dylans Party?«

»Habe ich gehört.« Haley wackelte verschwörerisch mit den Augenbrauen. »Vielleicht ist das deine Chance.«

Bevor ich etwas erwidern konnte, wurden wir von Sofia Gonzalez unterbrochen, die ihre Pompons vor uns in den Staub fallen ließ. Sie sah genauso fertig und müde aus wie wir. »Wie fühlt es sich an, wenn man einen Sonnenstich hat?«

Haley war als ehemalige Pfadfinderin sofort in ihrem Element. »Ist dir schlecht? Schwindelig? Hast du Kopfschmerzen?«

Sofia schüttelte bei jeder Frage den Kopf. »Vielleicht habe ich nur zu wenig getrunken.«

Wortlos reichte ich ihr die Wasserflasche mit ihrem lauwarmen Inhalt.

»Lieb von dir, Emily.« Sie lächelte mich dankbar an. »Du bist eine Lebensretterin.«

Während Sofia und Haley sich darüber unterhielten, was sie

heute Abend zu Dylans Party tragen würden, spähte ich verstohlen zu Josh hinüber. Er stand immer noch auf demselben Fleck. Die Anzahl seiner Groupies hatte sich jedoch merklich verringert. Es waren nur noch zwei junge Frauen bei ihm, die ich beide nicht kannte. Eine von ihnen sah immer wieder verzückt zu ihm auf und strich sich dabei mit den Fingerspitzen unaufhörlich durch ihr blondes Haar. Man musste kein Verhaltensforscher sein, um zu erkennen, worauf sie es abgesehen hatte. Ihr Ziel war Josh. Und so, wie sie ihm ihre Brüste in ihrem engen Top entgegenstreckte, waren ihre Absichten alles andere als jugendfrei. Er lächelte die beiden freundlich an, wirkte jedoch nicht besonders interessiert – vielleicht war das aber auch nur Wunschdenken meines benebelten Verstandes.

»Noch offensichtlicher geht es nicht.« Sofia schnaubte leise, als sie bemerkte, wen ich anstarrte. »Warum zieht sie sich nicht direkt vor ihm aus?«

Haley lachte leise. »Sag ihr das bloß nicht, das bringt sie nur auf dumme Ideen.«

Ich zwang mich, meinen Blick von Josh und seinen Groupies zu lösen. Wenn sie mit ihren Flirtversuchen Erfolg hatten, wollte ich nicht Zeugin davon werden.

»Wie Hyänen, die ihr Opfer umkreisen.« Haley betrachtete die beiden lange Augenblicke. »Bis sie zubeißen.«

»Wenn sie Hyänen sind, macht das Josh dann zur Antilope?« Antilopen waren harmlos und niedlich. Joshua Sanders war nichts davon. Er war sexy, anziehend und überaus gefährlich für mein verliebtes Ich.

Sofia lachte laut auf. »Das wäre das letzte Tier, das ich mit ihm assoziieren würde.«

»Pinky und Brain.« Haleys Freund Mike brüllte so laut über das halbe Footballfeld, dass man ihn vermutlich noch im nächsten Staat hören konnte. »Da seid ihr ja.« Er kam mit langen Schritten auf uns zugejoggt, und wäre er nicht ein fast zwei Meter großer Footballer, der ausschließlich aus Muskeln zu bestehen schien, hätte ich ihn auf der Stelle umgebracht. *Pinky und Brain.* Diese albernen Spitznamen hatte er Haley und mir gegeben, kaum dass ich meine Haare gefärbt hatte. Er fand sich unglaublich lustig und einfallsreich. Als er vor uns zum Stehen kam, stieß Haley ihn zu meiner Genugtuung mit dem Ellenbogen in die Rippen.

»Wofür war das denn bitte?«

»Als ob du das nicht wüsstest.« Dass Haley nur so tat, als wäre sie böse auf ihn, war offensichtlich. Ihr verliebtes Lächeln verriet ihre wahren Gefühle allzu deutlich.

»Sorry, Babe.« Mike schlang seine Arme von hinten um ihre Taille und schmiegte sich eng an sie. Meine beste Freundin seufzte leise, drehte den Kopf und gab ihm einen flüchtigen Kuss.

»Pinky und Brain?« Mir stockte der Atem und ich fuhr herum, als ich die tiefe Stimme hinter mir hörte: Josh, der erst Haley anlächelte, bevor sein Blick auf mich fiel.

Wenn es den perfekten Moment gab, um sich in Luft aufzulösen, war es exakt dieser. Ich war verschwitzt, hatte Grasflecken auf den Knien und brauchte keinen Spiegel, um zu wissen, dass sich mein Make-up schon vor Stunden verabschiedet hatte. Ich war hier, um Josh aus sicherer Entfernung zu beobachten, nicht um mich aus unmittelbarer Nähe von ihm um den Verstand lächeln zu lassen. Nervös nestelte ich am Saum meines Tops herum, um meine Hände irgendwie zu beschäftigen.

Offensichtlich hatte ich zu lange geschwiegen. Josh wandte sich Mike zu, der immer noch Haley in seinen Armen hielt. »Gutes Spiel, Mann.« Er schlug ihm freundschaftlich auf die Schulter. »Der Tackle kurz vor Schluss war böse.«

Mike grinste breit. »Nächstes Mal steht der Typ nicht wieder auf.«

Während sich die anderen angeregt über das Spiel austauschten, war ich stumm wie ein Fisch. Josh verschlug mir sprichwörtlich die Sprache, auch wenn ich sonst nicht auf den Mund gefallen war.

»Ihr kommt heute alle zur Party, oder?« Josh bedachte uns der Reihe nach mit einem fragenden Blick. Haley und Mike nickten. Sofia ebenfalls.

»Was ist mit dir, Emily?«

»Ich?« Meine Stimme klang viel zu hoch. Zu hoch und zu schrill.

»Falls du es vorziehst, nenne ich dich natürlich auch Pinky.« Seinen Mund umspielte ein hinreißendes Lächeln.

Spätestens in diesem Moment hatte mein Gesicht garantiert die Farbe meiner Haare angenommen.

»Sie kommt auch.« Haley eilte heroisch zu meiner Rettung, wofür ich ihr sehr dankbar war.

Er zwinkerte mir so lässig zu, wie es nur gutaussehende Jungs konnten. »Dann bis heute Abend. Pinky.« Mit diesen Worten drehte er sich um und lief auf den Spielertunnel zu, der zu den Duschen und Umkleiden führte. Was zur Hölle war hier gerade passiert?

Vom Grill stieg der Duft brutzelnder Würstchen auf. Das halbe Football-Team schlug sich die Mägen mit Hotdogs voll, während sich die andere Hälfte lachend im Pool vergnügte. Dylan hatte auf der Terrasse Boxen aufgestellt, die das bunte Treiben mit aktuellen Pop-Songs beschallten.

Ich saß ein Stück abseits auf einer Decke und nippte an meiner Cola. Haley und Mike hatten mich überreden wollen, mit ihnen schwimmen zu gehen. Doch nicht einmal unter Folter wäre ich in den Pool gehüpft, nachdem ich zuvor zwei Stunden damit verbracht hatte, mich für die Party zurecht zu machen. Ich trug mein liebstes Kleid: kanariengelb, hochgeschlossen und im Stil der Fünfziger geschnitten. Eigentlich hätte die Farbe schrecklich zu meinem pinken Haar aussehen müssen, doch genau das Gegenteil war der Fall. Auch wenn es albern war, fühlte ich mich in diesem Kleid wie eine Prinzessin. Passend dazu hatte Haley mein Haar mit sehr viel Mühe in eine gewollte Unordnung aus pinkfarbenen Locken verwandelt. Ein breiter Lidstrich und rote Chucks rundeten mein Retro-Outfit ab.

Es dämmerte bereits, und die unzähligen Lichterketten und Lampions, die im Garten aufgehängt worden waren, würden bald mit den Sternen um die Wette strahlen. Es könnte der perfekte Sommerabend sein, wenn Josh auftauchen würde. Seit drei Stunden saß ich auf meiner Picknickdecke und beobachtete so unauffällig wie möglich die Terrassentür. Mike und Haley hatten mir lange Gesellschaft geleistet, und eine Weile hatte ich mich auch mit Sofia und ihrem Freund Curtis unterhalten. Mittlerweile war ich der festen Überzeugung, dass ich mir Joshs Interesse nur eingebildet hatte. Er war ein netter Kerl. Natürlich hatte er mich gefragt, ob ich heute zu dieser Party kommen würde. Mich genauso wie alle anderen. Das Lächeln und das Zwinkern waren einfach nur seine Art von Höflichkeit. Dass es Josh Sanders nicht an Charme mangelte, war mir sehr wohl bewusst. Und jetzt hatte ich, wie so viele vor mir, seine Freundlichkeit überinterpretiert.

»Hey.« Haley ließ sich neben mich auf die Decke fallen und begann, ihr nasses Haar mit einem Handtuch abzutrocknen. »Er kommt sicher noch.«

»Und wenn nicht, ist das auch okay.« Ich versuchte, weniger deprimiert zu klingen, als ich mich fühlte. Haley hatte Spaß, da musste ich ihr mit meinem Liebeskummer nicht den Abend verderben. Sie arbeitete so hart für ihre Noten, um ein Stipendium fürs College zu ergattern, dass sie sich selten eine Pause gönnte. Wenn sich jemand eine wunderbare Gartenparty verdient hatte, dann war das Haley.

»Du siehst aber nicht aus, als wäre es okay.« Sie schüttelte den Kopf, sodass kleine Wassertropfen in alle Richtungen flogen. »Mike und die Jungs wollen *Wahrheit oder Pflicht* spielen. Bist du dabei? Würde dich vielleicht von Mister Perfect ablenken.«

»Später vielleicht. Ich wollte erst noch was essen und dann ...« Was wollte ich eigentlich? Weiterhin die Terrassentür beobachten und hoffen, dass er doch noch auftauchte. Das wusste ich selbst genauso gut wie Haley.

»Na gut, aber wenn er in einer Stunde nicht hier ist, kommst du zu uns rüber, okay?« Sie zog sich ein T-Shirt und Shorts über ihren nassen Bikini.

Ich hob drei Finger zum Schwur. »Versprochen.«

»Und dann musst du mit mir tanzen. Mike kriege ich garantiert nicht dazu.«

»Auch das ist versprochen.« Haley liebte es, zu tanzen. Das hatten wir gemeinsam.

»Okay, dann bis später.« Sie beugte sich vor und drückte mich kurz an sich, bevor sie über den Rasen zu den anderen eilte, die bereits in ihr Spiel vertieft waren. *Wahrheit oder Pflicht* war seit der sechsten Klasse ein Dauerbrenner auf jeder Party. Das Spiel blieb gleich, nur die Aufgaben und Fragen veränderten sich. Waren es früher harmlose Mutproben gewesen, wussten heute alle Beteiligten, dass spätestens in der dritten Runde geknutscht wurde.

Ich zog mein Handy aus der Tasche und spielte ein Quiz, das mir Haley empfohlen hatte. Man konnte gegen Gegner auf der ganzen Welt antreten und musste schräge Schätzfragen wie *Welches Gewicht hat die Erde* beantworten. Nach drei verlorenen Runden hatte ich genug und öffnete meine neueste Entdeckung: eine Serienmörder-Bibliothek. Die App war simpel gestaltet, aber unglaublich umfangreich. Man konnte sich stundenlang durch die Täterprofile, Fälle und psychologischen Hintergründe klicken. Mein Interesse wurde von Derrick Todd Lee geweckt, dem *Baton-Rouge-Killer*. Völlig vertieft in seine Geschichte, bemerkte ich die Person neben mir erst, als sie sich leise räusperte. »Hi.«

Als ich den Kopf hob, erstarrte ich. Vor Schreck fiel mir das Handy aus der Hand und landete in meinem Schoß. Keine zwanzig Zentimeter von mir entfernt saß Joshua Sanders auf meiner Decke und lächelte mich an. Mich! Ich brauchte einen Augenblick, um diese surreale Situation und Joshs Anblick zu verarbeiten. Das Footballtrikot von heute Nachmittag hatte er gegen eine graue Jeans und ein schlichtes schwarzes T-Shirt getauscht. An jedem anderen hätte diese Kombination langweilig ausgesehen. Doch nicht an Josh. Das Shirt betonte seinen Oberkörper an genau den richtigen Stellen, und der sehr verliebte Teil von mir versuchte, sich den Anblick genau einzuprägen. Was gar nicht so einfach war, wenn einem das Herz bis zum Hals schlug. Mein Blick glitt über seine Hände, Unterarme, den Bizeps, Trizeps – oder wie auch immer diese Muskeln hießen, die meine Knie weich werden ließen. Sobald ich nach Hause kam, würde ich ihn zeichnen. Im Laufe der Monate hatte ich das bereits ein paar Mal getan, doch die Skizzen waren nie besonders gut gewesen, weil mir die Gelegenheit gefehlt hatte, ihn aus der Nähe zu studieren.

»Was ist das?« Wenn es ihm aufgefallen war, dass ich ihn wie ein hypnotisiertes Kaninchen musterte, ließ er es sich nicht anmerken. Stattdessen zeigte er auf das Handy. »Lernst du, während die anderen feiern?«

Oh Gott, jetzt hielt er mich garantiert für die größte Verliererin der Welt. Mit schweißnassen Händen griff ich nach meinem Telefon und schaltete das Display aus. »Das ist nichts.« Ein ganzer Satz, ohne zu stottern! Meine komplette Menschenwürde hatte ich noch nicht verloren, auch wenn Haley in Bezug auf ihn oft etwas anderes von mir behauptete.

Josh schob sich ein paar feuchte Locken aus der Stirn. Er musste vor Kurzem geduscht haben. Ihn mir unter der Dusche vorzustellen, half nicht dabei, meinen hämmernden Puls unter Kontrolle zu bringen. »Du warst so vertieft, dass du mich nicht gehört hast.«

Ein Fehler, den ich mir nicht so schnell verzeihen würde. Da hatte ich stundenlang gewartet, und dann verpasste ich seine Ankunft. Doch das hier war besser. So viel besser. Joshua Sanders saß neben mir und wir unterhielten uns. Wie zwei normale Menschen und nicht wie ein dummes, verliebtes Schaf und der Typ, der in einer so anderen Liga spielte, dass es fast schon bedauernswert war. »Serienkiller.« Ich hatte das Wort ausgesprochen, ohne auch nur eine Sekunde darüber nachzudenken. »Eine App. Über Serienkiller.« Spätestens jetzt dachte er garantiert, ich wäre übergeschnappt.

»Serienkiller?« Seine Lippen verzogen sich zu einem hinreißenden Lächeln. »Du stehst auf Serienkiller?«

Er sah mich interessiert und zugleich amüsiert an. Ich musste mich in einem schrägen Paralleluniversum befinden, in dem die üblichen Highschool-Regeln nicht galten. Typen wie Josh unterhielten sich auf Partys nicht mit eigenartigen Mädchen über Serienkiller. »Es ist spannend zu lesen, warum Menschen diese fürchterlichen Dinge tun.« Weil ich es nicht besser erklären konnte, zuckte ich mit den Schultern. »Und es beruhigt mich. Irgendwie.«

»Das klingt ungewöhnlich.«

Ungewöhnlich. Aus seinem Mund bedeutete das vermutlich so viel wie *übergeschnappt.* Josh war nur zu nett, um sich anmerken zu lassen, was er von mir hielt. Er war also nicht nur der attraktivste Typ, den ich jemals gesehen hatte, er war auch noch so freundlich, wie alle Welt behauptete.

Josh lehnte sich zurück und machte zu meiner Überraschung keinerlei Anstalten zu flüchten. »Wer ist dein liebster Serienkiller?«

Dieses Gespräch war einfach nur absurd, dennoch antwortete ich ihm, weil alles andere schrecklich unhöflich gewesen wäre. »Der Zodiac-Killer.«

»Der Typ, dessen Identität bis heute nicht ermittelt wurde?«

Ich wusste, wann ein Kampf sinnlos war. Dieser hier war aussichtlos. Wenn sich Josh auch noch mit Serienmördern auskannte, hatte ich mein Herz unwiderruflich an ihn verloren. »Genau. Und er hat diese verschlüsselten Briefe verschickt, die teilweise noch immer nicht dekodiert wurden.«

»Er hat junge Paare umgebracht, richtig?«

Ich nickte. »Ja. Man weiß nicht, wie viele es wirklich waren. Mindestens fünf, doch die Ermittler nehmen an, die Dunkelziffer ist höher.«

»Wow. Du stehst wirklich auf diesen Kram.« Er stützte seine Ellenbogen auf seinen Knien ab und beugte sich weiter in meine Richtung. Er war mir jetzt so nah, dass ich merkte, wie unglaublich gut er roch. Selbst sein verdammtes *Duschgel* war attraktiv. »Das gefällt mir.«

»Dir gefällt, dass ich auf Serienmörder stehe?« Vielleicht war ich nicht die einzig Durchgeknallte hier.

»Nein.« Er schüttelte lachend den Kopf. »Ich mag es, dass du mir nicht irgendetwas erzählst, von dem du denkst, dass ich es hören will.«

Das hätte ich durchaus getan, wenn mein Gehirn dazu fähig gewesen wäre, sich kluge, anziehende und im besten Fall auch flirtende Sprüche einfallen zu lassen. »Über Football?«

Er verzog angewidert das Gesicht. »Du hast keine Ahnung, wie oft mir Mädchen erzählen, dass sie mein größter Fan sind.«

Okay, diese Information würde ich also für mich behalten. »Und das schmeichelt dir nicht?«

»Manchmal.« Er stützte seinen Kopf mit einer Hand ab und sah mich aus großen Augen an. »Aber meistens ist das nicht die Wahrheit.«

»Da vorne spielen sie *Wahrheit oder Pflicht*.« Was zur Hölle redete ich da? Jetzt dachte er sicher, ich würde ihn loswerden wollen. Dabei war genau das Gegenteil der Fall.

»Und du hattest keine Lust mitzumachen?« Josh biss sich auf die Unterlippe, was meinen Blick dorthin lenkte. Auf seine Lippen. Nicht hilfreich. »Hast du Angst vor der Wahrheit oder vor der Pflicht?«

»Ich habe vor gar nichts Angst.« Vielleicht davor, dass er ging und vergaß, dass dieses Gespräch überhaupt stattgefunden hatte. Doch das würde ich niemals zugeben.

»Dann lass uns spielen.« Das Funkeln in seinen Augen war ein eindeutiges Zeichen dafür, dass ich ihm auf den Leim gegangen war. Wenn ich ablehnte, stand ich als Feigling da.

»Mit den anderen?« Ich warf einen kurzen Blick zu der Gruppe, in der Haley und Mike saßen. Dass die meisten angetrunken waren, war selbst aus der Entfernung leicht zu erkennen.

»Nur wir beide, wenn das für dich okay ist.«

Welch eine Frage. Ich hätte zu allem Ja gesagt, wenn er noch ein bisschen bei mir blieb. »Okay.«

»Es war mein Vorschlag, also ist es nur fair, dass du anfängst. Ich wähle *Wahrheit*.«

Und damit hatte ich völlig unerwartet die einmalige Chance,

Josh Sanders eine Frage zu stellen. Was hätte ich darum gegeben, wenn mir etwas besonders Geistreiches eingefallen wäre! Nach endlosen Augenblicken entschied ich mich für die sichere Variante. Die Variante für Feiglinge. »Warum bist du nach Newark gezogen?«

»Interessiert dich das wirklich?« Josh hatte die Stirn in Falten gelegt und sah mich irritiert an. »Ich dachte immer, bei diesem Spiel fragt man Dinge, die nicht die halbe Welt weiß.«

»Eine Frage mit einer Gegenfrage zu beantworten, ist nicht erlaubt. Also?« Allmählich hatte ich mich an seine Nähe gewöhnt. Mein Wangen fühlten sich zwar immer noch unglaublich warm an, doch je länger wir nebeneinandersaßen, desto mehr nahm meine Nervosität ab. Es war erstaunlich einfach, mit ihm zu reden.

»Mein Dad hat hier einen neuen Job angenommen, also sind wir umgezogen.«

Er hatte recht, wirklich spannend war das nicht. Was hatte ich auch erwartet? Dass er auf der Flucht vor der Mafia im Zeugenschutzprogramm in Newark gelandet war? Und selbst wenn das stimmte, dürfte er mir nicht davon erzählen.

»Wahrheit oder Pflicht, Em?«

»Wahrheit.« Das war das geringere Übel.

»Warum spielst du nicht mit den anderen?« Genau in diesem Moment ertönte lautes Gelächter, als Brianna Kennedy dazu genötigt wurde, David Michaels zu küssen. »Was die da drüben machen, will ich nicht tun.« Jedenfalls nicht mit einem von denen.

»David küssen? Oder küsst du generell nicht gern?« Er lächelte unschuldig, auch wenn ich ihm ansah, wie viel Spaß ihm diese Sache machte.

Zum Glück retteten mich die Spielregeln. »Nachfragen sind nicht gestattet.«

»Hm. Aber ich könnte dir diese Frage einfach in der nächsten Runde stellen.«

»Dann wähle ich ab jetzt wohl Pflicht.« Es war mit einem Mal so leicht, mit ihm zu reden. Mein Herz schlug in seiner Nähe zwar immer noch viel zu schnell, doch es fühlte sich richtig an, bei ihm zu sein. Josh aus der Ferne zu mögen war eine Sache, mit ihm zusammenzusitzen und zu reden, eine ganz andere. Es rückte meine absurde Verliebtheit in ein ganz neues Licht. Vielleicht war die Situation doch nicht so hoffnungslos, wie ich immer angenommen hatte. Aus *niemals* war in den letzten Minuten *was wäre wenn* geworden.

»Pflicht? Wirklich?« Josh lachte leise, und mir lief ein wohliger Schauer über den Rücken. »Da vorne ist ein Pool.«

»Das würdest du nicht wagen.« Auch wenn ich ihn eigentlich kaum kannte, war ich mir sicher, dass er nicht von mir verlangen würde, schwimmen zu gehen.

»Nein, würde ich nicht. Aber es war den panischen Ausdruck auf deinem Gesicht wert.«

Augenrollend stupste ich ihm gegen den Arm. So wie ich es bei Haley oder jedem anderen getan hätte. Doch das hier war anders. Ich berührte Josh. Zum allerersten Mal. Sein Blick fiel auf meine Hand, die viel zu lange auf seinem Unterarm verweilte, bevor ich sie hastig zurückzog.

»Ich nehme noch mal Wahrheit.« Dass ich die Gelegenheit genutzt hatte, ihn anzufassen, ließ er zu meiner großen Erleichterung unkommentiert. Vielleicht passierte ihm so etwas auch öfter. Seltsame Frauen, die ihn verliebt ansahen und ihre Finger nicht bei sich behalten konnten, waren in Joshs Welt eventuell normal.

Keine Fragen mehr über Football, so viel hatte ich gelernt. »Auf welches College willst du gehen?«

»Ohio State.« Er zögerte keine Sekunde mit seiner Antwort.

»Warum?«

Josh lächelte, und ein kleines Stückchen meines Herzens schmolz dahin. »Die Nachfrage ist gegen die Regeln, aber ich will mal nicht so kleinlich sein wie *andere*.« Das letzte Wort betonte er mit einem Augenzwinkern. »Die Ohio State hat ein großartiges Football-Team. Wenn ich da reinkomme, schaffe ich es vielleicht irgendwann zu den Profis. Und du?«

»Ich will nicht zu den Profis.«

Wenn ich schon nicht mit Eloquenz glänzen konnte, brachte ich ihn immerhin zum Lachen. Ich mochte sein Lachen, so wie auch alles andere an ihm. Wenn überhaupt möglich, war ich ihm in den letzten Minuten nur noch mehr verfallen. »Eigentlich wollte ich wissen, auf welche Uni du gehen willst.«

Zum Leidwesen meiner Mom hatte ich mir darüber noch nicht viele Gedanken gemacht. Entweder würde ich hier in Ohio bleiben oder bei meinem Dad in Kalifornien studieren. »Sie muss ein gutes Kunstprogramm haben, mehr weiß ich noch nicht.«

»Du malst.« Keine Frage. Eine Feststellung.

»Woher weißt du das?«

Josh rieb sich mit einer Hand den Nacken. Man konnte den Eindruck bekommen, er wäre nervös. »Ich habe mit Mike über dich gesprochen.« Er verzog das Gesicht zu einem schiefen Grinsen. »Das stört dich hoffentlich nicht.«

»Du hast mit Haleys Freund ...« Ich brauchte kurz, um meine Gedanken zu sortieren. »Über *mich*?«

Josh nickte.

»Warum?«

»Ich war neugierig.«

Jap, das hier war eindeutig keine Version der Realität, die irgendeinen Sinn ergab.

»Wahrheit oder Pflicht, Em?« Hatte er es eben noch vermieden, mich direkt anzusehen, suchte sein Blick in diesem Augenblick meinen. »Und bevor du antwortest, solltest du wissen, dass ich wirklich sehr hoffe, dass du dich für Pflicht entscheidest.«

Meine Knöchel traten weiß hervor, so fest umklammerte ich mein Handy. Dies war einer dieser Momente im Leben, die wichtig waren. Wegweisend für alles, was noch kommen würde. Es gab keine rationale Erklärung dafür, doch ich spürte, dass von meiner Entscheidung mehr abhing als nur der Ausgang dieses Spiels. »Pflicht.«

Josh griff nach meiner Hand, löste meine Finger sanft von meinem Telefon und verschlang sie mit seinen. Kurz vergaß ich zu atmen, bevor ich leise nach Luft schnappte. »Es ist offensichtlich, dass wir beide nicht hier sein wollen. Ist es okay, wenn ich dich nach Hause bringe?«

»Du willst ...?«

»Dich nach Hause bringen, ja.« Sein Daumen strich über meinen Handrücken und löste eine Gänsehaut aus, die sich auf meinem ganzen Arm ausbreitete. »Und mich dabei von dir vor all diesen Serienkillern beschützen lassen, die da draußen herumlaufen, und von denen ich keine Ahnung habe.«

»Etwa zweihundert bis fünfhundert sind noch nicht gefasst. Da gehen die Schätzungen auseinander.«

»Siehst du.« Er strahlte mich über das ganze Gesicht an. »Und deswegen brauche ich dich.«

Im nächsten Moment stand er auf und zog mich ebenfalls auf die Füße. Meine Hand ließ er auch dann nicht los, als wir uns einen Weg an unseren Freunden vorbei durch den Garten bahnten und gemeinsam in die Nacht verschwanden.

1. Kapitel

»Her heart was a secret garden
And the walls were very high.«
-William Goldman, The Princess Bride

Columbus, Ohio

4 Jahre später ...

Die Luft war stickig, das Bier schal und die Menschen um mich herum so viel fröhlicher als ich selbst. Diese Studentenpartys waren in ihrer Essenz alle gleich. Manche fanden unter einem Motto statt oder zu einem bestimmten Anlass, doch am Ende ging es meist nur darum, sich zu betrinken und jemanden zu finden, den man mit nach Hause nehmen konnte. Als ich an der provisorischen Bar stand, mein drittes Bier aus einem Pappbecher trank und das Szenario um mich herum beobachtete, wusste ich wieder ganz genau, warum ich kein großer Fan dieser Veranstaltungen war.

Suchend sah ich mich nach der kleinen Gruppe um, mit der ich hergekommen war. Caroline und Serena hatte ich im Laufe der letzten Minuten in der Menge verloren. Tammy war schon vor einer Stunde mit einem Typen verschwunden.

Natürlich hätte ich auch zuhause bleiben können, doch selbst die langweiligste Party war besser, als meiner Mitbewohnerin und besten Freundin dabei zuzusehen, wie sie ihren Freund anhimmelte. Die beiden warfen sich oft so verliebte Blicke zu, dass man als Single in tiefe Depressionen gestürzt wurde. Noah und Grace waren so ekelhaft glücklich, dass ich ab und zu eine Pause von ihnen brauchte – obwohl ich Grace liebte wie eine Schwester und Noah gelernt hatte, zu ertragen. Niemals würde ich es vor ihm zugeben, aber er war ein netter Kerl. Und das Wichtigste: Er war gut zu Grace.

Ein paar Jungs tanzten grölend auf den Tischen und zerrten dabei an ihren Klamotten, was mein Zeichen sein sollte, das Weite zu suchen. Die erste Regel jeder Verbindungsparty lautete: Wenn sie anfangen, sich ausziehen, ziehst du dich besser zurück.

Mit meinem Pappbecher bewaffnet, schob ich mich durch die tanzenden Menschenmassen. Mehrmals musste ich mich an jemandem festhalten, um nicht auf meinem Hintern zu landen. Das Bier hatte seine Wirkung eindeutig nicht verfehlt. Ich war ein klein wenig angetrunken. Fast hatte ich die rettende Tür erreicht, als ich ihn sah. Joshua Sanders stand keine zehn Meter von mir entfernt am Absatz der Treppe, die vom Eingangsbereich des riesigen Verbindungshauses in das obere Stockwerk führte, wo sich die Schlafzimmer befanden.

Obwohl es längst nicht mehr Sommer war, trug er zu seiner dunklen Jeans nur ein dünnes schwarzes T-Shirt. Das dunkelblonde Haar sah aus, als wäre er bereits unzählige Male mit den Händen hindurchgefahren. Er sah gut aus, doch das tat er eigentlich immer. Warum hatten die Typen mit dem miesesten Charakter meist das schönste Gesicht? Und den schönsten Körper. Den durfte man in Joshua Sanders' Fall nicht vergessen, das käme Blasphemie gleich.

Neben Josh stand eine Blondine, die ich noch nie zuvor gesehen hatte. Natürlich. Es waren immer Blondinen. Sie schmiegte sich an ihn, klimperte mit ihren perfekten Wimpern und machte ihm eindeutige Avancen, die er jedoch nicht erwiderte. Denn Joshs Blick bohrte sich in meinen. Ohne zu blinzeln und so durchdringend, als würde er versuchen, meine Gedanken zu lesen. Auf seinen Lippen lag dieses wissende Lächeln, das schon früher mein Verhängnis gewesen war. Ich musste hier weg. Weg von ihm und diesem dumpfen Gefühl in meiner Brust, das sein Anblick immer in mir auslöste.

Die kalte Nachtluft fühlte sich himmlisch an, wenn man Stunden in einem überfüllten, stickigen Raum verbracht hatte. Ich sog sie so tief ein, wie ich nur konnte. Die gleichmäßigen Atemzüge halfen dabei, einen klaren Kopf zu bekommen, waren aber nutzlos, wenn es darum ging, Josh und sein Date zu vergessen. Da ich alles mied, was auch nur entfernt mit Football zu tun hatte, und wir völlig unterschiedliche Fächer studierten, lief ich ihm nur selten über den Weg. Ein paar Mal im Jahr sah ich ihn zufällig in der Mensa. Und auch dank Grace' Beziehung zu seinem ehemaligen Mitbewohner waren wir uns manchmal unfreiwillig begegnet. Doch Joshua Sanders war der letzte Mensch, mit dem ich mich in einem Raum befinden wollte. Was nicht einer gewissen Ironie entbehrte, wenn man bedachte, dass ich immer noch – nach all den Jahren - regelmäßig von ihm träumte. Mindestens einmal im Monat wachte ich morgens mit dem Wissen auf, dass es ein mieser Tag werden würde, weil ich diese irrationalen Gedanken an ihn nicht unter Kontrolle bekommen würde.

Nachdem ich Caroline eine kurze Nachricht geschickt hatte, dass ich nach Hause gehen würde, schlüpfte ich in meine Jacke. Das gute Stück war ein Zufallsfund aus einem Secondhandladen. Grünes Leder und original aus den Siebzigern, wie die Verkäuferin mir mehrmals versichert hatte. Ich war auf den ersten Blick verliebt gewesen. Doch so schön wie die Jacke auch aussah, leider war sie viel zu dünn für diese kühle Nacht. Die kalte Herbstluft hatte Columbus seit zwei Wochen fest im Griff. Bis zu meinem Wohnheim waren es zum Glück nur knapp zwei Meilen. Erfrieren würde ich nicht, auch wenn es sich momentan so anfühlte.

Ich war erst wenige Minuten gelaufen, als ich laute Schritte hinter mir hörte. Mein Herzschlag beschleunigte sich und mir lief ein Schauer über den Rücken. Jeder kannte die Geschichten von jungen Mädchen, die nachts allein unterwegs waren. Warum hatte ich mir bloß kein Uber gerufen?

Krampfhaft versuchte ich, mich an den Selbstverteidigungskurs zu erinnern, den ich vor einigen Jahren mit Grace besucht hatte. Vergeblich. Während ich mich dafür wappnete, einfach nur zu schreien, falls mir jemand zu nah kam, wurden die Schritte schneller. Mutig, wie es nur Angetrunkene sein konnten, drehte ich mich ruckartig um. »Ich habe eine Waffe und keine

Skrupel, sie einzusetzen!«

»Woah, ganz ruhig. Ich hatte nicht vor, dich auszurauben.«

Vor mir stand niemand Geringeres als der Typ, vor dem ich geflüchtet war. Josh streckte mir die Handflächen entgegen, als würde er mich damit besänftigen können. Obwohl ich leicht benebelt war, bemerkte ich, wie eng sein T-Shirt saß und wie sich jeder Muskel seines Oberkörpers darunter abzeichnete. Das Universum wollte mich doch verarschen. »Hau bloß ab.« Ohne ihn eines weiteren Blickes zu würdigen, wirbelte ich herum und ließ ihn stehen.

Weit kam ich nicht. Nach wenigen Metern hatte er mich eingeholt und lief neben mir her. »Du solltest nicht allein nach Hause gehen.« Er sah auf seine Armbanduhr. Wer zur Hölle trug heutzutage überhaupt noch so ein Ding? »Es ist schon spät, und man weiß nie, wer sich hier draußen rumtreibt.«

Langsam zählte ich bis zehn, darum bemüht, gleichmäßig und tief zu atmen. Das würde mich eventuell davon abhalten, ihn hier und jetzt umzubringen. Als ich mich beruhigt hatte, soweit das in seiner Gegenwart überhaupt möglich war, warf ich ihm einen – wie ich hoffte – abweisenden Blick zu. »Lass mich einfach in Ruhe. Du bist der letzte Mensch, der irgendein Recht hat, sich Sorgen um mich zu machen.« Mit Genugtuung, auf die ich nicht stolz war, sah ich, wie er unter meinen Worten zusammenzuckte.

So schnell, wie sich der verletzte Ausdruck auf seinem Gesicht abgezeichnet hatte, war er jedoch wieder verschwunden. Josh grinste mich an, während er weiter neben mir herlief. »Ist es als alter Freund nicht meine Pflicht, aufzupassen, dass du heil zuhause ankommst?«

Ich musste lachen. Ein zynisches Lachen, das ich so nicht von mir kannte. »Wir waren nie Freunde, Josh.« Wir waren so viel mehr gewesen.

»Dann ist es eben meine Pflicht als guter Amerikaner.«

»Ich verzichte.«

»Ist mir egal.« Er klang wie ein kleines, trotziges Kind, das seinen Willen nicht bekam. »Dann muss ich eben zufällig in dieselbe Richtung.«

»Was eine Lüge ist, wie wir beide wissen.« Sein Wohnheim lag am anderen Ende des Campus. Eine Information, die ich dank Grace hatte. Es war nicht so, dass mich irgendetwas interessierte, das mit Joshua Sanders zu tun hatte.

»Wer sagt, dass ich nach Hause will?« Wenn er sich einen Spaß daraus machen wollte, mich zu provozieren, gelang ihm das außergewöhnlich gut. »Ich kenne genug Leute in deinem Wohnheim.«

»*Da* bin ich mir sicher.« Frauen hatten sich ihm schon immer an den Hals geworfen. Seit ich ihn kannte, war er optisch auf einer Skala von eins bis zehn eine glatte Zwanzig.

»Ich meinte damit Jungs aus dem Team, Em.« Konnte der Mistkerl jetzt auch schon meine Gedanken erraten? »Tom und Djamal wohnen einen Stock unter dir.«

»Die werden sich bestimmt über deinen Besuch freuen.« Ich versuchte, so viel Sarkasmus wie möglich in meine Stimme zu legen.

Seine Antwort war lediglich ein Schulterzucken.

Er machte mich wahnsinnig. »Ist dir nicht kalt?« Joshs dünnes T-Shirt war weiß Gott nicht für dieses Wetter geeignet.

»War das ein Angebot? Willst du mich wärmen?« Vermutlich bildete ich es mir nur ein, doch ich hätte wetten können, dass sich sein Blick für einen Atemzug verdunkelte.

»Es war der Versuch herauszufinden, ob du in absehbarer Zeit erfrierst und mich von meinen Leiden erlöst.«

»Autsch. Das war nicht nett.«

Schnaubend beschleunigte ich meine Schritte. In den nächsten Minuten liefen wir schweigend nebeneinander her. Mit jedem Meter wuchs in mir der Drang, ihn loszuwerden. Jahrelang hatte ich es vermieden, mich in Joshs Nähe aufzuhalten. Dass wir nebeneinander durch die Nacht stapften, als wäre nie etwas passiert, fühlte sich so unglaublich falsch an. Es war dem Alkohol geschuldet, dass ich in der irrsinnigen Hoffnung, ihn doch noch abhängen zu können, mein Tempo weiter erhöhte. Nüchtern wäre mir wahrscheinlich klar gewesen, dass mir der vermutlich beste Runningback, der jemals an der Ohio State gespielt hatte, sportlich überlegen war. Nach Ende meiner wenig ruhmreichen Cheerleader-Karriere hatte ich es nie mehr ernsthaft mit Sport versucht. Zu mehr als meinem monatlichen Alibi-Yoga konnte ich mich nicht aufraffen.

»Rennst du jetzt vor mir weg?« Seiner Frage folgte ein lauter Fluch, als ich um die nächste Ecke bog und ihn hinter mir ließ. »Em, das ist doch kindisch.« Damit mochte er recht haben, doch es war mir egal. Als er mich nach wenigen Metern eingeholt hatte, fasste er mich an den Schultern und zog mich zu sich herum. Durch den abrupten Stopp drohte ich, die Balance zu verlieren, doch bevor ich hinfiel und mich damit noch lächerlicher machte, schlang Josh seine Arme um meine Taille.

Das letzte Mal hatte er mich vor vier Jahren berührt, doch mein Körper schien sich noch gut daran zu erinnern, wie es war, von ihm gehalten zu werden. Mein Atem ging schwer, was nicht nur an meinem Spurt lag. Obwohl ich wusste, dass ich mich von ihm losreißen und ihm am besten gegen das Schienbein treten sollte, tat ich nichts davon. Mit einem Mal war ich wieder das dumme, naive, sechzehnjährige Mädchen, das allein durch Joshs Nähe drohte, seinen Verstand zu verlieren.

»Em.« Er lockerte den Griff und streckte die Hand aus, fast so, als würde er meine Wange berühren wollen. Kopfschüttelnd, als wäre ihm bewusst geworden, was er da tat, ließ er sie wieder sinken. »Können wir reden, Em?«

Joshua Sanders hatte viele Attribute, die für ihn sprachen. Den Körper eines Sportlers, die wirren dunkelblonden Locken, die immer so aussahen, als wäre er eben erst aufgestanden. Das markante Kinn, die vollen Lippen ... Mein persönlicher Untergang waren jedoch schon immer seine braunen Augen gewesen, die jede Gefühlsregung preisgaben. Josh mochte ein Meister darin sein, seine Gedanken vor der ganzen Welt zu verbergen, aber seine Augen verrieten ihn, wenn man ihn kannte. Gefangen in seiner Umarmung, beobachtete ich den Sturm in seinem Blick. »Was willst du von mir, Josh?« Meine Stimme war überraschend fest und klar, wie ich es mir selbst in dieser Situation kaum zugetraut hätte.

»Können wir ...« Er stockte und rieb sich mit der Hand, die eben fast meine Haut berührt hatte, nervös über den Hinterkopf. »Kann ich es dir erklären?«

Ungläubig trat ich einen Schritt nach hinten und löste mich von ihm. »Meinst du das ernst?«

Als würde mit einem Mal die Welt um uns herum stillstehen, starrten wir uns an. Endlos scheinende Sekunden verstrichen, bevor er zaghaft nickte. »Bitte, Em.«

All die Wut, die ich in den letzten Jahren tief in mir vergraben hatte, kämpfte sich an die Oberfläche. Was zum Teufel ließ ihn glauben, dass ich ihm auch nur eine Sekunde lang zuhören würde? »Nach vier Jahren willst du mit mir reden? Nach vier verdammten Jahren?« Meine Worte klangen in meinen Ohren zu schrill und zu laut, doch es war mir egal, ob uns jemand hörte. Sollte ganz Columbus doch erfahren, welch ein Mistkerl er war. »Ist dir vielleicht in den Sinn gekommen, dass es mir mittlerweile scheißegal sein könnte, was du mir zu sagen hast?«

»Em, ich ...« Josh rang nach Worten, seinen Blick weiterhin in meinen gebohrt. »Fünf Minuten, mehr will ich nicht.«

»Was immer du zu sagen hast, ist keine fünf Sekunden meiner Zeit wert.« Die giftigen Worte verfehlten ihr Ziel nicht. Josh sah aus, als hätte ich ihn geschlagen. »Es ist mir egal. *Du* bist mir egal.« Eine Lüge, doch das würde er niemals erfahren. »Lass mich einfach in Ruhe und sprich nie wieder mit mir.« Mein Herz schien mir aus der Brust springen zu wollen, so hart hämmerte es. Zu oft hatte ich mir ausgemalt, wie es sich anfühlen würde, Josh zu zeigen, dass er mir nicht mehr wichtig war. In der Realität spürte ich nichts von dem Triumph dieses Augenblicks, der in meiner Phantasie zu einem Rettungsanker für mein gebrochenes Herz geworden war. »Fahr zur Hölle, Joshua Sanders.« Ohne auf seine Erwiderung zu warten, drehte ich mich um und brachte mit schnellen Schritten so viel Entfernung zwischen uns, wie ich nur konnte.

Meine Hände waren zu Fäusten geballt, als ich sie tief in den Taschen meiner Jacke vergrub. Jahrelang hatte ich es vermieden,

Josh allein zu begegnen. Ich war ihm aus dem Weg gegangen, so gut es ging, nur um mich dann von ihm nach dieser blöden Party abfangen zu lassen. Als hätte ich nicht gewusst, was passieren würde, wenn ich mit ihm sprach. Schon immer hatte er diese Wirkung auf mich gehabt. Er musste mich nur ansehen, und alles in mir erinnerte sich daran, wie es gewesen war, von ihm geliebt zu werden. Diese wenigen Monate mit ihm hatten sich in mein Herz eingebrannt. So sehr ich es auch versuchte, ich konnte die Gefühle nicht abschütteln, die nur er in mir auslöste. Lange hatte ich mir eingeredet, dass es einfach nur daran lag, dass er mein erster Freund gewesen war. Mein erstes Date, mein erster Kuss, mein erster Sex. Josh war hunderte erste Male für mich gewesen. Bis er sich dazu entschlossen hatte, nichts mehr für mich sein zu wollen.

Als er mich erneut einholte, wagte er es immerhin nicht, mich zu berühren. Er schnitt mir einfach nur den Weg ab und baute sich in all seiner Größe vor mir auf, als könnte er mich dadurch zwingen, mit ihm zu sprechen. »Der Scheiß muss aufhören, Emily.« In seinem Blick war nichts mehr von der Verletzlichkeit zu erkennen, die sich dort noch vor wenigen Augenblicken abgezeichnet hatte. Josh sah unglaublich wütend aus.

»Du meinst, es muss aufhören, dass du mir hinterherrennst?« Ohne ihn aus den Augen zu lassen, verschränkte ich die Arme vor der Brust. »Damit hast du ausnahmsweise recht.«

»Wenn du nicht vor mir flüchten würdest, müsste ich dir nicht hinterherlaufen.«

Ich schnaubte bei dieser Dreistigkeit. »Darauf kannst du lange warten.« Ich machte einen Schritt zur Seite, um ihn zu umrunden, was Josh jedoch mit einer spiegelverkehrten Bewegung beantwortete, sodass er mir weiterhin den Weg verstellte. »Hältst du mich jetzt gegen meinen Willen fest? Selbst einem Typen wie dir hätte ich mehr zugetraut.«

»Meinst du das ernst?« In seine Wut mischten sich Entsetzen und Ungläubigkeit. »Du denkst, ich bin so ein Kerl?«

»Sieht ganz so aus.« Es war unfair, ihm etwas vorzuwerfen, von dem ich wusste, dass es nicht auf ihn zutraf. Josh mochte tausend Fehler haben, aber ich hätte mein Leben darauf verwettet, dass er eine Frau niemals zu etwas zwingen würde.

»Wie kann ich dich dazu bringen, dass du mit mir sprichst?« Er trat einen Schritt zur Seite, um mir den Weg freizugeben. »Em. Bitte.«

Wie angewurzelt blieb ich stehen und betrachtete ihn stumm im Schein der Straßenlaterne hinter mir. All die Wut, die ich für ihn empfand, verschwand nicht einfach, weil er entschieden hatte, mir irgendetwas erklären zu wollen, für das es keine Erklärungen gab. »Lass es einfach, okay?«

»Das habe ich versucht. Hat nicht besonders gut funktioniert.« Seine Worte wurden von einem angedeuteten Lächeln begleitet. »Ich brauche nur ein paar Minuten.«

»Es gibt nichts zu sagen.« Betont gleichgültig zuckte ich mit den Schultern. »Das ist alles lange her, und ich kann mich kaum daran erinnern.« Eine offensichtlichere Lüge hatte es in der Menschheitsgeschichte vermutlich niemals gegeben. Keinen unserer gemeinsamen Momente hatte ich vergessen. Viele davon hatte ich im Laufe der Zeit skizziert und es bis heute nicht übers Herz gebracht, die Zeichnungen wegzuwerfen. Sie lagen gut versteckt in einer Kiste unter meinem Bett, wo sie niemand finden würde.

»Du hast uns vergessen?« Josh schob sich die Hände in den Nacken, wie er es schon immer getan hatte, wenn er nervös war. Manche Dinge änderten sich niemals. »Ich glaube dir nicht, Em. Kein Wort.«

»Ach, nein?«

»Nein.« Josh sah mir in die Augen, ohne dabei zu blinzeln. »Wenn es dir egal wäre, würdest du mich nicht so sehr hassen.«

Hass. Welch ein grässliches Wort. Am liebsten hätte ich ihm einfach zugestimmt, um meine Ruhe zu haben, aber ich brachte es nicht über mich, Josh ins Gesicht zu sagen, dass ich ihn hasste. Weil es schlicht nicht der Wahrheit entsprach, doch das musste er nicht wissen. »Ich will dich einfach nur nicht sehen, okay?« Wenn meine Stimme anfangs noch hart und bestimmend geklungen hatte, hörte ich mich jetzt eher flehend an. Josh plötzlich wieder so nah zu sein, erinnerte mich daran, wie es gewesen war, bevor er mir das Herz gebrochen hatte. »Ich kann das einfach nicht.«

Er sah mich an, als würde er nach einer Antwort auf eine Frage suchen, die er mir nicht gestellt hatte. Ich spürte förmlich, wie sein Blick über meine Haut glitt und an meinen Lippen hängen blieb, bevor er mir wieder in die Augen sah. »Es sind mehr geworden.« Er lächelte, als er die Hände tief in den Hosentaschen vergrub. »Ich mag es, dass du sie nicht mehr versteckst.«

Hatte ich seinen ersten Satz auch nicht verstanden, wusste ich durch den zweiten, was er meinte. Josh hatte meine Sommersprossen schon immer mehr gemocht als ich. Mit sechzehn hatte ich oft erfolglos versucht, sie unter Make-up zu verstecken. »Joshua, bitte.« Sein Gesichtsausdruck war so sanft und liebevoll, dass es mir die Luft abschnürte.

»Damals waren es genau sechsundvierzig.« Josh drehte den Kopf und musterte mich eingehend. »Jetzt sind es viel mehr.«

»Willst du wirklich mitten in der Nacht auf der Straße stehen und über meine Sommersprossen reden?« Außerstande, ihm weiter in die Augen zu sehen, senkte ich den Blick auf meine Füße, die in viel zu dünnen Sneakers steckten. Die Kälte kroch an meinen Beinen nach oben und ließ mich frösteln. »Ich sollte nach Hause gehen.«

»Ich weiß, dass ich dich verletzt habe, Em.« Welch eine Untertreibung. Josh hatte mir das Herz aus der Brust gerissen und in tausend Einzelteile gesprengt. »Wenn ich es rückgängig machen könnte, würde ich das tun.« Er atmete ein paar Mal schwer aus und wieder ein. »Aber das kann ich nicht.«

»Nein, das kannst du nicht.« Seine Worte schickten mich auf eine Zeitreise und erinnerten mich an den Tag, an dem er mich für seine damalige Ex-Freundin verlassen hatte. Damals hatte ich mir geschworen, dass ich niemals wieder jemandem erlauben würde, mich so sehr zu verletzen. Ich war nicht mehr das naive, dumme Mädchen mit den großen Träumen, das sich von einem hübschen Lächeln und ein paar Sprüchen blenden ließ. Heute war ich stärker. Daran konnte auch Josh Sanders nichts ändern, egal wie herzzerreißend er mich ansah. »Es ist lange vorbei.« Ich wiederholte abermals, was ich schon in den letzten Minuten zu ihm gesagt hatte. »Es gibt keinen Grund für uns, das wieder aufzuwärmen.«

»Das weiß ich, Em, aber ...« Er stocke. »Gott, ich bin so ein Vollidiot.« Josh trat einen Schritt von mir zurück, was mir schmerzlich bewusst machte, wie nah wir uns gewesen waren. Nur wenige Zentimeter hatten uns voneinander getrennt. »Du hast recht. Ich sollte dich in Ruhe lassen und einfach verschwinden.« Seine Worte wurden von einem kehligen Lachen begleitet. »Das ist mir allerdings noch nie leichtgefallen. Ich habe dich auf der Party gesehen und du hast die Kette getragen.« Das traurigste Lächeln der Welt zeichnete sich auf seinem Gesicht ab. »Es war eine dumme Idee.«

Meine Finger umschlossen den silbernen Anhänger, der an einem schlichten Lederband um meinen Hals hing. Ich hatte ihn gekauft, als ich Josh an einem unserer ersten gemeinsamen Wochenenden mit sanfter Gewalt dazu gezwungen hatte, mit mir einen Flohmarkt zu besuchen.

Josh holte sein Handy aus der Tasche, schaltete das Display ein und hielt es mir entgegen. «Ich bin ein sentimentaler Trottel, wenn es um dich geht.«

Als ich sein Hintergrundbild sah, stockte mir der Atem. Es war ein Foto, das ich vor mehr als vier Jahren gemacht hatte. Nur wenn man ganz genau hinsah, erkannte man, was darauf abgebildet war. Bei einem unserer ersten Dates waren wir händchenhaltend durch die Nacht spaziert, bis wir es nicht mehr länger aufschieben konnten, uns zu trennen, und Josh mich nach Hause bringen musste. Wir hatten noch ewig vor meiner Haustür gestanden und einfach nur geredet. Es war einer der schönsten Abende meines Lebens gewesen. Bei der Erinnerung zog sich mein Herz schmerzhaft zusammen. Ich war so unglaublich verliebt gewesen. Josh hatte irgendwann einen Kugelschreiber aus der Tasche gezogen und mir seinen Arm mit der Aufforderung entgegengehalten, ihm etwas von mir mit auf den Weg zu geben. Über das ganze Gesicht grinsend, hatte ich seinen Unterarm mit einem verschnörkelten Muster verziert und anschließend ein Foto davon gemacht. Es war so unglaublich kitschig gewesen. So unglaublich perfekt.

Ich zwang mich, von Joshs Display aufzusehen. »Warum zeigst du mir das?« Wenn er wollte, dass ich ihm verzieh, erreichte er damit genau das Gegenteil. Indem er mich an unsere glücklichsten Tage erinnerte, wirkten all die hässlichen Dinge, die danach passiert waren, noch viel grauenhafter.

Josh ließ sein Telefon unruhig von einer Hand in die andere wandern. »Lass mich dich begleiten, Em. Mehr will ich nicht.« Bevor ich ihm sagen konnte, dass er mit all den Erinnerungen zur Hölle fahren sollte, suchte er meinen Blick. »Grace wird mich kastrieren, wenn ich dich mitten in der Nacht allein nach Hause laufen lasse.«

Grace, die mit ihrem Freund in unserem kleinen Apartment übernachtete, hatte sicherlich Besseres zu tun, als sich um mich zu sorgen.

Schweigend vergrub ich die Hände wieder in den Taschen meiner Jacke und machte mich auf den Weg. Wie ich es erwartet hatte, folgte er mir. Ich war ihm dankbar dafür, dass er nicht mehr versuchte, mir ein Gespräch aufzudrängen. Erst als wir vor meiner Wohnungstür standen, räusperte er sich leise.

»Nicht.« Ich hob die Hand. »Du hast mich nach Hause gebracht, und jetzt trennen sich unsere Wege wieder.« Ich hatte den Schlüssel bereits ins Schloss gesteckt, als ich mich noch einmal zu ihm umdrehte. Mein Verstand wusste, dass ich ihn einfach stehen lassen sollte. Mein dummes Herz aber wollte sich noch nicht von ihm verabschieden. So nah würden wir uns vermutlich nie wieder kommen.

Den Rücken gegen die Wohnungstür gepresst, ließ ich meinen Blick von seinem T-Shirt über seinen Adamsapfel bis zu seinem Kinn wandern, auf dem ich im grellen Neonlicht der Lampe über uns dunkelblonde Stoppeln erkannte. Über seiner rechten Augenbraue zeichnete sich eine feine Narbe ab, die er früher noch nicht gehabt hatte. Bei jedem anderen Menschen hätte dieser Makel dafür gesorgt, dass er weniger perfekt wirkte. Bei Josh hatte es den gegenteiligen Effekt. Wenn es überhaupt möglich war, machte es ihn noch anziehender. Der Mann, der heute vor mir stand, war viel gefährlicher als der Teenager, der mich mit einem Blick aus seinen braunen Augen um den Verstand gebracht hatte. Josh strahlte Selbstsicherheit aus, wie es nur Männer konnten, die wussten, wer sie waren und was sie vom Leben wollten. Als ich tief einatmete und all meinen Mut zusammennahm, um ihm in die Augen zu sehen, erkannte ich mit absoluter Klarheit, was Josh in diesem Moment wollte. Er wollte *mich*. Sein Blick klebte an meinen Lippen. Es lag ein Hunger darin, den ich noch nie zuvor bei ihm gesehen hatte. Mich zu ihm umzudrehen, war ein Fehler gewesen. Ein sehr, sehr großer Fehler.

»Wie betrunken bist du, Em?« Josh stützte sich rechts und links neben meinem Kopf ab und war mir dadurch mit einem Mal so nah, dass ich seinen Atem auf meinem Gesicht spürte. Vier Jahre hatte ich versucht, jegliche Erinnerung an ihn auszulöschen. Gelungen war es mir nie. »Em?« Sein Lächeln traf mich völlig unerwartet, als er die Frage leise wiederholte. »Bist du sehr betrunken?«

»Was? Wieso?« Ich fixierte einen imaginären Punkt über seiner linken Schulter.

»Du weißt wieso.« Er hatte den Nerv zu zwinkern.

»Ich habe keine Ahnung, wovon du sprichst.«

»Lügnerin.« Er beugte sich weiter nach vorn, bis uns nur wenige Millimeter voneinander trennten.

Es wäre so einfach, die letzte Distanz zu überbrücken. »Ich bin völlig betrunken. Morgen werde ich mich an nichts erinnern.« Eine erneute Lüge. Unser Spaziergang durch die kalte Nachtluft hatte dafür gesorgt, dass ich wieder vollkommen klar im Kopf war.

»Das ist ziemlich schade.« Josh biss sich auf die Unterlippe, machte jedoch keinerlei Anstalten, mir ein wenig mehr Platz zu geben. Ich war gefangen zwischen ihm und der Tür, die ich theoretisch nur aufstoßen musste, um dieser Situation und ihm zu entkommen. »Soll ich nach Hause gehen, Em?«

Ja. Ich sollte *Ja* sagen und ihn fortschicken. Aber ich war dumm. Dumm und von all den lang vergessenen Gefühlen benebelt, die seine Nähe an die Oberfläche brachte. *Ja* war die richtige Antwort. Die vernünftige Antwort. *Ja* war kein gebrochenes Herz. *Ja* war mein Leben ohne ihn. *Ja* war die neue Emily. *Ja* war Verstand. *Ja* war alles. Und doch war ohne ihn alles immer nichts gewesen. *Nein. Nein, nein, nein* ... Mein Kopf dröhnte, mein Herz überschlug sich in einem rasenden Takt, meine Hände bewegten sich, als hätte ich keine Kontrolle über sie. Als meine Fingerspitzen seine Wange streiften, zuckten wir beide unter dem Schock der plötzlichen Berührung zusammen. Es war vertraut und doch so neu.

»Wir sollten das nicht tun.« Mit dem letzten bisschen Verstand versuchte ich, mich davon zu überzeugen, dass diese Sache keine gute Idee war.

Er drehte den Kopf und hauchte mir einen Kuss auf das Handgelenk. »Nein, sollten wir nicht.«

Dem ersten, zarten Kuss folgten weitere, bis ich seine Zungenspitze spürte, die federleicht über meine Haut strich. Mein Kopf sank gegen das Holz der Wohnungstür, während Josh weiter sanfte Küsse auf meine Hand hauchte. Wo auch immer seine Lippen auf meine Haut trafen, stand ich in Flammen. Diese Berührungen sorgten dafür, dass ich ihm am liebsten an Ort und Stelle die Kleider vom Leib gerissen hätte. Es war nicht auszudenken, was er mit mir anstellen könnte, wenn wir uns nicht in einem grell beleuchteten Flur befänden.

Seine Hände wanderten an mir herab, bis er meine Taille umfasste und mich ohne Vorwarnung in einer fließenden Bewegung näher an sich heranzog. So nah, dass sich meine Brüste gegen seinen warmen Oberkörper pressten. All meine Sinne waren darauf gepolt, Josh zu spüren. Seinen Atem an meinem Ohr zu hören und seinen einzigartigen Geruch aufzunehmen. Er roch nach frisch gewaschener Wäsche, seinem Aftershave und etwas, das ganz er selbst war.

»Em?« Er beugte sich vor und vergrub sein Gesicht an meinem Hals, wo er mit seinen Lippen sanft über meine Haut strich. Sein Dreitagebart kratzte mich dabei leicht und sandte mit jeder Bewegung kleine Stromstöße durch meinen Körper. »Wenn du nicht bald die Tür öffnest, bieten wir dem Nächsten, der vorbeikommt, eine grandiose Show.«

Das war der Moment, der mich aus meiner Josh-Trance holen sollte. Der Moment, in dem ich meinen Verstand einschalten und ihn von mir stoßen sollte. Doch ich war zu berauscht, um überhaupt einen klaren Gedanken zu fassen. Aber es war nicht der Alkohol, der meine Sinne benebelte. Es waren Josh und dieses einzigartige Gefühl, ihm wieder nah zu sein.

Mit zitternder Hand suchte ich hinter meinem Rücken nach dem Schlüssel und fand ihn nach endlos scheinenden Sekunden, in denen sich Josh einen Weg von meinem Hals bis zu meinem Schlüsselbein küsste. Die Tür sprang auf, und ich stolperte rücklings in den Flur meines kleinen Apartments. Der Mann, von dem ich mir geschworen hatte, nie wieder auf ihn hereinzufallen, folgte mir, ohne zu zögern.

2. Kapitel

Wir waren kaum über die Schwelle getreten, als Josh die Tür ins Schloss trat. Bevor ich ihn daran erinnern konnte, dass uns nur eine dünne Wand von Grace und Noah trennte, hatte er mich auch schon hochgehoben. Instinktiv schlang ich die Beine um seine Hüften und die Arme um seinen Hals, während seine Lippen von meinem Ohrläppchen quälend langsam in Richtung meines Mundes glitten. Die Vorstellung, ihn zu küssen, hätte mir unter normalen Umständen eine Heidenangst eingejagt. Aber rationales Denken war unmöglich, als Josh seinen Körper an all den richtigen Stellen gegen meinen presste. Seine Erektion, die sich gegen meinen Oberschenkel drückte, war ein überdeutliches Zeichen dafür, dass er mich genauso wollte wie ich ihn.

Es war falsch. Es war unvernünftig. Es war etwas, das wir beide am nächsten Tag bereuen würden - und dennoch war mir all das in diesem Moment völlig egal.

Der Kuss war sanft, fast so, als wären wir wieder schüchterne Teenager, die nicht wussten, was sie taten. Joshs Lippen strichen federleicht über meine, während er mit dem Daumen seiner linken Hand in kreisenden Bewegungen über meine Wange strich. Die Zeit stand still, als ich mit dem nächsten Atemzug die Augen schloss. In diesem Moment war ich wieder das sechzehn Jahre alte Mädchen, das seinen ersten Kuss mit dem Jungen erlebte, in den es schon so lange aus der Ferne verliebt war.

Als ich mich Josh ungeduldig entgegendrängte, verstärkte er den Druck seiner Lippen, und ich ließ ihn nur zu gern gewähren. Vier lange Jahre hatten wir uns nicht mehr berührt, dennoch fühlte sich nichts fremd an. Es war erschreckend und aufregend zugleich, wie mein Körper seinen erkannte. Wie gut sich seine Haut unter meinen Fingern anfühlte, als ich sie unter sein T-Shirt schob. Josh biss mir sanft in die Unterlippe, während ich seinen Rücken liebkoste. Wo auch immer ich ihn berührte, spürte ich seine Gänsehaut. In dieser Nacht wollte ich für ein paar Stunden nicht mehr das Mädchen sein, dem er das Herz gebrochen hatte. »Mein Zimmer.«

Er verstand sofort und trug mich durch den Flur, bis wir im Wohnzimmer standen.

»Zweite Tür rechts.«

Er nickte, drückte seine Lippen wieder auf meine und bugsierte uns überraschend zielsicher in mein kleines Schlafzimmer. Viel mehr als ein Bett, ein Schreibtisch und ein Kleiderschrank fanden hier keinen Platz. Am Fenster hing eine Lichterkette, die ich selten ausschaltete. Sie tauchte das Zimmer in schummriges Halbdunkel. Leise fluchend, stolperte Josh über den Koffer mit meinen Acrylfarben, der immer irgendwo auf dem Boden lag. Kichernd vergrub ich das Gesicht an seinem Hals.

»Lachst du mich gerade aus?« Seinen Worten folgte ein sanfter Biss in mein Ohrläppchen, der Schockwellen durch meinen ganzen Körper bis zu meinen Zehenspitzen sandte.

»Vielleicht?«

»Das ist nicht nett, Em.« Er liebkoste mein Ohr erneut mit den Zähnen, was mich leise seufzen ließ. Josh wusste genau, wie und wo er mich berühren musste. »Das ist überhaupt nicht nett.«

Meine Hände fuhren an seinen Rippen entlang. Eine Stelle, an der er früher fürchterlich kitzelig gewesen war.

»Du spielst nicht fair.« Mit zwei langen Schritten hatte er mein Bett erreicht und ließ mich darauf fallen. In der nächsten Sekunde war er über mir und attackierte meinen Mund ein weiteres Mal mit seinen Lippen.

Meine Hände fanden den Saum seines T-Shirts und zupften ungeduldig daran, bis er verstand, was ich von ihm wollte. Josh löste sich von mir, um es sich über den Kopf zu ziehen. Mit großen Augen betrachtete ich seinen Oberkörper. Bereits mit siebzehn war Josh gut gebaut gewesen, doch der Anblick, der sich mir jetzt bot, war nicht mit dem von damals zu vergleichen. Natürlich wusste ich, dass Footballer regelmäßig trainierten. Grace war oft genug genervt, wenn ihr Freund Noah unbedingt noch mitten in der Nacht joggen gehen wollte. Dass man aufgrund des Football-Trainings jedoch aussah, wie aus Marmor gemeißelt, war mir nicht bewusst gewesen. »Ist das dein fucking Ernst, Sanders?«

Josh hob den Kopf und sah mich irritiert an. »Was habe ich falsch gemacht?«

Hätte ich meine Hände nicht in den dunkelblonden Locken in seinem Nacken vergraben, hätte ich sie mir wohl vor das Gesicht geschlagen. »Nichts.« *Jedenfalls nicht in dieser Nacht ...*

Er sah hinreißend aus, wie er mich mit hochgezogener Braue musterte. »Sicher? Wenn du es dir anders überlegt hast, ist das okay. Wir müssen das hier nicht tun, Em.«

Josh hauchte mir einen zarten Kuss auf die Nasenspitze, der überhaupt nichts mit dem fiebrigen Drängen zu tun hatte, das uns noch vor wenigen Augenblicken angetrieben hatte. Diese kleine Geste war unglaublich süß und erinnerte mich daran, wie es früher zwischen uns gewesen war. Meine Beine schlangen sich um seine Hüften. Ein eindeutiges Signal dafür, dass ich wollte, was wir begonnen hatten.

»Bist du wirklich sicher?« Ein zweiter, sanfter Kuss folgte, dieses Mal auf meine Stirn.

»Ganz sicher.« Meine Antwort war nicht mehr als ein Flüstern.

Josh hielt einen Moment inne, fast so, als würde er abwägen, ob wir gerade einen verdammt großen Fehler machten.

Ich beendete seine Grübelei, indem ich seinen Kopf zu mir herunterzog und ihn küsste, als hinge mein Leben davon ab. War er eben noch zurückhaltend gewesen, brachen meine Lippen seinen Widerstand mit Leichtigkeit. Wir atmeten beide schwer, als ich mir den Pullover hastig über den Kopf zog, er sich aus seiner Jeans schälte und danach an meiner Leggings zupfte.

Ich setzte mich auf, um mir den BH auszuziehen. In meiner Erinnerung war der siebzehnjährige Josh nie besonders geschickt darin gewesen, die klitzekleinen Haken zu öffnen. Mein BH flog achtlos auf den Boden, während Josh seine Hände von meinen Knöcheln bis zu meinen Oberschenkeln gleiten ließ. Am Bund meiner Leggings hielt er inne und sah mich fragend an. Als ich nickte, war es, als wäre die letzte Hürde gefallen. Blitzschnell hob er mich an und zog mir den schwarzen Stoff vom Körper, um ihn achtlos neben das Bett fallen zu lassen. Nur seine weißen Boxershorts und mein rosafarbener Slip trennten uns jetzt noch voneinander. Hätte ich gewusst, dass die Nacht solch eine Wendung nehmen würde, hätte ich mich nicht für rosa Baumwolle entschieden. Josh schien meine Alltagsunterwäsche jedoch nicht zu stören. Langsam glitt sein Blick über meinen Körper, als würde er mich zum ersten Mal nackt sehen. Was natürlich nicht stimmte, auch wenn all das hier auf eine verrückte Art neu und vertraut zugleich war.

Das hier war Josh. Mein Josh. Wenn ich mich nur ein wenig anstrengte, konnte ich vielleicht für eine Nacht so tun, als wäre alles zwischen uns noch so wie vor vier Jahren.

Kaum hatte ich die Hand nach ihm ausgestreckt, war er auch schon wieder über mir. Seine Knie schoben meine Beine auseinander, während er eine Spur fiebriger Küsse von meinem Schlüsselbein bis zu meinen Brüsten regnen ließ. Instinktiv hob ich ihm meinen Oberkörper entgegen. Sämtliche Zurückhaltung war vergessen, als er mit seinen Zähnen über meine Brustwarze strich und gleichzeitig seine Hand in meinen Slip schob. Diese doppelte Attacke auf meine Sinne entlockte mir ein heiseres Keuchen. Die Tatsache, dass es Josh war, der mich berührte, erregte mich zusätzlich. Zu oft hatte ich mir ausgemalt, wie es wäre, ihm wieder so nah zu sein. Ihn zu küssen. Seine nackte Haut auf meiner zu spüren. Sein Mund ließ von meinen Brüsten ab und schwebte über meinen Lippen. Sein Atem tanzte über mein Gesicht, bis ich die Augen öffnete. Darauf hatte er anscheinend gewartet. Als sich unsere Blicke fanden, strichen seine Finger aufreizend langsam über die Stelle, an der ich ihn am meisten brauchte. Es war so gut, dass sich meine Zähne in meine Unterlippen bohrten und ich die Augen schloss.

»Sieh mich an, Em.« Seine Stimme war leise, aber bestimmt.

Kopfschüttelnd konzentrierte ich mich auf seine Finger, die

einen Rhythmus gefunden hatten, der mich in den Wahnsinn trieb. Seine Bewegungen waren perfekt, doch nicht genug, um mich von diesem Druck in meiner Mitte zu erlösen, der sich mit jeder Sekunde weiter aufbaute.

»Em, sieh mich an.«

»Kann nicht.« Warum auch immer es für ihn in diesem Moment so wichtig war, dass ich die Augen öffnete, es ging einfach nicht. All meine Sinne waren auf Joshs Fingerspitzen gepolt, die weiterhin mit mir spielten, als wäre ich ein Musikinstrument und er der Virtuose.

Seine Lippen legten sich auf meine, so zärtlich und unschuldig, dass es ein kompletter Kontrast zu seinen rhythmischen Berührungen war. Josh küsste mich wie ein unerfahrener Teenager und streichelte mich gleichzeitig wie ein Mann, der genau wusste, was zu tun war, um mich immer höher fliegen zu lassen. Er verstärkte die Intensität, nur um seine Hand kurz darauf zurückzuziehen.

Mit einem leisen Protestlaut zwickte ich ihm in den Oberarm. Was auch immer das für ein Spiel war, es gefiel mir nicht.

»Siehst du mich jetzt an?« Seine Stimme war vollkommen ruhig. Man hätte denken können, dass ihn all das hier völlig kalt ließ, wäre da nicht seine harte Erregung gewesen, die sich gegen mein Bein drückte.

Mit geschlossenen Augen fand ich seine Boxershorts und fuhr seine Länge durch den dünnen Stoff nach. Josh sog zischend die Luft ein, bevor er sich aufrichtete und über den Rand des Bettes beugte. »Kondom.« Es war ein Murmeln, das mehr für ihn selbst als für mich bestimmt zu sein schien.

»Im Nachttisch sind welche.« Als verantwortungsvolle Erwachsene war ich vorbereitet, auch wenn die Packung seit gefühlten Ewigkeiten ungeöffnet in der hintersten Ecke der Schublade lag.

»Hab schon.« Eine Folienverpackung wurde aufgerissen, Shorts raschelnd ausgezogen, dann war er wieder über mir. Mit der linken Hand stützte sich Josh ab, um mich nicht zu erdrücken, während seine rechte meine Unterwäsche zur Seite schob.

»Komm schon, Em. Sieh mich an.« Er klang gequält, als würde es ihn unendliche Anstrengung kosten, sich zurückzuhalten.

Als ich die Augen öffnete, dauerte es nur einen Wimpernschlag, bis er sich in mich schob. Keuchend klammerte ich mich an seinen Schultern fest, die von einer dünnen Schweißschicht überzogen waren.

Josh studierte angestrengt meine Gesichtszüge, während ich einen kurzen Moment brauchte, um mich an den plötzlichen Druck zu gewöhnen. »Alles in Ordnung?« Er bewegte sich nicht, schien nicht einmal zu atmen.

»Mir geht's gut.« Ich war schon lange keine Jungfrau mehr, wie er sehr genau wusste, sodass seine Rücksicht unbegründet, aber dennoch rührend war.

»Das heißt, ich kann ...?«

Er hatte keine Chance, seinen Satz zu beenden. Ungeduldig drängte ich ihm meine Hüften entgegen, was er zum Anlass nahm, seine stoische Zurückhaltung aufzugeben und uns zu geben, was wir so dringend brauchten.

Seine Bewegungen waren fließend, rhythmisch und kraftvoll. Josh fand genau den richtigen Winkel und dazu die richtigen Worte, die er mir unablässig ins Ohr flüsterte. Zuerst waren es kurze, kleine Sätze. *Du fühlst dich unglaublich an – Genau so, Em – Ich liebe es, in dir zu sein.* Je weiter er das Tempo steigerte, desto mehr wurden seine geflüsterten Sätze zu zusammenhanglosen Wortfetzen. *So gut - ... nie mehr aufhören ... wie damals ...*

Schwer atmend schob Josh seine rechte Hand zwischen unsere Körper und massierte zielsicher die Stelle, an der sich unsere Körper trafen. »Em, kannst du?«

Ich nickte, bevor ich meine Lippen stürmisch auf seine presste. Durch das geschickte Spiel seiner Finger dauerte es nur wenige wilde Herzschläge, bevor ich explodierte und Josh mir mit einem tiefen, letzten Stoß folgte.

Keuchend lehnte er seine Stirn gegen meine. Beide versuchten wir, unseren Puls unter Kontrolle zu bekommen, was gar nicht so einfach war, wenn man gerade den besten Sex der letzten Jahre gehabt hatte. Mein Körper war völlig entspannt, während mein Verstand eifrig arbeitete und sich einen Reim aus dem machen wollte, was gerade passiert war.

Als ich langsam von den unglaublichen Höhen meines Orgasmus in das Hier und Jetzt zurückfand, hatte Josh bereits das Kondom in meinem Papierkorb entsorgt und war zurück ins Bett geschlüpft. Wie selbstverständlich zog er mich an sich, bettete meinen Kopf auf seiner Brust und hauchte mir einen zuckersüßen Kuss auf die Stirn. Unfähig zu sprechen, lauschte ich seinem Herzen, das sich immer mehr beruhigte, bis es langsam und gleichmäßig schlug. »Ist dir kalt?«, flüsterte Josh, während er seine warmen Arme um mich schlang.

Wir lagen nackt auf meiner Bettdecke, aber ich fror nicht. Mit Josh an meiner Seite brauchte ich keine Decke, er war Heizung und überdimensioniertes Kopfkissen zugleich. »Nein, alles okay.« Und das war es auch. Irgendwie. Man musste nur die klitzekleine Tatsache außer Acht lassen, dass ich soeben mit dem Mann geschlafen hatte, der meinem Teenager-Ich das Herz in eine Million Stücke gesprengt hatte.

Lange lagen wir einfach nur da. Man hätte auf die Idee kommen können, dass wir eingeschlafen waren, aber ich wusste aus einem unerfindlichen Grund ganz genau, dass Josh genauso aufgekratzt und wach war wie ich selbst. In meinem Kopf wirbelten hundert Gedanken wild durcheinander – einer dunkler als der andere.

»Wir sollten reden, oder?« Joshs Frage war leise, zögerlich und unausweichlich.

»Wozu?« Natürlich hatte er recht. Das hieß aber nicht, dass ich das auch wollte.

»Tu das nicht.« Er drehte sich auf die Seite, bis wir einander zugewandt lagen. »Bitte.«

Niemals hätte ich für möglich gehalten, dass ich mich noch einmal in solch einer Situation wiederfinden würde. Josh in meinem Bett. Nackt. Genauso wie ich selbst. Ein Teil von mir wollte ihn dafür verantwortlich machen, wie dumm ich gewesen war, mich wieder auf ihn einzulassen. Sein Lächeln. Seine Worte. Seine Küsse. Ich hatte mich blenden lassen von der Erinnerung an eine Zeit, in der ich schrecklich glücklich gewesen war.

»Sprich mit mir, Em.« Josh war in diesem Moment der schönste Mann, den ich jemals gesehen hatte. Er war schon immer viel zu gutaussehend gewesen, aber da war auch etwas an ihm, das über körperliche Schönheit hinausging. Der Josh in meiner Erinnerung war der wundervollste Mensch der Welt gewesen. Eine Illusion, wie sich nach wenigen Monaten herausgestellt hatte. Und genau diese Illusion lag nur wenige Zentimeter von mir entfernt in meinem Bett und sah mich mit einem unwiderstehlichen Hundeblick aus großen, braunen Augen an.

Als ich mich aufrappelte, aus dem Bett kletterte und mir ein T-Shirt über den Kopf zog, sagte er zu meiner großen Erleichterung kein Wort. »Du solltest nach Hause gehen.« Meine Stimme klang viel ruhiger, als es der Sturm in mir vermuten ließ.

»Willst du das wirklich?« Da er mir die Gefühle im Gesicht würde ablesen können, hatte ich ihm den Rücken zugedreht. Den Geräuschen nach zu urteilen, zog er sich ebenfalls wieder an. »Em?«

»Ich möchte sicher nicht, dass du hierbleibst.« Eine Version der Wahrheit, die richtig und falsch zugleich war. Der Typ, der mich für eine andere verlassen hatte, sollte verschwinden. Der Josh, der in meiner verklärten Erinnerung der perfekte Freund gewesen war, sollte bleiben und niemals gehen. Aber diesen Josh hatte es nie gegeben. Er war lediglich eine Wunschvorstellung.

»Ich dachte, dass wir vielleicht ...« Er stockte.

»Was dachtest du, Josh?« All die verletzten Gefühle der letzten Jahre waren auf einen Schlag wieder da. Nie wieder würde ich ihm die Macht geben, mir so verdammt wehzutun. »Dachtest du, dass alles vergessen ist?« Was er getan hatte, konnte ich ihm niemals verzeihen. Der alte Zorn war zurück, als wäre es erst gestern gewesen. »Das war eine einmalige Sache. Wenn du gedacht hast, dass ich zu einem der Mädchen werde, mit denen du regelmäßig ins Bett hüpfen kannst, muss ich dich leider enttäuschen.«

Kaum hatte ich diesen Satz ausgesprochen, war Josh aus dem Bett gesprungen und baute sich vor mir auf. Das wütende Funkeln in seinen Augen war ein untrügliches Zeichen dafür, dass ich ihn mit meinen Worten getroffen hatte. »Glaubst du, dass ich hier bin, weil ich sonst keine gefunden habe, die sich vögeln lässt?«

Betont gleichgültig zuckte ich mit den Schultern, was nicht leicht war, wenn man von einem riesigen Footballer niedergestarrt wurde, der dabei aussah, als würde er in den Krieg ziehen wollen. »Keine Ahnung, es ist mir aber auch herzlich egal, warum du hier bist.«

»Du bist unglaublich.« Kopfschüttelnd verschränkte Josh die Hände in seinem Nacken. »Wie kannst du mit mir schlafen und dann so tun, als sei nichts passiert?«

»Es war Sex, Josh. Nur Sex.« Eine Lüge, die ich ihm, aber noch viel mehr mir selbst, auftischte. Es war nie einfach nur Sex zwischen uns gewesen.

»Und was bedeutet das jetzt?« Sein Blick bohrte sich in meinen.

»Du gehst und wir vergessen diese Nacht.«

»Das ist doch Bullshit.« Er hatte diesen stoischen Gesichtsausdruck, wie er ihn sonst nur auf dem Footballfeld trug. Manchmal, in sehr schwachen Momenten, sah ich mir seine Spiele an. Niemals hatte ich jemandem davon erzählt. Offiziell hasste ich Football inzwischen. Dass Josh der Grund dafür war, wusste außer Grace fast niemand. »Du glaubst nicht ernsthaft, dass wir Sex haben und ich das einfach so vergesse.« Mit hastigen Bewegungen zog er sich seine Schuhe an, ohne überhaupt nach seinen Socken zu suchen.

»Ich kann es doch auch vergessen.« Um nicht vor Wut oder Traurigkeit – ganz genau konnte ich das Gefühl nicht benennen – in Tränen auszubrechen, biss ich mir auf die Unterlippe.

»Bullshit.« Josh wiederholte dieses eine Wort wie ein Mantra. »Das ist so ein dämlicher Bullshit.« Er schnürte seine Sneakers und stand auf. »Du weißt so gut wie ich, dass da immer noch etwas zwischen uns ist.«

Fast hätte ich gelacht. Fast. »Sind es nicht normalweise die Frauen, die nach dem Sex emotional werden?« Ich war gemein, das wusste ich. Dennoch konnte ich meine Worte nicht zurückhalten. »Diese Gefühlsduselei steht dir nicht, Sanders.«

»Sind wir jetzt wieder beim Nachnamen?« Ein verächtliches, unechtes Grinsen umspielte seine Lippen. »Als du nackt unter mir gelegen hast, klang das noch ganz anders.«

»Fick dich, Josh.«

»Das hast du ja bereits erledigt.« Ohne mich eines weiteren Blickes zu würdigen, riss er meine Zimmertür auf, stürmte raus und schlug sie krachend hinter sich ins Schloss. Das wiederholte er ebenso ohrenbetäubend laut mit der Wohnungstür.

Kraftlos sackte ich vor meinem Schreibtisch zusammen, vergrub den Kopf zwischen meinen Knien und weinte um all das, was Josh und ich früher einmal füreinander hatten sein wollen.

3. Kapitel

Völlig übernächtigt schlich ich gegen acht Uhr am nächsten Morgen aus meinem Zimmer und direkt in das kleine Bad, das ich mir mit Grace teilte. So wie ich aussah, fühlte ich mich auch: beschissen. Meine Haare machten den Anschein, als würden Vögel darin nisten. Ich band sie mit wenigen Handgriffen zu einem unordentlichen Dutt. Nach einer Nacht ohne Schlaf hob sich das flammende Rot nicht sehr vorteilhaft von meiner hellen Haut ab. Man sagte, dass die Naturhaarfarbe einem immer am besten stand. Mein Spiegelbild behauptete jedoch etwas ganz anderes. Vielleicht war es mal wieder Zeit für eine pinke Phase. Seufzend wusch ich mir die letzten Reste meines Make-ups aus dem Gesicht, putzte mir die Zähne und fühlte mich danach mehr wie ein Mensch.

Als ich kurz darauf das Wohnzimmer betrat, bot sich das Bild eines typischen Samstags. Grace saß mit einer Kaffeetasse in der Hand im Schneidersitz auf dem Boden vor der Couch, und auf dem Fernseher lief irgendeine Netflix-Doku. Neben ihr hockte Noah, der dem Programm jedoch keinerlei Aufmerksamkeit schenkte. Er war damit beschäftigt, Grace in seinen Armen zu halten, ihr ab und an einen Schluck ihres Kaffees zu klauen und dabei unglaublich zufrieden auszusehen.

»Guten Morgen.« Er hatte mich entdeckt, bevor ich etwas sagen konnte.

»Hey.« Müde ließ ich mich auf die Couch fallen. Immer wenn Noah in Ohio war, übernachtete er bei uns. Anfangs hatte ich den beiden so viel Privatsphäre wie möglich gegeben, bis Grace mich eines Tages zur Rede gestellt hatte. Sie wollte nicht, dass ich mich ausgeschlossen fühlte, es wäre schließlich auch meine Wohnung. Seitdem ließ ich die beiden in Ruhe, wenn sie in Grace' Schlafzimmer Dinge taten, von denen ich nichts wissen wollte. Der Rest der Wohnung war jedoch keine Sperrzone mehr, und ich bewegte mich einfach so, als wäre Noah nicht da

– schwierig, wenn man bedachte, dass der Typ mindestens eins neunzig groß war. *Genauso wie Josh.* Ein wenig hilfreicher Gedanke, der mich daran erinnerte, warum ich kein Auge zugetan hatte.

»Soll ich dir einen Tee machen?« Grace sah mich mit einem Blick an, den ich von meiner Mutter kannte. »Wirst du krank?«

»Ich habe nur schlecht geschlafen.«

»Da bist du nicht die Einzige.« Noah schnappte sich die Tasse seiner Freundin, bevor er mich mit hochgezogener Augenbraue musterte. »Wie betrunken bist du gewesen? Als du die Türen um drei Uhr morgens zugeknallt hast, dachte ich zuerst an ein Erdbeben.«

Grace stieß Noah mit dem Ellenbogen unsanft in die Rippen. »Du wolltest nichts sagen.«

»Nein, *du* wolltest, dass ich die Klappe halte.«

Ihre Augen blitzten – Noah war definitiv in Schwierigkeiten. Auch wenn wir uns in den letzten Monaten aneinander gewöhnt hatten, genoss ich es fast zu sehr, wenn Grace ihm die Hölle heiß machte. »Es ist sehr nett von Em, kein Problem damit zu haben, dass du immer wieder hier übernachtest.«

»Natürlich.« Noah nahm einen großen Schluck von seinem gestohlenen Kaffee. »Aber ist das ein Grund, mitten in der Nacht so einen Lärm zu veranstalten?« Seine nächsten Worte waren wieder an mich gerichtet. »Ich weiß es zu schätzen, dass du mich nicht längst rausgeschmissen hast, Em. Wirklich. Aber ich muss in zwei Stunden zum Flughafen, um zum Training heute Abend zurück zu sein. Ich kann da nicht völlig übermüdet auftauchen.«

Seit einigen Monaten spielte Noah in der NFL. *In der fucking NFL*, wie Grace nicht müde wurde, immer wieder stolz zu betonen. Die beiden hatten Glück gehabt. Sein Team waren die *Chicago Bears*, was nur eine Entfernung von einigen hundert Meilen und nicht einmal eine ganze Stunde Flugzeit bedeutete.

»Es tut mir leid.« Dass nicht ich es gewesen war, die die Türen geknallt hatte, mussten weder Grace noch Noah wissen. »Nächstes Mal bin ich leiser.« Niemals wieder würde ich so kopflos sein und die Nacht mit Josh verbringen. Der Sex war gut gewesen. Sehr gut. Der ganze emotionale Ballast, den ich mit mir rumschleppte, war es jedoch nicht. Mit jemandem zu schlafen, über den man nie ganz hinweggekommen war, war der Anfang jeder Katastrophe. Um das zu wissen, musste man nicht erst unzählige schlechte Liebesfilme gesehen haben.

»Bist du jetzt zufrieden?« Grace nahm Noah ihren Kaffee mit einem genervten Schnauben ab.

Lächelnd zog er sie auf seinen Schoß und schmiegte sich an sie. »Du bist nicht böse auf mich.«

»Bin ich nicht?«

»Kannst du gar nicht sein, *Baby*.«

Das Gesicht meiner besten Freundin verzog sich zu einer schiefen Grimasse. »Könnte sich ändern, wenn du mich weiter *Baby* nennst. Du weißt, wie sehr ich das hasse.«

»Genau deswegen sage ich es ja.«

Kopfschüttelnd drehte sich Grace ein wenig, bis sie ihm in die Augen sehen konnte. »Warum genau bin ich noch mal mit dir zusammen?«

»Weil ich die Liebe deines Lebens bin? Der Traum deiner schlaflosen Nächte? Weil du ohne mich vollkommen verloren wärst?« Eins musste ich Noah Preston lassen, Humor hatte er.

»Vielleicht auch einfach nur, weil du der größte Spinner bist, der mir jemals begegnet ist.« Ihre Stimme war liebevoll.

Als sie ihm einen Kuss auf die Lippen hauchte, war das für mich der Augenblick, das Weite zu suchen. »O-kay, ich lasse euch dann wohl besser allein.« Immer noch schrecklich müde, stand ich von der Couch auf, um mich aus dem Staub zu machen.

»Du musst nicht gehen.« Grace war wie immer darum bemüht, dass ich mich nicht wie das fünfte Rad am Wagen fühlte. »Noah wollte gleich Frühstück machen.«

Der Angesprochene sah irritiert zwischen uns hin und her. »Wollte ich das?«

»Jap, wolltest du.« Grace lächelte so zuckersüß, dass auch ich ihr nichts hätte abschlagen können.

Noah seufzte leise. »Du hast es gehört, Em. Ich mache gleich Frühstück, und du bist herzlich eingeladen.«

»Klingt verlockend, aber ich bin mit Annie verabredet.«

»Um diese Zeit?« Grace sah mich mitleidig an.

Niemand außer Annie würde Verabredungen an einem Wochenende auf den frühen Morgen legen. »Das ist schon okay.« Ich war zwar todmüde, konnte aber sowieso nicht schlafen. Die Erinnerungen an die vergangene Nacht tanzten noch viel zu lebendig durch meinen Kopf.

Als ich den kleinen Coffeeshop am Rande des Campus betrat, wartete Annie bereits an einem Tisch in einer abgeschirmten Ecke auf mich. Vor ihr standen zwei große Becher. Sie schob einen in meine Richtung, kaum dass ich mich gesetzt hatte.

Der wohlige Duft von Kräutertee stieg mir in die Nase. »Du bist ein Engel.« Gierig nahm ich einen Schluck, bevor ich mich aus meinem Mantel schälte. »Dafür besorge ich uns gleich Donuts.«

»Danke, aber ich habe schon gefrühstückt.« Annie strich sich eine dunkle Locke aus der Stirn, während sie mich eingehend musterte. »Willst du darüber reden?«

»Worüber?« Hatte sie einen sechsten Sinn entwickelt und sah Menschen an, wenn sie Sex gehabt hatten, den sie am nächsten Tag schrecklich bereuten? Das war eine ziemlich gruselige Vorstellung.

»Hast du heute Nacht geschlafen?« In ihrer Stimme lagen ehrliches Interesse und so viel Empathie, wie ich sie nur von Annie kannte. Von all meinen Freunden war sie diejenige, die ein besonderes Gespür dafür hatte, wenn mit jemandem etwas nicht stimmte. »Du musst nicht drüber reden, aber manchmal hilft das.« Lächelnd nahm sie einen Schluck aus ihrem Becher. »Danach erzähle ich dir von den neuesten Marsha-Katastrophen.«

Marsha war ihre Mitbewohnerin aus der Hölle. Sie war laut, unangenehm extrovertiert, brachte ständig neue Typen mit nach Hause und machte keinen Hehl daraus, dass sie Annie für eine langweilige Streberin hielt. An guten Tagen ignorierten sich die beiden, an schlechten war Marsha einfach nur ekelhaft zu ihr. »Was hat sie jetzt wieder getan?«

»Du willst ablenken.« Annie zwinkerte mir über den Rand ihres Kaffees hinweg zu. »Dann hat es was mit Josh zu tun.«

Die ganze Geschichte unserer unrühmlichen Vergangenheit kannte nur Grace. Annie wusste jedoch, dass ich seit unserer gemeinsamen Highschool-Zeit in Newark nicht gut auf ihn zu sprechen war. Mehr als einmal hatte sie mit mir die Mensa verlassen, sobald Josh aufgetaucht war. Dass sie meistens keine Fragen stellte, rechnete ich ihr hoch an. Heute war jedoch anscheinend nicht *meistens.*

»Ich bin ihm gestern Abend über den Weg gelaufen.«

»Auf der Verbindungsparty?« Annie verzog das Gesicht. »Wäre ich doch bloß mitgekommen.«

»Nein, das ist schon okay.« Vielleicht hätte sie als mein Puffer verhindert, dass ich mit Josh im Bett gelandet wäre, aber ich konnte es ihr nicht ankreiden, dass sie keine Lust auf diese Veranstaltungen hatte.

»Du bist aber nicht allein hingegangen, oder?« Die Sorge in ihrer Stimme war rührend. »Allein auszugehen, ist gefährlich, Em.«

»Es war nur eine Party. Ich bin nicht der Mafia beigetreten.« Auf keinen Fall würde ich Annie erzählen, dass ich ohne Begleitung nach Hause hatte laufen wollen – bevor Josh diesen Plan durchkreuzt hatte. »Drei Mädchen aus meinem Zeichenkurs waren dabei.« Dass ich die alle im Verlauf des Abends verloren hatte, erzählte ich Annie besser nicht.

»Okay, gut.« Sie wirkte beruhigt, während sie mich über den Rand ihres Bechers beobachtete.

Manchmal vergaß ich, dass Annie so ganz anders aufgewachsen war als Grace und ich. Ihre Großmutter hatte sie aufgezogen und erfolgreich von allem abgeschirmt, was für Kinder und Jugendliche normal war. Annie war nicht einmal auf eine staatliche Schule gegangen. Sie öffnete sich zwar mit jedem Tag mehr, doch eine Studentenparty war immer noch eine große Sache für sie.

»Also ... Josh? Hast du mit ihm gesprochen?«

Meine erste Reaktion war ein ungläubiges Lachen. Ja, so konnte man es auch ausdrücken. *Gesprochen* hatten wir. Jedenfalls anfangs. »Du hast mich nie gefragt, was zwischen Josh und mir passiert ist. Warum nicht?«

»Wenn du darüber reden willst, wirst du das irgendwann tun.« Annie klang, als wäre es ganz normal, dass es Dinge in meinem Leben gab, die ich nicht teilte. »Es ist deine Entscheidung und nichts, wozu ich dich drängen sollte.«

Mit einem Mal wollte ich ihr davon erzählen. Musste es sogar. Um vielleicht begreifen zu können, wie ich letzte Nacht diese riesige Dummheit hatte machen können. »Josh war mein allererster Freund. Ich war sechzehn, er siebzehn. Wir waren auf derselben Highschool in Newark.«

Annie lächelte mir aufmunternd zu, während ich versuchte, die richtigen Worte für etwas zu finden, das mich mehr als alles andere auf der Welt verletzt hatte.

»Er war damals schon der große Football-Star.« Bei der Erinnerung an all die Mädchen, die stets versucht hatten, seine Aufmerksamkeit zu erregen, seufzte ich leise. »Und er hatte eine Freundin. Vanessa. Was mich natürlich nicht davon abgehalten hat, mich in ihn zu verlieben.« Gedankenverloren rührte ich mit dem kleinen Holzstäbchen in meinem Tee herum. »Ich habe mir nie irgendwelche Chancen ausgerechnet.«

Zum ersten Mal, seit ich meine unrühmliche Geschichte begonnen hatte, unterbrach Annie mich. »Warum nicht?«

»Weil er eine Freundin hatte und hundert andere hätte haben können.« Vielleicht war es ein blödes Klischee, dass gutaussehende Sportler für jedes Mädchen an der Highschool die ultimative Beute waren. In Joshs Fall hatte dieses Klischee leider der Wahrheit entsprochen. »Ich war mir sicher, dass er nicht mal wusste, wer ich bin.«

»Aber das tat er doch?«

Bei der Erinnerung an den Abend, der alles zwischen ihm und mir verändert hatte, nickte ich. »Auf einer Party hat er sich zu mir gesetzt. Wir hatten so viel Spaß, und später hat er mich nach

Hause gebracht. Du kannst dir nicht vorstellen, wie aufgeregt ich war.«

»Das kann ich tatsächlich nicht.« Annie lächelte gequält.

»Sorry, tut mir leid.« Vor einigen Monaten hatte sie Grace und mir gestanden, dass sie noch nie einen Freund gehabt hatte. Für uns völlig okay, war es für Annie manchmal schwierig, dass ihr so viele Erfahrungen fehlten, die die meisten bereits als Teenager machten.

»Er hat dich nach Hause gebracht. Und dann?« Wenn meine unsensible Bemerkung sie verletzt hatte, ließ sie es sich nicht anmerken.

»Am nächsten Tag hat er mich angerufen. Bis heute weiß ich nicht, woher er meine Nummer hatte.«

»Und seine Freundin? Vanessa?«

Den Vanessa-Teil hatte ich tatsächlich vergessen. Aus gutem Grund. Wenn ich an sie dachte, konnte ich meine Eifersucht selten unterdrücken. »Josh hatte sich kurz zuvor von ihr getrennt. Sie war furchtbar, und das sage ich nicht nur, weil ich ihn mochte. Vanessa war eines von den Mädchen, die anderen gern das Gefühl geben, klein und unbedeutend zu sein.«

»Hm.« Annie legte die Stirn in Falten. »Dann erscheint es logisch, dass sie sich an den gutaussehenden Sportler herangemacht hat, der bei allen beliebt war.«

So hatte ich das nie gesehen. »Josh hat wohl zu ihrem Image gepasst.«

»Klingt alles wie ein schlechter Teenie-Film.« Ein breites Grinsen zierte ihr Gesicht. »Das hinterhältige, populäre Mädchen, das sich den gutaussehenden Sportler schnappt, nur um ihn am Ende an das nette Mädchen von nebenan zu verlieren.«

»Nur hat der Teenie-Film meistens ein Happy End.« Im wahren Leben gab es das nur selten. Ich war das beste Beispiel dafür.

»Wie war es?«

Verständnislos sah ich sie an. »Was meinst du?«

»Wie war es, mit Josh zusammen zu sein?«

Einige Sekunden kramte ich in meinen Erinnerungen an

unsere gemeinsame Zeit, bevor ich hilflos den Kopf schüttelte. »Es war ... anders, wenn das irgendeinen Sinn ergibt.«

»Wenn du nicht darüber reden willst, ist das vollkommen okay.« Annie meinte es ernst. Dass sie die Grenzen anderer Menschen nie übertrat, war eine der Eigenschaften, die ich besonders an ihr mochte. »Aber wenn ich schon kein eigenes Liebesleben habe, partizipiere ich gern an deinem. Wenn du das Bedürfnis hast, mit jemandem darüber zu sprechen.« Dass sie Worte wie *partizipieren* benutze, gehörte ebenfalls auf die Liste ihrer reizenden Eigenarten.

»Eines Tages wird dir jemand über den Weg laufen und dich umhauen.« Annie war so großartig, sie würde sicher nicht allein bleiben.

»Umhauen?« Sie lachte leise in ihren Kaffeebecher. »Ein Taschendieb vermutlich.«

»Wenn er niedlich ist.« Wenig erwachsen streckte ich ihr die Zunge raus, was sie nur noch mehr kichern ließ.

»Sollte ich irgendwann so weit sein, dass ich ernsthaft überlege, mit einem Kriminellen auszugehen, hältst du mich bitte davon ab.«

»Was ist mit James?« Grace und ich hatten mehrmals erfolglos versucht, sie und den netten Typen aus ihrer Lerngruppe zusammenzubringen. Er und Annie wären perfekt füreinander. Beide schüchtern, liebenswert, zurückhaltend.

Wie jedes Mal, wenn ich seinen Namen erwähnte, schüttelte Annie vehement den Kopf. »Ich will nicht aus Mitleid verkuppelt werden.«

»Das hat doch nichts mit ...«

»Doch, es wäre Mitleid. Und eigentlich wolltest du mir von Josh erzählen, oder?«

Sie hatte recht. Nach der vergangenen Nacht musste ich mit irgendwem reden, sonst würde ich wahnsinnig. »Glaubst du mir, wenn ich sage, dass ich es nicht richtig beschreiben kann?« Beiläufig riss ich kleine Stücke von der Serviette in meiner Hand und verteilte sie wie Konfetti auf dem Tisch. »Er war ganz anders, als ich ihn mir vorgestellt habe. Natürlich hatte ich mir in meiner Verliebtheit ein Bild von ihm zusammengesponnen, aber das hatte so gar nichts mit der Realität zu tun.«

Nachdenklich sah sie mich an. »Seine Freundin zu sein, war nicht so toll, wie du es gehofft hast?«

»Nein.« Das war das Verrückteste an der Sache gewesen. »Es war perfekt.« Meine Stimme war nur noch ein Flüstern. »Seit diesem ersten Abend waren wir unzertrennlich. Es hat sich sofort richtig angefühlt.« Manchmal waren Erinnerungen bitter und süß zugleich. Alles, was mit Josh zu tun hatte, war fein säuberlich in Schwarz und Weiß aufgeteilt. Weiß für die Zeit, bevor er mich verlassen hatte. Schwarz für alles, was danach kam. Und mit der letzten Nacht hatte sich diese einfache Ordnung zu einer grauen, undurchsichtigen Masse vermischt.

»Aber wieso habt ihr euch dann getrennt?«

»Josh hat mich wohl nicht so gerngehabt wie ich ihn.« Auch nach all den Jahren war da immer noch die Angst, dass ich für ihn nur ein unbedeutender Zeitvertreib gewesen war. »Eines Tages stand er vor meiner Tür und hat mir aus heiterem Himmel erklärt, dass er nicht mehr mit mir zusammen sein will. Und dass ich hätte wissen müssen, dass es nichts Ernstes zwischen uns war.«

»So ein ... blöder ... dummer ... Schuft.« Mein Papierkonfetti flog in alle Richtungen, als Annie achtlos mit dem Arm über den Tisch fegte.

»Schuft?« Trotz des fürchterlichen Themas zauberte mir Annies *kleiner Ausbruch* ein Lächeln auf die Lippen. »Wir müssen echt an deinem Schimpfwort-Repertoire arbeiten.«

Ihre Antwort war ein wenig damenhaftes Schnauben. »Wenn ich Josh das nächste Mal über den Weg laufe, wird mir sicherlich was Besseres einfallen.«

»Du kennst noch nicht die ganze Geschichte.« Da ich ihr den Anfang erzählt hatte, konnte ich ihr das Ende nicht vorenthalten. »Kurz nach unserer Trennung war er wieder mit Vanessa zusammen und ist mit ihr gemeinsam nach Michigan gezogen und wohl auch dort aufs College gegangen.« Ich kannte diesen Teil nur aus Berichten anderer. Damals wurde viel geredet. Mein letztes Highschool-Jahr war schrecklich gewesen. Immer wieder war ich durch die brodelnde Gerüchteküche an Josh und Vanessa erinnert worden.

Annie sah mich entgeistert an. »Er hat dich für seine Ex verlassen?«

»Jap.« Auch wenn sich bei den Erinnerungen mein Magen zusammenkrampfte, versuchte ich, zu lächeln. »Aber das ist noch nicht alles.«

»Oh Gott.« Annie stützte ihr Kinn auf ihren Händen ab und sah mich aus großen Augen an. »Wenn du mir die ganze Geschichte erzählt hast, werde ich ihn nicht mehr mögen, oder?«

Damit entlockte sie mir ein leises Lachen. »Keine Ahnung. Ich habe es selbst nie geschafft, ihn wirklich zu verabscheuen.«

»Okay, dann ...« Sie nickte mir aufmunternd zu. »Ich bin gewappnet.«

»Er hat es mit Vanessa so ernst gemeint, die beiden haben sogar ein Kind zusammen.« Dies war der Teil, der immer noch am schwierigsten für mich war. Joshs Gefühle für Vanessa waren so stark gewesen, dass er sogar eine Familie mit ihr gegründet hatte.

»Er hat ein Kind?« Annies Augen wurden riesengroß.

»Eine Tochter. Lilly.«

»Und was ist mit Vanessa?«

Da Noah lange der Mitbewohner von Josh gewesen war, wusste ich durch ihn, dass die Kleine bei Joshs Eltern aufwuchs und ihn oft am Wochenende besuchte. »Josh und Vanessa sind nicht mehr zusammen. Warum sie sich letztlich getrennt haben, weiß ich nicht.« So genau wollte ich das alles auch gar nicht wissen – das redete ich mir jedenfalls an guten Tagen ein. Es war aufwühlend genug, Annie davon zu erzählen. Von einer Geschichte, die ich bis heute nicht verstand.

»Ich habe mit vielem gerechnet, aber nicht damit.« Annie ließ sich auf ihrem Stuhl nach hinten sinken und musterte mich eingehend. »Du liebst ihn immer noch.«

Lange hatte ich nicht mehr darüber nachgedacht, wie sich

meine Gefühle für Josh im Laufe der Zeit verändert hatten. Vor vier Jahren war ich unglaublich verliebt gewesen. Später war da nur noch Wut. Dann kam die Sehnsucht und nach ihr das Eingeständnis, dass ein Teil von mir immer an ihm festhalten würde. Es war pathetisch, aber vielleicht stimmte der alte Spruch, dass man die erste Liebe nie wirklich vergaß. »Ich weiß nicht, ob man das Liebe nennen kann. Vermutlich nicht. Er fehlt mir in der Erinnerung.« Eine Mischung aus Nostalgie und Sehnsucht hatte mich gestern Nacht kurz meinen Verstand vergessen lassen. Den Josh von vor vier Jahren würde ich immer in meinem Herzen tragen. Dem Typen, der mich verlassen hatte, um ein Kind mit einer anderen zu zeugen, würde ich niemals verzeihen können.

»Gerade finde ich es gar nicht mehr so schlimm, dass ich vermutlich als einsame, alte Jungfer sterben werde, die mit hundert Katzen zusammenlebt.«

Wie schwarz ihr Humor manchmal sein konnte, war Annie vermutlich nicht bewusst. Lachend stupste ich ihr gegen den Oberarm. »Zwei, das ist das Limit. Jede weitere potenziert nur deine Chancen, als verrückte Katzenfrau zu enden.«

»Ich mag Katzen.«

»Ich auch, aber hundert sind vielleicht zu viele.«

»Fünfzig?«

»Immer noch zu viele.«

»Zehn und keine weniger.«

Kopfschüttelnd stand ich auf und kramte ein paar Geldscheine aus meiner Hosentasche. »Ich hole uns neuen Kaffee und Tee. Ist das okay, Catwoman?«

»Cappuccino, bitte.«

»Sollst du haben.«

Kaum hatte ich die Theke erreicht, wurde die Tür des Coffeeshops aufgerissen. Mit der frischen Morgenluft wehte ein kleines, lachendes Mädchen mit langen blonden Locken hinein. Als ich bemerkte, wer dicht hinter der Kleinen folgte, spannte sich jeder Muskel in meinem Körper zum Bersten an. Josh blieb abrupt stehen und sah mich eine Millisekunde an, bevor er sich abwandte und das Mädchen auf seine Arme hob. Nachdem ich ihn gestern Nacht rausgeschmissen hatte, war nicht zu erwarten gewesen, dass er mir bei unserer nächsten Begegnung um den Hals fiel. Nicht dass ich das gewollt hätte. Aber dass er mich behandelte, als wäre ich Luft, fühlte sich mies an - auch wenn es das nicht sollte.

»Was kann ich dir bringen?« Der Typ hinter dem Tresen klang genervt, als hätte er mir die Frage schon mehr als einmal gestellt.

»Einen Cappuccino und einen Kräutertee.« Vermutlich bildetet ich es mir nur ein, aber ich hätte schwören können, dass ich Josh leise lachen hörte.

Das kleine Mädchen, Lilly, zeigte auf jeden einzelnen Donut in der Auslage. Dabei versuchte es, Josh davon zu überzeugen, dass die rot glasierten viel besser schmeckten als die blauen. Er machte sich einen Spaß daraus, ihr vehement zu widersprechen. Als meine Getränke fertig waren, hatten sie sich auf einen grünen Donut geeinigt.

Mit nervösen Fingern und schwerem Herzen nahm ich die Pappbecher entgegen. Weit kam ich jedoch nicht: Annie drückte mir meinen Mantel in die Hand, während sie mir gleichzeitig ihren Cappuccino abnahm. »Lass uns hier verschwinden.« Dankbar flüchtete ich ins Freie, ohne mich noch einmal umzusehen.

4. Kapitel

Die nächsten sieben Tage waren geprägt von dem meisterhaftesten Selbstbetrug, den die Menschheit je erlebt hatte. Wenn ich nicht darüber nachdachte, was zwischen mir und Josh passiert war, war es dann überhaupt real? Wenn man nicht über Sex sprach, löste er sich dann in Bedeutungslosigkeit auf?

Ein in der Theorie genialer Plan, der jedoch mehr als einmal davon durchkreuzt wurde, dass der ganze Campus mit Plakaten und Postern der Bucks gepflastert war. Einem Footballer aus dem Weg zu gehen, war an dieser verdammten Uni so gut wie unmöglich. Football war überall. An den Wänden, im Uni-Radio, auf den Trikots, die die Studenten trugen - und selbst in meinem Apartment in Form meiner besten Freundin, die dank ihres Freundes Gefallen an diesem dämlichen Sport gefunden hatte.

»Hey.« Grace stürmte durch die Tür, als wäre sie auf der Flucht. Sie raste an mir vorbei in die Küche, und ich hörte, wie sich der Kühlschrank öffnete und wieder schloss, bevor sie mit einem Schokoriegel im Mund und einer Flasche Saft in der Hand zurück ins Wohnzimmer hetzte.

Stirnrunzelnd legte ich meinen Skizzenblock zur Seite und betrachtete Grace, die sich aus ihren Klamotten schälte, während sie aß. »Alles okay?«

»Jap.« Sie warf Schuhe, Jacke und Pulli achtlos auf die Couch, bevor sie eilig einen Schluck Orangensaft trank. »Ich bin nur super spät dran und sollte eigentlich schon auf dem Weg sein.« Sie warf einen Blick auf ihr Handy, bevor sie an mir vorbei hetzte. »Fuck.«

»Kann ich dir irgendwie helfen?« An der dummen Skizze saß ich ohnehin schon viel zu lange. Es war einer der Tage, an denen ich nichts Brauchbares zu Papier brachte. Langsam rappelte ich mich auf und folgte den leisen Flüchen, die aus Grace' Zimmer drangen.

Als sie mich im Türrahmen stehen sah, warf sie mir ihren Kulturbeutel mit einem flehenden Blick zu. »Kannst du mir meinen Kram aus dem Bad einpacken, bitte? Das wäre toll.«

»Du fliegst zu Noah.« Eine Frage war unnötig, ich sah ihren geröteten Wangen an, dass ihr aktueller Zustand etwas mit ihm zu tun haben musste. Er war der einzige Mensch auf der Welt, der diesen Effekt auf sie hatte.

»Ja, das war ganz spontan.« Grace warf achtlos ein paar T-Shirts und Jeans in ihre Reisetasche. »Ich habe in der Vorlesung gesessen und einfach aus Spaß nach Flügen geguckt und dabei einen entdeckt, der spottbillig war. Da musste ich zuschlagen.« Eilig verstaute sie zwei BHs. »Nur leider geht dieser Flug in weniger als zwei Stunden.« Den BHs folgten Slips und ein Pyjama.

»Bezahlt nicht Noah die Flüge?« Da er durch seinen NFL-Vertrag so viel mehr Geld als Grace zur Verfügung hatte, waren die beiden zu der Übereinkunft gekommen, dass er die Reisekosten übernahm, wenn sie ihn besuchte. So lautete jedenfalls mein letzter Wissensstand.

»Pah.« Sie wischte meinen Einwand mit einer flüchtigen Handbewegung weg, bevor sie sich an ihrem Nachttisch zu schaffen machte. »Nur weil er der nächste Tom Brady wird, muss ich mich nicht von ihm aushalten lassen.«

»Der ist Quarterback.«

»Was?« Das Ladekabel für ihr Handy und zwei Bücher flogen in die Reisetasche.

»Tom Brady. Der ist ein Quarterback, kein Runningback wie Noah.«

Grace hielt in ihrer Bewegung inne und musterte mich über den Rand ihrer Brille. »Woher weißt du sowas? Du hasst Football. Offiziell jedenfalls.« Den letzten Satz murmelte sie nur.

»Jeder weiß, wer Tom Brady ist.«

»Wenn du das sagst.«

Als ich mit ihrem Kram aus dem Bad zurückkam, band sie sich gerade die Schuhe zu. »Es tut mir leid, dass ich heute Abend nicht mitkomme, Em.«

»Ach, das ist schon in Ordnung.«

»Nein, wirklich.« Sie richtete sich auf und nahm mich fest in den Arm. »Nächstes Wochenende bin ich hier, und ich verspreche, dass wir dann ausgehen.«

»Vielleicht frage ich Annie.« Das war keine Option, aber das musste Grace nicht wissen. Annie würde sofort zusagen, aber nur, um mir einen Gefallen zu tun, nicht weil sie Spaß an einer Studentenparty hatte.

»Das ist eine großartige Idee.« Sie strahlte mich über das ganze Gesicht an. »Und ich schwöre hoch und heilig, dass ich dich nächstes Mal nicht versetzen werde. Indianerehrenwort.«

»Es ist wirklich okay.« Kopfschüttelnd zwang ich mich zu einem Lächeln, während ich Grace' Kulturbeutel in ihre Reisetasche stopfte. Ich hatte mich tagelang auf das Wochenende mit ihr gefreut. Nach all den Gedanken an Josh hatte mich die Aussicht auf Musik, Alkohol und eine belanglose Studentenparty mit meiner besten Freundin durch diese beschissene Woche gebracht. Dass sie die Chance nutzte, um zu Noah zu fliegen, konnte ich ihr nicht übelnehmen, enttäuscht war ich dennoch.

»Danke, Em.« Grace drückte mich ein weiteres Mal, bevor sie aus dem Zimmer sprintete. »Hab dich lieb«, waren ihre letzten Worte, bevor die Wohnungstür hinter ihr ins Schloss fiel.

Zurück im Wohnzimmer schnappte ich mir den Saft, den sie zurückgelassen hatte, und setzte mich wieder im Schneidersitz auf den Boden neben meinen Skizzenblock. Das Portrait, an dem ich schon Tage arbeitete, schien mich vorwurfsvoll anzustarren, bis ich leise seufzend den Block zuklappte und einen Schluck von dem eklig süßen Orangensaft nahm, den Grace über alles liebte. Kurz dachte ich darüber nach, ob ich Annie nicht doch bitten sollte mitzukommen, verwarf die Idee allerdings sofort wieder. Vielleicht sollte ich Ben fragen. Er war Grace' bester Freund, gleichzeitig Noahs Bruder und meistens für spontanen Quatsch zu haben.

Es vergingen keine sechzig Sekunden, bevor ich auf meine kurze Nachricht eine Antwort erhielt. Ben war zu seinen Eltern gefahren und somit nicht in Columbus. Verdammt. Normalerweise hätte ich Caroline oder Serena angerufen, doch die waren mit Tammy bei dem Konzert einer Indieband, deren Namen ich mir einfach nicht merken konnte.

Also hatte ich zwei Optionen: Zuhause bleiben, weiter die Wände anstarren und dabei an Josh denken, oder ausgehen. Eine Flasche miesen Orangensaft später stand meine Entscheidung fest. Heute Abend fand eine Party hier im Wohnheim statt und zu der würde ich gehen. Auch wenn die Chance bestand, dass ich Josh dabei über den Weg lief. Ich würde mich nicht von ihm dazu bringen lassen, mein Wochenende vor dem Fernseher zu vergeuden.

Der Bass dröhnte mir mit jedem Schritt lauter entgegen, als ich die Treppe in den fünften Stock meines Wohnheims nach oben stieg. Es war nicht unüblich, dass sich ein ganzer Flur zusammenschloss und bis in die Morgenstunden feierte. Meist gab es keine offiziellen Einladungen, alles lief über Mund-zu-Mund-Propaganda, die an der *Ohio State* stets bestens funktionierte. Finanziert wurde das Spektakel über einen Eintrittspreis von zehn Dollar, den niemand offiziell so nannte.

Die Hausmeister sahen in der Regel über alles hinweg, das am Wochenende auf den Fluren passierte, solange nichts zu Bruch ging und am nächsten Morgen saubergemacht wurde.

Nachdem ich meine zehn Dollar bezahlt hatte, erhielt ich von einem schrägen Typen mit Cowboyhut einen Stempel auf den Handrücken, der mir unbegrenzten Zugang zu den Getränken garantierte. Der Gemeinschaftsraum am Ende des Flurs diente als provisorische Bar, die ich zielstrebig ansteuerte.

Mit einer Bierflasche bewaffnet, suchte ich mir einen Platz am hinteren Ende des Flurs. Vielleicht war jemand hier, den ich kannte. Lange warten musste ich nicht.

Ausgerechnet Jun tauchte nach einigen Minuten aus dem Nichts neben mir auf. »Hey, Em.«

»Hey.« Jun war eigentlich ein netter Kerl, aber unser erstes und einziges Date im vergangenen Jahr hatte einen bitteren

Nachgeschmack hinterlassen.

»Ich wollte mir ein Bier holen, soll ich dir was mitbringen?«

Zickiger als es vielleicht nötig gewesen wäre, hielt ich ihm meine fast volle Flasche unter die Nase. »Bin versorgt. Danke.«

»Oh, okay.« Das Lächeln auf seinem Gesicht wich einem Ausdruck, den ich nicht recht deuten konnte. »Es ist gut, dass ich dich hier treffe.«

»Ist es das?« In den letzten Monaten war er mir in allen Kursen, die wir gemeinsam besuchten, aus dem Weg gegangen. Sonderlich gestört hatte es mich nicht.

»Ich wollte mich entschuldigen.« Jun sah mich nicht einmal direkt an. Er wirkte vielmehr so, als hätte ich seinen Hund überfahren. »Unser Date ...«

»Unser Date war eine Katastrophe. Da sind wir uns vermutlich einig.« Was auch immer er von mir wollte, ich brauchte weder seine Entschuldigung noch eine Erinnerung an diesen desaströsen Abend.

»Ja, schon.« Er fummelte nervös am Saum seines Pullovers herum.

»Okay, spuck es aus. Was willst du loswerden?« Wenn ich ehrlich war, war ich nicht mal mehr wirklich böse auf ihn.

Den Blick auf seine Hände gerichtet, holte er tief Luft. »Dass ich es vermasselt habe, weiß ich, aber vielleicht ... vielleicht könnten wir das wiederholen?«

»Du willst noch mal mit mir ausgehen?«

Er nickte, und mir fiel nichts anderes ein, als einen großen Schluck aus meiner Bierflasche zu nehmen. Das konnte nicht sein Ernst sein. Jun war auf dem Papier genau mein Typ. Groß, pechschwarzes Haar, das seine chinesische Mutter ihm vererbt hatte. Ein Künstler, der sich alternativ kleidete und genau wie ich mit großer Begeisterung zeichnete. Im Laufe der Jahre hatten wir viele gemeinsame Kurse gehabt, sodass ich wusste, wie klug er war. Jun sollte mein Typ sein. Er war es nur nicht - und das hatte rein gar nichts mit unserem vermasselten Date zu tun.

»Denk drüber nach, Em.« Das zaghafte Lächeln auf seinem Gesicht erinnerte mich erneut daran, wie attraktiv er war. »Beim nächsten Mal würde es anders laufen.«

»Bist du dir da sicher?«

»Ganz sicher.« Er wirkte entschlossen, dennoch nahm ich es ihm nicht ab.

»Und was sagt dein neuer bester Freund dazu?« Jun schien unter jedem meiner Worte einige Zentimeter zu schrumpfen. »Sicher, dass Josh nichts dagegen hat, wenn du mit mir ausgehst?«

»Em, ich ...«

»Es ist okay, Jun. Wirklich.« Mit einem schrägen Lächeln boxte ich ihm leicht gegen die Schulter. »Wir vergessen das einfach. Freunde?«

Es war offensichtlich, dass unser Gespräch nicht so verlaufen war, wie er es sich vorgestellt hatte, dennoch nickte er. »Freunde.«

Als sich Jun kurz darauf unter einem sehr offensichtlichen Vorwand verabschiedete, lehnte ich den Kopf an die Wand und versuchte mir einzureden, dass ich nicht genau wusste, warum ich Jun nicht wollte. Dieser Selbstbetrug gelang mir nur, bis ich aus dem Augenwinkel ein paar von Joshs Mannschaftskameraden sah. Selbst hier war ich vor Football nicht sicher. Vor Football und Erinnerungen an ein gecrashtes Date.

Jun und ich waren zusammen essen gegangen. In einem kleinen Restaurant in der Nähe. Es war nett gewesen. Angenehm. Bis ausgerechnet Josh mit seinem Date aufgetaucht war. Der Idiot hatte natürlich nicht den Anstand besessen, uns zu ignorieren. Nein, Joshua Sanders hatte sich stattdessen mit der Blondine im Schlepptau an unseren Tisch gesetzt und so getan, als wären wir vier alte Bekannte.

Zu allem Übel hatte er auch noch die Nerven besessen, mich komplett zu ignorieren. Während er sich mit Jun anfreundete, blieben mir nur tödliche Blicke in seine Richtung und die Versuche seiner Begleiterin, mich in ein Gespräch zu verwickeln. Und sie war nett gewesen. Ich hätte sie mögen können, wenn ich die Tatsache ignorierte, dass sie Josh alle paar Minuten irgendwo anfasste. Hand. Unterarm. Schulter. Oberschenkel. Sie bot mir das komplette Repertoire.

Am Ende des Abends waren er und Jun die besten Kumpel und am nächsten Tag zum Basketball verabredet gewesen. Allein bei der Erinnerung kochte das Blut in meinen Adern. Die Tatsache, dass Josh just in diesem Augenblick um die Ecke bog und von seinen Mannschaftskameraden grölend und lachend empfangen wurde, trug nicht dazu bei, meine Stimmung zu heben.

Aus meiner Ecke am anderen Ende des Flurs beobachtete ich, wie er die Flasche ablehnte, die ihm jemand in die Hand drücken wollte. Aus einem unerfindlichen Grund machte mich das noch wütender. Trotzig zwang ich mich, Josh nicht mehr anzustarren und mir stattdessen ein neues Bier zu holen. Als ich wenige Minuten später zurückkam, war von ihm nichts mehr zu sehen. Vermutlich war das alles hier sowieso unter seiner Würde. Oder er hatte irgendein Mädchen gefunden, das ihn mit nach Hause nahm. Wie überzeugend er sein konnte, wusste ich verdammt gut.

Eine Weile stand ich noch in der Ecke, nippte an meinem Getränk, das mit jedem Schluck schaler schmeckte, und sah den anderen Studenten dabei zu, wie sie Spaß hatten. Einige tanzten, andere flirteten oder saßen einfach nur in Gruppen zusammen. Während der letzten halben Stunde war zwar nicht meine Stimmung, aber immerhin die Musik besser geworden. Waren es anfangs noch Scheußlichkeiten wie Taylor Swift oder Billie Eilish gewesen, die den Flur beschallten, dröhnte seit einer Weile guter, alter Indie Rock aus den Boxen. *The Smiths*, die *Arctic Monkeys* und in diesem Moment die *White Stripes. Icky Thump* war so ein verdammt guter Song, dass ich die Augen schloss und zu den durchdringenden Bässen langsam hin und her wippte.

Als die letzten Töne verklungen waren, öffnete ich meine Augen wieder und erstarrte. »Was zur Hölle willst du hier?« Josh stand in *meiner* Ecke, den Rücken an die Wand gelehnt, wie ich es selbst noch vor wenigen Minuten getan hatte, und sah mich wortlos an. Heute trug er keines seiner üblichen Football-T-Shirts. Ich konnte mich nicht daran erinnern, ihn überhaupt schon einmal in einem Hemd gesehen zu haben. Es war tiefblau, der oberste Knopf geöffnet, die Ärmel bis zu den Ellenbogen hochgekrempelt. Dazu trug er eine dunkle Jeans und Sneakers. Ein völlig gewöhnliches Outfit auf einer Uni-Party. Und dennoch sah er darin aus, als könnte man ihn für das Cover der GQ ablichten. Während er mich musterte, verschränkte er die Arme vor der Brust, was nur dazu führte, dass ich im Halbdunkel des Flurs das Spiel seiner Muskeln unter dem Hemd sehr genau beobachten konnte. Ihm blieb nicht verborgen, wie gebannt ich ihn anstarrte. Natürlich nicht. »Gefällt dir, was du siehst, Em?«

»Nimm dich nicht so wichtig, Sanders.« Meine Antwort klang so, wie ich es beabsichtigt hatte. Bissig. Er sollte nicht denken, dass sich durch meine vorübergehende Unzurechnungsfähigkeit irgendetwas zwischen uns geändert hatte.

»Autsch. Das tat weh.« Theatralisch schlug er sich die rechte Hand vor die Brust. Das amüsierte Blitzen in seinen Augen zeigte, dass er das Ganze hier mehr genoss, als er sollte.

»Wieso bist du nicht bei deinem Team?« Ich nickte in Richtung der Gruppe Footballspieler. Sie wurde mittlerweile von einer Horde jungen Frauen belagert, die alle aussahen, als wären sie im ersten Semester. Eine atemberaubend schöne, dunkelhaarige Studentin trug einen kurzen Rock, der eher als breiter Gürtel durchging. Sie war so hübsch, dass es fast unwirklich schien. In dieser Hinsicht glich sie Josh.

»Ich wollte mir ein Wasser holen. Dann habe ich dich hier stehen sehen und dachte, ich sage hallo.« Bei ihm klang es, als wäre es die normalste Sache der Welt. Als hätte ich ihn nicht erst letzte Woche nach dem Sex zuerst aus meinem Bett, dann aus meiner Wohnung geworfen.

»Das hast du ja jetzt getan.« Weil ich nicht wusste, wohin mit meinen Händen, nippte ich betont gelangweilt an meinem Bier. Josh sollte auf keinen Fall merken, wie sehr mir unsere Unterhaltung zusetzte. Die Erinnerung an seine Berührungen war noch zu frisch, als dass ich sie einfach so hätte verdrängen können. Schon gar nicht, wenn er so dicht neben mir stand, dass seine Schulter bei jedem Atemzug gegen meine stieß.

»Man könnte das Gefühl haben, dass du mich loswerden

willst.« Ich musste sein Gesicht nicht sehen, um zu wissen, dass sich darauf ein Grinsen abzeichnete, das dieses Grübchen auf seiner linken Wange zum Vorschein brachte.

»Könnte daran liegen, dass es genauso ist.« Schulterzuckend drehte ich den Kopf, was sich sehr schnell als Fehler herausstellte. Als ich mich zu ihm umdrehte, war er mir so nah, dass unsere Lippen nur wenige Zentimeter trennten.

Joshs Atem tanzte bei seinen nächsten Worten federleicht und warm über meine Haut. »Ich wollte dir sagen, dass es mir leidtut, Em.«

Damit hatte ich nicht gerechnet. Die Vorstellung, dass er sich für unsere gemeinsame Nacht entschuldigen wollte, ließ mich erstarren. Vielleicht war er doch betrunken gewesen, obwohl er vollkommen nüchtern gewirkt hatte. Vielleicht bereute er diese Nacht genauso wie ich. Nur aus anderen Gründen.

»Wobei es nicht wirklich eine Entschuldigung ist.« Josh fuhr sich mit der Hand über die Schläfe und wirkte dabei so unsicher, wie ich es nicht oft an ihm gesehen hatte. »Es ist mehr eine Erklärung.«

»Du musst mir nichts erklären.« Was auch immer es war, ich wollte es nicht hören.

»Das weiß ich, aber ich möchte es.«

Es kostete so viel Kraft, wütend auf ihn zu sein. Über Jahre wütend auf ihn zu sein, für etwas, das passiert war, als ich sechzehn gewesen war. Nur mit Hilfe dieser Wut konnte ich es überhaupt ertragen, ihn zu sehen, mit ihm zu sprechen und ihm wieder nah zu sein. Diese Wut war es, an die ich mich klammerte und die mir Kraft gab, während er den Kopf schief legte. »Letzte Woche im Coffeeshop mit Lilly ... Ich mache so was nicht.«

Lilly? Es ging hier um seine Tochter? »Du machst *was* nicht?«

Seine Brust hob und senkte sich unter zwei tiefen Atemzügen. »Ich stelle ihr keine ... Frauen vor.«

Stumm wie ein Fisch, dazu mit Augen vermutlich so groß wie Untertassen, sah ich ihn an, während er auf seine Lippe biss. »Nicht, dass es viele gewesen wären in den letzten Jahren, aber

Lilly soll sich an niemanden gewöhnen, wenn es nicht sicher ist, dass diese Person auch dauerhaft in ihrem Leben bleibt.« Er legte den Kopf in den Nacken und seufzte. »Ich mache es mit jedem Wort schlimmer, oder?«

Tat er das? Was genau ich von dieser Offenbarung halten sollte, wusste ich nicht. Das zwischen uns war ein einmaliger Fehler gewesen. Es gab keinerlei Grund, überhaupt daran zu denken, dass ich seine Tochter jemals kennenlernen würde. Sie hatte im Coffeeshop niedlich ausgesehen. Wie ein Kind eben. Und mit Kindern hatte ich nie viel zu tun gehabt. Das wollte ich in naher Zukunft nicht ändern. Schon gar nicht mit Joshs Tochter.

»Lilly ist sehr anhänglich. Wenn sie einen Menschen in ihr Herz schließt, dann mag sie alles an ihm, und das am besten für immer.« Beim Gedanken an seine Tochter schlich sich ein Lächeln auf seine Lippen. »Ihr würdet euch gut verstehen.«

Mit wirklich vielen Dingen hatte ich gerechnet, aber nicht damit, dass Josh mir erklärte, warum er mir seine Tochter nicht vorstellen wollte. Dieser Grundsatz machte ihn vermutlich zu einem guten Vater, auch wenn der Gedanke, dass er seine Affären vor ihr versteckte, einen sehr faden Beigeschmack hatte.

»Rede mit mir, Em.«

»Was willst du hören?« Hilflos suchte ich nach Worten. »Ich bin nicht davon ausgegangen, dass ich sie kennenlernen werde.«

»Ja, das dachte ich mir.« Dieses Mal lächelte er nur halbherzig. »Du hast jedes Recht der Welt, mich zu hassen. Das weiß ich. Aber wenn du das vielleicht nicht tun würdest, wäre das ...« Den Rest des Satzes ließ er ungesagt.

Während ich in das warme Braun seiner Augen starrte, wurde mir schlagartig bewusst, was hier gerade passierte. Ich geriet wieder in seinen Bann. Wie damals. Josh schaffte es, mich mit ein paar netten Worten und einem Lächeln einzulullen, bis ich vergaß, wer wir waren und warum es zwischen uns nie funktionieren würde. Vor vier Jahren hatte es genauso angefangen. Noch einmal würde ich es mir nicht erlauben, auf seine falschen Versprechungen hereinzufallen. Ich hatte Joshua Sanders einmal überstanden, ich war nicht stark genug für ein zweites Mal.

Ruckartig stieß ich mich von der Wand ab, ließ ihn stehen und flüchtete, so schnell mich meine Füße trugen.

Annie öffnete die Tür nach dem zweiten Klopfen und sah mich aus großen, verschlafenen Augen an. Sie trug einen riesigen, rosa Pyjama mit unzähligen Katzen darauf. »Habe ich dich geweckt?« Daran hätte ich denken sollen, bevor ich sie aus dem Schlaf gerissen hatte. Sie war Frühaufsteherin, keine Nachteule wie Grace und ich.

»Nein, ich war noch wach.« Gähnend schüttelte sie den Kopf, und ich ahnte, dass ihre Antwort nicht der Wahrheit entsprach. »Komm rein.«

»Sicher?«

Stumm trat sie einen Schritt zur Seite und hielt mir die Tür noch ein Stück weiter auf.

Ich schlüpfte an ihr vorbei in das kleine Wohnzimmer, das sie sich mit ihrer Mitbewohnerin teilte. In der Wohnung war es mucksmäuschenstill. »Ist Marsha nicht da?«

»Sie übernachtet bei einem Kenneth oder Keith. Ich habe den Namen vergessen.« Annie ließ sich in ihrem wundervollen Katzenpyjama auf die Couch fallen. »Wo ist Grace? Wolltet ihr nicht zusammen zu dieser Party?«

Seufzend setzte ich mich neben sie. »In Chicago. Sie hat einen spottbilligen Flug gefunden und konnte sich das Angebot nicht entgehen lassen. Also bin ich allein gegangen.«

Annie musterte mich mit leicht schief gelegtem Kopf. »Soll ich raten, was passiert ist?«

»Sieht man mir das so deutlich an?« Frustriert ließ ich mich tiefer in die Polster sinken. Diesen Abend hatte ich mir komplett anders vorgestellt.

»Ja. Und bevor du mir erzählst, was er getan hat, mache ich uns einen Tee, okay?« Sie stand auf und steuerte die kleine Küche an, die direkt ans Wohnzimmer grenzte.

»Du hast nicht zufällig Alkohol da?«

»Nein, aber etwas Besseres.« Ich hörte sie in der Küche hantieren, bevor sie mit zwei dampfenden Bechern und einer riesengroßen Tafel Schokolade zurückkam. »Ich weiß nicht, wie gut Alkohol Probleme löst, aber Zucker ist eine wunderbare Hilfe in allen Lebenslagen.« Annie stellte den Tee vorsichtig vor mir ab, bevor sie sich wieder neben mich setzte und leise schlürfend den ersten Schluck von ihrem nahm.

»Du warst noch nie betrunken?«

»Nein.« Sie schüttelte fast entschuldigend den Kopf. »Das steht auf der langen Liste von Dingen, die ich noch tun will und werde.«

»Es gibt eine Liste?« Davon hatte sie noch nie erzählt.

»Ja, aber die ist unvollständig und eigentlich auch belanglos.«

»Was steht da so drauf?« Auch wenn sie behauptete, dass diese ominöse Liste keine große Bedeutung hatte, war ich schrecklich neugierig. Und so lange wir über Annie redeten, musste ich mich nicht mit Josh auseinandersetzen.

»Ach, alltäglicher Kram.« Sie zog die Beine an und schlang die Arme um ihre Knie. »Einen Jahrmarkt besuchen, nachts am Strand sitzen, einen Horrorfilm ansehen. Solche Sachen halt.«

»Einen Strand herbeizuzaubern wird schwierig, aber ein gruseliger Film wäre kein Problem.« Vielleicht konnte ich ihr nicht bei allen Dingen auf ihrer Liste helfen, aber ich würde mein Bestes geben.

»Wie wäre es, wenn du mir erzählst, wie Josh dich aufgeregt hat?«

Es länger hinauszuzögern ergab wohl keinen Sinn. Ich war extra hergekommen, weil ich mit jemandem reden musste. »Er war auch auf der Party.«

»Ich nehme an, ihr habt euch gestritten?« Annie kräuselte unzufrieden die Stirn. »Wie ihr das immer tut.«

Ich stopfte mir ein kleines Stück Schokolade in den Mund und spülte es mit Tee hinunter. »Er macht mich manchmal so wütend.«

»Warum?« Annie sah mich aufmerksam an. Wenn ich es nicht besser wüsste, hätte man annehmen können, dass sie an mir ihre erste Therapiestunde übte. Erst im letzten Semester hatte sie den Studiengang gewechselt und sich für Psychologie eingeschrieben. »Was löst diese Wut aus?«

»Seine pure Anwesenheit.« Ein weiteres Stück Schokolade wanderte in meinen Mund.

»Es gibt sicher etwas, das dich triggert.« Was mich getriggert hatte? Sein verdammter Penis. Doch das wusste nicht einmal Grace. Wieder auf ihn hereinzufallen, fühlte sich wie eine Niederlage an. Eine Niederlage vor den eigenen, dummen Gefühlen, die sich nicht abstellen ließen. Bei jeder Gelegenheit hatte ich behauptet, dass ich ihn hasste. Nur um dann mit ihm zu schlafen. Annie würde es verstehen, weil sie immer alles verstand. Doch es war mir peinlich und unangenehm, wie willensschwach und dämlich ich gewesen war. »Es reicht, wenn er einfach nur mit mir spricht.«

»Hm.« Sie bedachte mich mit einem langen, intensiven Blick. »Was hat er denn gesagt?«

Schnaubend nahm ich mir noch ein Stück der Schokolade. »Dass ich ihn nicht hassen soll, obwohl ich jedes Recht dazu hätte.«

»Du hasst ihn nicht.«

»Natürlich nicht.« Hilflos warf ich die Hände in die Luft. »Und das ist das fucking Problem. Würde ich ihn hassen, wäre alles so viel einfacher.« Dann hätte ich sicherlich auch nicht mit ihm geschlafen.

»Ich habe letztens einen interessanten Artikel gelesen, der vielleicht nützlich sein könnte.«

Nur mühsam unterdrückte ich ein Stöhnen. »Will ich wissen, worum es darin geht?« Es hatte garantiert etwas mit ihrem Studium zu tun.

»Vielleicht hilft es.«

»Mir kann nur noch ein Exorzist helfen.« Ich war zwar nicht von einem Dämon besessen, jedoch ganz sicher von Josh Sanders.

Annie schlug mir sanft gegen den Oberarm. »Darüber macht man keine Witze.«

Manchmal vergaß ich, wie religiös Annie aufgewachsen war.

Die Glaubensdiktatur ihrer Großmutter hatte bei ihr Spuren hinterlassen. »Tut mir leid.«

»Schon okay.« Sie drehte sich zu mir um und sah mich erwartungsvoll an. »Dieser Artikel handelte von einer Studie an einer Uni in Europa. Amsterdam, um genau zu sein.«

Ich bezweifelte, dass mich eine niederländische Uni retten würde, doch Annie war nicht zu bremsen.

»Man hat herausgefunden, dass es sehr hilfreich ist, wenn sich Menschen für schwierige Situationen selbst Regeln aufstellen. Sie halten sich daran, nur weil sie davon wissen. Das funktioniert, auch wenn es eigentlich keinerlei Konsequenzen gibt.«

»Ich verstehe kein Wort.« Wie sollte das mein Josh-Problem lösen?

»Du musst dir für dich selbst Verhaltensweisen überlegen, an die du dich hältst, wenn du Josh begegnest.« Annies Müdigkeit war verschwunden und gruseligem Enthusiasmus gewichen. »Wenn du ihm das nächste Mal über den Weg läufst, weiß du genau, was zu tun ist, und hältst dich unbewusst daran.«

»Und was sollen das für Regeln sein?« Skeptisch knabberte ich an einem weiteren Stück Schokolade.

»Du überlegst dir eine Strategie, die du anwendest, wenn er dich aufregt.«

»Zum Beispiel?«

»Das ist doch ganz einfach.« Annie strich sich ein paar Locken aus der Stirn, die sich aus ihrem geflochtenen Zopf gelöst hatten. »Wenn er dich wütend macht, könnte deine Regel lauten, tief durchzuatmen und dich zu verabschieden. So streitet ihr nicht.«

»Er macht mich *immer* wütend.«

Annie rollte theatralisch mit den Augen. »Das war auch nur ein Beispiel. Die Regel könnte auch lauten, dass du zehn Atemzüge abwartest, bevor du ihm antwortest.«

»Und du glaubst, das funktioniert?«

»Die Forscher an der Universität in Amsterdam tun das.«

Vielleicht wäre ein Exorzist doch die bessere Wahl.

5. Kapitel

Die Sonne schien so hell vom Himmel, dass ich ihr mein Gesicht entgegenstreckte und dabei das wohlige Gefühl auf der Haut genoss. Es war nicht besonders warm, doch der Mix aus Regen und Wind hatte Columbus für kurze Zeit aus seinem eisigen Griff entlassen. Da es sich vermutlich um einen der letzten schönen Tage des Jahres handelte, hatte ich mich entschieden, meine Mittagspause auf der großen Wiese vor der Bibliothek zu verbringen.

Mit dem Wunsch nach ein paar Sonnenstrahlen war ich nicht allein. Über die ganze Fläche waren Studenten verteilt, die zu Mittag aßen. Manche saßen auch einfach nur mit einem Buch auf dem Schoß da, andere starrten auf ihre Handys, wieder andere hielten ihr Gesicht genau wie ich in die Sonne. Mit großer Wahrscheinlichkeit handelte ich mir gerade ein paar neue Sommersprossen ein, was mich jedoch nicht störte. Im Laufe der Jahre hatte ich meinen Frieden mit ihnen geschlossen.

Widerwillig widmete ich mich wieder meinem Buch über mittelalterliche Schatzkunst. Das Thema war ermüdend und dieser Teil der bildenden Kunst einfach nichts für mich. Mein Herz hatte schon immer für die Malerei geschlagen. Schrecklich lange Texte über die Verarbeitung von Gold, Silber und anderem Edelmetall zu lesen, war der langweiligste Teil meines Studiums. Ich war mir immer sicher gewesen, mich mit Kunstgeschichte für das Richtige entschieden zu haben – bis ich durch meine erste Prüfung gerasselt war. Natürlich zum Thema Schatzkunst.

»Hier bist du.« Grace ließ sich neben mich ins Gras fallen, Arme und Beine in alle Himmelsrichtungen gestreckt, als würde sie einen Schneeengel machen wollen. »Ich habe dich ewig gesucht, wir wollten doch zusammen essen.«

Neben mir lag mein Handy, das in der letzten halben Stunde keinen Mucks von sich gegeben hatte. »Warum hast du mir keine Nachricht geschrieben?«

»Mein Akku ist leer.«

»Du hast wieder ewig mit Noah telefoniert?«

»Jup.« Grace setzte sich auf und lächelte mich über den Rand ihrer Brille hinweg an. »Er hat am Freitag vermutlich sein erstes Spiel und ist mega aufgeregt.«

»Wow. Das ist großartig.« Seit Noah zu den *Chicago Bears* gegangen war, wartete er auf seinen ersten Einsatz in der NFL. Jetzt war es anscheinend endlich so weit. »Er wird das hinkriegen.«

»Natürlich wird er das.« Sie wirkte hundertprozentig überzeugt, dass ihr Freund ein phänomenales Spiel hinlegen würde. »Er ist der beste Runningback.«

»Der beste Runningback der *Chicago Bears*?«

»Der beste Runningback der NFL natürlich.« Entrüstet funkelte sie mich an. »Vielleicht bin ich auch nur etwas parteiisch.«

»Vielleicht? Etwas?«

»Hey, ich muss nicht neutral sein.« Sie zog zwei Müsliriegel aus ihrem Rucksack und warf mir einen zu. »Ich darf ihn für den besten Footballer halten, der jemals gespielt hat, ohne mich dafür rechtfertigen zu müssen.«

»Manchmal seid ihr beiden echt gruselig.« Mein Gemurmel ging ein wenig dadurch unter, dass ich an meinem Müsliriegel knabberte. Grace hatte mich trotzdem verstanden.

»Ich weiß.« Sie lachte und schien sich keineswegs dafür zu schämen, dass sie und Noah auch nach Monaten immer noch so ekelhaft verliebt wirkten, dass man sie nur ansehen musste, um in ein Zuckerkoma zu fallen. »Er fliegt Freitagnacht nach dem Spiel noch nach Ohio. Samstag hat er einen trainingsfreien Tag. Wir wollen seinen Einsatz feiern. Bist du dabei?«

»Freitag?«

»Nein, nein.« Sie schüttelte den Kopf. »Er landet erst mitten in der Nacht. Wir hatten an Samstag gedacht.«

Mit Noah auszugehen, würde bedeuten, dass ganz bestimmt auch Josh dabei wäre. Er würde seinen besten Freund sicherlich dazu bringen, mitzukommen. »Ich weiß noch nicht. Vielleicht brauche ich die Zeit für meine doofe Hausarbeit, die nächste

Woche fällig ist.« Meine Ausrede klang in meinen Ohren durchaus glaubwürdig.

»Okay, kein Problem. Du kannst das auch spontan entscheiden. Es wird sowieso keine große Sache. Vermutlich gehen wir nur in irgendeine Sportsbar.«

Genau das hatte ich befürchtet. Das halbe Team würde dabei sein, immerhin hatte Noah mit den meisten von ihnen im letzten Jahr noch gespielt. Die Gefahr, Josh über den Weg zu laufen, war einfach zu groß. Meine Strategie war es, so viel Abstand zu ihm zu halten wie möglich. Wenn ich mich nicht in seiner Nähe aufhielt, konnte er mich auch nicht mit Worten einwickeln, von denen keines ehrlich gemeint war.

Die Strategie war so gut, dass sie keine zwei Minuten später kläglich scheiterte.

»Gracie. Hey.« Djamal, einer der Cornerbacks der *Bucks*, setzte sich neben Grace und zog sie in eine herzliche Umarmung. »Wie geht's dem Loser in Chicago?«

Grace boxte Djamal gegen den Oberarm, der den Umfang eines Baumstamms hatte. Dass er diese Berührung überhaupt spürte, war zu bezweifeln. »Der *Loser* hat am Freitag vermutlich seinen ersten Einsatz.«

»Das wurde auch Zeit.« Djamal strahlte mit Grace um die Wette. Wie sehr sich beide für Noah freuten, war kaum zu übersehen. »Er wird den *Packers* den Arsch aufreißen.«

»Darauf kannst du wetten.« Grace und Djamal schlugen die Hände in irgendeiner schrägen Weise gegeneinander, die vermutlich so etwas wie eine Ghettofaust darstellen sollte. »Er ist am Samstag hier. Wir gehen aus. Bist du dabei?«

»Ich lasse es mir doch nicht entgehen, unseren neuesten NFL-Star abzufüllen.«

Djamal drehte sich um und pfiff dabei auf zwei Fingern so laut, dass es über die ganze Wiese tönte. Ich folgte seinem Blick, um mit Entsetzen festzustellen, dass das halbe Football-Team in unsere Richtung trottete. Wann waren die hier aufgetaucht? Ich hatte sie nicht bemerkt, weil ich durch Grace abgelenkt gewesen war.

Ein paar der Jungs hatten ihre Freundinnen dabei, deren Namen ich nicht kannte, an deren Gesichter ich mich jedoch erinnern konnte. Eine kleine Brünette schlang die Arme um Djamal und gab ihm einen Kuss auf die Wange. »Du machst einen ganz schönen Krach, Babe.«

»Noah spielt Freitag zum ersten Mal. Wenn das kein Grund für Krach ist, weiß ich auch nicht.«

Seine Freundin erwiderte irgendetwas, das ich aber nicht mehr verstand, weil meine komplette Aufmerksamkeit dem Kerl galt, der als Letzter zu uns herübergeschlendert kam. Josh. Und er war nicht allein. Neben ihm lief ein dunkelhaariges Mädchen, deren kurze Locken bei jedem Schritt im Takt wippten. Die beiden schienen so vertieft in ihre Unterhaltung, dass sie nichts um sich herum wahrnahmen. Als Josh lachte, so als hätte sie gerade die lustigste Geschichte der Welt erzählt, wandte ich den Blick blitzschnell ab. Er sollte mich definitiv nicht dabei erwischen, wie ich ihn anstarrte. Und schon gar nicht sollte er mir ansehen, dass sich mein Magen beim Anblick von ihm und diesem Mädchen schmerzhaft zusammenzog.

»Hannah?« Grace war auf die Füße gesprungen und grinste Joshs Begleitung freudestrahlend an.

»Grace.« Diese Hannah zögerte nicht und zog meine beste Freundin in eine feste Umarmung. »Wie schön, dich zu sehen.«

Jeder schien jeden zu kennen und zu mögen. Ich fühlte mich völlig fehl am Platz. Falls Josh überhaupt bemerkt hatte, dass ich ebenfalls hier saß, sah man es ihm nicht an. Die dunkle Sonnenbrille schirmte seine Augen zuverlässig ab. Genau solche Situationen hatte ich vermeiden wollen. Mit Josh allein zu sein, war schlimm genug. Ihm unter den Blicken anderer Menschen zu begegnen, noch viel schlimmer. Vielleicht war ich paranoid, aber ich bildete mir ein, dass man mir genau ansehen konnte, was vor nicht einmal zwei Wochen zwischen uns passiert war.

Gerade als ich meine Sachen in meinem Rucksack verstaut hatte und aufgestanden war, tauchte er wie aus dem Nichts neben mir auf. Erschrocken sah ich zu ihm auf. Für einen Kerl seiner Größe sollte es unmöglich sein, sich so leise zu bewegen.

»Gehst du schon?«

Meine Antwort war lediglich ein Nicken.

Josh nahm die Sonnenbrille ab und ließ sie immer wieder von einer Hand in die andere wandern. »Wir sollten reden.«

»Nein, das sollten wir nicht.« Ich bemühte mich, ihm so leise wie möglich zu antworten.

Josh hingegen schien es völlig egal zu sein, dass ein Dutzend Footballspieler und meine beste Freundin direkt neben uns standen. »Du kannst mir nicht ewig aus dem Weg gehen.«

»Willst du darauf wetten?«

»Fuck, Em. Das ist einfach albern.« Seine Stimme wurde mit jedem Wort lauter. »Zehn Minuten. Mehr will ich nicht.«

»Du kapierst es nicht, oder?«

»Anscheinend nicht.« Seine Ahnungslosigkeit stand ihm ins Gesicht geschrieben. »Klär mich auf.«

Entschlossen trat ich ein paar Schritte zur Seite, um ungebetene Zuhörer zu vermeiden. Josh folgte mir, ohne zu zögern. »Es war ein Fehler. Ein dummer, blöder, total idiotischer Fehler. Und ich habe nicht vor, den zu wiederholen.« Ich holte tief Luft. »Ich kann das einfach nicht, Josh. Für dich ist das vielleicht alles ein Spiel, für mich ist es das jedoch nicht. Du hast mir damals das Herz gebrochen, und ich werde nicht zulassen, dass du das noch einmal tust.« Sein Gesicht blieb ausdruckslos, während ich loswurde, was mich seit unserer gemeinsamen Nacht um den Schlaf brachte. Mittlerweile war meine Stimme nur noch ein Flüstern. »Der Sex mag gut gewesen sein, aber nicht gut genug, dass er den restlichen Scheiß wert ist. Also bitte, lass mich einfach in Ruhe.«

Als erste Reaktion auf meinen Ausbruch setzte er sich die Sonnenbrille wieder auf. Wenn ihm das dabei half, die emotionale Distanz zwischen uns zu wahren, sollte es mir recht sein. Seine zweite Reaktion war ein einziger Satz, dessen Endgültigkeit mich mehr traf, als ich es jemals zugegeben hätte. »Wenn es das ist, was du willst, werde ich dich nicht mehr belästigen.« Ohne ein weiteres Wort drehte er sich um und ließ mich und sein Team stehen. Erst als er in der Bibliothek verschwunden war, bemerkte ich Grace, die vor mir stand und mich ansah, als wäre ich ein Alien. »Was zur Hölle war das?«

»Nichts. Das war gar nichts.«

»Es sah nicht nach *nichts* aus.« Grace wusste von meiner Vergangenheit mit Josh und warum ich ihm aus dem Weg ging, wo es mir nur möglich war. Natürlich kaufte sie mir meine lahme Antwort nicht ab. »Seit wann redet ihr wieder miteinander?«

»Wir haben nicht geredet, wir haben gestritten.« Trotzig straffte ich die Schultern. »Das ist was anderes.«

»Em.« Behutsam legte sie mir die Hand auf den Unterarm. »Du weißt, dass du mir alles erzählen kannst.«

»Ja, ich weiß.« Dass Gesichtsmuskeln schmerzten, wenn man sich zu sehr anstrengte, ein Lächeln zustande zu bringen, war eine neue Erfahrung, auf die ich gern verzichtet hätte. »Aber da ist nichts, worüber wir sprechen könnten.«

»Okay, wenn du das sagst.« Grace glaubte mir kein Wort, und wenn ich ehrlich war, hätte ich mir dieses jämmerliche Schauspiel auch nicht abgenommen. Ich brauchte keinen Spiegel, um zu wissen, dass mir all die widersprüchlichen Gefühle für Josh ins Gesicht geschrieben standen.

Erst lange nachdem ich Grace kennengelernt hatte, hatte ich ihr überhaupt von ihm erzählt. Er war ein Kapitel meines Lebens, das ich fest unter Verschluss hielt. So fest, dass nichts an die Oberfläche dringen und mich erneut verletzen konnte. In den vergangenen Jahren war ich mit dieser Taktik mehr oder weniger erfolgreich gewesen. Seit ich jedoch erneut mit ihm geschlafen hatte, waren all die alten Gefühle wieder da. Mein sechzehnjähriges, dummes, verliebtes, blindes Ich wollte die Oberhand gewinnen und sich, ohne über die Konsequenzen nachzudenken, wieder auf Josh einlassen. Die Erinnerung an früher war so lebendig, als wäre es erst gestern passiert. Jetzt mit Grace darüber zu reden, was geschehen war, würde es mir nur noch schwerer machen, diese eine Nacht mit Josh als Fehler abzustempeln.

Angeblich vergaß man die erste Liebe nie ganz. Bei mir war es mehr als das. Ich hatte vergessen, mich zu entlieben. Die Gefühle für ihn waren noch genauso stark wie damals. Ein Umstand, von dem niemand wissen durfte. Schon gar nicht Josh.

Nach seinem Abgang hatte ich mich selbst hastig verabschiedet und auf den Weg gemacht. Wohin war egal, solange ich ihm nicht mehr begegnen musste. Vor meinem Wohnheim setzte ich mich auf die breite Steintreppe und vergrub das Gesicht in den Händen. In meiner Vorstellung hatte es sich so gut angefühlt, einmal diejenige zu sein, die ihn abwies. Genugtuung wollte sich jedoch nicht einstellen. Ich war traurig. So traurig, dass ich die Tränen nur mit großer Anstrengung unterdrücken konnte.

Das Klingeln meines Handys rettete mich vor unnötigen Gedankenspielen, die nichts Gutes hervorgebracht hätten.

»Hey, Mom.« Mit so viel Fröhlichkeit, wie ich aufbringen konnte, begrüßte ich meine Mutter. Wenn mir jemand anhören konnte, dass etwas nicht in Ordnung war, dann war sie es. Auf keinen Fall wollte ich mit ihr über Josh sprechen, also war es an der Zeit für eine oscarreife Vorstellung.

»Wie schön, dass ich dich erreiche, Emily.« Sie klang aufgeregt. Gehetzt. Diesen Ton kannte ich. Automatisch stellten sich all meine Nackenhaare auf.

»Was ist passiert, Mom?« Ich wusste, wer für ihren Zustand verantwortlich war. Es wäre müßig, danach zu fragen. Es war seit Jahren immer das Gleiche.

»Muss erst etwas passieren, bevor ich meine Tochter anrufen darf?«

»Nein, aber ich höre dir an, dass etwas nicht stimmt.« Was auch immer geschehen war, im besten Fall konnte ich sie beruhigen und davon überzeugen, dass nicht alles, was mein Dad tat, ein persönlicher Angriff auf sie war. Die beiden hatten sich getrennt, als ich zwölf Jahre alt gewesen war. Dad verliebte sich, wie ein schlechtes Klischee, auf einer Geschäftsreise in seine Assistentin. Kurz darauf verließ er Mom und war mit Clara und deren Tochter aus einer früheren Beziehung ans andere Ende des Landes gezogen. Mom war nie darüber hinweggekommen, auch wenn sie stets etwas anderes behauptete.

Lange Sekunden sagte meine Mutter nichts. Ich lauschte lediglich ihren Atemzügen und wartete darauf, dass sie mir eröffnen würde, warum mein Dad der schlechteste Mensch der Welt war. Dass ich ihn liebte und wir gut miteinander auskamen, wollte sie nicht wahrhaben.

»Ich habe deinem Vater erklärt, dass wir zukünftig nicht mehr auf seine Almosen angewiesen sind.«

Was zur Hölle meinte sie damit?

»Wir beide kommen auch ohne sein Geld zurecht.«

Ein eiskalter Schauer lief mir über den Rücken. »Was genau hast du zu ihm gesagt?«

»Dass wir seinen Unterhalt nicht brauchen.« In ihrer Stimme schwang all der verletzte Stolz mit, den sie seit der Scheidung nie hatte abschütteln können.

»*Wir* brauchen keinen Unterhalt?« Mom war ihr Leben lang Künstlerin gewesen und hatte damit mehr oder weniger gut verdient. Meistens eher weniger. Nur weil Dad erfolgreich als Wirtschaftsanwalt arbeitet, hatte sie es sich leisten können, zwanzig Jahre lang Bilder zu malen, die ihr selten jemand abkaufte.

»Emily, ich denke, dass es für uns beide gut ist, zukünftig auf eigenen Beinen zu stehen.«

Ich wusste, dass er ihr noch immer monatlich eine kleine Summe überwies. Sein schlechtes Gewissen trieb ihn vermutlich dazu. Die viel größere Summe ging allerdings an mich. »Was genau hast du ihm gesagt?«

»Dass ich mir einen Job suchen werde.« Sie zögerte kurz. »Und du wirst dich einfach um ein Stipendium bemühen.«

Fassungslos sackte ich in mich zusammen. In all ihrer Wut auf Dad war sie tatsächlich so weit gegangen, ihm zu sagen, dass er mein Studium nicht mehr zu finanzieren brauchte. Wenn sie sich diesen falschen Stolz leisten konnte, war das ihre Sache. Ich selbst war darauf angewiesen, dass er mich unterstütze. »Wie soll ich mir einfach so ein Stipendium suchen? Mitten im Semester?« Meine Noten waren okay, aber weit davon entfernt, dass mich irgendwer unterstützen würde, der nicht mit mir blutsverwandt war. »Ohne Dads Geld kann ich mir die *Ohio State* nicht leisten. Das weißt du ganz genau.«

»Wir haben uns lange genug auf deinen Vater verlassen, Emily. Das wird dir guttun.«

»Vergiss es.« Wütend schloss ich die Augen, während ich meine Worte so sorgfältig wie möglich abwog. Natürlich wollte ich ihr nicht wehtun, aber sie konnte mir nicht einfach mein Studium versauen, weil sie in acht Jahren nicht über die Trennung hinweggekommen war. »Ich werde Dad anrufen und das direkt mit ihm klären.«

»Willst du mir wirklich so in den Rücken fallen?« Ich hörte, wie im Hintergrund eine Tür geräuschvoll ins Schloss fiel. Die Terrassentür, die schon immer gequietscht hatte, wenn man sie bewegte. »Er hat nicht nur mich verlassen, Emily.«

»Das stimmt nicht.« Mein Protest war schwach, sagte sie doch genau das, was ich als Kind immer gedacht hatte. Von einem auf den anderen Tag war er über zweitausend Meilen weit weggezogen und hatte uns zurückgelassen. Mom und auch mich.

»Du weißt, dass ich recht habe. Wir brauchen ihn nicht.«

Nein, das wusste ich nicht. Ich wusste jedoch, dass sie mich in diesem Augenblick manipulierte. Sie appellierte an die Gefühle der zwölfjährigen Em, die nicht verstand, dass ihr Vater einfach so eine neue Familie hatte und sie ihn nur noch wenige Male im Jahr sehen konnte. Ohne ein weiteres Wort zu sagen, beendete ich den Anruf und schaltete mein Handy aus.

Wenn man begreifen wollte, was Liebe anrichten konnte, musste man sich nur meine Mom ansehen. Nach der Scheidung hatte es nie einen neuen Mann in ihrem Leben gegeben. Sie war zu verbittert gewesen. Zu sehr damit beschäftigt, Dad zu hassen, weil sie ihn auch nach all den Jahren immer noch liebte.

Unweigerlich wanderten meine Gedanken zu Josh. Vielleicht waren meine Mom und ich gar nicht so verschieden. Beide ließen wir zu, dass ein anderer Mensch zu viel Macht über unser Denken, unser Handeln und unsere Gefühle hatte. Bei ihr führten die tiefen Wunden dazu, dass sie irrational um sich schlug, ohne auf Kollateralschäden Rücksicht zu nehmen. Und ich selbst? Ich versteckte mich hinter Sarkasmus und einer fein säuberlich aufgebauten Fassade, die immer dann bröckelte, wenn Josh in der Nähe war. Ob eine von uns beiden den richtigen Weg gewählt hatte, musste sich noch herausstellen.

6. Kapitel

»Schließt du gleich ab?« Reece sah mich erwartungsvoll an. Als ich nickte, drückte er mir den Schlüssel in die Hand und schenkte mir ein strahlendes Lächeln. »Nächstes Mal bin ich dran. Du hast was gut, Em.«

»Schon okay.« Es war nicht so, als hätte ich an diesem Samstagabend andere Pläne. Grace feierte mit Noah seinen ersten NFL-Einsatz. Ein Segen, dass ich arbeiten musste. Rettete es mich doch davor, den Abend mit den beiden und damit auch mit Josh verbringen zu müssen.

Reece fummelte relativ erfolglos an der grünen Fliege an seinem Hals herum und schien mit jeder Sekunde frustrierter. »Würdest du kurz? Ich hasse dieses Ding.«

Damit hatten wir etwas gemeinsam. Den Job in der kleinen Sushi-Bar machte ich noch nicht lange und er war okay, die Arbeitskleidung war jedoch ein Witz. Wir sahen in den roten Hosen, weißen Hemden und grünen Fliegen aus wie überdimensioniertes Sushi. Die Fliegen sollten das Wasabi darstellen. Einzig die Hose war optional. Ich hatte die Wahl zwischen ihr und einem genauso hässlichen roten Rock.

Die Bezahlung war jedoch so gut, dass ich über das lächerliche Outfit hinwegsehen konnte. Reece schielte mehrmals zu der großen Uhr hinter der Theke, während ich versuchte, seine Fliege zu lockern. »Hast du noch was vor?« Es war erst kurz vor elf, nicht zu spät, um Freunde zu treffen.

»Könnte man so sagen.« Seine blauen Augen funkelten aufgeregt und nervös zugleich.

»Okay, wie heißt sie?«

Ein breites Grinsen stahl sich auf seine Gesichtszüge. »Bin ich so leicht zu durchschauen?«

»Nein, ich kann Gedanken lesen.« Lachend stupste ich ihm gegen den Oberarm. »Natürlich bist du das. Warum sonst solltest du aussehen, als wäre heute der beste Tag deines Lebens?«

»Ob er das wird, weiß ich noch nicht.« Reece zwinkerte mir verschwörerisch zu. Der Typ hatte mehr Charme, als ihm guttat. »Wie großartig der Tag wird, hängt von ihr ab.«

»Fertig.« Mit der grünen Scheußlichkeit in der Hand trat ich einen Schritt zurück. »Soll ich dir viel Erfolg oder viel Glück wünschen?«

»Erfolg, bitte.« Reece nahm mir die Fliege ab und verstaute sie in seinem Rucksack. »Glück ist mir zu unsicher. Das hast du oder du hast es eben nicht.«

»Du magst sie wirklich, hm?« Eine rhetorische Frage, da er normalerweise ruhig und ausgeglichen war. Davon war in diesem Augenblick nichts zu spüren. Reece sah aus, als wollte er die Welt aus den Angeln heben.

»Ja, das tue ich.« Er trat einen Schritt auf mich zu, zog mich in eine kurze Umarmung und dankte mir erneut dafür, dass ich den Laden ohne seine Hilfe schließen würde. Augenrollend scheuchte ich ihn aus der Tür und machte mich an die Arbeit.

Als ich alle Stühle auf die Tische gestellt hatte und damit beschäftigt war, die Theke abzuwischen, vibrierte das Handy in meiner Hosentasche. Einmal. Zweimal. Dreimal. Erst wollte ich es ignorieren. Es war mit Sicherheit Grace, die mich mit Nachrichten bombardierte. Das vierte Vibrieren brachte mich schließlich doch dazu, leise seufzend in die Tasche meiner feuerroten Polyesterhose zu greifen, um nachzusehen, was sie wollte.

Grace hatte Fotos geschickt. Zwei von einer gut besuchten Bar. Dazu ein schräges Selfie von sich und Noah, auf dem er schielte und sie die Zunge herausstreckte. Damit zauberte sie mir das erste Lächeln seit zwei Wochen auf das Gesicht. Unter dem Selfie stand der Name der Bar, gefolgt von einem Fragezeichen.

Ohne zu antworten steckte ich mein Handy wieder weg. Auf gar keinen Fall würde ich mich von Grace dazu überreden lassen, diese Bar zu besuchen. Natürlich würde auch Josh diesen großen Tag mit Noah feiern wollen. Immerhin waren die beiden beste Freunde und hatten Jahre darauf hingearbeitet, irgendwann in der NFL zu spielen.

Um halb zwölf war der Laden blitzsauber und ich in wirren Gedanken gefangen. Auf der einen Seite wollte ich Josh nicht über den Weg laufen, auf der anderen war es albern, dass ich mich von ihm davon abhalten ließ, den Abend mit Grace zu verbringen. Wir würden uns sowieso immer wieder sehen müssen. Immerhin hatten wir gemeinsame Freunde, die so perfekt füreinander waren, dass irgendwann in der Zukunft vermutlich den üblichen Spießerkram durchziehen würden: Verlobung, Hochzeit, Taufen, Familienfeiern ... Frustriert warf ich den Putzlappen so heftig in den kleinen Eimer zu meinen Füßen, dass das Wasser gegen meine Hose spritze. Wem machte ich hier eigentlich etwas vor? Natürlich wollte ein Teil von mir Josh sehen. Dieser Teil von mir wollte Josh *immer* sehen.

Ihn sehen. Hören. Berühren. Küssen. Nichts davon kam infrage, und doch überlegte ich, ob es sehr blöd aussehen würde, wenn ich in meinem Sushi-Outfit in dieser Bar auftauchte.

»Em.« Grace sah mich als Erste, während ich mich auf der Suche nach bekannten Gesichtern durch die dicht gedrängten Menschen schob. Die Bar war bis zum Bersten gefüllt. Es war noch voller, als es die Fotos hätten vermuten lassen. »Schön, dass du gekommen bist.«

»Ich muss doch Noahs großen Tag feiern.«

Der Angesprochene schnaubte leise. »Wir haben haushoch verloren.«

»Was nicht an dir gelegen hat«, verteidigte Grace ihn, was er damit quittierte, dass er sie auf seinen Schoß zog.

Schnell nutzte ich die Gelegenheit und setzte mich auf den frei gewordenen Platz. Wie erwartet protestierte weder Noah noch Grace.

Zu meiner Erleichterung oder auch Enttäuschung – ich war mir nicht sicher, welches Gefühl überwog – war Josh nirgends zu sehen.

»Willst du?« Lächelnd schob mir Grace ihr Glas entgegen. »An der Bar wartest du ewig und ich klaue mir einfach Noahs

Bier.«

Er widersprach ihr nicht, sondern ergab sich in sein Schicksal, zog sie näher an sich und vergrub das Gesicht in ihrem Nacken. Diese Selbstverständlichkeit, mit der die beiden miteinander umgingen, war manchmal beängstigend. Vor allem für jemanden, der seine letzte ernsthafte Beziehung vor vier Jahren gehabt hatte.

»Lieb von dir, aber ich versuche mein Glück an der Bar. Kann ich euch was mitbringen?« Mein Blick wanderte über den Tisch, an dem einige von Noahs ehemaligen Mitspielern saßen. Sie alle hatten noch fast volle Gläser vor sich stehen und winkten dankend ab. »Okay, dann ... bin gleich wieder da.«

Es dauerte fünfzehn Minuten, bis ich mir einen freien Platz an der Theke erkämpft hatte. Lediglich zwei Barkeeper gaben Getränke aus. Auch wenn sie ihr Bestes taten, würde ich wohl eine Weile warten müssen, bis ich meine Bestellung aufgeben konnte. Vermutlich wäre es besser gewesen, einfach nach Hause zu gehen. Was hatte ich auch erwartet? Josh zu zeigen, dass er mich nicht davon abhalten konnte, meine Freunde zu treffen? Ihm zu beweisen, wie egal er mir war? Für die Umsetzung dieses genialen Plans hätte er zumindest anwesend sein müssen.

Wie aus dem Nichts tauchte einer der beiden Barkeeper vor mir auf und sah mich fragend an. »Was darf ich dir bringen?«

»Eine Cola, bitte.« Vermutlich hätte er nicht nach meinem Ausweis verlangt, selbst wenn ich Bier bestellt hätte. Aber ich war so müde, dass Alkohol definitiv eine schlechte Idee wäre.

»Kommt sofort.«

Während ich auf meine Cola wartete, entdeckte ich ihn. Josh stand am anderen Ende der Theke, hielt ein Glas in der Hand und strahlte eine junge Frau an, die vor ihm stand und ihn aus großen Augen anhimmelte. Sie war hübsch. Klein, lange dunkle Locken und ein niedliches Gesicht, soweit ich das aus der Entfernung beurteilen konnte.

Erst als der Barkeeper mein Getränk vor mir abstellte, zwang ich mich, meinen Blick von den beiden zu lösen. Ich bezahlte meine Cola, machte den Platz an der Theke frei und schob mich langsam durch die Menschenmenge. Dabei konnte ich es nicht verhindern, immer wieder zu den beiden hinüberzusehen. Irgendwann zwischen zwei heimlichen Blicken hatte sie ihre Hand auf Joshs Oberarm gelegt. Ihn schien das nicht im Geringsten zu stören. Wenn überhaupt, wurde sein Lächeln nur noch strahlender. Er hatte sich gerade ein Stückchen in ihre Richtung gebeugt, vermutlich um sie besser verstehen zu können, als er mich entdeckte. In diesem Moment war es verdammt unpraktisch, dass er so riesig groß war. Mühelos starrte er mich über die Köpfe der Menschen hinweg an. Mit gestrafften Schultern hielt ich seinem bohrenden Blick stand.

Endlose Sekunden vergingen, in denen ich weder einen Gedanken an die Dunkelhaarige verschwendete, die weiterhin auf ihn einredete, noch auf das Treiben um mich herum achtete. Erst als mich jemand von hinten unsanft anstieß, erwachte ich aus meiner Trance. Schnell drehte ich mich nach links und brachte genug Abstand zwischen mich und Josh, sodass ich wieder tief durchatmen konnte.

Natürlich war er nicht allein hier. Schon immer war er ein Magnet für weibliche Aufmerksamkeit gewesen. Warum sollte sich daran etwas geändert haben? Immerhin war er einer der Stars der *Bucks* und zudem Single. Bestimmt wusste kaum jemand von Lilly. Und selbst wenn, wettete ich darauf, dass es den meisten Frauen völlig egal war, dass er eine Tochter hatte. Wahrscheinlich gab es mehr als eine, die gern die Ersatzmutter spielen würde.

Mit einer Mischung aus Traurigkeit, Wut und Enttäuschung machte ich mich auf den Weg nach draußen. Vielleicht half frische Luft dabei, das Chaos in meinem Kopf zu beruhigen.

Warum ich traurig war, wusste ich nur zu gut. Wut und Enttäuschung waren jedoch Gefühle, die keinerlei Sinn ergaben. Mehr als einmal hatte ich ihn weggeschickt. Hatte ich wirklich erwartet, dass er immer wieder angekrochen kam, um sich erneut eine Abfuhr einzufangen? Dass er sich nach jemand anderem umsah, sich mit anderen Mädchen traf, war sein gutes Recht. Irgendwann würde ich sogar selbst daran glauben.

Die kühle Nachtluft fühlte sich wunderbar auf meiner viel zu warmen Haut an, während ich mich ein paar Schritte von dem Eingang entfernte und mich mit dem Rücken an die Hauswand lehnte. Dabei hielt ich meine Cola in der Hand, als wäre es völlig normal, mutterseelenallein mit einem Getränk vor der Tür herumzustehen.

Ich brauchte eine Strategie, um nicht jedes Mal durchzudrehen, wenn ich Josh begegnete. Dieses Gefühl tief in mir, das mich immer dann aufzufressen drohte, wenn ich ihn mit einer anderen sah, war pure, ungefilterte Eifersucht. Mir noch länger etwas vorzumachen, würde bedeuten, mich selbst weiter zu belügen. Ich war eifersüchtig. So simpel und doch so kompliziert. Eifersüchtig auf die Frauen, die er anlächelte, mit denen er seine Zeit verbrachte, die ihn berühren konnten, ohne dabei von einer Welle an Erinnerungen erdrückt zu werden. Nach unserer Nacht war alles nur noch schlimmer geworden. Auch in den Jahren zuvor hatte ich Josh nie vergessen können. Ihn jedoch wieder zu küssen, erneut mit ihm zu schlafen, einfach nur mit ihm zusammen zu sein ... Die Erinnerungen fühlten sich an, als würde eine zentnerschwere Last auf meinen Brustkorb drücken. Wenn das Liebe sein sollte, konnte ich gut darauf verzichten.

Wie naiv war es von mir, zu denken, dass ich einfach hier auftauchen und ihm zeigen könnte, wie wenig er mir bedeutete? Jede Zelle meines verräterischen Körpers vermisste ihn schrecklich, auch wenn mein Verstand wusste, wie dämlich das war. Was zur Hölle stimmte nicht mit mir? Warum hatte keines der feministischen Bücher, die meine Mutter mir zu beinahe jedem Geburtstag schenkte, wenigstens ein bisschen auf mich abgefärbt?

»So allein hier?«

Erschrocken zuckte ich zusammen, als ich die tiefe Stimme neben mir vernahm. Sie gehörte zu einem Typen mit Baseball-Kappe, den ich, versunken in meinem Elend, nicht hatte kommen hören.

»Ja, ein wenig frische Luft schnappen.«

»Möchtest du Gesellschaft?« Ohne auf meine Antwort zu

warten, lehnte er sich an die Wand neben mir und sah mich erwartungsvoll an.

»Eigentlich nicht.« So höflich wie möglich versuchte ich, ihn loszuwerden. Er machte auf den ersten Blick keinen üblen Eindruck, und ich war mir sicher, ihn auch schon einmal auf dem Campus begegnet zu sein, doch jetzt wollte ich einfach nur meine Ruhe. »Sorry.«

»Sicher?« Er zwinkerte mir zu, wie es jene Kerle taten, die von sich selbst überzeugt waren. »Ich bin ein guter Zuhörer.«

»Danke für das Angebot, aber ja ... ich bin mir ganz sicher.« Um ihm das ultimative Signal zu geben, zog ich mein Handy aus der Tasche und klickte mich wahllos durch ein paar Nachrichten, die ich in der letzten Stunde erhalten hatte.

Der Typ schien die Botschaft nicht zu verstehen. »Gibst du mir deine Nummer?«

»Sorry, ich ...«

»Sagst du mir jetzt, dass du einen Freund hast?« Sein Lächeln war selbstgerecht, als er den Kopf schief legte und mich musterte. »Wenn das stimmt, warum lässt er dich dann hier draußen allein?«

»Was geht es dich an?« Die Zeit für Höflichkeiten war vorbei. Er sollte mich einfach nur in Ruhe lassen. Wenn es half, ihn in dem Glauben zu lassen, dass drinnen jemand auf mich wartete, sollte es mir recht sein. »Und ich bin mir ziemlich sicher, dass er es nicht gut findet, wenn du seine Freundin nach ihrer Nummer fragst.«

»Nein, das tut er wirklich nicht.« Die Stimme, die mich in den letzten Wochen bis in meine Träume verfolgt hatte, klang ruhig, bestimmt und kalt. Kälter als ich sie jemals zuvor gehört hatte.

Der Kerl mit der Baseball-Kappe schielte an mir vorbei, hob abwehrend die Hände und trat zwei Schritte zurück. »Alles gut, Mann. Ich wusste nicht, dass sie mit jemandem hier ist.«

»Vielleicht hättest du mein Nein auch einfach respektieren können.« So einfach wollte ich ihn nicht davonkommen lassen.

»Sorry. Tut mir wirklich leid.«

»Ja, aus einem einzigen Grund.« Ich konnte ein Schnauben

nicht unterdrücken. »Weil ein riesiger Footballer hinter mir steht und du Angst hast, dass er dir den Arsch aufreißt.«

»Lass gut sein, Em.« Joshs Hand legte sich beschwichtigend auf meine Schulter, was den völlig gegenteiligen Effekt hatte. Noch nie in der Geschichte der Menschheit hatte ein Mann eine Frau durch eine solche Geste und ein *Lass gut sein* beruhigen können. Wütend wirbelte ich zu ihm herum. »Zu dir komme ich später.«

»Vielleicht auch jetzt schon?« Josh besaß tatsächlich die Frechheit, zu grinsen. »Der Kerl ist gerade abgehauen.«

Er hatte recht. Der Typ hatte die Gelegenheit genutzt und das Weite gesucht. »Was für ein Feigling.«

»Du kannst ganz schön furchteinflößend sein, wenn du wütend bist.«

»Sehr witzig.« Wie zur Hölle war das passiert? Eben war ich noch vor Josh geflüchtet, jetzt hatte er die holde Maid in Not gerettet. Ein Umstand, der mir nicht sonderlich behagte. »Deine Hilfe war nicht nötig. Ich hatte die Situation im Griff.«

»Oh, das weiß ich.« Als wäre es selbstverständlich, nahm er mir das Glas aus der Hand und trank einen Schluck. »Keine Ahnung, wie du es schaffst, dieses Zuckerzeug herunterzukriegen.« Er schüttelte sich leicht, bevor er mir die Cola zurückgab.

»Lenkst du gerade ab?«

Als Antwort schenkte er mir ein Lächeln, das meine Knie weich werden ließ. »Darauf kannst du wetten. Habe ich Erfolg damit?«

»Nein.« Das hier war alles so falsch. Er sollte mich nicht retten, und ich sollte auch nicht so unglaublich froh sein, dass er hier war und nicht mehr bei der kleinen Dunkelhaarigen in der Bar. »Du kannst nicht einfach auftauchen und dich als mein Freund ausgeben.«

»Du siehst doch, dass ich das kann.«

»Ich will aber nicht, dass du das tust.« Jedenfalls nicht, wenn es nicht ernst gemeint war. Das abtrünnige Organ in meiner Brust, das seit unserer ersten Begegnung auf Josh gepolt war, machte mir einen Strich durch die Rechnung. Unter seinem

Blick schlug es immer schneller, bis das Blut in meinen Ohren rauschte.

Josh verschränkte die Arme vor der Brust. »Hätte ich zusehen sollen, wie sich der Kerl an dich ranmacht?«

»Ja. Genau das hättest du tun sollen.« Wenn wir wirklich nichts mehr füreinander sein wollten, musste er irgendwelche Typen ignorieren, so wie ich es in der Theorie ignorierte, dass er mit irgendwelchen Frauen in Bars flirtete.

»Das ist doch nicht dein Ernst, Em.«

»Doch.« Es war schwer, überzeugend zu klingen, wenn ich nicht mal selbst an das glaubte, was ich sagte. »Ich kann mich von so vielen Kerlen angraben lassen, wie ich will.« Um meinen Worten Nachdruck zu verleihen, tat ich es Josh gleich und verschränkte die Arme. »Und du kannst von mir aus mit jedem deiner Groupies ins Bett hüpfen.«

»Darum geht es? Um die Frau in der Bar?«

Er war einfach unmöglich. »Natürlich geht es *nicht* darum.«

»Doch. Genau das tut es.« Er machte einen Schritt nach vorn, sodass uns nur noch wenige Zentimeter trennten. »Du bist eifersüchtig.« Dieses selbstzufriedene Lächeln zierte erneut seine Gesichtszüge. »Du bist sauer, weil ich mich an der Theke mit einer Frau unterhalten habe, deren Namen ich nicht einmal kenne. Das nur als kleine Bemerkung am Rande.«

»Blödsinn«, war alles, was ich herausbrachte. Seine Nähe machte mich so nervös, dass mein Mund staubtrocken war. Dass er mit jedem Wort ins Schwarze traf, verbesserte meinen aufgewühlten Zustand nicht. Im Gegenteil.

»Em, das funktioniert so nicht.« Josh streckte die Hand nach mir aus, doch bevor er mich berühren konnte, wich ich einen Schritt zurück. »Du kannst mich nicht hundertmal abweisen und gleichzeitig jedes Mädchen, mit dem ich rede, mit Blicken durchbohren.«

Das hatte ich nicht getan! Oder doch? Verdammt. »Das war nicht so.« Meine leise Erwiderung klang furchtbar lahm.

»Dann sag mir, warum du aus der Bar geflüchtet bist.« Bevor ich zu einer Antwort ansetzen konnte, hob er die Hand. »Die

Wahrheit, Em. Bitte. Lass uns einmal ehrlich zueinander sein.«

Wenn er die Wahrheit wollte, konnte er sie haben. Was machte das jetzt noch für einen Unterschied? »Als ich dich mit ihr zusammen ...« Ich stockte. Waren wir wirklich schon bereit dafür? »Da dachte ich ... «

»Was dachtest du, Em?« Seine Stimme war so sanft, dass ich beinahe in Tränen ausbrach.

»Ich habe mir vorgestellt, wie es wäre, ... wenn du mich so ansehen würdest wie sie.« Dieses Mal konnte ich es nicht auf den Alkohol schieben. Ich hatte ihm aus freien Stücken einen Teil des Gefühlschaos in meinem Inneren offenbart. Aus Erfahrung wusste ich, dass es ein Fehler gewesen war. Sich ihm zu öffnen, bedeutete, verletzt zu werden.

»Emily.« Josh überwand die kurze Distanz, die ich zwischen uns geschaffen hatte. Zärtlich legte er seine Hände an meine Wangen, während er mit seinen Daumen kleine Kreise auf meiner Haut zeichnete. Konnte man gleichzeitig innerlich verbrennen und erfrieren? Ich würde es herausfinden, wenn er mich weiterhin berührte. »Ich sehe dich an. Aber nicht wie diese Mädchen in irgendwelchen Bars.« Seine Stimme war sanft wie eine Liebkosung. »Dich habe ich schon immer auf eine ganz andere Art angesehen.«

Ich konnte lediglich den Kopf schütteln. Mehr war nicht möglich, wenn er mir so nah war, dass ich seinen Atem auf meiner Haut spürte.

»Doch, Em. Es stimmt.«

Ein erneutes Kopfschütteln folgte. »Das ist nicht richtig.«

»Ob es richtig ist, weiß ich nicht. Aber es fühlt sich richtig an.«

Warum musste er plötzlich die perfekten Worte finden? Wo war der Idiot geblieben, der mich mit jedem Satz auf die Palme brachte? Mit diesem Josh war es so viel einfacher als mit dem, der vor mir stand und mir das Gefühl gab, er würde mir die Sterne vom Himmel holen wollen. Es wäre so einfach, sich dieser trügerischen Illusion hinzugeben. »Es ist nur körperliche Anziehung.« Wie ich es schaffte, mit den Schultern zu zucken, war mir selbst ein Rätsel. »Biochemie. Nicht mehr.«

»Körperliche Anziehung?« Seine rechte Augenbraue schnellte skeptisch nach oben. »Biochemie?«

»Jap.« Seine Hände an meinen Wangen brachten mich völlig durcheinander. Es war ein Wunder, dass ich überhaupt die richtigen Worte fand. »Wir sind anscheinend kompatibel.«

»Kompatibel?«

»Kompatibel im Bett.« Unweigerlich stahlen sich Bilder von einem nackten Josh vor mein inneres Auge und ließen mich schwer schlucken.

»Das habe ich schon verstanden, aber ...« Zum ersten Mal an diesem Abend schien er irritiert. »Du glaubst also, dass unsere Anziehung rein körperlich ist?«

Glaubte ich das? Nein. Natürlich nicht. Es war nicht sein Körper, in den ich seit Jahren hoffnungslos verliebt war. Es war der Kerl, der darin steckte. Aber glaubte ich, dass Josh auch in mir mehr sah als eine Erinnerung? Nein, das tat ich nicht. Schon immer hatte ich ihn mehr geliebt als er mich. »Ich denke, dass du mit mir schlafen willst.«

»Natürlich will ich das.« Sein Lachen klang heiser und leicht verzweifelt. »Du bist heiß.«

»Und das ist genau der Punkt.« Meine Hände legten sich zaghaft auf seine. »Der Sex zwischen uns war schon immer gut.«

»Das stimmt, aber ...« Kopfschüttelnd trat er einen Schritt zurück und ließ die Hände sinken. »Ich habe keine Ahnung, was du mir damit sagen willst.«

»Wir sollten das nicht überbewerten.« Mein Versuch, möglichst gleichgültig zu klingen, scheiterte. Am Ende des Satzes brach meine Stimme. Ich hoffte inständig, dass er es nicht bemerkte.

Joshs ganzer Körper stand unter Spannung, wie man es nur von Sportlern kannte, wenn sie zu hundert Prozent auf ihr Ziel fokussiert waren. »Was sollten wir nicht überbewerten, Emily?«

»Das zwischen uns.« Eisern zwang ich mich, seinem Blick standzuhalten. Er sollte nicht denken, dass ich einknickte.

»Und was ist deiner Meinung nach zwischen uns?«

»Beantwortest du jetzt jede Frage mit einer Gegenfrage?«

Sichtlich frustriert, verschränkte er die Hände im Nacken. »Wenn du weiterhin so kryptische Andeutungen machst, muss ich das wohl.«

»Daran war gar nichts kryptisch.«

»Em. Was denkst du, ist das zwischen uns?«

»Sex und Erinnerungen. Das ist alles.« Für mich war es so viel mehr, aber das würde ich niemals zugeben.

»Wow.« Er trat einen Schritt zurück, als müsste er dringend mehr Abstand zu mir gewinnen. »Ich weiß, dass ich dich verletzt habe, aber ...«

»Sag es nicht. Ich will das nicht hören.« Mir von ihm erklären zu lassen, warum er mir Vanessa vorgezogen hatte, war mehr, als ich ertragen konnte. »Wenn das hier zu irgendetwas führen soll, musst du mir versprechen, dass wir nicht über das reden, was gewesen ist.«

»Ich soll dir *versprechen*, dass wir ignorieren, was vor vier Jahren passiert ist?« Josh ließ die Hände sinken und vergrub sie tief in den Taschen seiner Jeans. »Lass es mich erklären. Du musst mir nur fünf Minuten zuhören.« Es lag ein Flehen in seiner Stimme, das mich fast schwach werden ließ. »Du solltest ein paar Dinge wissen, auch wenn du mich danach vermutlich immer noch für einen Scheißkerl hältst. Vanessa und ich ...«

»Nein!« Kaum hatte er angesetzt, unterbrach ich ihn. »Ich will nicht darüber sprechen. Kein Wort.«

»Em, das kann ich nicht.«

Ich atmete tief ein und straffte die Schultern. »Okay, dann gehe ich wieder da rein und wir vergessen, dass dieses Gespräch jemals stattgefunden hat.«

Gerade hatte ich mich umgedreht und wollte zurück in die Bar flüchten, als ich seine Hand auf meinem Unterarm spürte. »Und wenn ich es doch kann?« Langsam hob ich meinen Blick. In Joshs braunen Augen lag ein Ausdruck, den ich zuvor nur ein einziges Mal gesehen hatte. An dem Tag, als er mich verlassen hatte. »Was passiert, wenn ich es dir verspreche, Em?«

Es war der Tanz auf der Rasierklinge. Der ultimative Fehler.

Das absolut Dümmste, das ich hätte tun können. Doch ich vermisste ihn so schrecklich, dass ich mich ohne zu zögern in den Abgrund warf, der Josh Sanders hieß.

Ohne dass er wusste, wie ihm geschah, hatte ich die Distanz zwischen uns überwunden, meine Hände auf seine Brust gelegt, mich auf die Zehenspitzen gestellt und meine Lippen auf seine gepresst.

Im ersten Moment war er wie erstarrt, erwiderte meinen Kuss nicht und blickte nur aus weit aufgerissen Augen auf mich herunter. Dieser Zustand dauerte jedoch zu meiner großen Erleichterung nicht länger als eine Millisekunde an.

Josh schlang beide Arme um mich und hob mich so plötzlich hoch, dass ich erschrocken quietschte, während ich die Beine um seine Taille schlang und meine Hände hinter seinem Nacken verschränkte. Als ich die Hauswand im Rücken spürte, war es, als wären alle Dämme gebrochen.

Josh küsste mich mit der gleichen Verzweiflung, die ich selbst empfand. Nichts an unserem Kuss war sanft. Es gab keinerlei Zurückhaltung. Seine Lippen forderten mich hungrig dazu auf, ihm zu geben, was wir beide wollten.

Es fühlte sich an, als würde ich nach einer sehr langen Reise nach Hause kommen. Als wäre Josh der Anfang und zugleich auch das Ende meiner Geschichte.

Er schnappte nach Luft und unterbrach den Kuss nach einer kleinen Ewigkeit, lehnte seine Stirn an meine und lächelte mich fast schüchtern an. Das Strahlen in seinen Augen traf mich noch heftiger als alles, was wir in den Minuten zuvor getan hatten.

Es gab zwei elementare Dinge, die mir in diesem Moment klar wurden: Ich wollte mich nicht mehr krampfhaft von ihm fernhalten, und er hatte genug Macht über mich, um mich erneut zu zerstören. Josh war eine Naturgewalt, die vor vier Jahren durch mein Leben gewalzt war und das Gleiche noch einmal tun würde, wenn ich es nicht verhinderte.

Eventuell hatten Annie und diese Holländer recht. Vielleicht würde es mir helfen, wenn wir ganz klar definierten, was wir waren – und was nicht. In diesem Moment bereute ich, dass ich ihr nicht aufmerksamer zugehört hatte. Doch worum es im Kern ging, glaubte ich, verstanden zu haben.

»Wir brauchen Regeln.« Meine Stimme klang heiser und nicht nach mir selbst. Leise räusperte ich mich, während Josh meine Nase mit seiner anstupste. Diese Geste war so süß, dass es offensichtlich war, wie dringend wir gemeinsame Grundsätze festlegen mussten.

»Was meinst du damit?«

Seufzend schloss ich die Augen. »Schon wieder eine Gegenfrage?«

»Du bist eine Frau, die mir viele Rätsel aufgibt.«

Das war charmant, aber sicherlich nicht wahr. Für Josh war ich schon immer ein offenes Buch gewesen. Zumeist konnte er mir jede Gefühlsregung im Gesicht ablesen.

Als er mich erneut küssen wollte, war ich erstaunt über meine Selbstbeherrschung, mit der ich ihm zwei Finger auf die Lippen legte, um ihn zu stoppen. »Regeln.«

»Okay. Was meinst du damit?« Josh gab mir einen Kuss erst auf den einen Finger, dann auf den anderen. Wenn er so zauberhaft war, fiel es mir schwer, mich auf das zu konzentrieren, was Annie mir erklärt hatte.

»Es erfährt niemand davon.«

Josh hob den Kopf und sah mich einige lange Sekunden einfach nur an, bevor er nickte. »Wenn du das willst.«

»Wir reden nicht über die Vergangenheit. Niemals.« Dieser Punkt war nicht verhandelbar. Ich würde nicht noch einmal all diese Gefühle durchleben, nur weil er eventuell sein Gewissen erleichtern wollte.

»Okay.« Seine Zustimmung war tonlos. Der spielerische Ausdruck in seinem Gesicht verschwunden. »Da ist noch mehr, oder?«

»Ja, eine Sache noch.«

Seine Brust hob und senkte sich unter tiefen Atemzügen, während er seinen Griff um mich verstärkte. »Okay, raus damit, Em.«

Endlose Augenblicke lang überlegte ich, wie ich es ihm am

besten beibringen sollte. Wie ich es formulieren musste, damit er es verstand. Wie ich es ausdrücken konnte, damit auch mein Herz die Bedeutung meiner Worte erfasste. Es wollte mir nichts einfallen, das klug geklungen hätte. Oder selbstsicher. Oder vielleicht einfach nicht nach einem Mädchen, das schreckliche Angst hatte. Also bestand die Lösung darin, es zu sagen, ohne weiter darüber nachzudenken. »Es ist nur Sex. Nicht mehr.«

»Nur Sex?«, wiederholte Josh langsam, während ich den Kopf an die Wand lehnte, um uns ein wenig Raum zu verschaffen – was angesichts der Tatsache, dass er mich immer noch fest an sich gedrückt hielt, ein hoffnungsloses Unterfangen war. »Was bedeutet das?«

»Keine Dates. Keine Gespräche über irgendwelche privaten Sachen. Keine Anrufe mitten in der Nacht. Kein Händchenhalten. Keine Gefühle.« Die Worte sprudelten so schnell aus mir heraus, dass ich mir nicht sicher war, ob Josh überhaupt alles verstand. »Kein Kram, den man als Paar macht. Es ist nur Sex. Nicht mehr, nicht weniger.« Ich hörte mich eiskalt an. Beinahe hätte ich mir selbst geglaubt, was ich da von mir gab. Wäre nicht dieses Feuer gewesen, das schon immer tief in mir für Josh gebrannt hatte. Lichterloh. Nur für ihn.

Langsam ließ er mich los und stellte mich auf meine Füße. »Du meinst das ernst?«

»Todernst.« Nur wenn ich Grenzen zog, bestand die Hoffnung, dass ich unbeschadet aus dieser Sache herauskommen würde. Mir weiter einzureden, dass ich ihn nicht wollte, wäre vergebens. Seit unserer gemeinsamen Nacht vor zwei Wochen sehnte ich mich so sehr nach ihm, dass ich das Risiko in Kauf nahm, erneut verletzt zu werden. Doch dieses Mal würden wir nach festen Regeln spielen. Wie es Annies Vorschlag gewesen war. Dass sie damit sicherlich keine reine Sexbeziehung gemeint hatte, versuchte ich zu verdrängen.

»Darüber muss ich nachdenken.«

Mit dieser Antwort hatte ich nicht gerechnet. Insgeheim war ich davon ausgegangen, dass es ihm ganz recht wäre, wenn er nur das bekam, worin wir zusammen phänomenal waren. Ohne

Fallstricke. Ohne Ballast. Einfach nur Sex.

Josh strich sich ein paar wirre Strähnen aus dem Gesicht, die ich mit meinen Händen während unseres Kusses in Unordnung gebracht hatte. Sein Blick war dabei auf einem Punkt hinter mir gerichtet. »Ich melde mich bei dir.« Kaum hatte er den Satz ausgesprochen, machte er auf dem Absatz kehrt und verschwand mit schnellen Schritten hinter der hölzernen Eingangstür der Bar.

7. Kapitel

Es dauerte vier Tage, in denen ich nichts von ihm hörte, bis ich ihn zufällig wiedersah. Ich saß mit Annie beim Mittagessen, als Josh und ein paar Jungs aus seinem Team die Mensa betraten und sich am Ende der langen Schlange für die Essensausgabe anstellten.

Noch hatte er mich nicht entdeckt, und um genau das zu verhindern, hätte ich mich am liebsten spontan in Luft aufgelöst. Dass er mich einfach hatte stehen lassen und ich seitdem nichts von ihm gehört hatte, war ein eindeutiges Zeichen. Ein eindeutiges Zeichen dafür, dass er nicht plante, diese Sache zwischen uns zu meinen Spielregeln wieder aufleben zu lassen. Ein wenig war ich erleichtert darüber, denn insgeheim wusste ich, dass es Wahnsinn wäre, sich wieder auf ihn einzulassen. Josh konnte ich vielleicht etwas vormachen, doch mich selbst zu belügen, funktionierte nur bis zu jenem Punkt, an dem ich mir eingestehen musste, dass sich an meinen Gefühlen wenig verändert hatte. Diese blöde Idee war nur entstanden, weil ich ihn auch nach Jahren immer noch liebte und ihn schrecklich vermisste. Was ziemlich armselig war, wenn man bedachte, dass er mich wegen einer anderen verlassen und mit ihr eine Familie gegründet hatte.

»Ich glaube, die Nudeln sind schon tot.« Lachend riss Annie mich aus meinen trübsinnigen Gedanken.

Irritiert hob ich den Blick von meinem Teller. »Wer ist tot?«

»Deine Nudeln.« Sie zeigte mit ihrer Gabel auf das geschmacksneutrale Zeug, das sie einem hier als italienische Spaghetti verkauften. »Du hast sie in den letzten fünf Minuten in Atome zerpflückt.«

»Oh.« Annie hatte recht. Während ich damit beschäftigt gewesen war, Josh so unauffällig wie möglich zu beobachten, hatte ich mein Mittagessen in eine unansehnliche Masse verwandelt. Mit einem Mal überhaupt nicht mehr hungrig, legte ich das Besteck auf dem Tisch ab und rutschte auf meinem Stuhl ein Stückchen nach unten, um mich so klein wie möglich zu machen. Josh und seine Kumpel bezahlten gerade ihr Essen. Nicht mehr lange und er würde vermutlich direkt auf mich zulaufen. »Können wir gehen?«

Annie zerteilte das Gemüse auf ihrem Teller mit fast chirurgischer Präzision. Bei meiner Frage hielt sie in der Bewegung inne. »Darf ich zu Ende essen?«

»Tut mir leid. Natürlich.« Mein Blick wanderte automatisch zurück zu Josh, der mit seinem Tablett in der Hand auf die anderen wartete. Noch wandte er mir den Rücken zu.

Es war kein Beinbruch, dass er mich nicht wollte. Davon würde die Welt nicht untergehen. Früher oder später wäre ich ihm sowieso begegnet, also konnten wir das erste, unangenehme Aufeinandertreffen nach meiner verrückten Idee auch jetzt hinter uns bringen. Vernünftige Gedanken, die alle nicht halfen, meine Nerven zu beruhigen.

Annie hatte sich halb auf ihrem Stuhl umgedreht, um herauszufinden, was – oder besser: wen – ich die ganze Zeit anstarrte. Als sie Josh entdeckte, verfinsterte sich ihr Blick. »Okay, lass uns gehen.«

»Nein, das war Blödsinn.« Um meine Worte zu unterstreichen, schüttelte ich leicht den Kopf. »Du musst nicht verhungern, weil ich eine dumme Kuh bin.«

Annie schnaubte leise. »So schnell verhungere ich nicht.« Ohne auf meinen Protest zu achten, schlüpfte sie in ihre Jacke. »Verschwinden wir von hier.«

Dankbar nahm ich ihr Angebot an, schnappte mir meine Tasche und die schrecklichen Nudeln. Es mochte kindisch sein, aber ich war dankbar, dass ich die unweigerliche Begegnung mit Josh noch etwas herausschieben konnte.

Wir gaben unsere Tabletts ab und hatten es fast aus der Mensa geschafft, als er uns aufhielt. »Annie. Hey.«

Sie lächelte ihn derart freundlich an, niemand wäre auf die Idee gekommen, dass sie noch vor zwei Minuten mit mir vor ihm aus der Mensa hatte flüchten wollen. »Hey, Josh. Heute kein Training?« Ich wusste aus sehr sichererer Quelle, nämlich von ihr selbst, dass Annie keinerlei Interesse an Football hatte. Dass sie Small Talk betrieb, um mich vor Josh abzuschirmen, machte sie zu einer verdammt guten Freundin.

»Doch, später. Wir trainieren nachmittags immer ab vier Uhr.« Aus dem Augenwinkel beobachtete ich, wie er den Kopf leicht nach vorn beugte, um mich anzusehen. »Hey, Em.« Nichts, rein gar nichts an seinem Ton ließ erahnen, dass wir uns vor weniger als sechsundneunzig Stunden noch so lang geküsst hatten, bis uns die Luft zum Atmen ausgegangen war. Seine Begrüßung war neutral, als wäre ich nur eine flüchtige Bekannte. Und vielleicht war ich das auch. Eine kurze Episode in seinem Leben, die er nicht wiederholen wollte.

»Hallo Joshua.« Manchmal half es, ihn *Joshua* zu nennen, nicht *Josh*. Es bewahrte mir ein letztes bisschen Distanz zwischen mir und meinen Gefühlen für Josh, der in diesem Augenblick Joshua für mich sein musste. Es bewahrte mich davor, ihn nicht kopflos stehen zu lassen und dabei wie eine Irre zu wirken.

»Wo ist Grace?« Seine plötzliche Frage traf mich unvorbereitet. Wenn ich ehrlich war, hatte ich mit einer schneidenden Bemerkung gerechnet. Vielleicht mit einem dummen Witz. Mit irgendetwas, das mir das Zeichen geben würde, nach dem ich in jeder seiner Bewegungen und in all seinen Worten suchte. *Nettes Angebot, Em, aber das ist mir alles zu kompliziert. Das ist es nicht wert.* Stattdessen sah er mich abwartend an.

»Grace ist in der Bibliothek.«

»Das hätte ich mir fast denken können.« Joshs Lächeln war liebevoll, als er von ihr sprach. Die beiden mochten sich. Sehr. Auch wenn Grace das Thema Josh mir zuliebe meistens vermied, war mir klar, dass sie viel für ihn übrighatte. »Falls ihr sie seht, sagt ihr bitte, dass ich sie später noch anrufe.«

Annie nickte. Ich erstarrte. Da war es, mein Zeichen. Josh würde Grace anrufen, nicht mich. Auf eine sehr verquere Art verstand ich, was er mir damit sagen wollte. Er hatte sich gegen uns entschieden.

»Ladys.« Mit einer angedeuteten Verbeugung verabschiedete er sich und ließ uns stehen.

Es war bereits nach elf Uhr am Abend, als ich in meinem Zimmer wie ein Tiger im Käfig auf und ab lief und dabei das kurze Gespräch mit Josh immer wieder in Gedanken durchspielte. Es war eine Sache, zu wissen, dass man etwas ruhen lassen sollte. Aber eine andere, sich auch daran zu halten. Warum konnte er mir nicht einfach klipp und klar sagen, dass er sich nicht bei mir melden würde? Dass ich mit all meinen Regeln viel zu kompliziert für unkomplizierten Spaß war?

»Grace?« Barfuß trat ich ins Wohnzimmer, wo sie im Schneidersitz auf dem Boden saß und in einem Bildband über Chicago blätterte. Ein Geschenk von Noah, darauf hätte ich meine gesamten Besitztümer verwettet.

Als sie mich hörte, sah sie überrascht auf. »Ich dachte, du schläfst schon.«

»Nein, noch nicht.« Wenig elegant ließ ich mich auf die Couch fallen. »Hat sich Josh bei dir gemeldet?«

»Nein. Sollte er?«

»Keine Ahnung. Er hat gemeint, er ruft dich an.« Unruhig richtete ich mich auf, um mich im nächsten Moment wieder neben sie zu setzen. »Ich frage mich, warum er das nicht getan hat.«

Grace nahm ihre Brille ab, legte sie auf dem kleinen Couchtisch neben uns ab und musterte mich aus zusammengekniffenen Augen. »Josh ruft mich so gut wie nie an.«

»Deswegen ist es umso seltsamer, dass er genau das tun wollte. Findest du nicht?« Der menschliche Verstand war erstaunlich. Manchmal versuchte er auf absurde Weise, banale Dinge zu interpretieren, bis sie in unser Weltbild passten. Mein Verstand wollte etwas in Joshs Bemerkung finden, das eigentlich gar nicht da war.

»Wenn es wichtig ist, wird er sich schon melden. Oder einfach Noah kontaktieren.« Sie zuckte mit den Schultern. »Du weißt doch, wie er ist.«

Genau das war der springende Punkt. *Ich* wusste, wie Josh war. Auch wenn Grace etwas anderes dachte, war er nicht der Typ, der Dinge ankündigte und sie nicht durchzog. Er war niemand, der etwas sagte, ohne darüber nachgedacht zu haben. Auf Außenstehende mochte er manchmal so wirken, aber ich kannte ihn besser.

»Wieso ist es so wichtig, ob er mich angerufen hat?« In Grace' Stimme schwang Sorge mit – wie immer, wenn wir über Josh sprachen. Sie hatte Angst, dass er mir noch einmal wehtun könnte.

»Ist es nicht.« Sie konnte mir die Lüge sicherlich anhören. »Ich war nur neugierig.«

»Dir ist klar, dass ich dich damit nicht davonkommen lasse, oder?« Meine beste Freundin legte die Stirn in tiefe Falten. »Hat er etwas getan, wovon du mir erzählen solltest?«

»Nein, hat er nicht.« Das war nicht mal eine richtige Lüge. Denn ich hatte etwas getan. Nicht er.

Grace wartete lange Sekunden auf eine Erklärung. Doch es gab nichts, was ich ihr noch hätte sagen können. Und *nichts* war genau das Stichwort. Josh und ich waren ... *nichts*. Zwei Menschen, die eine gemeinsame Vergangenheit hatten, die sie einfach ruhen lassen sollten. »Ich gehe spazieren.« Der Gedanke war mir kaum gekommen, als ich ihn auch schon ausgesprochen hatte und auf die Füße sprang.

»Du gehst spazieren?« Ungläubig sah Grace mich an. »Seit wir uns kennen, bist du noch nie einfach so spazieren gegangen.«

Möglichst gleichgültig zuckte ich mit den Schultern. »Vielleicht gefällt es mir ja.«

»Wenn du reden willst, bin ich da, okay?« Die Sorge in ihrer Stimme war nicht zu überhören. »Und wenn du eine Leiche verstecken musst, kriegen wir auch das hin.«

Die kalte Abendluft half nicht, meine Gedanken zu beruhigen. Dick eigepackt in Wintermantel und Schal, stapfte ich über den fast menschenleeren Campus und verwünschte dabei abwechselnd Josh und mich selbst. Die Nacht vor ein paar Wochen mit ihm war ein riesengroßer Fehler gewesen. Mich ihm daraufhin an den Hals zu werfen und ihm eine lockere Affäre anzubieten?

Das war nicht nur ein Fehler, sondern vollkommen idiotisch gewesen. Vor allem vor dem Hintergrund, dass er mich nicht wollte. Unter all die unterschiedlichen Gefühle mischte sich verletzter Stolz. Für eine Nacht war ich gut genug, für eine zweite nicht mehr. Vermutlich hatte er mich längst durch irgendein Football-Groupie ersetzt. Und wer konnte es ihm verdenken? Er war ein gutaussehender Kerl auf dem Höhepunkt seiner sexuellen Leistungsfähigkeit. Oh Gott, über Joshs *Leistungsfähigkeit* nachzudenken, war nur bedingt hilfreich. Am Ende des Campus angekommen, setzte ich mich auf eine hölzerne Bank, legte den Kopf in den Nacken und schloss die Augen. Spazieren gehen war gar nicht so furchtbar, wie ich immer angenommen hatte.

In diesem Moment vibrierte das Handy in meiner Jackentasche. Es gab nicht viele Menschen, die mich mitten in der Nacht anriefen. Eigentlich tat so etwas meist nur Grace. Doch es war nicht ihr Name, der mir auf dem Display angezeigt wurde. Es war eine unbekannte Nummer.

»Hallo?«

»Du bist noch wach.«

Beim Klang seiner Stimme setzte ich mich automatisch kerzengerade auf. »Wer ist da?« Es war albern, aber er sollte nicht denken, dass ich auf seinen Anruf gewartet hatte. Dass ich überhaupt auf irgendetwas von ihm gewartet hatte.

Josh lachte leise. So vertraut und fast schon intim, dass sich eine Gänsehaut von meinen Armen über meinen ganzen Körper ausbreitete. Wem wollte ich etwas vormachen? Wenn selbst sein Lachen mich in Aufregung versetzen konnte, war ich weit davon entfernt, über ihn hinweg zu sein. Was auch immer das überhaupt bedeutete. »Keine Spielchen, Em. Okay?«

»Woher hast du meine Nummer?«

»Ich habe meine Quellen.«

Die Lässigkeit, mit der er das sagte, versetzte mein Blut in Wallung. Dieses Mal jedoch aus Wut. »Du hast deine *Quellen*? Wer bist du? James Bond?«

»Nein, nicht James Bond, auch wenn die Autos und Bond-

Girls durchaus einen gewissen Reiz haben.« Ich hörte das Grinsen in seiner Stimme. »Meine Quelle ist nicht Noah, falls du das denkst. Du kannst ihn also am Leben lassen.«

Noah war in der Tat mein erster Gedanke gewesen. »Grace?« Ich war mir sicher, dass sie Josh nicht ohne Erlaubnis meine Nummer geben würde, aber er war schon immer gut darin gewesen, andere um den Finger zu wickeln.

»Daran habe ich gedacht, aber Grace würde das nicht tun. Nicht ohne lange Erklärungen, die wir ihr beide nicht geben wollen.«

Seine Stimme zu hören, setzte so viel Energie frei, dass ich nicht länger stillsitzen konnte. Das Handy weiterhin ans Ohr gepresst, lief ich in die Richtung, aus der ich gekommen war. »Hast du deswegen heute Mittag gesagt, dass du dich bei ihr melden willst?«

»Ich bin vielleicht nicht James Bond, aber du eindeutig Sherlock Holmes.« Ich hörte, wie im Hintergrund eine Tür ins Schloss fiel. Es klang, als wäre Josh gerade nach Hause gekommen. »Ja, ich wollte Grace deswegen anrufen, habe es mir dann aber anders überlegt, um sie nicht in diese komische Lage zu bringen.«

»In was für eine Lage denn bitte?«

»Na ja, sie liebt mich.« Dieser Satz wurde begleitet von sehr viel Selbstzufriedenheit. »Und du bist ihre beste Freundin. Sie sollte sich nicht zwischen uns entscheiden müssen.«

Ich schnaubte wenig damenhaft. »Als ob du eine Chance gehabt hättest.«

»Bist du dir da sicher?«

»Ganz sicher.«

»Ich hätte ihr davon erzählen können, was wir beide vor zwei Wochen getan haben.« Die Sehnsucht, die seine Worte heraufbeschworen, ließ mich automatisch schneller laufen. Wohin, wusste ich nicht. Mein Körper schien ein Ventil für diese unangenehme Anspannung zu brauchen, die mit jeder Sekunde wuchs. »Vor zwei Wochen, drei Tagen und achtzehn Stunden, um genau zu sein.«

»Wir wollten das für uns behalten.« Eine Tatsache, die ich ihm anscheinend noch einmal in Erinnerung rufen musste.

»Das hast du entschieden, Em. Nicht ich.«

»Nächtliche Telefonate waren auch ein Teil des Deals.« Wenn es überhaupt einen Deal gab. Vielleicht rief er auch einfach nur an, um mir zu sagen, dass daraus nichts werden würde. Dass er keine heimliche Affäre wollte und sich stattdessen lieber ein Mädchen suchte, mit dem Sex weniger kompliziert war.

»Keine nächtlichen Gespräche, keine Dates, kein privater Kram, keine Gefühle. Ich habe dir zugehört.«

Fast wortgetreu gab er meine Bedingungen wieder. Vielleicht hatte er wirklich darüber nachgedacht. Wie er es versprochen hatte. »Und?« Eine einzige Silbe, mehr brachte ich nicht zustande.

»Die Bedingungen gefallen mir nicht.«

»Okay. Dann ...« Ich straffte die Schultern, um mich gegen das zu wappnen, was unweigerlich folgen würde. Josh würde mir knapp und höflich erklären, dass er mich zu meinen Bedingungen nicht wiedersehen wollte. Was okay war. Vielleicht. Irgendwann. Wenn genug Zeit vergangen war. In diesem Augenblick jedoch ließ der Gedanke, ihn nie wieder zu küssen, einen Kloß in meinem Hals entstehen, der sich verdächtig nach aufwallenden Tränen anfühlte.

»Ich will nachverhandeln.«

Dieser einfache Satz ließ mich abrupt stehen bleiben. »Du willst *was*?«

»Nachverhandeln.« Er seufzte leise, als wäre diese Unterhaltung völlig absurd. »Wenn du nicht willst, dass irgendwer davon erfährt, sind Dates wohl raus. Richtig?«

Kurz nickte ich, bevor mir klar wurde, dass er das nicht sehen konnte. »Richtig, keine Dates.«

»Okay. Aber die nächtlichen Telefonate? Komm schon, Em, das ist lächerlich.«

Vielleicht hatte er recht damit. Vielleicht aber auch nicht. »Warum sollten wir uns anrufen wollen?« Weil ich manchmal einfach seine Stimme hören wollte, doch das würde ich niemals zugeben. Grenzen waren wichtig. Wenn es um Josh ging, waren sie sogar überlebenswichtig. »Kein privater Kram, also auch keine Telefonate zu später Stunde.«

»Das heißt, ich darf dich tagsüber anrufen, aber nicht nachts?« In jeder Silbe schwang seine Irritation mit. »Viel Sinn ergibt das nicht.«

Langsam setzte ich mich wieder in Bewegung. Einen Fuß vor den anderen, während ich nach einer Erklärung suchte, die er akzeptieren würde, die aber nicht gleichzeitig all meine widersprüchlichen Gefühle offenbarte. »Wir sollten uns gar nicht anrufen. Keine Dates haben, uns kein privates Zeug erzählen, das den anderen ohnehin nicht interessiert. Das ist alles nicht notwendig.« Mit jedem Satz fühlte ich mich mehr wie die größte Heuchlerin der Welt.

»Das ist das Dämlichste, das ich jemals gehört habe.«

»Nimm es oder lass es.« Meine schauspielerische Leistung war beeindruckend. Fast hätte ich mir selbst geglaubt.

»Ich will die Anrufe, dafür kriegst du die Dates.«

Er war so schrecklich irrational. »Wir sind nicht auf einem Basar, Josh.«

»Es fühlt sich aber verdammt danach an.«

»Bist du schwierig, nur um schwierig zu sein?« Wenn er das alles tat, um sein Gesicht nicht zu verlieren, konnten wir uns dieses Telefonat auch sparen. »Warum *willst* du überhaupt mit mir telefonieren?«

»Da die dritte Regel lautet, dass wir nicht über Privates sprechen, vermutlich nicht, um dir mein Herz auszuschütten.« Josh schnaubte zweimal, als würde er mir demonstrieren wollen, wie frustrierend dieses Gespräch für ihn war. »Aber die guten alten Booty Calls sollten erlaubt sein.«

Darum ging es also. Um schnellen, unkomplizierten Sex. Wie hatte ich auch etwas anderes annehmen können? Meine Zähne bohrten sich schmerzhaft in meine Unterlippe. Dies war genau, was ich gewollt hatte, also gab es keinen Grund für die Enttäuschung, die sich in einem eisernen Griff um mein Herz legte. »Ist das jetzt gerade so ein Booty Call?«

»Keine Ahnung. Es ist, was auch immer du möchtest.«

In den nächsten Sekunden hörte ich keinen Ton mehr. Wir waren an dem Punkt angekommen, an dem uns die Worte fehlten. Doch es gab noch eine letzte Sache, über die wir reden musste. »Was ist mit den anderen Bedingungen?«

»Wir reden nicht über die Vergangenheit und Gefühle sind tabu?« Josh wusste genau, wovon ich sprach.

»Ja.« Beides wichtig. Beides verflucht kompliziert. Eine Regel hatte ich bereits gebrochen, bevor unser Spiel überhaupt begonnen hatte.

»Darüber habe ich nachgedacht.« Wieder folgte eine Pause, in der ich die Luft anhielt, während ich auf seine Antwort wartete. »Du bist dir sicher, dass du das willst?«

Ob ich mir sicher war, dass es eine verdammt miese Idee war, Gefühle für ihn zu entwickeln? Zu eintausend Prozent. Dass ich über dieses Stadium jedoch längst hinaus war, würde er nie erfahren. »Ganz sicher.«

»Okay.«

»Okay?«

»Ja.« Er klang so angespannt, wie ich mich fühlte. »Okay.«

»Einfach so?« Wenn ich ehrlich war, hatte ich mehr Gegenwehr erwartet. Oder sogar darauf gehofft. Doch diesen Gedanken durfte ich gar nicht erst zulassen.

»Willst du dich jetzt streiten, weil ich mich nicht streiten will?«

»Das wäre albern.«

Da war es wieder, Joshs tiefes Seufzen, mit dem er mir das Gefühl gab, der anstrengendste Mensch der Welt zu sein. »Ja, das wäre wirklich albern.«

»Also sind wir uns einig.« Mein Verstand, der seit dem Beginn des Telefonats unter Strom stand, brauchte ein paar Augenblicke, um zu erfassen, was gerade passiert war. Josh und ich hatten eine Übereinkunft getroffen. Wir würden unverbindlichen Sex haben. Weil ich ihn schrecklich vermisste, mir aber sicher war, dass ich es mit meinen dummen Regeln schaffen würde, mir nicht wieder das Herz brechen zu lassen. Begannen die größten Katastrophen nicht immer mit Menschen, die behaupteten, Dinge im Griff zu haben?

»Kommst du jetzt endlich rüber, Em, oder müssen wir diese schräge Unterhaltung fortsetzen?«

8. Kapitel

Keine zehn Minuten später stand ich mit zitternden Knien vor Joshs Tür und starrte auf das dunkle Holz, von dem an einigen Stellen bereits der Lack abgeplatzt war. Mehrmals hatte ich bereits den Rücken gestrafft und die Hand gehoben, um zu klopfen, bevor ich sie wie ein Feigling sinken ließ und einen Schritt zurücktrat.

Gerade hatte ich mich dazu entschlossen, ihm eine kurze Nachricht zu schreiben und wieder nach Hause zu gehen, als die Tür aufgerissen wurde. Josh stand barfuß und in einer grauen Trainingshose und einem weißen T-Shirt vor mir. Sein Haar war noch leicht feucht. Offensichtlich hatte er eben erst geduscht. Auch wenn ich ihn schon mehr als einmal mit viel weniger am Körper gesehen hatte, half dieser Anblick nicht, meine Nerven zu beruhigen. Mit einem angedeuteten Grinsen lehnte er die linke Schulter gegen den Türrahmen und verschränkte die Arme vor der Brust. »Bist du schon lange hier?«

Wir kannten uns zu gut, als dass ich ihm etwas hätte vormachen können. »Ein paar Minuten.«

»Willst du vielleicht reinkommen? Unserer geplanten Aktivität gehen Menschen in der Regel hinter geschlossenen Türen nach.« Er hatte tatsächlich die Nerven, zu zwinkern. »Es sei denn, du stehst neuerdings auf seltsamen Kram. In dem Fall würde ich mir das alles noch mal überlegen wollen.«

»Du bist so ein blöder Spinner.«

»Und du jetzt nicht mehr stocksteif vor Anspannung.« Als wäre es alltäglich, griff er nach meiner Hand und zog mich hinter sich her. »Rein mit dir.«

Ich folgte ihm in das Chaos, das sich seine Wohnung nannte. Im Flur lagen wild verstreut unzählige Sneaker, über die ich fast gestolpert wäre, wenn Josh mich nicht mit einem schnellen Griff festgehalten hätte. »Sorry, es ist gerade etwas ... unaufgeräumt.«

Das war eindeutig eine beschönigte Version der Wahrheit.

Das Wohnzimmer sah aus, als wäre ein Tornado hindurchgefegt. Auf dem kleinen Tisch in der Mitte des Raums stapelten sich Bücher, Kaffeetassen, lose Papiere und ein paar Boxen eines indischen Lieferdiensts. Die Unordnung setzte sich auf dem Boden fort, der mit weiteren Papieren und Spielzeug übersät war. Aus dem Augenwinkel sah ich die kleine Kochnische, der es nicht besser erging als dem Flur und dem Wohnzimmer. Mindestens zwei Dutzend benutzte Kaffeetassen waren auf der Ablage zu einem kunstvollen Stillleben ineinander gestapelt.

Josh ließ mich los, um die Hände im Nacken zu verschränken. Der plötzliche Verlust seiner Berührung fühlte sich nicht richtig an. Dass ich so empfand, war jedoch ebenso falsch. »Ich bin noch nicht lange zuhause und ...« Er wippte verlegen auf den Fußspitzen vor und zurück und bot dabei einen so hinreißenden Anblick, dass ich mir dieses Bild für immer einprägen wollte. »Okay, keine falschen Entschuldigungen. Du weißt, wie unordentlich ich bin, und seit Noah ausgezogen ist, ersticke ich im Chaos. Falls dich das stört, verschieben wir das alles hier und ich räume morgen auf ... oder heute Nacht. Oder wann auch immer du willst.« Bei seinem Monolog sah er stur an mir vorbei, als wäre es so leichter für ihn. Nie war er mir anziehender vorgekommen als in diesem Moment.

»Ja, das solltest du tun.« Nur mit Mühe konnte ich ein Kichern unterdrücken.

»Du hast recht.« Wahllos sammelte er ein paar Bauklötze vom Boden auf, die er geschickt zwischen dem anderen Kram auf dem Tisch stapelte. Als er sich wieder zu mir umdrehte, vergrub er die Hände tief in den Taschen seiner Hose. »Es tut mir leid, Em. Manchmal finde ich einfach nicht die Zeit dafür.«

Ich wusste nicht, wie sein Tagesplan aussah, aber es war vermutlich ein Wunder, dass ihm überhaupt ein paar Stunden blieben, um zu schlafen. Sein Studium, das Training und nicht zuletzt seine Tochter mussten ihm einiges abverlangen.

»Wenn du morgen noch nichts vorhast, dann ...« Frustriert schlug er sich die Hand vor die Stirn. »Nein, morgen geht nicht, da hat der Coach ein gemeinsames Essen angesetzt. Vielleicht danach, aber das könnte spät werden. Aber falls dich das nicht stört, ich bin hier. Und dann in einer aufgeräumten Wohnung.«

Es war eindeutig an der Zeit, ihn zu erlösen, auch wenn ich diese neue Seite an Josh sehr genoss. Dass er wirklich all seine Selbstsicherheit aufgrund von ein wenig Unordnung – okay, sehr viel Unordnung – verlor, war niedlich. Und irgendwie sexy, sofern das Sinn ergab. »Solange du noch irgendwo Platz für meine Jacke findest, ist es mir egal.« Mit schnellen Bewegungen schlüpfte ich aus dem dicken Mantel, nahm mir den Schal ab und hielt ihm beides auffordernd hin.

In einem Schritt war er bei mir, nahm mir die Kleidungsstücke aus den Händen und warf sie achtlos hinter sich auf die Couch, bevor er mich auf seine Arme hob. Ich vergrub die Hände in seinem Haar, während sich Josh meinen Hals entlangküsste und dabei versuchte, rückwärtslaufend das nächstgelegene Zimmer zu erreichen. Wohl sein Schlafzimmer. Sein Atem auf meiner Haut ließ mich erzittern und ungeduldig an den Knöpfen meiner Bluse zupfen, was gar nicht so einfach war, da er meinen Oberkörper fest gegen seinen gepresst hielt.

Meine Finger zerrten an meinen Klamotten, Joshs Mund fuhr hastig über meine Haut, seine rechte Hand krallte sich dabei in meinen Hintern. Es war so unkoordiniert und chaotisch wie seine Wohnung. Es war wunderbar.

Dass wir es unfallfrei bis in sein Schlafzimmer schafften, grenzte an ein Wunder. Mit beeindruckender Präzision war er jedem Hindernis auf dem Boden ausgewichen, als wäre es seine leichteste Übung. Ich hatte keine Zeit, mich umzusehen, als ich auch schon auf das Bett geworfen wurde. Einen Atemzug später war Josh über mir. Seine Lippen fanden meine, während sich seine Hand unter meine Bluse und auch direkt unter den BH schob. In unserer Ungeduld schienen wir uns einig zu sein. An seiner Unterlippe knabbernd, drängte ich ihm meinen Oberköper entgegen.

»Sag mir, dass du es heiß findest, wenn ich deine Bluse einfach aufreiße.«

Josh war der einzige Mann, der mich jemals beim Sex zum

Lachen gebracht hatte. So war er schon früher gewesen. Selbst mein erstes Mal, das eigentlich eine fürchterlich seltsame und nicht unbedingt schöne Erfahrung zu werden drohte, hatte damit geendet, dass ich lachend in seinen Armen lag. Wer brauchte schon einen Orgasmus, wenn man sich gemeinsam darüber lustig machen konnte, dass der ganze Akt nur wenige Sekunden gedauert hatte? Später hatten wir es besser hinbekommen. Viel besser.

»Finger weg von meiner Bluse.« Kichernd schob ich seine viel zu großen Hände zur Seite, die mit den filigranen Knöpfen definitiv überfordert waren. »Ich mache das.«

»Mach schneller.« Mit einem Hundeblick verfolgte er jede meiner Bewegungen. Sobald ich ein Stück Haut freilegte, liebkoste er es mit Küssen, die mehr zärtlich als stürmisch waren.

»T-Shirt.«

»Hm?« Fragend hob er den Kopf, den er zwischen meinem Schlüsselbein und meinen Brüsten vergraben hatte.

»Dein T-Shirt. Ausziehen.«

»Yes, Ma'am.« In einer fließenden Bewegung zog er es sich über den Kopf und warf es achtlos irgendwo hinter sich auf den Boden. »Die Hose auch?«

»Weiß nicht.« Grinsend streckte ich ihm die Zunge raus. »Wenn du auch mit ihr kannst, lass sie an.«

»Freches Biest.« Seinen Worten folgte ein sanfter Biss kurz über dem Bund meiner Jeans. Dort würde ich morgen garantiert die Spuren seiner Zähne sehen. Es störte mich jedoch kein bisschen. Viel zu sehr war ich von dem Anblick vor mir ablenkt. Josh hatte sich die graue Trainingshose von den Hüften geschält und saß vor mir. Splitterfasernackt. Das deutliche Zeichen seiner Erregung ragte dabei in einem steilen Winkel nach oben, was ihm aber offenbar völlig egal war. In seinem Körper hatte er sich schon immer wohlgefühlt. Und da gab es auch nichts, was er hätte verstecken müssen. Mein Mund wurde so trocken, dass ich mich leicht räuspern musste.

»Jetzt bin ich nackt.«

»Hätte ich fast übersehen.« Ungeduldig fummelte ich an dem

Verschluss meines BHs herum.

Josh stützte den Kopf in den Händen ab und verfolgte meine ungeschickten Bewegungen mit einem amüsierten Schmunzeln. »Brauchst du Hilfe?«

»Danke, aber ich schaffe das schon.« Endlich sprang der BH auf, und ich streifte ihn mir von den Armen. »Abends ziehe ich mich meistens alleine aus.«

»Schade eigentlich.« Das Schmunzeln war einem breiten Grinsen gewichen und brachte mein Lieblingsgrübchen zum Vorschein.

Meine Jeans war zum Glück nicht so widerspenstig wie der BH. Nach wenigen Handgriffen saß ich nur noch in weißen Shorts vor ihm, die alles andere als sexy waren. Schon wieder. Das Universum hatte anscheinend etwas dagegen, dass ich an den Tagen, an denen ich mit Josh im Bett landete, hübsche Unterwäsche trug.

Erst jetzt fiel mir auf, dass wir die Zimmertür nicht hinter uns geschlossen hatten. »Hast du einen neuen Mitbewohner?«

Sein *Nein* ließ mich erleichtert aufatmen. »Nachdem Noah ausgezogen ist, hat der Coach was gedreht, und ich habe die Wohnung und das Chaos für mich allein. Ist einfacher.«

Einfacher, wenn seine Tochter hier war. Von Grace wusste ich, dass die kleine Lilly regelmäßig bei Noah und Josh übernachtet hatte. Auch das Spielzeug im Wohnzimmer sprach eine eindeutige Sprache. Josh war Vater. Ein Umstand, den ich immer wieder verdrängte - oder einfach nicht wahrhaben wollte.

»Woran denkst du?«

Seine Worte ließen mich aufschrecken. Jetzt war wahrlich nicht der richtige Zeitpunkt, um über Kinder zu grübeln. Josh saß in all seiner nackten Pracht vor mir, und wenn ich dem glauben durfte, was sich mir da entgegenreckte, war er noch genauso erregt wie vor ein paar Minuten. »Ich denke an gar nichts.«

»Das stimmt nicht.« Sein liebevoller Ton stand im völligen Kontrast zur Situation. Wir saßen nackt auf seinem Bett und wollten Sex haben. Keine tiefsinnigen Gespräche führen.

»Privater Kram.« Ob ich nur ihn oder uns beide an diese Regel erinnern musste, wollte ich lieber nicht ergründen.

»Richtig.« Josh hob den Kopf und ließ dabei den Blick ganz langsam über meine Haut wandern. »Kein privater Kram. Nur Sex.« Er streckte die Hand in einer einladenden Geste nach mir aus. Als ich sie ergriff, waren alle Gedanken an Regeln, Kinder und eine Vergangenheit, die keine Zukunft hatte, vergessen. Es gab nur noch Josh. Josh, der mich in seinen Armen hielt, wie es niemals zuvor jemand getan hatte. Der mich küsste, wie ich schon immer hatte geküsst werden wollen. Der mit mir schlief und dabei das wunderbarste Chaos in mir anrichtete.

Der Wecker auf dem kleinen Nachttisch zeigte mir, dass es bereits kurz vor zwei war, als Josh die Bettdecke über uns ausbreitete und sich eng an mich kuschelte. Mein Körper fühlte sich an, als bestünde er aus Gelee. Mir war wohlig warm, ich war schrecklich müde und dabei vollkommen entspannt.

»Nicht erschrecken.« Seine Stimme war ganz nah an meinem Ohr, während sein Atem über meine Haut tanzte. Josh klatschte einmal kurz in die Hände, und das Licht ging wie von Zauberhand aus.

In völliger Dunkelheit traute ich mich, an ihn heranzurücken, um mich wenigstens kurz in seiner Nähe zu verlieren. »Für einen Sportler ist das ganz schön faul.«

»Findest du?«

»Auf jeden Fall.« Nur mit Mühe unterdrückte ich ein Gähnen. »Ist es nicht zusätzliches Workout, wenn du aufstehst und das Licht selbst ausschaltest? Jeder Schritt zählt und so?«

»Das Workout hatte ich schon. Vielleicht erinnerst du dich. Du warst ein entscheidender Teil davon.«

»Ach, das.« Betont gleichgültig zuckte ich mit den Schultern. »Ja, das war ganz okay.«

»Ganz okay, hm?« Josh schob seine Hand auf meinen Bauch. Seine Finger malten unregelmäßige Muster auf meiner Haut, was sich so gut anfühlte, dass ich am liebsten leise geseufzt hätte.

»Ziemlich sehr okay? Klingt das besser?«

Lachend pustete er mir die Haare aus dem Nacken, um die empfindliche Stelle dort mit den Lippen zu liebkosen. »Ein Mann nimmt, was er kriegen kann. Vielleicht schaffen wir es, dass es beim nächsten Mal nicht nur *okay* ist.«

»Vielleicht.« Zu längeren Antworten war ich nicht mehr fähig. Ich war seit mehr als zwanzig Stunden auf den Beinen, und das, was ich gerade noch als *okay* beschrieben hatte, war wild, aufregend und so gut gewesen, dass ich nur noch wenige Augenblicke davon entfernt war, einzuschlafen.

»Bleibst du?« Zwei simple Worte, die Josh mit schläfriger Stimme murmelte und die mich in pure Panik versetzten. Adrenalin, von dem ich nicht mehr glaubte, es in mir zu haben, schoss schlagartig durch meinen Körper. Ruckartig schnellte ich hoch.

»Natürlich bleibe ich nicht.« Irgendwo neben dem Bett musste meine Bluse liegen. In der Dunkelheit war meine Suche jedoch erfolglos, sodass ich kurz klatschte, woraufhin die Deckenlampe den Raum wie erwartet in ein diffuses Licht hüllte. Immerhin befand sich meine Unterwäsche in Reichweite.

Josh sagte kein Wort, als ich mich so schnell wie möglich anzog. Er hatte sich lediglich aufgesetzt, den Rücken gegen die Wand hinter dem Bett gelehnt und die Arme vor der Brust verschränkt.

Kurz hatte ich vergessen, was das hier zwischen uns war. Hatte mich einlullen lassen von einer Mischung aus Vertrautheit, alten Gefühlen und neuen Empfindungen, die ich nicht wahrhaben wollte. Es war einfach, so zu tun, als wären wir mehr als zwei Körper, die ganz wunderbar im Bett harmonierten. Josh machte es mir leicht, das zu glauben, indem er mir in jeder Minute das Gefühl gab, für ihn die einzige Frau auf der Welt zu sein.

Als ich mich gerade umständlich in meine Jeans zwängte, entschied er sich dazu, doch mit mir zu sprechen. »Macht es wirklich einen Unterschied, ob du jetzt gehst oder morgen Früh?«

Ohne ihn anzusehen, wischte ich mir ein paar wirre Strähnen

aus der Stirn, während ich nach meinem linken Schuh suchte. Den rechten hielt ich bereits in der Hand. »Ja, das tut es.«

»Warum?«

Musste er so verdammt stur sein? Wir hatten uns auf Regeln geeinigt. Regeln, denen er zugestimmt hatte und die sicher keine Übernachtungen einschlossen. »Du weißt, warum.«

»Und wenn ich dir sage, dass das Bullshit ist?« Er stand auf, schlüpfte in seine Jogginghose und ein Shirt, das auf dem Stuhl vor seinem Schreibtisch gelegen hatte.

»Wenn das für dich Bullshit ist, dann ...«

»Dann *was*, Emily?«

Zu dem Adrenalin in meinem Blut gesellte sich Wut. »Dann sollten wir das hier beenden.« Er hatte gewusst, worauf er sich einließ. Wieso musste er unsere Vereinbarung gleich in der ersten Nacht in Frage stellen?

»Und du glaubst, dass es damit vorbei ist?« Wie er es immer tat, wenn er nervös oder aufgebracht war, fuhr er sich mit beiden Händen durch die Haare, die in dunkelblonden Strähnen wirr von seinem Kopf abstanden. »Es hört nicht auf, nur weil du wegrennst, Em.«

Vor den eigenen Gefühlen wegzulaufen, hatte noch nie funktioniert. Doch wenn ich blieb, lieferte ich ihm mein Herz auf dem Silbertablett. Er müsste nur zugreifen und es erneut zerquetschen. Was er unweigerlich tun würde, wenn er meiner überdrüssig wurde. Dass er dazu fähig war, hatte er bereits einmal eindrucksvoll unter Beweis gestellt. »Ich gehe jetzt.«

Josh trat einen Schritt zur Seite, um mir den Weg nicht zu versperren. Ohne ein weiteres Wort rauschte ich an ihm vorbei.

9. Kapitel

Annie wehte wie ein Sonnenstrahl an einem verdammt trüben Tag ins *Buddha's Kitchen,* obwohl es draußen bereits stockdunkel war. Dass sie mich von der Arbeit abholen wollte, war lieb von ihr, auch wenn mir nicht nach Gesellschaft zumute war. Seit der Nacht mit Josh waren drei Tage vergangen, in denen ich wenig geschlafen, viel gegrübelt und noch mehr in Selbstmitleid gebadet hatte.

Sie strahlte über das ganze Gesicht, als sie mich in eine Umarmung zog. »Wie weit bist du?«

Ein einzelnes Paar saß noch in einer Nische im hinteren Teil des Raums. Dass das Lokal bereits seit fünfzehn Minuten offiziell geschlossen hatte, schienen die beiden nicht bemerkt zu haben. Manchmal passierte es, dass Gäste die Zeit vergaßen. Das war okay, wenn ich nicht gerade verabredet war. Heute war es meine Aufgabe, aufzuräumen und abzuschließen, Reece war bereits vor einer Stunde gegangen. »Die zwei dahinten.« Ich deutete in ihre Richtung. »Sobald sie weg sind, kann ich gehen.«

»Okay, ein bisschen haben wir noch.« Annie schielte zur Uhr hinter mir an der Wand, bevor sich wieder dieses überbreite Grinsen auf ihr Gesicht schlich.

»Warum hast du so verdammt gute Laune?«

»Merkt man mir das etwa an?« Ein wenig klang ihr Tonfall nach einer Disney-Prinzessin, kurz bevor sie mit irgendwelchen Tieren um die Wette sang. Es war untypisch für Annie, so zu strahlen. Auch wenn es ihr gut zu Gesicht stand. Sie lachte viel zu selten. »Marsha hat mir heute eröffnet, dass sie im nächsten Monat ein Praktikum macht und dafür vier Wochen nach Cleveland zieht. Ist das nicht toll?«

»Das sind großartige Neuigkeiten. Dann bist du die Hexe einen Monat lang los.« Annie hatte bei der Zuteilung der Mitbewohner eindeutig kein Glück gehabt. Dass sie für einen Monat Ruhe vor Marsha bekam, freute mich sehr für sie.

»Und genau das müssen wir heute feiern.«

Feiern war ein Wort, das normalerweise nicht in Annies Sprachschatz vorkam. »Du willst ausgehen? Ich dachte, wir sehen uns einen Film an.«

»Das meine ich doch.« Lachend stupste sie mir gegen den Oberarm. »Kino ist feiern. Wenn wir ganz wild sein wollen, kaufen wir uns das größte Popcorn, das sie im Angebot haben.«

»Deal. Aber vorher müssen die beiden dahinten noch verschwinden.«

Annie linste an meiner Schulter vorbei, um einen Blick auf die letzten Gäste zu erhaschen. »Heiliger Bimbam. Der Kerl ist so groß wie ein Baum.«

Sie hatte nicht Unrecht mit ihrer Beobachtung. Seine Begleitung, eine zierliche Blondine, reichte ihm nicht einmal bis zum Kinn. »Footballer.«

»Er spielt für uns?« Noch einmal beugte sich Annie vor, um ihn besser sehen zu können.

»Ja, Quarterback.«

»Wieso ist er mir nie aufgefallen?« Vielleicht lag es an ihrer guten Laune, die dafür sorgte, dass sie nicht so zurückhaltend wie üblich war. Noch nie hatte Annie mir Fragen über irgendeinen Typen gestellt oder sich jemanden näher angesehen.

»Adam Baker. Er ist der zweite Quarterback der *Bucks*.«

Auch wenn Annie nicht viel von Football verstand, wusste sie, was es bedeutete, der zweite Quarterback zu sein. »Das heißt, er spielt nur, wenn sich der andere verletzt.«

»Genau.« Während wir über den riesigen Kerl sprachen, hatte ich damit begonnen, die Theke abzuwischen, damit wenigstens noch die theoretische Chance bestand, unseren Film nicht zu verpassen.

»Ist es sehr schlecht fürs Karma, wenn ich mir wünschen würde, dass der erste Quarterback vielleicht für ein Spiel ausfällt?« Annie verzog das Gesicht zu einer schiefen Grimasse, als wäre sie selbst über ihre Worte erschrocken. Ihr Blick haftete dabei an dem Profil von Adam Baker, der keine Ahnung hatte, welche Wirkung er auf sie ausübte.

»Ist dir Football nicht eigentlich egal?«

»Interessen können sich ändern.« Sie schnappte sich einen Lappen und eine Sprühflasche mit Reiniger, um mir zu helfen.

»Und Adam könnte dich dazu bringen, deine Liebe zu Football zu entdecken?« Skeptisch folgte ich ihrem Blick, der immer noch an dem Mann in der Ecke klebte.

»Darauf kannst du wetten.« Es war niedlich, wie eine zarte Röte ihre Wangen überzog. »Sieh ihn dir doch an.«

Das hatte ich getan und festgestellt, dass Adam Baker wirklich nicht mein Typ war. Nichts an ihm passte irgendwie zusammen – und dann wieder doch. Es war schwierig zu beschreiben. »Es sind die Muskeln, hm?« Dass Annie auf durchtrainierte Typen stand, hatte sie vorher nie erwähnt.

»Nein, nicht die Muskeln.« Sie schüttelte leicht den Kopf. »Obwohl die sicher ein Bonus sind. Hast du seine Ohren gesehen? Die sind niedlich.«

Hatte ich. Sie standen ein wenig ab, was er auffällig unauffällig durch seinen Haarschnitt zu verstecken versuchte. Die schwarzen Strähnen waren länger, als es modisch war.

»Sein Profil hat etwas von einer griechischen Statue, findest du nicht?« Sie wirkte verlegen, während sie Adam Baker immer wieder verstohlene Blicke zuwarf. »Leider kann ich seine Augen von hier nicht erkennen, aber ich wette, sie sind braun. Ein warmes Braun natürlich.«

»*Natürlich*.« Hatten Außerirdische sie entführt und durch einen Klon ersetzt? Wer war die Person vor mir, die so aussah wie Annie?

»Seine Freundin kann sich glücklich schätzen.« Da war keinerlei Bedauern darüber in ihrer Stimme, dass Adam Baker mit einem Mädchen zusammensaß, das ganz sicher nicht seine Schwester war.

In Annies Welt interessierten sich gutaussehende Footballer nicht für Frauen wie sie. Für die Stillen. Für die Unauffälligen. Diese Erkenntnis war so tief in ihr verankert, dass es für sie okay war, dass dieser Kerl, der sie ganz offensichtlich in seinen Bann gezogen hatte, vergeben war. Es machte mich traurig.

Annie mit ihrem riesengroßen Herzen sollte jeden Typen haben können, den sie wollte. Aber die Realität sah anders aus. Dort saßen athletische Footballer mit wunderschönen Blondinen in Sushi-Bars und ließen sich von ihnen anhimmeln.

»Ich wische die Tische ab und du fegst?« Annie riss mich aus meinen Gedanken.

»Okay, vielleicht verstehen die beiden dann, dass eigentlich schon geschlossen ist.« Die Rechnung für ihren Tisch hatte ich längst ausgedruckt und bereitgelegt.

»Wenn wir es nicht mehr schaffen, gehen wir einfach morgen ins Kino.«

»Nein.« Energisch griff ich nach dem Besen, der hinter der Theke stand. »Wenn sie in fünf Minuten nicht weg sind, rede ich mit ihnen.«

»Okay, okay.« Annie hob abwehrend die Hände, in denen sie Putzlappen und Reiniger hielt. »Du bist der Boss.«

Danach passierte alles ganz schnell. Adam Baker und seine Freundin hatten wohl in ihrer kleinen, intimen Blase doch bemerkt, dass wir um sie herum putzten. Sie standen auf, nahmen ihre Jacken und wollten an der Theke ihr Essen bezahlen, als Annie einen unbedachten Schritt nach hinten machte. Sie prallte gegen Adam und wäre unsanft zu Boden gegangen, wenn er sie nicht im letzten Augenblick aufgefangen hätte.

In Hollywood-Filmen wäre dies der Moment, in dem die Handlung eine dramatische Wendung nahm. Der Held rettete die Heldin vor einem fürchterlichen Schicksal, sah ihr dabei tief in die Augen und verliebte sich auf den ersten Blick unsterblich. Leider war Adam Baker kein Hollywood-Held. Vielmehr war er ein aufgeblasener, unhöflicher Idiot. »Kannst du nicht aufpassen, wo du hinläufst?« Seine tiefe Stimme wäre angenehm gewesen, wenn er Annie nicht angefahren hätte, die völlig entgeistert zu ihm aufblickte. »Wäre es eventuell möglich, dass du mich loslässt?« In jeder Silbe schwang passiv-aggressiver Sarkasmus mit.

Erst jetzt sah ich, dass sie sich in seinem dunklen Pullover festgekrallt hatte. Eine normale Reaktion, wenn man drohte, hinzufallen. Kein Grund für diesen Neandertaler, so ein Drama daraus zu machen.

»Ja ... natürlich.« Annie senkte die Lider und wich einen Schritt zurück. Die Hände vergrub sie verschämt in den Taschen ihrer Jeans.

Als er sichtlich irritiert zur Theke trat und Annie keines Blickes mehr würdigte, fiel es mir schwer, professionell und vor allem freundlich zu bleiben. Hätte ich die Rechnung nicht bereits ausgedruckt, wäre ich versucht gewesen, irgendetwas extra abzukassieren, das er und seine Freundin gar nicht bestellt hatten.

Adam Baker gab exakt zehn Cent Trinkgeld, bevor er erhobenen Hauptes und mit stöckelnder Blondine im Schlepptau in die Nacht verschwand. Welch ein arroganter Penner.

»Alles in Ordnung bei dir?« Annie und ich liefen durch die Nacht zurück zu unseren Wohnheimen. Nachdem wir fertig aufgeräumt hatten, war es zu spät für unseren Kinofilm gewesen. Eine weitere Sache, die ich Adam Baker ankreidete.

»Ja, sicher.« Annie lächelte mich an, von ihrer übersprudelnd guten Laune war jedoch nicht mehr viel übrig.

»Wirklich?« Sie war der Typ Mensch, der selten über seine Gefühle redete. Vielleicht brauchte sie einfach nur einen kleinen Schubs. »Ich kann gut zuhören.«

»Das ist sehr lieb von dir, aber es ist doch gar nichts passiert.«

Wenn sie sich nicht selbst aufregte, musste ich als Freundin das eben für sie erledigen. »Der Typ war unmöglich zu dir. Was denkt er denn, wer er ist?«

»Es ist okay, Em. Wirklich.«

»Sollte es aber nicht sein.« Manchmal verstand ich nicht, wie sie die Ruhe selbst sein konnte, wenn Menschen sie schlecht behandelten. Sie ertrug sogar ihre Mitbewohnerin mit einer stoischen Gelassenheit, die den Dalai-Lama neidisch gemacht hätte.

»Ja, dieser Adam Baker war grässlich, aber ob ich mich jetzt darüber aufrege oder nicht, macht doch keinen Unterschied.« Sie zuckte mit den Schultern. »Manchmal täuscht das hübsche Äußere.«

»So hübsch ist er überhaupt nicht.« Vielleicht war er nicht unbedingt klassisch schön, aber ich musste anerkennen, dass er durchaus attraktiv war. Ein Umstand, der in diesem Moment jedoch keine Rolle spielte. Wenn Annie ihn nicht verabscheuen wollte, würde ich das tun.

»Doch, das ist er.« Sie nickte bestätigend. »Und das ist okay, weißt du?«

»Dass er hübsch und unhöflich ist, ist okay?«

»Ja.« Annie stockte kurz, bevor sie fortfuhr. »Man nimmt bei gutaussehenden Menschen automatisch an, dass sie auch nett sind. Unattraktive Menschen werden auf den ersten Blick als unfreundlich wahrgenommen. Wusstest du das?«

»Nein?« Meine Antwort hörte sich an wie eine Frage. Worauf wollte sie hinaus?

»Es stimmt natürlich nicht, dass das Aussehen etwas über den Charakter eines Menschen aussagt. Das ist völliger Unfug. Trotzdem gehen wir davon aus, obwohl wir objektiv wissen müssten, dass es falsch ist.«

Ihr erwartungsvoller Blick suggerierte mir, dass sie auf eine Erwiderung wartete. »Und was hat das mit Adam Baker zu tun?«

»Ganz einfach. Er ist das perfekte Beispiel für diese Theorie. Ich habe ihn gesehen und war hin und weg, weil er nun einmal verdammt schön ist.« Über den Grad seiner Schönheit konnte man streiten, doch Annie war so im Redefluss, dass ich sie nicht unterbrechen wollte. »Ohne darüber nachzudenken, bin ich davon ausgegangen, dass er auch einen guten Charakter hat. Dass er freundlich ist, zuvorkommend ... das ganze Zeug. Obwohl ich genau weiß, dass schöne Menschen nicht auch nett sein müssen.«

»Und warum ist das jetzt was Gutes?«

»Ist es nicht unbedingt. Wer will schon von dem Mann seiner Träume unhöflich angefahren werden?« Ihr leises Kichern unterstrich die Absurdität dieses Abends. »Aber es war ein sehr lehrreiches Beispiel dafür, dass man nicht immer dem vertrauen sollte, was man sieht.«

»Manchmal vergesse ich, wie sehr du auf diesen ganzen Psychokram stehst. In solchen Momenten wird es mir allerdings wieder klar.« Freundschaftlich stieß ich mit meiner Schulter gegen ihre. »Du bist ganz schön seltsam. Seltsam großartig.«

»Das kann ich nur zurückgeben. Und da du dich jetzt daran erinnerst hast, dass ich psychologisch geschult bin, jedenfalls ein bisschen ... wann reden wir über Josh?«

Meine Körperhaltung veränderte sich bei ihren Worten schlagartig. Sie erwähnte Josh, ich war automatisch angespannt. Mich in den letzten Minuten um Annie zu kümmern, war angenehm gewesen. So hatte ich ausnahmsweise nicht an ihn gedacht.

»Es gibt keinen Grund, über Josh zu sprechen.« Meine Lüge war so schlecht und durchschaubar, dass Annie lachend die Augen verdrehte.

»Willst du diese Aussage nochmal überdenken?«

»Nein?« Immerhin war es meine Regel gewesen, niemandem von dieser *Sache* zwischen uns zu erzählen. »Wie kommst du überhaupt darauf?« Mit einer Gegenfrage zu antworten, war eine grandiose Taktik. Die bei Annie leider wenig Erfolg hatte.

»Warum ich glaube, dass du seinetwegen durcheinander bist?« Ihr Lachen verwandelte sich in Sekundenbruchteilen zu einem fast mitleidigen Gesichtsausdruck. »Weil du merkwürdiger als sonst reagierst, wenn ihn jemand erwähnt. Dein Blick spricht Bände, Em. Und dein spontaner nächtlicher Besuch war auch eher ungewöhnlich.«

»Ich habe dir erklärt, warum ich Josh nicht mehr leiden kann.« Was für eine dicke, fette Lüge das doch war.

»Wir wissen beide, dass das nicht stimmt.«

Was sollte ich dazu sagen? Zugeben, dass sie recht hatte? Mich weiter in Unwahrheiten verstricken, nur um ihr nicht von meiner Nacht – meinen Nächten – mit Josh erzählen zu müssen? Ich entschied mich, zu schweigen, presste meine Lippen fest aufeinander und starrte stur nach vorn, während wir in langsamen Tempo nach Hause liefen.

Natürlich ließ sich Annie von meiner Sturheit nicht beirren. »Willst du wissen, woran ich gemerkt habe, dass definitiv etwas nicht stimmt?«

Wollte ich das? Auf keinen Fall. Ohne sie anzusehen, schüttelte ich den Kopf.

»Ich verrate es dir trotzdem. Joshs Verhalten war schräg.«

Damit hatte sie mich geködert. Auch wenn es mir eigentlich egal sein sollte, musste ich wissen, was sie meinte. »Was hat er getan?«

Annies sehr breites Grinsen zeigte mir, wie zufrieden sie mit sich war. »Es geht weniger um das, was er getan hat, und mehr um das, was er nicht getan hat.«

»Soll ich raten, oder erzählst du es mir einfach?« Die drängende Ungeduld in meiner Stimme verriet mich, doch es war mir egal. Annie würde sowieso keine Ruhe geben, bis sie auch das letzte Detail aus mir herausgekitzelt hatte.

»Wäre lustig, dich rätseln zu lassen.« Unter meinem eisigen Blick hob sie die rechte Hand und zeigte mit ihren Fingern das Peace-Zeichen. »Ist ja schon gut. Jedes Mal, wenn ich Josh in den letzten Wochen getroffen habe, hat er nichts gesagt. Er hat nicht nach dir gefragt, er hat nicht von dir gesprochen. Nichts. Absolut gar nichts. Da wusste ich, dass etwas nicht stimmt.«

»Du triffst dich mit Josh?«

»Gott, Emily.« Annie sah auf einmal so frustriert aus, als würde sie sich jedes Haar einzeln ausreißen wollen. Vielleicht auch mir. »Das ist nicht der wichtige Part der Geschichte.«

»Nicht?«

»Es gibt keinen Grund, eifersüchtig zu sein.« Annie hatte mich umrundet, blieb vor mir stehen und zwang mich so, sie anzusehen.

»Ich bin nicht eifersüchtig.« Und das entsprach auch der Wahrheit. Vielmehr war ich genervt, übermüdet und unglücklich. »Tut mir leid, Annie.«

»Sollte es.« Ihre Stimme wurde weicher. Ein Zeichen, dass sie meine Entschuldigung annahm. »Josh hat kein Wort über dich verloren. Kein einziges.«

»Und?« Ich verstand einfach nicht, worauf sie hinauswollte. Josh hatte schließlich versprochen, dass die Sachen zwischen uns nicht publik werden würde.

»Das tut er sonst immer. Jedes verdammte Mal.« An einem anderen Tag hätte ich darüber lachen müssen, dass Annie ein Schimpfwort wie *verdammt* benutzte. Noch ein paar Jahre und sie würde vielleicht sogar *fuck* aussprechen können, ohne dabei so rot anzulaufen wie ein gekochter Hummer.

»Was heißt *jedes verdammte Mal*?«

»Wir haben einen gemeinsamen Kurs bei Professor Hardford.« Es war befremdlich, dass sie mir das nie gesagt hatte. »Manchmal reden wir vor der Vorlesung. Das ist alles.«

»Ihr könnt beide sprechen, mit wem auch immer ihr wollt.« Ich hörte mich wie ein trotziges Kind an.

»Danke, sehr großzügig von dir.« Annie fluchte nicht nur, jetzt lag auch schon so etwas wie Sarkasmus in ihrer Stimme. Grace und ich hatten definitiv einen schlechten Einfluss auf sie. »Dass er nicht von dir spricht, ist vollkommen neu, Em. Josh fragt mich normalerweise tausend Sachen.«

»Josh redet? Von mir?« Völlig überrumpelt von dieser Information starrte ich Annie an, als wäre ihr ein zweiter Kopf gewachsen. »Er fragt nach mir?«

»Ziemlich regelmäßig, ja.«

»Warum?«

»Woher soll ich das wissen?« Sie biss sich auf die Unterlippe und musterte mich zwei lange Sekunden eindringlich. »Ich habe allerdings eine Theorie.«

»Die will ich nicht hören.« Auf gar keinen Fall würde ich mir von Annie erklären lassen, was sie sich zusammengereimt hatte. »Was immer du denkst, es stimmt nicht.«

»Sicher?«

»Ganz sicher.«

»Okay, wenn du das sagst.«

Annie trat zur Seite und wir setzten unseren Weg schweigend fort. Lange hielt die Stille jedoch nicht an. »Wenn meine Theorie nicht stimmt, wieso schläfst du dann mit ihm?«

Völlig aus dem Konzept gebracht, stolperte ich über meine eigenen Füße. War es so offensichtlich? »Wer sagt, dass ich mit ihm schlafe?«

»Ich. Und wir wissen beide, dass ich recht habe.«

»Hat er dir das erzählt?«

»Nein, Josh hat überhaupt nicht über dich gesprochen.« Annie seufzte leise. »Hast du mir nicht zugehört?«

»Zu viel Psychokram, da schalte ich automatisch ab.«

»Sei froh, dass ich mich für diesen Psychokram interessiere. Sonst wüsste ich nicht, dass etwas mit euch nicht stimmt.«

»Mit mir ist alles in bester Ordnung.« Wenn man von der Tatsache absah, dass ich mit Josh einen der größten Fehler meines Lebens wiederholte. Aber wer hielt sich schon mit solchen Kleinigkeiten auf? »Können wir bitte über etwas anderes reden?«

»Nope.« Sie betonte das *P* mit solchem Nachdruck, dass es sich anhörte, als würde sie eine Kaugummiblase platzen lassen. »Ich verstehe vielleicht nichts von Sex, aber ich kann gut zuhören und will für dich da sein.«

Das dumpfe Gefühl, das mein stetiger Begleiter war, seit ich Joshs Wohnung verlassen hatte, schwoll an und ließ mich mehrmals schwer schlucken. Annie wollte nur helfen, es gab keinen Grund, gemein zu ihr zu sein oder sie zurückzustoßen. Aus einem Impuls heraus zog ich sie in eine feste Umarmung. »Es tut mir leid, wenn ich fies war.«

Und weil sie einer der besten Menschen war, die ich kannte, erwiderte sie meine Umarmung, versicherte mir, dass sie es verstand, und hörte sich in den nächsten Minuten die ganze irrsinnige Geschichte von Josh, mir und unserem kleinen Abkommen an.

Als ich fertig war, runzelte sie missbilligend die Stirn. »Das ist das Dümmste, das ich jemals gehört habe.«

»Es war deine Idee.« Hatte sie unser Gespräch etwa vergessen?

»Meine Idee?« Es lag ehrliche Entrüstung in Annies Stimme. »Den Blödsinn hast du doch nicht von mir!«

»Von dir und diesen Holländern.«

»Oh, Gott.« Sie schlug sich beide Hände vor das Gesicht. »Ich konnte doch nicht ahnen, dass du die Studie aus den Niederlanden dafür missbrauchst, irgendwelche Sex-Regeln zu erfinden. Das funktioniert doch niemals.«

»Sag ich ja. Und deswegen werde ich es beenden.« Josh musste sowieso davon ausgehen, dass unsere Übereinkunft keinen Bestand mehr hatte. Vermutlich wäre ich die erste Frau, die aus seinem Bett flüchtete.

»Letztens haben sie einen Song im Radio gespielt.« Annies abrupter Themenwechsel irritierte mich. »Der hat mich an dich und Josh erinnert.«

»Und wie hieß dieser Song?«

»*Idiots In Love.*«

10. Kapitel

Eigentlich war es Grace, die sich regelmäßig in der Bibliothek unter einem Stapel Bücher vergrub. Am Samstag saß ich jedoch selbst an einem Tisch in der hintersten Ecke und verzweifelte an einer Hausarbeit, die ich schon vor zwei Semestern hätte schreiben sollen.

Draußen war es bereits dunkel, als ich mich gähnend streckte und den ersten Blick seit Stunden auf mein Handy warf. Es war kurz nach neun, ich war todmüde und mein Magen knurrte, weil ich seit dem Frühstück nichts gegessen hatte. Zeit, nach Hause zu gehen.

»Hey, Emily.« Als ich aufsah, stand Julia vor mir. Wir hatten in diesem Semester ein paar Kurse zusammen. Sie ließ sich auf den Stuhl mir gegenüber fallen, bevor sie sich mit den Händen über das Gesicht fuhr. »Die Hausarbeit für Professor Keane bringt mich um. Ich könnte hundert Jahre am Stück schlafen. Wie Dornröschen.«

»Geht mir ähnlich.« Es mussten keine hundert Jahre sein, acht Stunden hätten mir schon gereicht. Seit Tagen wälzte ich mich jede Nacht unruhig hin und her. Grace hatte mehr als einmal meine Augenringe kommentiert.

»Hast du von der Sache heute im Stadion gehört? Muss schlimm ausgesehen haben.«

Fragend sah ich Julia an. »Was für eine Sache?«

»Der Spieler, der sich so schwer verletzt hat. Angeblich soll er nie wieder laufen können.«

»Wer hat sich verletzt?« Mir brach kalter Schweiß aus. In der Vergangenheit hatte ich genug Footballspiele gesehen, um zu wissen, wie hart es manchmal zuging. Bei dem Gedanken, dass es vielleicht Josh gewesen war, der vom Feld getragen werden musste, beschleunigte sich mein Herzschlag. Nicht Josh. Bitte nicht ausgerechnet er. Mein stummes Stoßgebet wurde von Julia unterbrochen. »Keine Ahnung, ich kann mir Namen doch nie merken. Und gerade habe ich sowieso keinen Kopf für irgendwas außer dieser verdammten Hausarbeit.« Sie klang, als wäre das alles keine große Sache. Für sie war es das vielleicht auch nicht. »Hab nur gehört, dass er direkt ins Krankenhaus eingeliefert wurde.«

Tausend Gedanken schossen mir durch den Kopf. Es war eine sich immer wieder abwechselnde Folge von *Josh ist verletzt* und *du reagierst vollkommen über*. Was auch immer passiert war, ich brauchte Gewissheit.

Hastig sprang ich auf, stopfte meine Sachen in die Tasche und verabschiedete mich von Julia, die mich mit großen Augen anstarrte. »Alles okay, Emily?«

»Ja, ich habe nur ... was vergessen.« Ich rannte die Treppen hinunter, als wäre der Teufel hinter mir her. Als ich schwer atmend durch die große Holztür ins Freie trat, hatte ich mein Handy bereits in der Hand. Vor zehn Minuten war ich mir noch sicher gewesen, dass ich Josh niemals anrufen würde. Jetzt versuchte ich mit zitternden Händen, dieses dumme Telefon zu bedienen, damit er mir bestätigen konnte, dass es ihm gut ging.

Es klingelte einmal, zweimal, dreimal ... bis die Mailbox ansprang. Fuck. Beim zweiten Versuch dasselbe Ergebnis: Joshs Mailbox, die mich mit dem üblichen Blabla begrüßte und nicht im Geringsten beruhigen konnte.

Ins Krankenhaus zu fahren, wenn ich nicht einmal wusste, ob er überhaupt eingeliefert worden war, wäre zu dramatisch. Selbst für meine Verhältnisse. Nervös verlagerte ich mein Gewicht von einem Fuß auf den anderen, ohne zu wissen, was ich tun sollte.

Das Handy ein drittes Mal ans Ohr gepresst, eilte ich mit schnellen Schritten in Richtung der östlichen Wohnheime. Insgesamt erreichte ich Joshs Mailbox noch ganze sechs Mal, bis ich vor seiner Wohnung ankam. Wäre mein klarer Verstand nicht von der Angst um ihn benebelt, hätte ich niemals einfach so an seine Tür geklopft. Doch genau das tat ich, während ich imaginäre Löcher in das Holz starrte.

Es dauerte endlose Sekunden, bevor ich erlöst wurde. Die Tür sprang auf und offenbarte einen sichtlich überraschten Josh, der kein bisschen verletzt aussah. »Emily. Hi.«

Es ging ihm gut. Die Anspannung der letzten Minuten fiel wie eine riesige Last von mir ab. Zurück blieb eine Mischung aus Scham und Verlegenheit. Mit einem Mal kam ich mir so schrecklich dumm vor. Josh hatte unzählige Anrufe von mir auf seinem Handy, und ich stand mit weit aufgerissenen Augen vor seiner Tür, ohne eine gute Erklärung für all das zu haben. Vielleicht sollte er eine einstweilige Verfügung erwirken, die es mir verbieten würde, mich ihm auf weniger als fünfhundert Meter zu nähern. Verübeln könnte man es ihm nicht.

»Wenn du hergekommen bist, weil ...« Zu meiner großen Erleichterung brachte er den Satz nicht zu Ende. Ich war nicht hier, um Sex mit ihm zu haben, auch wenn es für ihn genau so aussehen musste. »Das ist heute kein guter Zeitpunkt.«

»Nein, ich ...« Wie sollte ich ihm meinen schrägen Auftritt erklären, ohne ihm Gefühle zu offenbaren, die immer wieder an die Oberfläche drängten, weil ich es nie geschafft hatte, sie tief genug zu vergraben.

Die Rettung nahte in einer kleinen, blonden Gestalt, die sich zwischen Joshs Beinen hindurchschob und mich aus großen, blauen Augen interessiert ansah. »Hi.«

Lilly. So niedlich in ihrem Cinderella-Schlafanzug, dass ich es nicht übers Herz brachte, sie zu ignorieren. »Hallo.«

Die Kleine klammerte sich mit der einen Hand am Oberschenkel ihres Dads fest, in der anderen hielt sie einen ziemlich abgenutzten Teddybär. Sie war zauberhaft und sah Josh so ähnlich, dass es mir einen eiskalten Schauer über den Rücken jagte.

»Wir essen Pizza. Obwohl es schon viel zu spät dafür ist.«

Bei ihrer freudestrahlenden Bemerkung huschte ein Lächeln über Joshs Gesicht. »Ja, wir essen Pizza, Schatz.« Er nahm sie auf den Arm und drückte sie sanft an sich. »Und wir wollten niemandem davon erzählen.«

»Oh.« Sie vergrub den Kopf verschämt an seinem Hals. »Das habe ich vergessen.«

»Ich verrate euch nicht.« Warum ich der Kleinen bestätigte, dass ihr Geheimnis bei mir sicher war, wusste ich nicht genau.

Vermutlich lag es daran, dass sie so glücklich wirkte wegen einer banalen Sache wie einem Stück Pizza. Wenn man vier Jahre alt war, war die Welt noch so viel einfacher.

Josh räusperte sich leise. »Willst du reinkommen?«

»Was?« Automatisch trat ich einen Schritt zurück. »Nein, nein. Ich sollte ...«

»Wir haben genug Pizza übrig«, sagte Lilly und hob kurz den Kopf, bevor sie sich wieder an ihren Dad kuschelte.

»Du hast sie gehört. Wir haben eine ganze Menge Pizza.« Josh zwinkerte mir zu, und meine Knie wurden weich. Dieser Automatismus hatte früher funktioniert und tat es immer noch. »Komm schon rein, Em.« Ohne auf mich zu warten, verschwand er mit Lilly auf dem Arm aus meinem Blickfeld. Die Wohnungstür ließ er offen stehen.

Es war beeindruckend, wie viel Pizza eine Vierjährige verdrücken konnte. Josh hatte Lilly das Stück kleinschneiden wollen, doch sie hatte protestiert. Sie wäre alt genug, um allein zu essen. Achselzuckend hatte er nachgegeben, und nun betrachteten wir beide die Pizza-Katastrophe. Am Ende war Lilly satt, schläfrig und von oben bis unten mit Tomatensauce bekleckert.

Ein wenig fühlte ich mich wie ein Eindringling, auch wenn die beiden mich eingeladen hatten. Sie bei einer so alltäglichen Sache wie einem Abendessen zu beobachten, stand in völligem Kontrast zu dem Bild, das ich mir in den letzten Jahren von Josh zusammengesponnen hatte.

»Zeit fürs Bett, Schatz.« Er stand auf, hob Lilly aus ihrem Stuhl und strich ihr ein paar Haarsträhnen aus dem Gesicht, die ebenfalls Sauce abbekommen hatten.

»Muss ich Zähne putzen?« Ihrer Frage folgte ein ausgiebiges Gähnen.

»Hm. Was meinst du denn? Musst du?«

Die kleine Lilly seufzte laut. Diese Diskussion führten die beiden garantiert nicht zum ersten Mal. »Wenn ich nicht putze, krieg ich Karis.«

»Karies. Und genau deswegen putzen wir jetzt die Zähne und

waschen dir auch gleich die Tomatensauce ab.«

»Kann Emily mitkommen?« Damit traf sie mich völlig unvorbereitet.

»Ich soll mit dir Zähne putzen?«

Sie kicherte laut, als hätte ich etwas sehr Dummes gesagt. »Du hast doch keine Zahnbürste.«

Nein, die hatte ich tatsächlich nicht. Jedenfalls nicht hier. Josh warf mir einen Seitenblick zu, der irgendwo zwischen amüsiert und neugierig anzusiedeln war, mischte sich aber nicht in das Zahnbürstengespräch seiner Tochter und mir ein. »Meine Zahnbürste ist zuhause.«

»Hm.« Lilly nickte. »Du kannst mir eine Geschichte vorlesen.«

Kinder waren vollkommenes Neuland für mich. Ich war ohne Geschwister aufgewachsen, und als Teenager hatte ich nie irgendwelche Babysitter-Jobs gehabt. Hilfesuchend warf ich Josh einen flehenden Blick zu. Dies sollte der Moment sein, in dem er seiner Tochter erklärte, dass ihr irgendwelche wildfremden Menschen keine Geschichten vorlasen, nur weil sie danach fragte. Er tat jedoch nichts dergleichen. Vielmehr nickte er mir aufmunternd zu, als wäre das alles normal.

Die Kleine sah mich so erwartungs- und hoffnungsvoll an, dass ihr nur ein Unmensch diese Bitte abgeschlagen hätte. »Eine Geschichte. Okay.« Das würde ich hinkriegen.

Lilly strahlte über das ganze Gesicht, bevor Josh mit ihr im Bad verschwand.

Wie sich herausstellte, war ich nicht schlecht darin, Kindern Gute-Nacht-Geschichten vorzulesen. Lilly hing an meinen Lippen, während ich ihr die Abenteuer von *Dan Duck und seiner Suche nach dem Glück* vorlas. Gemeinsam ahmten wir Tierstimmen nach, bis dem kleinen Mädchen die Augenlider zufielen. Beobachtet wurden wir dabei von Josh, der am Türrahmen lehnte.

Als Lilly tief und fest eingeschlafen war, schaltete er die Lampe neben ihrem Bett aus, nahm mich an der Hand und zog mich hinter sich her, bis wir wieder im Wohnzimmer standen. »Das war nett von dir. Lilly liebt Geschichten.«

»Das war gar nichts.« Ohne Lilly als emotionaler Puffer zwischen uns hatte sich die Atmosphäre verändert. Es lag eine Spannung in der Luft, die vorher nicht da gewesen war. Dass Josh meine Hand weiter in seiner hielt, ließ mein Herz schneller schlagen, obwohl das eigentlich völlig unsinnig war. Wir hatten schon so viel mehr getan, als die Hand des anderen zu halten. Dennoch fühlte es sich so intim an, dass ich ihn nicht direkt ansehen konnte. Angst vor dem, was ich vielleicht in seinen Augen lesen würde, ließ mich den Blick auf unsere in sich verschlungenen Hände senken.

»Bleibst du noch?«

Ich schüttelte halbherzig den Kopf. Es wäre richtig, zu gehen. Nachdem ich mich davon überzeugt hatte, dass Josh gesund und munter war, gab es keinen Grund mehr für mich, hier zu sein.

»Nur ein paar Minuten.« Er zog mich mit sich, bis wir einander zugewandt auf der riesigen Couch saßen. Auch jetzt ließ er meine Hand nicht los und wurde dadurch unbewusst zu meinem Anker, der mich davor bewahrte, in meine Gedankenwelt abzudriften. Eine Gedankenwelt, die mir unzählige Gründe nennen würde, warum ich nicht mit Josh auf seiner Couch sitzen und Händchen halten sollte.

»Darf ich dich was fragen?« Wieder schüttelte ich den Kopf, was Josh ein tiefes Lachen entlockte. Gott, ich mochte sein Lachen. So sehr, dass mir ein Schauer über den Rücken lief. »Sicher nicht? Ich bin es doch nur.«

Und genau das war das Problem. Es gab einen Menschen auf diesem Planeten, der mit Leichtigkeit jede Mauer einreißen konnte, die ich errichtete: Dieser Mensch saß vor mir, hielt meine Hand und hatte dieses angedeutete Lächeln auf den Lippen, das schon immer mein Untergang gewesen war. Dabei war er so zauberhaft, dass es mir schwerfiel, mich an all die Gründe zu erinnern, aus denen das hier falsch war.

»Warum bist du hergekommen, Em?« Ertappt durch seine

Frage, entzog ich Josh meine Hand und vergrub sie tief in der Tasche meines Hoodies. »Versteh mich nicht falsch, ich freue mich, aber ...« Er brach ab, sah ein wenig verloren und ratlos aus.

»Wenn du glaubst, dass ich es darauf angelegt habe, liegst du falsch.«

Irritiert runzelte er die Stirn. »Dass du es worauf angelegt hast?«

»Sie kennenzulernen. Immerhin hast du mir erklärt, dass du so was nicht machst.« Es war mir wichtig, diese Grenze zu ziehen. Josh sollte nicht denken, dass ich seine Wünsche nicht respektierte. Wenn ich wollte, dass er sich an meine Regeln hielt, musste ich das umgekehrt auch tun.

»Sprichst du von Lilly?«

»Natürlich.« Zum ersten Mal, seit wir auf der Couch saßen, sah ich ihm direkt in die Augen. In ihnen lag Verwunderung. Vielleicht auch Ratlosigkeit. »Dass sie hier ist, wusste ich nicht.«

»Woher solltest du auch?« Er legte den Kopf schief, hob die Hand und strich mir federleicht mit dem Daumen über die Wange. Unter seiner Berührung presste ich die Lippen fest aufeinander, um nicht irgendetwas zu offenbaren, das ich später bereuen würde. »Lilly mag dich.«

»Es hat Spaß gemacht, ihr vorzulesen.« Zu meiner Verwunderung meinte ich jedes meiner Worte ernst. Lilly war ein wundervolles Kind. Ein kleiner, blonder Wirbelwind, der Josh fest im Griff hatte.

»Du kannst sie jederzeit wieder besuchen, wenn du magst.«

»Aber du hast gesagt ...«

Seufzend unterbrach er mich. »Ich weiß, was ich gesagt habe.«

Näher hinterfragen würde ich diesen Sinneswandel nicht. Als ihr Dad wusste er vermutlich, was er tat.

»Verrätst du mir jetzt, warum du hergekommen bist?« Joshs Finger strichen bei seiner Frage von meiner Wange, über meinen Hals, bis zu meinem Schlüsselbein. Es war nicht leicht, einen klaren Gedanken zu fassen, wenn er mich berührte. Seine Finger waren rau, vermutlich vom Footballspielen, und hinterließen eine brennende Spur, die sich wohlig und aufregend zugleich anfühlte. Es war nicht fair, dass dieser Kerl mich mit so einer simplen Geste in Flammen setzen konnte. Überhaupt nicht fair.

»Es ist dumm.«

»Erzählst du es mir trotzdem?«

»Lieber nicht.«

Josh rückte ein Stückchen näher an mich heran, sodass unsere Knie aneinanderstießen. »Ich hätte ein paar Ideen, wie ich dich dazu bringen könnte.«

»Wird nicht funktionieren.« Ob ich ihm oder mir selbst versichern musste, dass seine Methoden keinen Erfolg haben würden, war nicht ganz klar. Vermutlich uns beiden.

»Versuchen könnte ich es trotzdem.« Seine Finger, die unaufhörlich über mein Schlüsselbein gestrichen hatten, glitten langsam, aber zielstrebig tiefer. »Hast du mich vermisst, Em?«

»Überhaupt nicht.«

»Hm. Okay. Ich dich auch nicht.« Sein Grinsen unterstrich die Lüge. »Kein bisschen.«

»Das ist gut.« Durch seine Nähe und seine Berührungen benebelt, war ich mir nicht mehr sicher, ob ich Sätze bilden konnte, die einen Sinn ergaben. Wenn er mich nicht in den nächsten dreißig Sekunden küsste, würde ich implodieren. Oder explodieren. Was auch immer.

»Ist das auch eine deiner Regeln, Em?« Josh beugte seinen Oberkörper so weit vor, dass seine Lippen nur noch Millimeter von meinen entfernt waren. »Darf ich dich nicht vermissen?«

»Ja, das ist eine.« Mit den Händen strich ich über die Haare in seinem Nacken, die unglaublich weich waren und immer in alle Himmelsrichtungen abstanden. »Eine Regel.«

»Und Regeln sind wichtig.« Joshs Blick fiel auf meinen Mund, gleichzeitig biss er sich auf die Unterlippe. Was mich bei jedem anderen Typen zum Lachen gebracht hätte, sorgte bei ihm dafür, dass ich den letzten Abstand zwischen uns überwand und meinen Mund hungrig auf seinen presste.

Kurz ließ er mich die Führung übernehmen, das Tempo

bestimmen, bis er mich an den Hüften nach hinten schob. Mit dem nächsten Atemzug war er über mir.

Josh küsste mich ungestüm und mit einem fast verzweifelten Verlangen, das mich völlig unvorbereitet traf. Sein rechter Arm schlang sich dabei um meine Taille und zog meinen Körper noch enger an ihn. Es war so einfach, mich in diesem Kuss zu verlieren.

Nach einer wundervollen Unendlichkeit zog er sich langsam zurück, bedeckte meinen Mund mit zarten, federleichten Küssen, bis er den Kopf an meiner Schulter vergrub. Josh atmete genauso schwer wie ich. Nichts auf der Welt hätte ich lieber getan, als einfach nur für immer auf dieser Couch zu liegen und ihn zu küssen.

»Lilly.« Es war mehr ein Murmeln, ich verstand ihn dennoch.

Natürlich. Seine Tochter schlief im Raum nebenan. Hätte nicht ein hundert Kilo schwerer Footballer auf mir gelegen, der keinerlei Anstalten machte, sich zu bewegen, hätte ich mich aufsetzen können. »Ich sollte besser gehen.«

»Noch nicht.« Josh verteilte kleine Küsse auf meinem Hals, bevor ich seine Zunge und wenig später seine Zähne an dieser empfindlichen Stelle spürte.

»Verpasst du mir gerade einen Knutschfleck?«

Kurz löste er seine Lippen von mir. »Vielleicht.«

»Wir sind doch keine zwölf mehr.« Trotz meines Protestes drehte ich den Kopf, um ihm besseren Zugang zu gewähren.

»Mit zwölf habe ich niemandem Knutschflecke verpasst.« Mit seinen Lippen saugte er leicht an meiner sensiblen Haut. Seufzend schloss ich die Augen. Sollte er tun, was immer er wollte. Wenn es sich so gut anfühlte, hatte ich nichts dagegen einzuwenden. »Um ganz ehrlich zu sein, wird das hier mein erster Knutschfleck überhaupt.« Sein Gesicht konnte ich vielleicht nicht sehen, aber ich spürte sein Lächeln an meinem Hals.

»Josh Sanders hat noch nie einem Mädchen einen Knutschfleck verpasst?« Während er weiter mit seiner Mission beschäftigt war, strich ich ihm gedankenverloren über den Nacken und die Schultern. »Ich bin schockiert.«

»Umso netter von dir, dass du mich diese Erfahrung nachholen lässt.« Langsam hob er den Kopf, um sein Werk kritisch zu mustern. »Perfekt.«

»Wie schön, dass du so zufrieden mit dir bist.« In diesem Moment war es nicht schwer, sich vorzustellen, wie es wäre, jeden Abend mit ihm zu verbringen. Nach einem langen Tag zu ihm nach Hause kommen, gemeinsam Pizza essen, nebeneinander liegen und miteinander reden. Vielleicht auch knutschen. Mein Herz krampfte sich schmerzhaft zusammen. Das war eine utopische und doch wundervolle Vorstellung.

Josh schien die Veränderung in mir zu bemerken, machte jedoch weiter keine Anstalten, mich loszulassen. Wenn das überhaupt möglich war, hielt er mich noch fester in seinen Armen. Flüchtig küsste er erst meinen linken Mundwinkel, dann den rechten. »Einen Penny für deine Gedanken.«

Das war mein Stichwort, um ihn an unser Abkommen zu erinnern. Keine tiefgründigen Gespräche. Doch wir hatten an diesem Abend schon so viele Regeln gebrochen, dass ich es nicht über mich brachte, wieder davon anzufangen. Insgeheim wussten wir beide, dass wir uns nicht daran halten würden. Diese dummen Regeln gab es nur aus einem Grund: um mich und mein Herz vor Josh zu schützen. Wären wir die Protagonisten einer romantischen Komödie, hätten die Zuschauer nach wenigen Minuten gewusst, dass ich keinen Erfolg damit haben würde. Und ich selbst? Ich hätte bis zum großen Finale meine Gefühle verleugnet, nur um im allerletzten Augenblick zu begreifen, dass ich doch verliebt war. Nur war das hier keine romantische Komödie. Dass ich ihn liebte, war mir immer klar gewesen.

»Em?« In meinen Gedanken versunken, hatte ich nicht bemerkt, dass Josh anscheinend mit mir gesprochen hatte.

»Hm?«

»Verrätst du mir noch, warum du hergekommen bist?« Er gab mir einen Kuss auf die Schläfe, bevor er seine Stirn gegen meine lehnte. »Wenn ich weiß, was dich hergelockt hat, kann ich das vielleicht wiederholen.«

Wenn er solche Dinge sagte, war es so offensichtlich, dass ich rational nie eine Chance gehabt hatte. Wie sollte es einem Mädchen möglich sein, sich nicht in ihn zu verlieben? »Das kannst du nicht wiederholen.«

»Wer weiß? Ich könnte es versuchen.«

»Oh Gott, ich hoffe nicht. Das würde dem Coach nicht gefallen.«

Fragend sah er mich an. »Was hat der Coach damit zu tun?«

Wollte ich ihm wirklich erzählen, wie dumm und kopflos ich gewesen war? Ganz sicher nicht. Doch da war diese vollkommene Offenheit in seinem Blick, die mich dazu brachte, es doch zu tun. »Jemand hat mir von der schweren Verletzung heute beim Spiel erzählt.«

»Okay.« Die Verwirrung stand ihm ins Gesicht geschrieben. »Und du bist hier, weil du dich nach Adam erkundigen wolltest?«

»Ich bin hier, weil ich dachte ...« Kurz schloss ich die Augen, um Mut zu sammeln. Im besten Fall würde er sich nichts weiter dabei denken, im schlimmsten irgendwelche Dinge hineininterpretieren. »Ich wollte wissen, ob es dir gut geht.«

Sein verwirrter Gesichtsausdruck verwandelte sich bei meinen Worten in ein überdimensioniertes Strahlen. »Du bist hier, weil du dir Sorgen um mich gemacht hast?« Die Verwunderung in seiner Stimme traf mich bis ins Mark. Er ging tatsächlich davon aus, dass er mir egal war. Vielleicht war ich eine bessere Schauspielerin, als ich angenommen hatte.

Selbst wenn ich es gewollt hätte, konnte ich es nicht übers Herz bringen, die Wahrheit abzustreiten. »Ein bisschen. Und deswegen könnte es auch sein, dass du vielleicht ein Dutzend Anrufe von mir auf deinem Handy hast.« Verschämt kniff ich die Augen zusammen.

»Du kannst mich so oft anrufen, wie du willst.« Um seine Worte zu bekräftigen, ließ er einen flüchtigen Kuss folgen, der nicht leidenschaftlich, sondern bittersüß war. »Aber hast du nicht gelesen, dass es Adam war? Das stand doch überall.«

»Ähm. Nein?«

Josh grinste bei meiner Offenbarung über das ganze Gesicht. »Du hast nicht gegoogelt? Du bist so ein schlechter Millennial.«

»Witzig, Sanders.«

»Ja, finde ich auch.« Josh wollte gerade zu einem erneuten Kuss ansetzen, als mir bewusst wurde, wen er da gerade erwähnt hatte.

»Ein Adam hat sich verletzt? Welcher Adam?«

»Seit wann interessierst du dich für Football?« Es war unverkennbar, dass Josh mehr küssen und weniger reden wollte.

Ich stemmte eine Hand gegen seine Brust. »Sag schon.«

Seufzend gab er nach. »Baker. Unser zweiter Quarterback.«

Der Typ aus dem Sushi-Laden, den Annie angehimmelt hatte, bevor er so unhöflich zu ihr gewesen war. »Ist er sehr schwer verletzt?«

»Keine Ahnung.« Josh stützte sich mit dem rechten Ellenbogen neben mir ab, sodass er besser auf mich hinuntersehen konnte. »Der Coach wusste noch nichts Genaues.«

»Hoffentlich geht es ihm gut.« Auch wenn der Kerl furchtbare Manieren hatte, wünschte ich ihm, dass er glimpflich davonkommen würde.

»Das hoffe ich auch. War sein erster Einsatz in über einem Jahr und dann passiert so eine Scheiße.« Josh setzte sich in einer geschmeidigen Bewegung auf und zog mich auf seinen Schoß. Ich schlang die Arme um seinen Nacken. »Kennst du Baker?«

»Nicht wirklich. Er war letzte Woche im *Buddha's Kitchen*.«

»Baker isst freiwillig Sushi?« Josh schüttelte lachend den Kopf. »Dann weiß ich, wer bei ihm war. Etwa eins siebzig groß? Lange, weißblonde Haare? Mürrischer Gesichtsausdruck?«

All das traf auf Adams Begleitung zu, wenn ich mich recht erinnerte. »Ja, ich denke schon.«

»Chloe Taylor.« Aus Joshs Mund klang der Name wie eine Mischung aus Beleidigung und Fluch. »Sie ist seit diesem Jahr Cheerleaderin, und Baker versucht seit Monaten, bei ihr zu landen.«

»Scheint geklappt zu haben.«

Er schnaubte leise. »Adam ist wirklich kein Sonnenschein,

aber jemanden wie Chloe Taylor hat nicht einmal er verdient.«

»Ist sie so furchtbar?« Im Restaurant hatte sie kaum etwas gesagt und war mir nicht so negativ aufgefallen wie Adam. »Sie sah eigentlich ganz nett aus.«

»Das tun Hexen immer.«

»Was soll das denn heißen?« Dass Josh den Moment nutzte, um seine Hand unter meinen Hoodie zu schieben, ignorierte ich vorerst, auch wenn es mir schwerfiel.

»Das heißt«, seine Lippen fanden meine in einem unschuldigen Kuss, »dass sie zwar nett aussieht, aber es nicht wirklich ist. Sie hat Adam Monate am ausgestreckten Arm verhungern lassen, obwohl sie wusste, dass er sie mag. Nachdem es mit einem anderen Typen nicht geklappt hat, hat sie sich doch auf ihn eingelassen. Adam hat es offenbar so schwer erwischt, dass ihm ihre Spielchen egal sind.«

Ein wenig tat mir Adam Baker leid. Auch wenn er ein unhöflicher Tölpel war – eine schwere Verletzung und eine solche Freundin wünschte ich nicht einmal ihm. »Menschen tun dumme Dinge, wenn sie verliebt sind.« Kaum hatte ich den Satz ausgesprochen, bereute ich ihn auch schon. Ich war das beste Beispiel für idiotisches Verhalten, nur weil man sein Herz an jemanden verschenkt hatte, der diese Gefühle nicht erwiderte.

»Tun sie das, Em?« Josh verlagerte so plötzlich unseren Schwerpunkt, dass ich nach vorn gegen seine Brust fiel. »Vielleicht hast du recht damit.«

11. Kapitel

»Es wird Zeit, dass wir reden.« Grace setzte sich mit ernstem Gesichtsausdruck neben mich auf die Couch. Ich war gerade aus der Dusche gekommen und bürstete meine Haare. Sie hasste es, wenn ich das an einem anderen Ort als im Badezimmer tat.

»Tut mir leid.« Durch einen Haarvorhang versuchte ich, so schuldbewusst wie möglich zu klingen. »Ist das letzte Mal. Versprochen.«

»Auch wenn das eine echt nervige Angewohnheit ist, geht es mir gerade nicht um die tausend Haare, die du im Wohnzimmer verteilst.«

»Worum dann?« Um sie ansehen zu können, legte ich den Kopf schräg. Grace' Stirn war gerunzelt, ihre Lippen fest aufeinandergepresst. »Ist mit Noah alles okay?« Sie sah so nachdenklich aus, dass es mir Angst machte. Worüber sie auch immer mit mir sprechen wollte, es würde mir vermutlich nicht gefallen.

»Ja, natürlich.« Sie wartete ein paar Sekunden, bis ich meinen Kamm weggelegt hatte, ehe sie fortfuhr. »Darf ich dich was fragen, Em?«

Mich beschlich das ungute Gefühl, in eine Falle zu laufen. Dennoch nickte ich. »Natürlich.«

»Von wem ist der riesige Knutschfleck an deinem Hals?«

Fuck. Das Ding hatte ich total vergessen. Seit dem Abend bei Josh und Lilly waren vier Tage vergangen, in denen ich immer ein Halstuch getragen hatte. Nach der Dusche hatte ich jedoch nicht daran gedacht, den sehr offensichtlichen Beweis für die Lippen eines anderen Menschen auf meiner Haut zu verdecken. »Es ist nicht das, wonach es aussieht?« Meine zaghafte Antwort war eine riesengroße Lüge, die Grace natürlich durchschaute.

»Du hörst dich wie jemand an, der bei einem Seitensprung erwischt wurde.« Grace rollte unzufrieden mit den Augen. »Eigentlich will ich nur eine Sache wissen.«

Als wäre es nicht vollkommen klar, worauf dieses Gespräch

hinauslief, fragte ich dennoch nach. »Welche Sache?«

»Das Ding hast du von Josh, richtig?«

Es zu leugnen, wäre zwecklos, und es war schon schlimm genug, dass ich ihr bisher nichts von ihm und mir erzählt hatte. »Ja, das ist ein Souvenir von Josh.«

»Ich wusste es!« Grace ließ sich in die Polster der Couch sinken. »Dafür bringe ich ihn um. Nein, noch besser, ich lasse ihn von Noah umbringen.«

»Dann hat er wohl nicht viel zu befürchten.« Auch wenn mir nicht wirklich nach Lachen zumute war, stupste ich Grace grinsend mit dem Ellenbogen in die Seite. »Dein großer, muskelbepackter Football-Freund kann keiner Fliege was zuleide tun.«

»Vermutlich hast du recht.« Grace blies sich ein paar wirre Haarsträhnen aus der Stirn, bevor ihre ganze Aufmerksamkeit wieder mir galt. »Und was ist mit *deinem* Football-Freund? Ist er das überhaupt? Dein Freund? Was ist das zwischen euch?«

Wir kamen zu dem Teil der Geschichte, für den sie mir den Kopf abreißen würde. »Es ist kompliziert.«

Grace schnaubte leise. »Das ist es immer. Sag mir bitte nicht, dass es so ein Sex-Ding ist. *Dann* kille ich ihn wirklich. Eigenhändig.«

Damit hatte sie ziemlich genau ins Schwarze getroffen. Also schwieg ich und sah sie einfach nur an.

»Das ist nicht dein Ernst.« Eine ganze Bandbreite an Emotionen huschte über ihr Gesicht. »Warum tust du dir das an?«

Als meine beste Freundin wusste sie von meinen Gefühlen für Josh. Von unserer gemeinsamen Vergangenheit. Kein Wunder also, dass sie mich für vollkommen verrückt halten musste. »Was willst du hören?«

»Die Wahrheit?« Sie rückte ein Stück näher an mich heran, um ihren Kopf auf meine Schulter zu legen.

»Die Wahrheit ist nicht schön.« Von außen betrachtet, war sie hässlich und erbärmlich. »Ich habe ihn schrecklich vermisst, Grace.«

»Das weiß ich, aber ... ein Sex-Ding?«

»Bevor du was Falsches denkst, das war meine Idee. Nicht

Joshs.« Es wäre leicht gewesen, die ganze Schuld auf ihn abzuschieben. Doch er hatte nichts getan. Diese Affäre, wenn man es so nennen wollte, hatte ich vorgeschlagen.

»Und das war okay für ihn?«

»Warum sollte es das nicht sein?« Ich versuchte, emotionslos zu klingen, als wäre unverbindlicher Sex mit dem einzigen Mann, der mir jemals das Herz gebrochen hatte, keine große Sache.

»Weil ...« Grace richtete sich auf, um mich anzusehen. »Weil es vielleicht auch eine Option gewesen wäre, es richtig zu machen?«

»Richtig?«

»Du weißt, was ich meine.«

»Keine Ahnung.«

»Und genau das ist euer Problem.« Sie warf die Hände in einer dramatischen Geste in die Luft. »Warum geht ihr nicht einfach miteinander aus und wartet ab, was passiert? So wie normale Menschen das tun.«

Meine rechte Augenbraue schnellte nach oben. »So wie du und Noah?«

»Das ist was anderes.«

Jetzt war ich es, die ungläubig schnaubte. »Wenn du das sagst.«

»Em.« Grace' Ton wurde todernst, was nie etwas Gutes verhieß. »Ich habe Josh gern. Sehr sogar. Aber ich will nicht, dass er dir wehtut.«

»Wird er nicht.« Meine Erwiderung klang so unglaubwürdig, dass ich sie mir selbst nicht abnahm. »Ich habe das im Griff.«

»Glaubst du wirklich daran?«

»Was soll ich darauf antworten?« Fahrig schob ich mir ein paar nasse Haarsträhnen aus dem Gesicht, die mich plötzlich schrecklich störten. »Willst du hören, wie dumm ich bin? Das ist mir auch klar.«

»Du bist dumm, wenn du denkst, dass Josh dich nicht mag.«

»Ich weiß, dass er das tut.« Wir konnten trotz der seltsamen Umstände miteinander lachen, uns Wortgefechte liefern, an denen er manchmal schon zu viel Spaß zu haben schien, der Sex war gut ... Es gab keinen Grund für Josh, mich nicht zu mögen.

»Warum zur Hölle sprecht ihr euch dann nicht aus und versucht es noch einmal richtig miteinander?« Von Grace' Angebot, Josh für mich umzubringen, war nicht mehr viel übrig. Ihr schien die Idee, dass aus ihm und mir wieder ein Paar werden könnte, mit einem Mal besser zu gefallen.

»Es reicht nicht.«

»Was reicht nicht?« Sie klang verzweifelt, was ich ihr nicht verübeln konnte. An ihrer Stelle hätte ich schon längst die Geduld mit mir verloren.

»Er mag mich, Grace.« Weil ich nicht länger ruhig dasitzen konnte, sprang ich auf und lief vor der Couch auf und ab. »Aber er hat mich damals nicht genug geliebt, um bei mir zu bleiben, und das tut er auch jetzt nicht.«

Grace betrachtete mich lange schweigend. Man sah ihr an, dass sie ihre nächsten Worte sehr sorgfältig abwog. »Ich weiß nicht, was ich dir raten soll, Em. Niemand kann die Vergangenheit ungeschehen machen, aber vielleicht bereut er, was damals passiert ist.«

Vielleicht tat Josh das. Doch es machte keinen Unterschied. Noch einmal würde ich nicht zulassen, dass er mich verließ und dabei etwas sehr Essenzielles mitnahm. Mein Herz.

12. Kapitel

»Ach, fuck.« Als wäre der Tag nicht schon beschissen genug, trat ich wenige Meter vor der rettenden Eingangstür des Wohnheims in eine riesige Pfütze. Langsam kroch die Nässe in meine Schuhe, durch meine Socken, bis auf meine Haut.

Es war einer dieser Montage, die man getrost aus dem Kalender streichen konnte. Zuerst hatte ich verschlafen, nur um nach meinem ersten Kurs zu erfahren, dass ich den Test in der Woche davor grandios in den Sand gesetzt hatte. Beim Mittagessen fiel mir erst auf, dass ich mein Portemonnaie vergessen hatte, als ich mit dem vollen Tablett vor der Kasse stand. Und später im *Buddha's Kitchen* hatte ich drei Stunden länger arbeiten müssen, weil Reece mit einer Grippe im Bett lag.

Mittlerweile war es kurz vor zehn, ich war müde, genervt und wollte einfach nur schlafen.

Nachdem ich geduscht hatte, war von meiner Müdigkeit jedoch nicht mehr viel übrig. Unentschlossen ließ ich mein Handy von einer Hand in die andere wandern. Starrte es dabei an, als würde es mir alle Geheimnisse des Universums offenbaren können.

Sollte ich? Sollte ich besser nicht?

Wie der Feigling, der ich war, entschied ich mich für eine kurze Textnachricht.

Ich: *Bist du noch wach?*

Seine Antwort ließ keine dreißig Sekunden auf sich warten.

Josh: *Ist das ein Booty Call?*

Natürlich konnte er eine einfache Frage nicht mit einem simplen *Ja* oder *Nein* beantworten.

Ich: *Und wenn es einer wäre?*

Dieses Mal dauerte es nicht einmal zehn Sekunden, bis mir seine Antwort entgegenleuchtete.

Josh: *Wenn das ein Booty Call sein soll, bin ich enttäuscht. Solltest du nicht zuerst fragen, was ich gerade anhabe?*

Manchmal war er so ein Idiot. Trotzdem trieb mir diese blöde Bemerkung ein Lächeln auf das Gesicht.

Ich: *Fragt man das nicht nur bei Telefonsex?*

Josh: *Keine Ahnung. Ich hatte nie welchen. Sag du es mir.*

Langsam wurde ich nervös. Vielleicht war es an der Zeit, deutlicher zu werden. Es so zu formulieren, dass es nicht mehr wie ein Witz klang. Mit schweißnassen Händen schrieb ich meine nächste Nachricht. Löschte sie wieder. Formulierte sie erneut. Schickte ein kurzes Stoßgebet gen Himmel. Schloss die App. Ließ mich stöhnend nach hinten auf das Bett fallen und starrte minutenlang an die Decke. Das war schwerer, als ich gedacht hatte.

Josh: *Bist du noch da, Em?*

Ich: *Ja.*

Josh: *Sehr gut. Dann gehst du jetzt bitte zur Tür.*

Ich: *Warum?*

Josh: *Mir ist es egal, ob wir Grace wecken, aber dir vielleicht nicht ...*

Achtlos warf ich mein Handy hinter mir auf die Matratze und stürzte zur Wohnungstür. Als ich sie aufriss, stand Josh in einer schwarzen Trainingshose und einem grauen Hoodie vor mir. Es war erst wenige Tage her, dass ich in seiner Wohnung gewesen war. Doch in diesem Moment kam es mir vor wie eine kleine Ewigkeit. »Hi.«

Ohne etwas zu erwidern, machte er einen Schritt nach vorn, legte seine Hände an meine Wangen und verschloss meine Lippen mit seinen. Der Kuss war sanft. Fast unschuldig. Eine Begrüßung und ein Versprechen auf mehr zugleich.

Als wir uns voneinander lösten, schob Josh mich nach hinten und griff nach meiner Hand. Zielstrebig steuerte er mein Zimmer an. Nachdem er die Tür hinter uns geschlossen hatte, zog er mich an sich. Wir waren uns so nah, dass sich meine Brüste gegen seinen Oberkörper pressten.

»Ich habe das nicht falsch interpretiert, oder?« Seine Stimme war rau, fast heiser. Ohne auf eine Antwort zu warten, beugte er sich vor, nahm mein Ohrläppchen zwischen seine Zähne und fuhr sanft mit der Zunge darüber. Ein Zittern breitete sich wie ein Lauffeuer in meinem Körper aus. Ich legte meine Hände in seinen Nacken und zog ihn noch enger an mich heran.

»Sag mir, dass du genau das hier wolltest, Em.«

Dass er im selben Moment seine Finger unter mein T-Shirt schob, um mit den Daumen über meine Brustwarzen zu streichen, war nicht hilfreich, um so etwas wie einen Satz zu formulieren. Meine Lippen fanden seinen Hals und bedeckten jeden Zentimeter Haut mit kleinen Küssen. Dabei machte ich einen Schritt nach hinten, bis ich mit den Beinen gegen den Rand meines Bettes stieß. Ohne ihn vorzuwarnen, ließ ich mich fallen und zog ihn mit mir. Josh in meinen Armen, seine Lippen über mein Schlüsselbein wandernd, meine Beine um seine Taille geschlungen, erschien der Tag mit einem Mal gar nicht mehr so furchtbar.

»Em.« Er ließ kurz von mir ab, um mir in die Augen zu sehen. »Ist es das, was du wolltest?« Aus irgendeinem Grund war es wichtig für ihn, dass ich bestätigte, was wir beide wussten.

»Deswegen nennt man es Booty Call, oder?«

Bei meiner Antwort huschte etwas über Joshs Gesicht, das ich nicht deuten konnte. In einem Moment war es da, im nächsten wieder verschwunden. »Richtig.« Sein Lächeln war breit. Zu breit. Es wurde von einem Zwinkern begleitet. »Zieh das aus.« Er zupfte an meinem T-Shirt, bevor er sich aufrichtete und sich den Hoodie über den Kopf zog. Beide verloren wir keine Zeit und waren wenige Augenblicke später nackt.

Joshs Mund fand meinen für einen letzten, hastigen Kuss, bevor seine Lippen an meinem Hals hinab nach unten wanderten. Als er meinen Bauchnabel erreichte, glitt er vom Bett. Kniend war er genau auf der richtigen Höhe, um meine Beine auseinanderzuschieben. Völlig offen und auf eine intime Art verletzlich, lag ich vor ihm.

Fragend sah er mich an. Der Gedanke, dass wir eine Grenze überschritten, verflüchtigte sich, als seine Zunge mein rechtes Knie streifte und er sich langsam höher küsste. An meinem Oberschenkel angekommen, hielt er inne. Es war auf eine schräge Art unglaublich erregend, dass er auf meine Zustimmung wartete, bevor er einen Schritt weiterging. Anstatt zu sagen, was ich von ihm wollte, richtete ich mich auf, umfasste seinen Kopf mit den Händen und zog ihn näher an mich heran. Sämtliche Zurückhaltung war vergessen. Joshs Hände drückten meine Hüften auf die Matratze, als sich sein Mund gegen meine Mitte presste.

Ohne Vorwarnung schlossen sich seine Lippen um meine empfindlichste Stelle. Seine Zunge flatterte ein paar Mal von rechts nach links, bevor ich seine Zähne spürte.

Auch wenn es unglaublich heiß war, ihn dabei zu beobachten, fiel mein Oberkörper kraftlos nach hinten. All meine Sinne waren auf diese eine Stelle konzentriert, der sich Josh mit hingebungsvoller Präzision widmete. Er wusste ganz genau, was er tun musste, um mich um den Verstand zu bringen. Und seine Mission war es, dies so schnell wie möglich zu tun. Anders ließ sich nicht erklären, dass diese anfänglichen Liebkosungen mit seinen Zähnen nach kurzer Zeit von einem rhythmischen Saugen abgelöst wurden. Fuck. Ich hatte vergessen, wie gut er darin war.

Mit den Händen stützte ich mich am Kopfende ab, um Joshs Ansturm auf meine Sinne etwas entgegensetzen zu können. Vergeblich. Er hielt mit seinem Arm meinen Unterkörper auf der Matratze, als ich mich aufbäumte und kam.

Als der Orgasmus abebbte, sackte ich in mich zusammen. War mein Körper gerade noch zum Bersten angespannt gewesen, fühlte er sich jetzt wie Gummi an. Vollkommen entspannt – und fast schwerelos. Langsam öffnete ich die Augen, um Josh anzusehen, der immer noch vor dem Bett kniete und mich intensiv beobachtete. Seine Finger fuhren dabei zärtlich über die Innenseite meiner Oberschenkel.

Ein sehr selbstzufriedenes Lächeln zeichnete sich auf seinen Lippen ab. Gern hätte ich irgendeine flapsige Bemerkung gemacht, doch dazu war ich viel zu fertig. Was hätte ich auch sagen sollen? Er hatte mich in unter zwei Minuten zu einem wahnsinnigen Höhepunkt gebracht. Wenn er dachte, dass er es draufhatte, konnte ich nicht widersprechen.

»Noch mal?«

Mein Gehirn brauchte kurz, um seine Frage zu verarbeiten. »Was?«

Josh lachte leise gegen die empfindliche Haut meines Oberschenkels. »Runde zwei, Em?«

Oh Gott. Dafür war ich noch viel zu berührungsempfindlich. Und dem Ausdruck auf seinem Gesicht nach zu schließen, wusste er das ganz genau. Mein vehementes Kopfschütteln ließ ihn nur noch breiter grinsen

»Sicher?« Er sah mich aus großen, unschuldigen Augen an. »Früher hast du es mich versuchen lassen.«

Oft hatte er es nicht nur versucht, sondern auch geschafft. »Vorsichtig, okay?«

Eine weitere Aufforderung brauchte er nicht. Behutsam, Millimeter für Millimeter, schob er zwei Finger in mich.

Josh ließ mir genug Zeit, mich an sein Eindringen zu gewöhnen, bevor er sich erneut vorbeugte und seine Zunge über mein überstimuliertes Zentrum flattern ließ. Um mein lautes Stöhnen zu unterdrücken, hielt ich mir beide Hände vor den Mund. Joshs

Finger, die immer wieder in mich stießen. Seine Zunge, die ihren Druck stetig erhöhte. Der erste Orgasmus, von dem ich mich noch nicht erholt hatte. In meinem Kopf rauschte es, bis ich nichts mehr wahrnahm außer Josh und diese unglaubliche Folter. Ich wollte mich aus ihr befreien und gleichzeitig doch immer mehr.

Als er seine Finger im genau richtigen Winkel krümmte und seine Zunge gleichzeitig hart gegen mich presste, bog ich den Rücken mit so viel Kraft durch, dass Josh mich nicht mehr auf der Matratze halten konnte. Mein unterdrückter Schrei war laut genug, dass man ihn bestimmt noch drei Zimmer weiter hören konnte, als ein zweiter Höhepunkt wie ein Tornado über mich hinwegfegte. Immer wieder krampfte sich mein Körper um Joshs Finger, während er mich mit sanften Liebkosungen seiner Zunge durch den Sturm lotste, der ewig anzudauern schien.

Als ich die Augen wieder aufschlug, lag mir Josh gegenüber. Seine Haare waren zerzaust und seine Lippen von dem geschwollen, was er gerade getan hatte. Selbst in meinem Post-Orgasmus-Delirium war es mir unmöglich, zu ignorieren, wie unglaublich schön er war. Mit diesem Sex-Look noch viel mehr als sonst.

»Du schläfst mir jetzt nicht ein, oder?« Joshs Stimme klang ein wenig gequält. Langsam rückte ich näher an ihn heran. Seine steinharte Erektion drückte sich dabei gegen meinen Bauch, woraufhin er scharf die Luft einsog.

»Ich bin müde.« Um meine Worte zu unterstreichen, gähnte ich gespielt, bevor ich einen unschuldigen Kuss auf seine Lippen hauchte. »Sehr, sehr müde.«

»Fünf Minuten, länger brauche ich nicht.« Joshs Hand glitt zwischen unsere Körper und umfasste meine rechte Brust. Massierte sie fast schon gedankenverloren. »Kannst du noch so lange wach bleiben?«

»Fünf Minuten nur? Das ist enttäuschend.«

»Wenn es sein muss, kann ich schnell sein.« In einer fließenden Bewegung stand er auf, machte sich raschelnd an seiner Hose zu schaffen und war wenige Sekunden später mit einem

Kondom in der Hand zurück, das er mit geschickten Fingern überzog. »Du hast die Wahl.«

Ohne lange überlegen zu müssen, rollte ich mich auf den Bauch.

Joshs leises Lachen hatte ich fast erwartet. »Ich wusste es.«

Mit einem Mal gar nicht mehr so müde, drehte ich den Kopf und streckte ihm über meine Schulter hinweg die Zunge raus. »Deine fünf Minuten laufen.«

Das ließ er sich nicht zweimal sagen. Seine Hände umfassten von hinten meine Taille und zogen mich nach oben. Josh kniete zwischen meinen Beinen und stieß in einer so schnellen Bewegung in mich, dass mir kurz die Luft wegblieb. Er war so viel größer als die zwei Finger, mit denen er mich eben noch liebkost hatte. Ich brauchte einen kurzen Moment, um mich an das Gefühl von ihm in mir zu gewöhnen.

Joshs Atem ging schwer, während er stillhielt, um mir Zeit zu geben.

»Okay.« Mein Kopf fiel nach vorn auf die Matratze. Ich war unfähig, mehr als dieses eine Wort zu sagen. Doch mehr brauchte es auch nicht.

Er zog sich fast vollständig aus mir zurück, um in einem kraftvollen Stoß noch tiefer als zuvor in mich einzudringen. Joshs Hände lagen dabei an meinen Hüften und dirigierten meinen Körper so, wie er ihn haben wollte.

Als er sein Tempo steigerte, vergrub ich das Gesicht in meinem Kopfkissen. Presste die Lippen aufeinander, um den Menschen in den umliegenden Wohnungen nicht erneut eine Show zu bieten. Doch es war zwecklos. Das Geräusch von schweißnasser Haut, die auf schweißnasse Haut traf, seine pulsierende Erektion tief in mir, unser unterdrücktes Stöhnen, das jeden neuen Vorstoß begleitete ... alles zusammen war zu viel. Und doch noch nicht genug.

Josh beugte seinen Oberkörper vor, wodurch seine Stöße kürzer und schneller wurden. Kraftvoller. Ich spürte seinen heißen Atem an meinem Ohr, bevor er mir mit einem heiseren Keuchen einen Kuss auf die Schläfe hauchte. »Berühr dich selbst.«

Auch wenn ich mir nicht sicher war, zu einem weiteren Orgasmus fähig zu sein, tat ich, was er verlangte. In diesem Moment hätte ich ihm nichts abgeschlagen. Mit unkoordinierten Bewegungen fuhr ich über meine Mitte. Zusammen mit Joshs hartem, schnellem Eindringen reichte das aus, um mich ein drittes Mal kommen zu lassen. Mein ganzer Körper zitterte, als Josh mir wenige Sekunden später folgte.

Er fiel keuchend auf die Matratze, griff nach mir und zog meinen Rücken an seine Brust. So wie er es immer tat. Es dauerte mehrere Minuten, bis sich unsere Atmung beruhigt hatte.

Josh fuhr mit seiner Zunge über meinen Nacken, um im nächsten Augenblick gegen die erhitzte Haut zu pusten. Ein kalter Schauer lief mir über den Rücken und ließ mich nach der Decke greifen, um sie mit seiner Hilfe über uns auszubreiten.

Sehr wahrscheinlich war es nicht üblich, bei Booty Calls nach dem eigentlichen Akt aneinander gekuschelt dazuliegen, doch ich war viel zu müde, um mir darüber Gedanken zu machen. Vielleicht wollte ich auch einfach nur nicht wahrhaben, dass es schön war, wenn Josh mich im Arm hielt.

Als ich das nächste Mal die Augen öffnete, waren zwei Stunden vergangen, in denen wir eng miteinander verschlungen geschlafen hatten. Gern wäre ich einfach liegen geblieben, doch mein Körper hatte andere Vorstellungen. Ich musste ins Bad. Um Josh nicht zu wecken, schlüpfte ich so vorsichtig wie möglich aus dem Bett, zog mir mein T-Shirt und die Shorts wieder an und schlich auf Zehenspitzen aus dem Zimmer.

Nachdem ich auch noch meine Zähne geputzt und meine Haare von einem schrecklichen Vogelnest in ein weniger verwuscheltes Durcheinander verwandelt hatte, machte ich einen kurzen Abstecher in die Küche. Grace hatte gebacken, und es waren noch Muffins übrig. Ich nahm mir zwei und dazu eine Flasche Wasser.

Zurück in meinem Zimmer stellte ich meine Beute auf dem

Schreibtisch ab. Josh schlief immer noch tief und fest. Die Decke ließ seinen Oberkörper frei, was mir die Gelegenheit gab, ihn unverhohlen anzustarren. In den letzten Wochen hatte ich ihn mehrmals nackt gesehen, aber nur während wir Sex gehabt hatten. Der Luxus, meinen Blick ungestört über jeden Muskel, jede kleine Vertiefung oder Erhebung, jedes Muttermal wandern zu lassen, war neu. Durch das jahrelange tägliche Training hatte er sich in das perfekte Football-Werkzeug verwandelt. Er war kraftvoll und doch schnell. Muskulös und flink. Stark und doch wendig genug, um den Gegnern in atemberaubender Geschwindigkeit auszuweichen. Von dem Drang getrieben, diesen Moment festzuhalten, griff ich nach meinem Skizzenblock, der auf dem Schreibtisch lag. Dann setzte ich mich mit ein paar Bleistiften bewaffnet auf den Boden, den Rücken an die Wand gelehnt.

Meine Finger flogen über das Papier. Sie schattierten. Skizzierten. Hielten Perfektion und kleinste Unebenheiten fest, bis ich mit dem Ergebnis zufrieden war. Früher hatte ich Josh oft gezeichnet, doch immer eine idealisierte Form von ihm. Jedes Haar hatte richtig gelegen, jedes Lächeln war perfekt gewesen. Der Josh, den ich in dieser Nacht abbildete, war echt. Er hatte einen riesigen blauen Fleck auf dem Oberarm, den er sich mit Sicherheit beim Football zugezogen hatte. Seinen Unterarm zierte eine Narbe, die nicht gut vernäht worden und daher uneben war. Das dunkelblonde Haar stand in alle Himmelsrichtungen ab und sein Mund war leicht geöffnet, während er ganz leise schnarchte.

Eine Weile war ich vollkommen in meine Arbeit vertieft, bevor er aufwachte und sich auf den Rücken rollte. Josh brauchte ein paar Augenblicke, bis er mich entdeckte. »Hey.« Seine Stimme war kratzig, und die Müdigkeit schwang selbst bei dieser einen Silbe gut hörbar mit.

»Möchtest du Wasser?« Ohne ihm zu erklären, warum ich mitten in der Nacht auf dem Boden saß, legte ich den Block zur Seite, stand auf und reichte ihm die Flasche.

»Danke.« Er setzte sich langsam auf, nahm einen großen

Schluck, ließ mich jedoch keine Sekunde aus den Augen. »Du bist angezogen.« Seine Feststellung klang fast vorwurfsvoll.

»Auch wenn ich Grace liebe, will ich ihr nicht mitten in der Nacht nackt über den Weg laufen.« Unsicher, was ich tun sollte, stand ich immer noch vor dem Schreibtisch. Wieder hinsetzen? Auf den Schreibtischstuhl? Oder doch zu Josh ins Bett?

Er nahm mir die Entscheidung ab, indem er die Hand nach mir ausstreckte, die ich, ohne zu zögern, in meine nahm. »Du hast recht, es genügt vollkommen, wenn nur ich dich nackt sehe.«

»Tut es das?«

Josh zog mich so plötzlich zurück aufs Bett, dass ich mich nicht auf den Beinen halten konnte und wenig elegant auf ihm landete. Genau wie er es beabsichtigt hatte. »Jap, das tut es.« Bevor ich etwas erwidern konnte, lagen seine Lippen auf meinen. Der Kuss war zuckersüß und zärtlich, nicht leidenschaftlich wie die zuvor. Und er war kurz. Viel kürzer als mir lieb war.

»Der Block.« Er nickte in Richtung meines Schreibtisches. »Hast du mich gezeichnet?«

Es abzustreiten, wäre wohl zwecklos, auch wenn es mir unangenehm war, dass er mich dabei erwischt hatte. »Hm.«

»Hast du früher auch oft gemacht.« Es war das erste Mal, dass Josh unsere gemeinsame Vergangenheit erwähnte, seit wir unser kleines Abkommen getroffen hatten. Dass ihm diese Tatsache genauso bewusst war wie mir, las ich in seinem Blick, der abwartend auf mich gerichtet war. Vermutlich nahm er an, dass ich sofort abblocken würde.

Aus einem unerfindlichen Grund brachte ich das jedoch nicht übers Herz. »Du warst ein schreckliches Modell. Du hast nie stillgehalten.«

»Du hast mich abgelenkt.« Das Lächeln auf seinem Gesicht erinnerte mich an den siebzehnjährigen Josh, der es gehasst hatte, für mich Modell zu sitzen, es jedoch trotzdem immer wieder getan hatte.

»Ich habe dich *nie* abgelenkt.«

Sein Protest kam wie aus der Pistole geschossen. »Natürlich

hast du.«

»Ach, ja? Und wie?«

Joshs Arm schlang sich um meine Taille und er zog mich auf seinen Schoß, den Kopf auf meine Schulter gelegt. »Du hattest diese schrecklich kurzen Röcke an. Immer. Jedes Mal, wenn du mich gezeichnet hast.«

»Es war Sommer!«

Ich spürte, wie er mit den Schultern zuckte. »Meiner Libido war die Jahreszeit egal. Die hat sich mehr auf deine Beine konzentriert.«

»Und du willst mir jetzt erzählen, dass du nicht stillsitzen konntest, weil du ein paar nackte Beine gesehen hast?«

»Nicht irgendwelche Beine, Em.« Joshs Wange strich an meiner entlang, wobei seine Bartstoppeln angenehm über meine Haut kratzten. »Es waren immer nur deine Beine, die mich abgelenkt haben.«

Wären wir zwei andere Menschen gewesen, hätten seine Worte ein wunderschönes Kompliment sein können. Doch wir waren keine anderen Menschen. Was auch immer er damals in mir gesehen hatte, hatte nicht gereicht, um bei mir zu bleiben. Stattdessen war er zurück zu seiner Ex-Freundin.

Josh musste spüren, wie ich mich in seinen Armen verkrampfte. Er zog meinen Rücken enger an seine Brust und hielt mich so fest, als würde er mich nie wieder loslassen wollen. »Tu das nicht.«

Ich hätte mich dumm stellen können. Nachfragen, was er damit meinte. Doch das musste ich nicht. Josh wollte nicht, dass ich über die Vergangenheit nachgrübelte, und doch ließ sie mich nicht los. Sie lag immer wie ein Schatten über uns, den selbst die hellsten Sonnenstrahlen nicht vertreiben konnten. »Darf ich dich was fragen?«

Falls das überhaupt möglich war, rückte Josh noch näher an mich heran. »Bist du dir sicher, dass du das willst?«

War ich das? Mir sicher? Auf gar keinen Fall. Dennoch machte ich meiner Neugier Luft und spielte mit dem Feuer – und hoffte, mich nicht wieder an ihm zu verbrennen. »Wieso lebt

Lilly bei deinen Eltern?«

Josh schwieg lange. So lange, dass ich fast damit rechnete, keine Antwort mehr zu bekommen. »Am liebsten hätte ich sie bei mir, aber ich studiere ... dazu der ganze Footballkram, es geht derzeit nicht.«

»Du hast nur noch ein Jahr.« Wenn alles nach Plan lief, würde ich meinen Abschluss in zwei Jahren machen, Josh seinen in weniger als zwölf Monaten.

»Es dauert hoffentlich kein ganzes Jahr mehr, bis ich hier weg bin.«

»Also stimmt es, was Noah gesagt hat?«

Er lehnte sich mit dem Rücken an das Kopfende des Bettes und zog mich mit sich. »Wenn er erzählt hat, dass ich darauf hoffe, von irgendeinem Team entdeckt zu werden, dann hat er recht damit.«

»Und dein Studium?«

Diese Frage entlockte ihm ein leises Lachen. »Du weißt schon, dass mein Hauptfach *Business Management* ist, oder?«

Natürlich wusste ich das. Schließlich hatte ich in den letzten Jahren jede noch so kleine Information über ihn wie ein Schwamm aufgesogen. »Das heißt, du möchtest nicht irgendwann ein skrupelloser CEO werden, der seine Sekretärin in Angst und Schrecken versetzt?« Bis auf die Sache mit der Sekretärin gefiel mir meine kleine Fantasie. Josh in einem perfekt geschnittenen Anzug war sicherlich nicht der unangenehmste Anblick.

»Es gibt nur eine Sache, die ich wirklich tun will. Football spielen. Mit Glück erfüllt sich vielleicht dieser Traum.«

»Dafür braucht man kein Glück. Dafür braucht man Talent, und davon hast du mehr als genug.«

Mein vehementer Protest wurde mit einem Kuss auf die Schläfe belohnt. »Danke, dass du an mich glaubst.«

Seine liebevollen Worte sorgten dafür, dass mein Hals trocken und meine Augen feucht wurden. In diesem Moment war ich sehr froh, dass Josh hinter mir saß und nicht sehen konnte, was er in mir auslöste. Schon immer hatte ich auf sein Talent vertraut. Vor vier Jahren war ich sein größter Fan geworden, und daran hatte sich nie etwas geändert.

»Willst du noch mehr wissen? Über Lilly?« Sein abrupter Themenwechsel war ein Segen. So konnte ich mich auf etwas anderes als meine überschäumenden Emotionen konzentrieren.

Es gab eine Sache, eine Frage, die mir auch Noah und Grace nicht beantwortet hatten. Grace, weil sie es nicht wusste, und Noah, weil er niemals hinter dem Rücken seines besten Freundes irgendetwas ausplaudern würde. Was das anging, war er wie ein verdammter Pfadfinder. Also nahm ich all meinen Mut zusammen. »Warum lebt Lilly nicht bei Vanessa?«

Die Erwähnung seiner Ex-Freundin schien Josh zu überraschen, sein ganzer Körper versteifte sich. Dass ich mich einmal nach ihr erkundigen würde, hätte ich vor ein paar Wochen selbst noch nicht für möglich gehalten. »Willst du wirklich darüber sprechen, Em?«

Wer wusste schon, ob ich jemals wieder den Mut dazu aufbringen würde. Also nickte ich. Erst zaghaft, dann kräftiger.

Josh rutschte unruhig hinter mir herum. »Okay. Aber wenn ich etwas sage, das dir unangenehm ist ...«

»Wenn es mir das wäre, hätte ich nicht damit angefangen.« Es war unhöflich, ihn mitten im Satz zu unterbrechen. Doch mir anzuhören, dass er ganz genau wusste, wie verletzt ich immer noch war, erschien mir fast noch schlimmer, als wenn er von Vanessa sprach. »Es ist in Ordnung. Wirklich.«

Joshs rechte Hand umschloss meine, fast so, als würde er damit rechnen, dass ich jeden Moment vor ihm flüchten würde.

»Es war zu früh für ein Kind.« Er holte einmal tief Luft, bevor er langsam weitersprach. »Und ich habe die Zeichen nicht bemerkt. Oder nicht bemerken wollte. Ich habe ignoriert, was mit ihr los war. Bis zum Schluss.«

Er klang wie jemand, der Schuld auf sich geladen hatte. Mit einem Mal hatte ich das Bedürfnis, irgendetwas zu sagen, das es besser machen würde. Bevor ich Worte fand, sprach er jedoch weiter.

»Nach Lillys Geburt haben wir es noch eine ganze Weile versucht. Über ein Jahr lang. Und dann ist sie gegangen. Von einem Tag auf den anderen.«

»Vanessa ist einfach abgehauen?« Die Fassungslosigkeit in meiner Stimme konnte Josh nicht entgehen. Erst hatte sie sich für ein Kind entschieden, um es dann einfach im Stich zu lassen?

»Sie war überfordert und hatte sich das alles anders vorgestellt.« Er küsste zärtlich meine Schulter, die kaum von dem viel zu großen Schlafshirt bedeckt war. »Ich will nicht entschuldigen, was sie getan hat, aber mittlerweile kann ich es verstehen.«

»Du warst nicht viel älter als sie.« So jung für ein anderes Lebewesen verantwortlich zu sein, konnte ich mir nur schwer vorstellen.

»Gott, ja.« Josh lachte leise an meinem Nacken, wodurch ich die Vibration seiner Lippen deutlich spürte. »Noch nie in meinem Leben hatte ich solch eine Scheißangst. Aber meine Mom hat geholfen, damit ich aufs College gehen kann. Damit ich mich und Lilly nicht mit irgendwelchen miesen Gelegenheitsjobs über Wasser halten muss.«

Ich hatte Joshs Eltern in der Vergangenheit ein paar Mal getroffen. Sie waren immer nett zu mir gewesen. Die drei hatten wie die perfekte, amerikanische Bilderbuchfamilie gewirkt. »Deswegen lebt Lilly bei ihnen.«

»Richtig. Ich sehe sie so oft, wie ich kann, aber das ist vermutlich nicht genug.« Dass er es bereute, nicht mehr Zeit mit seiner Tochter zu verbringen, war so deutlich herauszuhören, dass ich Mühe hatte, meine Emotionen zu verstecken. Wie Josh von Vanessa und Lilly sprach, versetzte mich mehr als vier Jahre in unserer Geschichte zurück. Mittlerweile waren fast fünf vergangen, seit er mich verlassen hatte.

»Hat Vanessa Kontakt zu Lilly?« Ich hoffte, dass ich mich normal anhörte.

Doch Josh nahm mir meine Scharade nicht ab. Dafür kannte er mich selbst nach all der Zeit noch zu gut. »Sie hat irgendwann mal eine Postkarte geschickt. Aber das ist ewig her. Und jetzt reden wir über was anderes, okay? Ich will die Nacht nicht damit verbringen, mir den Kopf über Vanessa zu zerbrechen. Und du solltest das auch nicht.« Der letzte Satz war nur ein Flüstern.

Es gab noch unzählige Fragen, die ich Josh stellen wollte. Über Lilly. Über Vanessa. Über unsere Trennung. Doch in diesem Moment war ich zu feige. Was auch immer er mir sagen würde, ich wusste, dass damit all die alten Wunden wieder aufbrachen, die ich mühsam geflickt hatte. Es gab Dinge, für die war kein Pflaster der Welt groß genug. Warum hatte ich mir nur gedacht, dass es eine gute Idee wäre, ausgerechnet über dieses Thema zu sprechen?

Als ich mich aus seinen Armen löste und zum Rand der Matratze rutschte, ließ er mich ohne Protest gewähren. Erst nach einigen langen Sekunden fand ich die Kraft, mich umzudrehen und Josh anzusehen. »Diese dummen Regeln, die ich aufgestellt habe ... vielleicht sollten wir uns wieder daran halten.« Mein gebrochenes Herz weiterhin zu verstecken, gelang mir nicht. Man hörte es aus jedem meiner Worte.

»Wir haben sie heute einmal ignoriert, vielleicht können wir das noch mal tun.«

»Nein. Das war genug Vergangenheitsbewältigung für eine Nacht.« Ich hatte tatsächlich geglaubt, dass ich stark genug wäre, doch ich hatte mich vollkommen geirrt.

Wir konnten uns umarmen, küssen, Sex haben. Doch all das machte nicht ungeschehen, was passiert war. All die Dinge, die sich so tief eingebrannt hatten, dass die Narben auch heute noch sichtbar waren. Mittlerweile verblasst, würden sie dennoch nie ganz verschwinden.

»Das meine ich auch nicht.« Josh wollte die Hand nach mir ausstrecken, entschied sich im letzten Moment jedoch dagegen und ließ sie auf die Bettdecke zwischen uns fallen. »Kann ich hierbleiben, Em? Nur heute.«

»Du willst hier übernachten?«

»Das wäre nur fair.«

»Fair?« Nichts in Bezug auf Josh und mich war jemals fair gewesen.

»Du hast eine Regel gebrochen, jetzt breche ich eine andere.

Indem ich bei dir übernachte.« Er lächelte zaghaft. Fast so, als würde er uns beiden damit versichern wollen, dass wir nicht den nächsten Fehler begingen. »Schick mich jetzt nicht weg.«

»Ich habe noch eine Regel gebrochen.« Mit einem Mal war da der Drang, ihm davon zu erzählen. Begleitet von dem Wunsch, durch pure Ablenkung all das zu vergessen, was ich über Vanessa erfahren hatte. »Grace weiß Bescheid. Und Annie.«

»Okay.«

»Okay?« Das war nicht die Reaktion, die ich erwartet hatte.

»Ja. Okay.« Josh legte den Kopf schief und musterte mich eingehend. »Du siehst mich an, als sollte ich damit ein Problem haben. Habe ich nicht.«

»Sollst du nicht, aber ...« Kopfschüttelnd vergrub ich das Gesicht in den Händen. Keine Ahnung, was ich sagen wollte. Ich war müde, emotional überladen, und dass Josh immer noch in meinem Bett saß und dort bleiben wollte, half nicht dabei, meine Gedanken zu ordnen.

»Es spielt mir in die Karten.«

»Es tut was?«

»Na ja.« Jetzt streckte er die Hand doch nach mir aus und spielte an meinen Haaren herum, bis ich nachgab und auf meinen Platz an seiner Brust zurück rutschte. »Wenn Grace sowieso von uns weiß, sollte es kein Problem sein, wenn ich ihr morgen Früh über den Weg laufe.«

»Clever.«

»Nicht wahr?« Wie beiläufig glitt er mit seinen Fingern unter mein Shirt und streichelte in einem bedächtigen Tempo meinen Rippenbogen rauf und wieder runter. »Du kannst also quasi nicht nein sagen.«

»Was kriege ich dafür?« Auch wenn mir nicht nach dummen Scherzen zumute war, waren die so viel einfacher als all die anderen Sachen, über die ich nicht mehr nachdenken wollte.

Joshs Finger hatten die Unterseite meiner Brust erreicht. Verweilten dort ein paar Augenblicke regungslos. »Für heute Nacht habe ich dir alles gegeben. Dreimal, wenn ich mich richtig erinnere. Mehr geht nicht. Auch Sportler haben ihre Grenzen.«

»Spinner. Das doch nicht.« Schnell griff ich unter mein Shirt und schob seine Hand weg, zurück zu meinen Hüften. »Du könntest mir endlich verraten, von wem du meine Handynummer hast.«

»Warum sollte ich das tun?« Der spielerische Ton in Joshs Stimme war zurück. »Eigentlich schuldest du mir noch etwas und nicht umgekehrt.«

»Was?« Entrüstet starrte ich ihn an. »Wie kommst du denn darauf?«

»Emily zwei Regelbrüche, Josh null.« Ehe ich mich versah, hatte er sich nach vorn gebeugt, um meine Nasenspitze zu küssen. »Je nachdem in welchem Quarter wir uns befinden, könnte das eng für mich werden.«

»War das etwa gerade eine Football-Analogie?«

Das Grinsen auf Joshs Gesicht und das Funkeln in seinen Augen ließen ihn unglaublich jung wirken. »Du weißt, was ein Quarter ist.«

»Ich bin keine Vollidiotin. Außerdem versuchst du, abzulenken.« Mit hochgezogener Braue verschränkte ich die Arme vor der Brust. »Wer hat dir die Nummer gegeben?«

»Wenn ich dir das sage, steht es drei zu null.«

»Drei zu eins. Es sei denn, du hast es dir anders überlegt.«

»Das heißt, du schickst mich nicht in die dunkle, eiskalte Nacht und überlässt mich meinem grausamen Schicksal?« Joshs Hände, die noch immer unter meinem Shirt steckten und regungslos an meinen Hüften gelegen hatten, zogen mich so nah an ihn heran, dass unsere Lippen nur noch wenige Zentimeter voneinander entfernt waren.

»Das hier ist Ohio, nicht Sibirien.« Meine sarkastische Antwort verfehlte ihre Wirkung durch das Lächeln, das ich nicht unterdrücken konnte. »Ja, du kannst hierbleiben. Wenn du möchtest.«

»Meine Quelle muss ich trotzdem preisgeben, oder?«

»So war der Deal.«

»Mit dir mache ich wirklich ungern Geschäfte.«

»Lügner.«

»Stimmt.« Josh überbrückte die letzte Distanz zwischen uns, küsste mich so federleicht und wundervoll, dass ich mir wünschte, dieser Augenblick würde niemals vergehen. Doch das tat er natürlich. Viel zu schnell. »Versprich mir, dass du ihn am Leben lässt. Jun war so nett, mir mit deiner Handynummer auszuhelfen.«

»Dieser ...« Weiter kam ich nicht. Ohne mich meine kleine Schimpftirade überhaupt beginnen zu lassen, küsste mich Josh erneut. Zehn Sekunden später hatte ich Jun, Handynummern und überhaupt alles andere außer dem Kerl vergessen, der mein ganz persönliches Kryptonit war.

Am nächsten Morgen war Josh verschwunden. Und mit ihm diese kleine Blase, in der ich mich für einige Stunden vor der Realität versteckt hatte. Mir vorzustellen, er könnte wirklich wieder zu mir gehören, war gefährlich. So gefährlich, dass ich mir verbot, ihn zu vermissen. Auch wenn mich die Sehnsucht so dumme Dinge tun ließ, wie meinen Kopf noch ein wenig auf das Kissen zu legen, das er in der letzten Nacht benutzt hatte.

13. Kapitel

»Hey.«

Erschrocken wirbelte ich herum. Die Stimme war aus dem Nichts gekommen, gerade als ich die Wohnungstür aufschließen wollte. »Ben. Danke für meinen ersten Herzinfarkt.«

»Du wirkst eigentlich noch ganz munter.« Die Art, mit der er mich ansah, erinnerte mich an Noah, seinen Bruder. Auch wenn die beiden optisch nicht viel gemein hatten, konnten sie definitiv nicht verleugnen, miteinander verwandt zu sein.

»Willst du zu Grace?« Mittlerweile hatte ich mich wieder zur Tür umgedreht und hantierte mit dem Schlüssel, damit wir nicht länger im Flur herumstehen mussten.

»Zu euch beiden, um ehrlich zu sein.« Mein ratloser Blick brachte ihn dazu, seine Worte näher zu erklären. »Wir wollten doch zusammen zum Spiel.«

Wollten wir das? »Welches Spiel?« Eine rhetorische Frage, da ich die Antwort bereits kannte. Natürlich würde Grace mit Ben nur zu einem Spiel der *Bucks* gehen wollen.

»Das Spiel gegen die *Penn State*.« Ben zog vier glänzende Tickets aus der Tasche seiner Jacke. »Für Grace, dich, Annie und mich.«

»Hat Noah die besorgt?« Die nächste Frage, deren Antwort ich bereits kannte. Die Tickets konnten gar nicht von seinem Bruder kommen. Der spielte schon lange nicht mehr für die *Bucks*.

Wenn Ben mein Verhalten merkwürdig fand, ließ er es sich nicht anmerken. »Nein, die sind von Josh.«

Natürlich. Josh. Den ich nicht mehr gesehen hatte, seit er mitten in der Nacht aus meinem Bett verschwunden war. Vor mehr als drei Tagen. »Nett, dass ihr an mich gedacht habt, aber Grace weiß, dass ich mir nichts aus Football mache.« Es fühlte sich falsch an, mit den anderen ins Stadion zu gehen. Was Josh und ich hatten, existierte in unserem kleinen Universum, nicht in der großen, weiten Welt. Ihn bei seinen Spielen anzufeuern war etwas, das eine Freundin tun würde. Nicht das Mädchen, das man anrief, wenn man Sex wollte. Mit einem Ruck schob ich die Wohnungstür auf. Direkt im Flur wurde ich von Grace empfangen, die in einem Football-Trikot vor mir stand. In *dem* Football-Trikot. Das Ding trug natürlich Noahs Namen.

»Oh, da seid ihr ja schon. Annie müsste auch gleich hier sein.«

»Wäre schön gewesen, wenn du mir etwas von *unseren* Plänen gesagt hättest.«

Wie es nur Grace konnte, bedachte sie mich mit einem Blick, der ausdrückte, wie albern sie mich gerade fand. »Damit du ablehnen kannst?«

»Zum Beispiel.«

»Soll ich einen Kumpel fragen, ob er das Ticket haben will?« Ben war unser kleiner Schlagabtausch sichtlich unangenehm.

»Sehr gute Idee.« Genervt davon, dass Grace irgendwelche Pläne für mich machte, ohne mir davon zu erzählen, schob ich mich an ihr vorbei. Wie es ihre Art war, ließ sie mich nicht so einfach davonkommen.

»Lässt du uns kurz allein, Ben?«

Grace' Bitte wurde natürlich prompt erfüllt. Es gab vermutlich wenig, das Ben nicht für sie getan hätte. »Klar, ich warte unten auf Annie.« Im nächsten Augenblick war er verschwunden, und es hallten nur noch seine Schritte durch den Flur des Wohnheims.

»Was ist los, Em?«

»Nichts ist los.« In dem Wissen, wie unhöflich ich war, drehte ich Grace den Rücken zu, um meine Jacke aufzuhängen und meine Schuhe abzustreifen. »Du weißt, dass ich Football nicht leiden kann.«

»Hm.« Ihre Antwort war genauso einsilbig wie nichtssagend.

»Und ich hatte dir erzählt, dass ich heute noch lernen muss.« Mit mehr Wucht als nötig kickte ich erst den einen Schuh, dann den anderen an das Ende des Flurs.

»Hm.«

»Ich habe keine Zeit für so einen Quatsch wie Football.«

»Hm.«

»Das ist ein Eingriff in meine Privatsphäre.« Mir gingen die Argumente aus. Ich wusste, dass ich mich albern aufführte. »Echte Freunde machen so etwas nicht.«

»Hm.«

»Kannst du auch noch was anderes sagen?« Ohne auf eine Antwort zu warten, stapfte ich ins Wohnzimmer und warf meine Tasche auf die Couch.

Grace folgte mir auf dem Fuß. »Was willst du denn hören?«

»Dass es dir leidtut?«

Sie schob sich ihre Brille höher auf die Nase und sah mich dabei fast unschuldig aus ihren großen blauen Augen an. »Das wäre eine Lüge.«

»Du kriegst mich da nicht hin, Grace. Auf gar keinen Fall.« Wenn Josh mich bei einem seiner Spiele dabeihaben wollte, hätte er es erwähnt. Aber vielleicht hatte er das nicht, weil ich mehr als hundertmal klargemacht hatte, dass wir lediglich zwei Menschen waren, die manchmal miteinander schliefen. Vielleicht interpretierte ich einfach nur zu viel in das hier hinein und es war ihm völlig egal, ob ich mir sein Spiel ansah oder nicht. Vielleicht aber auch nicht. Und wenn er es falsch auffasste, dass ich im Stadion war ...

Grace stoppte meine wirren Gedanken, indem sie einen Schritt nach vorn machte und ihre Arme um mich legte. »Es wird alles gut.«

»Und wenn nicht?«

»Dann hatten wir immerhin Sitzplätze in der zweiten Reihe. Die sollten wir nicht verfallen lassen.«

»Zweite Reihe sagst du?« Die Tickets zu besorgen, konnte selbst für Josh nicht einfach gewesen sein.

»Direkt hinter der Spielerbank.«

Und somit auch direkt hinter Josh. Die Chance, dass ich ungesehen davonkam, war verschwindend gering. »Das ist wirklich keine gute Idee.«

»Doch ist es.« Sie ließ mich los und trat einen Schritt nach hinten. Ein Lächeln auf den Lippen, das nichts Gutes verhieß.

»Ich brauche deine Hilfe.«

»Will ich wissen, wofür?«

»Natürlich. Der Plan ist, Annie und Ben zu verkuppeln.« Sichtlich stolz auf sich, grinste sie mich an. »Die beiden würden wunderbar zusammenpassen, findest du nicht auch?«

Nein, das fand ich nicht. Ganz und gar nicht. Mir war Adam Baker in Erinnerung geblieben - und auch wie Annie ihn angesehen hatte. Ben und er hatten wirklich überhaupt nichts gemeinsam. Sprachlos hörte ich mir an, wie Grace enthusiastisch aufzählte, warum Annie und Ben das perfekte Paar abgeben würden.

»... und sie sind beide eher zurückhaltend. Fast schon introvertiert. Das würde gut zusammenpassen. Oh, und sie lesen gerne und haben einen ähnlichen Filmgeschmack.«

»Sie könnten einen Buchclub gründen.«

Mein Einwand wurde mit einem Augenrollen quittiert. »Jetzt sei nicht albern. Ben braucht eine nette Freundin, und es gibt keinen besseren Menschen als Annie.«

Das entsprach sicherlich der Wahrheit, aber ob es genug war, um aus den beiden ein glückliches Paar zu machen? »Bist du sicher, dass du die richtige Person bist, um ihm eine Freundin zu suchen?«

»Warum sollte ich das nicht sein? Ben ist mein bester Freund.«

»Weil du eine halbe Ewigkeit selbst in ihn verliebt warst?«

»War ich nicht.« Das Strahlen kehrte auf ihr Gesicht zurück. Mit hundertprozentiger Wahrscheinlichkeit würde der nächste Satz den Namen *Noah* beinhalten. »Du weißt, dass ich eigentlich immer nur Noah wollte.« Bingo.

»Sollten wir Annie nicht wenigstens vorher fragen?« So wie Grace mich hätte fragen sollen, ob ich mit zu diesem Spiel wollte. Diesen zweiten Gedanken verdrängte ich jedoch.

»Du weißt ganz genau, was Annie dazu sagen würde.«

»Nein?« Sie wäre natürlich so vernünftig und würde sich auf diese Schnapsidee nicht einlassen.

»Richtig. Und deswegen können wir sie nicht vorher fragen.«

»Ben ist nicht ihr Typ. Sie hat letztens einen der Spieler ziemlich angehimmelt.« Vielleicht würde diese Information Grace bremsen.

»Ein Footballer? Das passt nicht zu Annie.«

»Sollte sie das nicht selbst entscheiden?«

»Wir bringen die beiden doch nur einen Nachmittag zusammen.« Grace ließ keinen meiner Einwände gelten. »Ich habe ihnen noch keinen Flug nach Las Vegas gebucht, damit sie gemeinsam durchbrennen.«

»Dabei fühle ich mich echt nicht wohl, Grace.« Weder wollte ich in dieses verdammte Stadion, um auf Josh wie eine verzweifelte Stalkerin zu wirken, noch wollte ich zwei Menschen verkuppeln, die beide vermutlich nicht besonders scharf darauf waren. »Und dass ich lernen muss, war nicht gelogen.«

»Wir sind in ein paar Stunden zurück. Dann kannst du die ganze Nacht über deinen Büchern verbringen.« Sie ließ nicht locker. »Komm schon, ich brauche dich dabei.«

»Wofür?« Grace erschien mir durchaus imstande, diese seltsame Kuppelei allein durchzustehen. Schließlich war das alles auch auf ihrem Mist gewachsen.

»Wenn ich es ganz fürchterlich in den Sand setze, musst du die beiden davon abhalten, mich umzubringen.«

»Verlass dich nicht darauf. Könnte sein, dass ich Klebeband und eine Schaufel besorge.«

»Würdest du nie tun.« Ihr Lächeln war so zuckersüß, dass es den ganzen verdammten Raum erhellte. »Du liebst mich.«

»Heute definitiv weniger als sonst.« Mein Gemurmel hörte sie jedoch nicht mehr. Grace war längst in den Flur geeilt, um mir meine Jacke und meine Schuhe zuzuwerfen.

»Du hast kein Trikot, oder?«

»Jetzt forderst du dein Glück echt heraus.«

Ihr Lachen schallte zu mir herüber, während ich mir mürrisch die Schuhe zuband.

Seit mehr als drei Stunden rutschte ich bereits unruhig auf dem unbequemen Sitz aus Hartplastik hin und her, während ich abwechselnd das Spielfeld und das Schauspiel rechts neben mir beobachtete. Ich selbst saß links in unserer Reihe – neben mir Grace, rechts von ihr Annie und außen Ben.

Grace hatte die beiden mehrmals wenig erfolgreich in ein Gespräch über gemeinsame Vorlieben verwickeln wollen. Ben nickte nur ab und an höflich, während er auf seinem Handy herumtippte, und Annie verfolgte das Spiel mit großen Augen. Der letzte, klägliche Versuch meiner besten Freundin, unauffällig darauf hinzuweisen, dass Ben und Annie dieselbe Musik mochten, war abrupt unterbrochen worden, als Annie aufgestanden war, um uns allen Snacks zu besorgen. Mich machten die Chips in meiner Hand glücklich, Grace weniger. Sie hatte ihre nicht einmal angerührt. Gerade als sie Ben etwas zurufen wollte, veränderte sich schlagartig die Energie im Stadion. Mit einem Mal vibrierten die Menschen. Viele sprangen auf oder pfiffen auf ihren Fingern. Hielten große Pappschilder in die Luft und feuerten lauthals unser Team an.

Als ich von meinen Chips aufsah, war der Spielzug auf dem Feld bereits beendet. Die Wiederholung lief jedoch auf der riesigen Anzeigetafel. Einer der Runningbacks war über fünfzig Yards mit dem Ball bis in die Endzone gesprintet und dabei der gegnerischen Defense in atemberaubendem Tempo ausgewichen. Touchdown für Ohio. Wenige Sekunde vor Ende des vierten Quarters bedeutete das den sicheren Sieg. Einen Sieg, den Josh seinem Team soeben beschert hatte.

»Keine Ahnung, was du mit ihm anstellst, aber wenn er in die NFL will, solltest du damit nicht aufhören!« Es war so laut um uns herum, dass Grace mir diesen Satz förmlich ins Ohr brüllen musste.

Augenrollend widmete ich mich wieder meinen Chips. Doch sie hatte recht. Josh war an diesem Nachmittag mit Abstand der beste Spieler auf dem Platz. Er stahl selbst dem außergewöhnlichen Quarterback der *Bucks* die Show.

»Da!« Schon wieder schrie sie mir ins Ohr, ohne Rücksicht

auf mein Trommelfell zu nehmen. »Schau mal!«

Automatisch folgte ich ihrem Blick und fand Josh, der etwa zehn Meter vor uns neben der Spielerbank stand und uns beobachtete. Seinen Helm hielt er in der Hand, ein Zeichen dafür, dass der Coach ihn für die verbleibenden Sekunden nicht mehr einwechseln würde.

Grace winkte ihm so enthusiastisch zu, dass man annehmen konnte, sie wäre sein größter Fan. Ihr Ausbruch entlockte Josh ein Lachen, bevor er die Hand zum Gruß an die Stirn hob. Es wirkte, als würde er vor der aufgedrehten Frau neben mir salutieren.

Dann landete sein Blick auf mir. Und mit ihm all die Unsicherheit, wegen der ich nicht hatte herkommen wollen. Tausend Gedanken rasten mir durch den Kopf. Wie gut er aussah, obwohl er völlig verschwitzt war. Was er darüber dachte, dass ich wie ein Groupie im Stadion aufgetaucht war. Warum er mich drei Tage nicht anrief, obwohl er mit fairen und unfairen Mitteln dafür gekämpft hatte, die Nacht bei mir zu verbringen. Wie sich die Erde auftun könnte, um mich zu verschlucken. War es bei Grace ein Salutieren gewesen, war meine Begrüßung eine angedeutete Verbeugung, bevor er mir zuzwinkerte, sich umdrehte und zum Rest seines Teams auf die Bank setzte. Was zur Hölle war das gewesen?

Wenige Minuten später war das Spiel vorbei. Die *Bucks* hatten überraschend hoch gegen die *Penn State* gewonnen. Während wir uns mit tausenden anderen Menschen im Schneckentempo aus dem Stadion in Richtung des Parkplatzes schoben, versuchte Grace erneut, Ben und Annie davon zu überzeugen, dass sie füreinander bestimmt waren. »Annie mag Superhelden-Filme. Du doch auch Ben, oder?«

Er sah sie an, als hätte sie den Verstand verloren. »Das weißt du doch.«

Grace ignorierte seine Antwort und wandte sich wieder Annie zu, der man anmerken konnte, wie schräg sie die ganze Situation fand. »Thor ist dein liebster Superheld, oder? Bens auch.«

»Nein?« Annie warf mir einen hilfesuchenden Seitenblick zu.

»Thor mochte ich noch nie. Ein Typ, der sich aufführt wie ein Kind und dabei einen Hammer schwingt, ist nicht so mein Ding.«

»So ein Blödsinn.« Ben sah von seinem Handy auf, um die Ehre von Odins Sohn zu verteidigen. »Thor bekommt jetzt nicht umsonst den vierten Solo-Film.«

»Richtig.« Annie verzog das Gesicht zu einem schiefen Grinsen. »Und in dem wird er durch einen weiblichen Superhelden ersetzt.«

Die beiden lieferten sich ein hitziges Wortduell, bevor sie aus meinem Sichtfeld verschwanden und von der Menschenmenge verschluckt wurden. Kurz darauf spürte ich, wie Grace ihren Kopf, von einem tiefen Seufzen begleitet, gegen meine Schulter sinken ließ. Sie klang, als würde sie die Last der ganzen Welt mit sich herumtragen. »Das lief nicht besonders gut.«

»Nope.«

»Sag jetzt bloß nicht, dass du es vorher gewusst hast.«

»Würde ich niemals tun.« Das war natürlich eine Lüge, und ich würde Grace noch ewig mit diesem erbärmlichen Kuppelversuch aufziehen. Doch das musste sie nicht hier und jetzt erfahren. »Kommst du gleich mit nach Hause?« Mir war kalt, ich war müde und meine Bücher warteten auf mich.

»Darüber wollte ich noch mit dir sprechen.«

»Ob du mit nach Hause kommst?« Es gelang mir nicht, die Irritation in meiner Stimme zu verstecken. »Wenn du noch was mit Ben und Annie unternehmen willst, ist das okay.«

Mittlerweile standen wir auf dem großen Parkplatz vor dem Stadion, etwas abseits, wo uns Ben und Annie hoffentlich trotzdem finden würden.

»Wir treffen uns gleich noch mit Josh.«

Als sie seinen Namen erwähnte, wurde mir heiß und kalt zugleich. Ein Teil von mir wollte ihn sehen, seine Stimme hören, ihn berühren, einfach nur bei ihm sein. Der andere Teil, der vernünftige, wollte von hier verschwinden, um so viel Abstand wie möglich zwischen ihn und mich zu bringen. Er hatte sich drei Tage nicht gemeldet, in denen ich völlig neben mir gestanden hatte. Wie würde es sein, wenn er mich gar nicht mehr anrief? Weil ich ihm langweilig geworden war oder weil er eine neue Freundin hatte? All diese widersprüchlichen Gefühle mussten sich auf meinem Gesicht widerspiegeln.

»Sei keine Idiotin, Em.« Grace war zwar einen halben Kopf kleiner als ich, die Pose, mit der sie vor mir stand, machte dennoch Eindruck. Die Arme vor der Brust verschränkt, erinnerte mich ihr Blick auf eine unerfreuliche Weise an den meiner Mutter. »Dass du Angst hast, weiß ich, aber was ist, wenn du dich irrst?«

»Dieses Gespräch will ich nicht führen. Schon gar nicht hier.« Ich liebte Grace wie eine Schwester. Ihr Drang, sich in mein Liebesleben einzumischen, war jedoch nicht ihre beste Eigenschaft. Nach diesem denkwürdigen Tag konnte ich eine Selbsthilfegruppe mit Annie und Ben gründen, die immer noch nirgends zu sehen waren, obwohl sich der Platz langsam leerte.

»Du willst nie darüber reden.« Grace schob sich die Brille höher auf die Nase, wie sie es immer tat, wenn sie nach den richtigen Worten suchte. »Lass mich doch helfen.«

»Und wie?« Dass Grace Himmel und Hölle für mich in Bewegung setzen würde, wusste ich. Das machte sie zur besten Freundin, die ein Mädchen haben konnte. Die Sache mit Josh war jedoch nicht ihr Kampf. Es war meiner.

»Darüber zu sprechen, wäre ein vernünftiger Anfang.«

»Aber das will ich sicher nicht hier und jetzt.«

»Was willst du nicht?« Ausgerechnet diesen Moment suchte sich Josh aus, um mit Annie und Ben im Schlepptau in unsere Auseinandersetzung zu platzen. Nachdem er Grace kurz umarmt hatte, galt seine ganze Aufmerksamkeit mir. Das Trikot hatte er gegen Jeans, einen schwarzen Pulli und einen dicken Parka getauscht. Sein Haar kräuselte sich nach der Dusche noch leicht feucht in seinem Nacken, und seine Lippen umspielte ein Lächeln. So zaghaft, dass man es nur bemerkte, wenn man ganz genau hinsah. »Hey, Em.«

Um nichts Dummes zu tun, schob ich meine Hände tief in die Taschen meiner Jacke. »Hey.« Josh schien die Situation nicht unangenehm zu sein. Vielmehr wirkte er neugierig. Was auch immer sein Blick aussagen sollte, er brachte mich dazu, nervös das Gewicht von einem Fuß auf den anderen zu verlagern.

»Du hast dir das Spiel angesehen.« Er wusste genau, dass ich im Stadion gewesen war.

»Hm.« Eine wenig geistreiche Erwiderung. Doch was sollte ich sagen, wenn Grace jedes Wort aufmerksam verfolgte? Ben und Annie standen zum Glück ein Stück abseits. »Glückwunsch. Zum Sieg.«

»Danke.« Josh machte einen Schritt nach vorn und verringerte dabei den Abstand zwischen uns beträchtlich. Er war mir so nah, dass ich den Kopf heben musste, um ihn anzusehen. »Erst war ich mir nicht sicher, ob du das Ticket überhaupt haben willst.«

»Ein Football-Spiel pro Jahr ertrage ich.« Mein Versuch, unserem Gespräch ein wenig Leichtigkeit zu verleihen, scheiterte kläglich, als ich den liebevollen Ausdruck in Joshs Augen sah. Instinktiv wollte ich zurückweichen, doch er hielt mich davon ab, indem er ganz sacht den Kopf schüttelte.

»Lauf nicht vor mir weg.«

Doch genau darin war ich gut. Wie ich vor ihm weglief, wusste ich. Das hatte ich jahrelang perfektioniert.

Joshs Blick fiel auf meine Lippen und blieb dort, als er seine Hände an meine Wangen legte. Kurz verharrte er. Dies wäre meine Chance gewesen, mich von ihm zu lösen. Doch selbst mit Waffengewalt hätte man mich nicht zwingen können, mich auch nur einen Millimeter von der Stelle zu bewegen. Ich wollte diesen Kuss. Drei Tage lang hatte ich mir ausgemalt, wie es wäre, ihn niemals wieder zu berühren. Diese Vorstellung war so beängstigend und falsch, dass ich es schließlich war, die ihre Lippen auf seine presste und damit alle Regeln in den Wind schoss, die ich selbst aufgestellt hatte – weil manchmal die Sehnsucht stärker war als jegliche Vernunft.

Der Kuss war süß, unschuldig und viel zu kurz. Als wir uns voneinander lösten und ich die Augen wieder öffnete, sah ich Joshs strahlendes Lächeln. Seine Hände löste sich von meinen

Wangen und griffen nach meinen Fingern.

Grace grinste über das ganze Gesicht. Annie betrachtete uns relativ neutral. Und Ben? Der starrte mich an, als wäre mir ein zweiter Kopf gewachsen. »Seit wann hasst ihr euch nicht mehr?«

»Wir haben uns nie gehasst.« Josh drückte sanft meine Finger, die von seiner viel größeren Hand verschluckt wurden.

Damit war die von mir aufgestellte Regel, dass niemand von uns erfahren sollte, auch dahin. Gerne wäre ich Josh böse gewesen, doch wenn ich ehrlich war, hatte er mir genug Zeit gelassen, einen Rückzieher zu machen. Schlussendlich war ich es selbst gewesen, die den letzten Schritt getan hatte. Und jetzt sah er so verdammt glücklich aus, dass ich es nicht übers Herz brachte, diese kleine Blase platzen zu lassen. In diesem Moment war alles so, wie es sein sollte. Für ein paar kurze Augenblicke war es perfekt.

14. Kapitel

Es war nicht meine erste After-Game-Party, aber die erste, bei der ein riesiger Footballer nicht von meiner Seite wich.

Josh hatte seinen perfektionierten Hundewelpenblick aufgesetzt und mich überredet, noch mit ins *Matchpoint* zu kommen, der bevorzugten Location des Teams. Heute konnte ich ihm nichts abschlagen. Nicht, wenn ich das Gefühl seiner Lippen auf meinen noch zu gut in Erinnerung hatte. Die Tatsache, dass wir mit dem Feuer spielten, schwebte dabei stets wie eine dunkle Wolke über mir. Natürlich würde ich mich am Ende verbrennen. Vielleicht war es das wert, um für einen Abend so zu tun, als wäre es wie früher.

Wir warteten an der Bar auf unsere Getränke, als Josh sich nicht mehr damit begnügte, einfach nur hinter mir zu stehen. Seine Arme schlangen sich um meinen Oberkörper und hielten mich wie ein Schraubstock fest, was nicht halb so unangenehm war, wie man sich das vielleicht vorstellte. Langsam drehte ich den Kopf und küsste seinen Hals. Es war so einfach, sich in diesem Moment zu verlieren.

»Wofür war das?«

»Nur so.« Ganz sicher würde ich ihm nicht erzählen, dass ich ihn einfach nur gern berührte und es mochte, seine Haut zu spüren. Sein Lächeln war schon selbstgefällig genug.

»Man könnte den Eindruck bekommen, dass du mich magst, Em. Sei lieber vorsichtig.«

Mein breites Grinsen enttarnte die nächsten Worte als riesengroße Lüge. »Ich will nur deinen Körper, Sanders.«

»Oh, dass du den *auch* willst, weiß ich.« Sein warmer Atem streifte mein Ohr und jagte mir einen Schauer über den Rücken, obwohl es in der Bar fürchterlich warm war. »Aber das ist nicht alles.«

»Ist es nicht?« Meine Frage klang panisch und gar nicht mehr so selbstbewusst. War es so offensichtlich, dass ihm immer noch mein Herz gehörte?

»Nein, aber darüber darf ich mit dir nicht sprechen.« Jetzt war es nicht nur sein Atem an meinem Ohr, sondern auch seine Lippen, die langsam auf und ab strichen. »Das hast du mir verboten.«

»Habe ich das?« War das meine Stimme? Leise räusperte ich mich, hoffentlich ohne, dass er es bemerkte. »Ich habe dir gar nichts verboten.«

»Oh, doch.« Sein Lachen sendete Vibrationen von der empfindlichen Stelle hinter meinem Ohr durch meinen ganzen Körper. Mit wenigen Berührungen brachte er es fertig, mich völlig kopflos zu machen. »Du hast gesagt, dass wir nicht über privaten Scheiß reden. Keine Gefühle.«

Darum ging es ihm also. »Richtig, das habe ich gesagt.« Es mir selbst noch einmal in Erinnerung zu rufen, war wichtig, wenn er mich in seinen Armen hielt und man den Anschein haben konnte, dass er es ernst meinte.

»Und du bist dir sicher, dass du keine Nachverhandlungen willst?«

Oh Gott. Wie sollte ich einen klaren Gedanken fassen, wenn er eine Spur von meinem Ohr bis zu meinem Mundwinkel küsste? Dass uns dabei jeder sehen konnte, schien Josh herzlich egal zu sein. »Was für Nachverhandlungen?«

»Wir könnten vielleicht noch mal über diese Regeln sprechen.« Seinen Worten folgte ein zarter Kuss, der einfach nicht genug war.

»Es gibt kaum eine, die wir noch nicht gebrochen haben.« Der beste Beweis war, dass wir eng umschlungen in einer verdammten Bar standen. Dass niemand von uns wissen durfte, war zu einer Farce geworden. »Und du hast bei mir übernachtet.«

»Hm.« Seine Antwort war ein tonloses Brummen an meinen Lippen, ohne dass er irgendwelche Anstalten machte, mich richtig zu küssen.

»Hm?«

»Wir könnten das wiederholen.«

Gerne wäre ich stark genug gewesen, seinen Vorschlag abzulehnen. Doch ich war es nicht. Die Vorstellung, in Joshs Armen einzuschlafen, war zu verlockend. »Wenn du willst, kannst du nachher mitkommen.«

»Oder du kommst mit zu mir.«

Für seine Wohnung sprach eindeutig, dass er keinen neugierigen Mitbewohner hatte. Vollkommen vergeben hatte ich Grace ihre Einmischung noch nicht. »Okay.«

»Jetzt?«

Kopfschüttelnd nahm ich unsere Getränke entgegen, die ein sichtlich gestresster Barkeeper vor uns abstellte. Ich drückte Josh drei der Gläser in die Hand und trug selbst die zwei verbliebenen. »Nein, nicht jetzt. Wir können die anderen nicht einfach sitzen lassen.«

»Ich wette, Grace hätte nichts dagegen.«

»Sie hätte auch nichts dagegen, wenn wir heute noch nach Las Vegas durchbrennen und uns von einem Elvis-Imitator in einem billigen Polyester-Anzug trauen lassen.« Meine Bemerkung war witzig gemeint, erzielte bei Josh jedoch nicht den gewünschten Effekt. Er sah mich aus riesengroßen braunen Augen an, ohne auch nur zu blinzeln. Ob es Schock oder irgendeine andere Emotion war, die ihn wie versteinert dastehen ließ, wusste ich nicht. Vielleicht Schock gemischt mit Panik, wie man es von Männern erwartete, die aus dem Nichts mit der Vorstellung von einer Heirat konfrontiert waren. Auf keinen Fall hatte ich ihn verschrecken wollen. »Das war ein Scherz, Josh. Ich werde dich nicht vor einen Ersatz-Elvis zerren.« Wie konnte er überhaupt annehmen, dass ich diesen Blödsinn ernst gemeint hatte? »Deine Fangirls müssen sich keine Sorgen machen.« Ganz abgesehen davon, war ich nicht dumm genug, zu glauben, es würde zwischen uns jemals so sein, dass wir über solche Dinge wie eine Zukunft nachdachten. Josh war der letzte Mann auf Erden, den ich heiraten würde. Trotz meiner Gefühle für ihn.

»Welche Fangirls?«

»Ach, komm schon.« So blind konnte nicht einmal er sein.

»Ich habe keine Ahnung, wovon du sprichst.« Entweder war

er ein wirklich guter Schauspieler, oder er war tatsächlich ahnungslos.

»Du willst mir sagen, dass du nicht bemerkt hast, dass dich mehrere Dutzend Frauen mit ihren Blicken ausziehen, seit wir die Bar betreten haben?« Meine rechte Augenbraue schnellte in die Höhe. »Wenn sie könnten, hätten sie sicher schon versucht, mich aus dem Weg zu räumen.«

»Und?«

»Und was?«

»Warum sollten die wichtig sein, wenn wir beschließen, durchzubrennen?«

Hätte ich keine Gläser getragen, wäre ich versucht gewesen, mir eine Hand vor die Stirn zu schlagen. »Das war ein Witz. Du musst jetzt nicht darauf rumreiten, weil du merkst, dass mir diese doofe Bemerkung unangenehm ist.«

»Dir ist die Vorstellung unangenehm?«

Verstand er mich mit Absicht falsch? Langsam war das alles nicht mehr lustig. Ich hatte mich schon genug zum Trottel gemacht. »Können wir bitte nicht mehr darüber reden?«

Lange Sekunden sagte er nichts, bevor er nickte. »Wie du willst.«

»Danke.« Erleichtert schob ich mich an ihm vorbei, um den Tisch anzusteuern, an dem Annie, Grace und Ben auf uns warteten.

Falls unser Gespräch irgendeinen Effekt auf Josh gehabt hatte, ließ er es sich nicht anmerken. Er saß neben mir, trank sein Wasser und scherzte mit seinen Teammitgliedern, die zu uns gestoßen waren. Grace kannte die meisten von ihnen und zeigte ihr Handy herum, auf dem sie Videos von Noahs letztem Spiel gespeichert hatte. Annie und Ben, die diese vermutlich bereits unzählige Male gesehen hatten, waren in eine Unterhaltung mit einem der Defensive Ends über das heutige Spiel vertieft. Der Typ hieß Tom, wenn ich mich recht erinnerte. Er warf Annie immer wieder Blicke zu, die eindeutig Interesse bekundeten. Natürlich bemerkte sie nichts davon. Wenn es um das andere Geschlecht ging, war sie einfach völlig unbedarft.

»... und dann hat der Coach gesagt, dass er vermutlich nie mehr spielen kann.« David, ein Linebacker der *Bucks*, nahm einen großen Schluck von seinem Bier. »Armes Schwein.«

»Das ist echt hart.« Josh trommelte nervös mit den Fingern auf der Tischplatte herum. »Wenn ich mir vorstelle, dass ich nicht mehr spielen könnte ...« Ohne zu zögern, legte ich meine Hand auf seine. Strich dabei mit dem Daumen immer wieder über seine Haut. Auch wenn ich den Anfang des Gesprächs nicht mitbekommen hatte, war offensichtlich, wie nah ihm diese Sache ging. Nach einer Weile drehte er sich kurz zu mir um, lächelte und wandte seine Aufmerksamkeit wieder David zu. »Ist es endgültig, dass er raus ist?«

»Keine Ahnung. Es hörte sich jedenfalls nicht gut an. Aber du weißt, was für ein sturer Hund Baker ist. Bei dem weiß man nie.«

Nicht nur mir war der Name aufgefallen. Auch Annie spitzte die Ohren. »Adam hat sich verletzt?« Aus ihrem Mund klang es so, als wären die beiden alte Freunde und nicht einfach nur zufällig auf unangenehme Weise übereinander gestolpert.

David nickte. »Verletzung im Nacken. Irgendwas mit den Nerven.«

»Und er wird wirklich nie wieder spielen können?« Die Sorge in Annies Stimme ließ nicht erahnen, dass Adam Baker ziemlich ekelhaft zu ihr gewesen war. Sie klang wie jemand, den diese Nachricht wirklich schockierte.

»Leute.« David hob abwehrend die Hände. »Ich bin kein Arzt. Keine Ahnung, was genau mit Baker ist. Was ich euch erzählt habe, hat der Coach gesagt. Mehr weiß ich auch nicht.«

Annie starrte nachdenklich in ihr Bier, bis sie bemerkte, dass ich jede ihrer Bewegungen mit Argusaugen verfolgte. Sie zuckte kopfschüttelnd mit den Schultern und lächelte wieder Tom zu, der eine absurde Anekdote erzählte, die irgendetwas mit einem Auswärtsspiel und verlorenen Trikots zu tun hatte. Seine Bemühungen, Annie zu beeindrucken, waren rührend, wenn auch leider vollkommen erfolglos.

Als ich mich eine Stunde später gemeinsam mit Josh verabschiedete, ignorierte ich Grace' wissendes Lächeln. Uns beiden war klar, dass ich in dieser Nacht erst spät oder gar nicht nach Hause kommen würde. Nachdem wir seine Wohnung betreten hatten – die aufgeräumter als beim letzten Mal war, aber dennoch recht chaotisch wirkte –, drückte er mir die Fernbedienung in die Hand. »Such irgendwas aus, ich bin gleich wieder da.« Mit diesen Worten verschwand er im Bad und ließ mich im Wohnzimmer stehen, als wäre es die normalste Sache der Welt.

Während ich mich durch das Netflix-Angebot klickte, hörte ich ihn im Badezimmer hantieren, bevor das Wasser kurz rauschte und er wenig später mit einer Zahnbürste im Mund im Türrahmen auftauchte. Seine Jeans und das T-Shirt von vorhin hatte er gegen eine schwarze Jogginghose und ein uralt aussehendes, blaues Sweatshirt getauscht. »Du kannst dich ruhig setzen.«

»Ja, sicher.« Unschlüssig, was ich von dieser ganzen Situation halten sollte, kam ich seiner Aufforderung nach. Gerechnet hatte ich mit vielen Dingen, die sich aber alle irgendwie um Sex drehten. Dass Josh anscheinend einen Film mit mir gucken wollte, war mir nicht in den Sinn gekommen. Vielleicht interpretierte ich die Situation aber auch nur falsch, und es war sein Versuch, unser Sex-Date nicht wie das aussehen zu lassen, was es war.

Nachdem ich eine Serie gefunden hatte, die ganz interessant klang, wartete ich auf Josh, der kurz darauf mit einem T-Shirt in der Hand zurückkam. »Das ist dir zwar viel zu groß, aber du kannst es vielleicht als Nachthemd tragen.«

»Nachthemd?«

»Du kannst auch nackt schlafen. Da hätte ich nichts gegen.« Er drückte mir das T-Shirt in die Hand, das sich wunderbar weich anfühlte, und setzte sich neben mich auf die riesige Couch. »Rechts vom Waschbecken liegt eine Zahnbürste für dich.« Gähnend ließ er sich nach hinten fallen, die Arme über dem Kopf ausgestreckt, um seine Nackenmuskeln zu lockern. »Und bevor du dir jetzt irgendeinen Blödsinn zusammenreimst, es ist eine Zahnbürste, die ich eigentlich für Lilly gekauft habe. Ich hoffe, dich stört nicht, dass sie pink ist und glitzert.«

Pink. Glitzer. Zahnbürste. Nachthemd. Dieser Abend verlief nicht nach Plan. Typen, die man nur zum Sex traf, boten einem keine Kinderzahnbürsten an. Wortlos, weil ich schlicht nicht wusste, was ich sagen sollte, ging ich ins Bad, zog mich um und putzte mir die Zähne mit einer im Dunkeln leuchtenden Glitzerzahnbürste, auf der Comic-Figuren aufgedruckt waren.

Das T-Shirt reichte mir bis zur Mitte meiner Oberschenkel. Er hatte recht, es gab ein brauchbares Nachthemd ab.

Zurück im Wohnzimmer bestand die einzige Lichtquelle aus dem großen Fernseher, der an der Wand hing. Josh hatte die Lampen ausgeschaltet und eine Decke über sich gebreitet.

»*Mindhunters*, Em? Wirklich?« Er verzog das Gesicht, soweit ich das bei dieser gedämpften Beleuchtung erkennen konnte. »Stehst du immer noch auf diesen Serienkiller-Kram?«

»Man kann wunderbar dabei einschlafen.« Er hatte meine Faszination für diese Dokus und Filme noch nie verstanden. »Such einfach was anderes aus.« Die ganze Situation war beinahe grotesk alltäglich. Fast so, als würden wir so etwas jeden Abend machen.

»Ist schon okay.« Er gähnte erneut, legte den Kopf leicht schräg und sah mich auffordernd an. »Willst du da stehen bleiben?«

Wortlos schlüpfte ich neben ihn unter die Decke. Josh war so wunderbar warm, dass ich nicht anders konnte, als mich an ihn zu kuscheln und seinen Arm als Kopfkissen zu benutzen. Seine Finger strichen wie beiläufig an meinem Oberarm auf und ab, während die ersten Minuten der Serie über den Bildschirm flackerten.

Nachdem die Folge vorbei war, startete automatisch die nächste. Der Mann neben mir machte nach wie vor keine Anstalten, seine Finger von meinem Arm zu interessanteren Körperstellen zu bewegen. Mit jedem Augenblick, der verstrich, wurde ich unruhiger. Das hier war falsch, auch wenn es sich überhaupt nicht so anfühlte. Und genau das war das Problem.

Wir hatten eine Abmachung getroffen. Sex und sonst nichts. Keine Gefühle. Keine nächtlichen Gespräche. Kein privater Kram. Lediglich an den dritten Punkt hielten wir uns, indem wir stumm diese dumme Serie ansahen. Alles andere war intim und gefühlsduselig. Als wären wir viel mehr als nur zwei Menschen, die sich trafen, um miteinander zu schlafen. Pure, blanke Panik machte sich in mir breit. Es gelang mir unter normalen Umständen schon kaum, meine Zuneigung für Josh im Zaum zu halten. Sie tief in mir zu vergraben und ihnen den Weg an die Oberfläche zu versperren. Es war ein täglicher Kampf, nicht einfach damit herauszuplatzen, dass ich ihn nach wie vor liebte. Ein Kampf, den ich gewinnen musste. Wenn ich all diesen Gefühlen für ihn Raum gab, würde ich mich niemals davon erholen, wenn unser kleines Arrangement endete. Und *dass* es enden würde, war nur eine Frage der Zeit.

Meine Hand glitt unter sein T-Shirt, ohne dass es einen Effekt auf Josh hatte. Er blickte weiter mit halb gesenkten Lidern auf den Fernseher und hörte auch nicht auf, mit seinen Fingern über meine Haut zu streichen. Unschuldig, liebevoll, als wären wir ein echtes Paar.

Erst als meine Hand tiefer wanderte und ich den Bund seiner Hose erreichte, drehte er den Kopf und sah mich an. Herausfordernd erwiderte ich seinen Blick. Er sollte nicht glauben, dass ich sein Spielchen nicht durchschaut hatte. Warum wir es spielten, würde er mir noch verraten müssen. Vermutlich ging es ihm einfach darum, meine Regeln zu brechen und zu gewinnen. Doch das hier war kein verdammtes Football-Match und mein Herz nicht der Superbowl.

Ohne meinen Blick auch nur eine Sekunde von ihm zu lösen, schob ich meine Hand Zentimeter für Zentimeter tiefer, bis ich sehr deutlich spürte, dass ihn meine Berührungen nicht kalt ließen. Im Gegenteil. Josh war hart, auch wenn er offenbar nichts dagegen tun wollte. Er schüttelte leicht den Kopf, bevor er sich zu mir beugte, um mir einen unschuldigen Kuss zu geben, der in völligem Kontrast zu seiner Erektion stand, die unter meinen Fingern noch zu wachsen schien. »Auch wenn das sehr verlockend ist, ich bin todmüde, Em.«

Warum war ich dann hier? »Das war nicht die Abmachung.«

»Ich kann mich nicht daran erinnern, dass es eine Regel dafür gab, wie oft ich performen muss.« Ohne auf meine Hand zu achten, die ihn immer noch umfasste, drehte er sich auf die Seite, um mich direkt anzusehen. »Ist es okay, wenn wir heute keinen Sex haben?«

Was zur Hölle tat ich da? Beschämt zog ich meine Hand zurück, um sie tief unter der Decke zu vergraben. So weit weg von Josh, dass ich nicht in die Gefahr geriet, ihn auch nur zufällig zu berühren.

»Danke.« Es folgte ein zweiter Kuss, dieses Mal auf meine Stirn. So zuckersüß und sanft, dass ich einfach nur meine Sachen schnappen und flüchten wollte. Niemand hatte mich jemals auf die Stirn geküsst. Niemand außer Josh. »Du musst nicht gehen.«

Mit weit aufgerissenen Augen starrte ich ihn an. »Das sollte ich aber.« Es war zu viel. Zu viel Nähe, zu viel Intimität, zu viel gespielte heile Welt. Zu viel Josh.

»Meinst du nicht, dass es an der Zeit ist, zu reden?«

So zu tun, als würde ich nicht verstehen, was er damit meinte, war nicht die beste Taktik. Doch war es die einzige, die mir einfiel, wenn er mich so ansah. »Wir reden ständig.«

»Stimmt. Nur nie über uns.«

»Es gibt kein *Uns*.« Das war eine Lektion, die ich schon vor langer Zeit begriffen hatte. Josh war ein guter Lehrmeister gewesen, wenn es darum ging, nicht mehr an Dinge zu glauben, die zu perfekt waren, um wahr zu sein. An dem Tag, an dem er mit versteinerter Miene vor meiner Haustür gestanden und verkündet hatte, dass ich ihm nichts bedeutete, hatte ich begriffen, dass *perfekt* nur eine Illusion war.

»Emily.« Zum ersten Mal seit Ewigkeiten benutzte er nicht meinen Spitznamen. »Ich habe Angst, dass du aufstehst, wegrennst und nie wieder zurückkommst, wenn ich versuche, es dir zu erklären.«

»Wenn du mir was erklärst?«

»Du weißt, was ich meine.«

Natürlich war mir klar, worauf dieses Gespräch hinauslief, wenn ich es nicht rechtzeitig stoppte. Mehr als einmal hatte er in den letzten Wochen versucht, diese Regel zu brechen. »Du warst einverstanden, dass wir die Vergangenheit ruhen lassen.« Warum musste er plötzlich alles so kompliziert machen?

»Das war die einzige Möglichkeit, damit du überhaupt wieder mit mir sprichst.« Seine Mimik wirkte gequält, fast schon verzweifelt. »Lass mich versuchen, es zu erklären. Wenn du mich danach hassen willst, werde ich dich nicht davon abhalten.«

»Ich will dich nicht hassen.« Und genau das war vermutlich mein Fehler. Josh hassen zu können, hätte mir die letzten Jahre ohne ihn so viel leichter gemacht. Vergeblich hatte ich es versucht. Ihn zu verabscheuen. Ihn zu hassen. Ihn zu vergessen. Nie war es mir gelungen. Nicht einen Augenblick. »Aber ich will auch nicht darüber sprechen.« Es gab kein Szenario, in dem ich ihm wieder vertrauen könnte. Egal wie gut seine Erklärung auch war, sie würde nichts ungeschehen machen.

»Warum sperrst du dich so dagegen? Wir können doch nicht ewig so tun, als wäre nichts passiert.«

Ewig. Eine *Ewig*keit. Keine Zeitspanne, die ich mit Josh assoziierte. Zaghaft strich ich ihm eine widerspenstige Locke aus dem Gesicht. Wie er es immer tat, lehnte er sich meiner Berührung entgegen. Mein Herz schlug so schnell, dass es sich anfühlte, als würde es mir aus der Brust springen wollen. »Wir sind nur temporär. Das war die Abmachung.«

»Dann lass uns diese beschissene Abmachung ändern.« Josh umfasste mit beiden Händen mein Gesicht und lehnte seine Stirn gegen meine. »Dass es falsch war, mich von dir zu trennen, wusste ich in dem Moment, als du mir die Tür vor der Nase zugeschlagen hast.«

Die Erinnerung an diesen Tag war so frisch, als wäre es gestern gewesen. Josh hatte seine wenigen Sätze aufgesagt. Mir erklärt, dass ich nicht länger seine Freundin und dass es nie ernst zwischen uns gewesen war. Vielleicht machte es mich zu einem pathetischen Klischee, aber mit sechzehn hatte ich daran geglaubt, dass wir zueinander gehörten. Noch einmal würde ich das nicht überstehen. Mich nicht wieder zusammenflicken können, um weiterzumachen, als wäre nichts passiert. »Mehr kann ich dir nicht bieten.« Meine Stimme war leise. Ein Flüstern in der Dunkelheit, die mein Herz umgab.

»Und wenn ich mehr will?«

Wie oft hatte ich mir vorgestellt, dass er diese Worte eines Tages zu mir sagen würde? Doch jetzt, als er es tatsächlich tat, war es nicht halb so romantisch wie in meinen Gedanken. Vielleicht ging es ihm darum, zu gewinnen, vielleicht hatte er einfach keine Lust mehr auf diese Spielchen – oder er meinte es in diesem Augenblick wirklich ehrlich. Doch was auch immer seine Worte auslösten, es war nicht genug, um ihm wieder zu vertrauen.

Die Decke wie einen schützenden Umhang eng um den Körper geschlungen, beobachtete ich Josh dabei, wie er sich ebenfalls aufsetzte und dabei schrecklich verloren wirkte. »Du wirst mir nie verzeihen können, oder?«

Wir wussten beide, dass er damit recht hatte, also sagte ich nichts und sah ihn einfach nur weiter an.

»Du willst Sex mit mir haben, aber nicht mit mir reden. Du lässt dich von mir vögeln, aber dir ist jedes Gespräch über die Vergangenheit zu intim. Ich darf dich anfassen, doch bloß nicht versuchen, mich zu erklären.« Josh sprang von der Couch auf, verschränkte die Arme im Nacken und blickte auf mich herab. »Das ist doch krank.«

Trotz all der Traurigkeit kämpfte sich langsam, aber stetig eine unbändige Wut durch meine verwirrten Emotionen. »Du stehst da und redest von mehr. Dabei ist es noch keine zwei Wochen her, da hast du mir erzählt, dass du so schnell wie möglich aus Ohio wegwillst, um Gott weiß wo in der NFL zu spielen.«

»Was hat das mit dir und mir zu tun?«

All die widersprüchlichen Gefühle brauchten ein Ventil, sodass ich ebenfalls aufstand, ein paar Schritte von rechts nach links lief und Josh dabei anfunkelte. Auch wenn ich ihn liebte, war ich nicht blind. Ich wusste, wie irrational er sich manchmal verhalten konnte. »Fragst du wirklich, was das bedeutet, wenn du deine Koffer packst und verschwindest? Was das bedeutet, wenn ich mich vorher wieder auf dich einlasse?«

»Zur Hölle damit, Emily. Wer hat behauptet, dass ich einfach so verschwinde?«

»Wieso sollte ich glauben, dass du das nicht tust?«

Er nahm drei lange Atemzüge, in denen er mich keine Sekunde aus den Augen ließ. »Weil ich es dir sage.«

Wäre ich nicht so wütend auf ihn, hätte ich die Absurdität dieser ganzen Situation fast amüsant gefunden. »Das reicht mir nicht.«

»Was willst du denn hören? Den ganzen romantischen Scheiß, den du mir sowieso nicht abnimmst?« Sein Lachen war heiser und unecht. »Du wirst mir nie verzeihen, und langsam habe ich das Gefühl, dass es dir genau darum geht. So lange ich das Arschloch bin, bist du die Märtyrerin.«

Wir standen voreinander wie zwei Kämpfer, die ihr Gegenüber taxierten und auf den kleinsten Fehler des anderen warteten, um aus der Deckung zu treten und anzugreifen. Äußerlich vollkommen ruhig, innerlich brodelte es.

»Beantworte mir eine Frage, Josh. Nur eine.«

Abweisend verschränkte er die Arme vor der Brust. »Dir wird die Antwort nicht gefallen.«

»Du weißt überhaupt nicht, was ich fragen will.«

»Im Detail? Nein. Aber es wird etwas sein, das dir einen Grund gibt, durch diese Tür zu rennen und mich stehen zu lassen.«

Leider hatte der Mistkerl recht damit. »Dann gehe ich eben gleich.« Wütend wollte ich ins Badezimmer stürmen, als er sich mir in den Weg stellte.

»Komm schon, Em. Frag mich. Damit du dich darin bestätigt fühlst, was für ein Scheißkerl ich doch bin.«

Es war das eingetreten, was ich befürchtet hatte. Wir stritten und verletzten uns. Dabei hatte ich genau das verhindern wollen. »Vielleicht sollten wir uns besser nicht mehr sehen.«

»Willst du das wirklich?« Josh überließ mir die Wahl, indem er einen Schritt zur Seite machte und den Weg ins Bad freigab.

Obwohl die Flucht zum Greifen nah war, blieb ich wie angewurzelt stehen. »Ich kann dir nicht *mehr* geben.«

Gleichgültig zuckte er mit den Schultern. Nichts erinnerte mehr an die Verzweiflung, die vor ein paar Minuten noch in seiner Stimme gelegen hatte. »Okay. Dann ist es eben nicht *mehr*.«

»Auf einmal reicht dir das?« Wir drehten uns im Kreis und waren wieder am Anfang des Streits angekommen.

»Es stimmt, was du gesagt hast.« Josh trat ganz von der Tür weg, setzte sich wieder auf die Couch und stützte die Ellenbogen auf seinen Knien ab. Von seiner Wut war nicht mehr viel übrig. »Wenn ich könnte, wäre ich morgen aus Ohio weg.«

Es aus seinem Mund zu hören, machte die Tatsache, dass er nicht mehr lange bleiben würde, sehr real. Plötzlich war es nicht mehr nur eine Befürchtung, es war eine Möglichkeit. Für Josh die Chance seines Lebens, für mich das Ende von etwas, das nie wirklich begonnen hatte. »Es waren Scouts beim Spiel heute.« Ich sah Josh an, dass ich ins Schwarze getroffen hatte.

»Kansas, Philadelphia, Denver und Atlanta sind eventuell interessiert.« Eine Tatsache, die ihn glücklich machen sollte. Doch besonders glücklich wirkte er nicht.

Erdrückt von der Information, lehnte ich mich mit dem Rücken gegen den Türrahmen. Natürlich wusste ich, dass Josh in der NFL spielen wollte. Dass es jedoch vermutlich nur noch eine Frage der Zeit war, bis sich dieser Wunsch erfüllte, ließ mich aufgewühlt die Lippen aufeinanderpressen, um nichts Falsches zu sagen.

»Der Draft ist erst im April.«

Wenn er mich damit aufheitern wollte, verfehlte er sein Ziel meilenweit.

»Das sind nur noch ein paar Monate.« Nur noch ein paar Monate, bis ich ihn nie wiedersehen würde. »Ich freue mich für dich.«

»Es ist noch nichts entschieden.«

»Aber das wird es.« Mit wenigen Schritten war ich bei der Couch und setzte mich neben ihn. Das Lächeln auf meinem Gesicht so unecht wie die Hautfarbe unseres 45. Präsidenten. »Du hast in dieser Saison bis jetzt fast doppelt so viele Yards gemacht wie der zweitbeste Runningback. Dieser Typ aus Indiana. Natürlich wirst du gedraftet.« Es war richtig, sich für ihn zu freuen. Wenn ein Lebenstraum in Erfüllung ging, musste man ein sehr egoistischer Mensch sein, um dies nicht zu tun. Mein Kopf wusste das, aber mein Herz wollte sich nicht vorstellen, wie es wäre, wenn er einfach gehen würde. Nach Denver, Atlanta oder fucking Philadelphia.

Josh sah mich lange einfach nur an. Wenn es ihm aufgefallen war, dass ich seine Spielstatistik sehr genau kannte, kommentierte er dies nicht. »Und was machen wir bis dahin? Bis April?«

So gleichgültig wie möglich zuckte ich mit den Schultern. »Wir beenden das hier. Oder wir machen weiter wie gehabt.« Wenn ich hätte wählen müssen, welche der beiden Möglichkeiten mich weniger in Panik versetzte – ich hätte mich nicht entscheiden können. Der Gedanke, Josh ab morgen wieder nur zufällig zu sehen, vielleicht in der Bibliothek oder in der Mensa, schnürte mir die Kehle zu. Doch bis April weiterzumachen und mich dann von ihm verabschieden zu müssen, klang nicht weniger schrecklich. Vielleicht machte ich mir auch nur etwas vor. All meine verzweifelten Versuche, mich vor dem unweigerlich folgenden, gebrochenen Herzen zu schützen, waren in dem Moment hinfällig gewesen, als ich ihn vor einigen Wochen nach dieser Party geküsst hatte. Seit ich ihn vor all den Jahren zum ersten Mal gesehen hatte, war ich wie eine Kompassnadel auf Josh ausgerichtet. Am Anfang war es eine harmlose Schwärmerei eines unsicheren Mädchens gewesen, das sich nicht einmal traute, ihn anzusprechen. Doch nachdem ich ihn kennengelernt hatte, *wirklich* kennengelernt hatte, war ich verloren gewesen. Mein Herz sehnte sich nach Josh. Ob heil. Ob gebrochen. In jedem verdammten Zustand sehnte es sich nur nach ihm.

»Was ich will, weiß ich.« Josh versuchte sich an einem zaghaften Lächeln, das jedoch sehr gequält aussah. »Aber was willst du?«

Dich. Nicht nur für heute. Nicht nur für ein paar Monate. Für immer. Ohne all den Scheiß, der zwischen uns passiert ist. Und ohne einen finalen Zeitpunkt, zu dem du wieder aus meinem Leben verschwindest.

Doch all das sagte ich nicht. »Können wir die zweite Folge noch mal starten? Den Anfang habe ich nicht mitbekommen.« Ich nickte kurz zum Fernseher, auf dem immer noch *Mindhunters* lief.

Schweigend kam Josh meinem Wunsch nach. Wenige Sekunden später flimmerte der Anfang der zweiten Folge erneut über den Bildschirm. Als ich zurück auf das Sofa kletterte und mich an ihn kuschelte, wünschte ich mir, dass es im echten Leben genauso einfach wäre, von vorne zu beginnen.

15. Kapitel

»Fuck.« Hektisch fischte ich mein Handy aus dem Rucksack, um das laute Klingeln zu stoppen. Dabei waren achtzehn Augenpaare auf mich gerichtet. Keines von ihnen mit einem besonders freundlichen Ausdruck. Es war eisernes Gesetz, dass man im Zeichenatelier das Telefon ausschaltete. Mindestens ein halbes Dutzend Schilder wiesen zusätzlich darauf hin.

Als ich den Anruf endlich weggedrückt hatte, murmelte ich ein leises *Sorry*, bevor ich mich an mehreren Studenten und ihren Leinwänden vorbeidrückte. Erst im Flur erlaubte ich mir, nachzusehen, wer angerufen hatte. Bei meinem Glück war es meine Mutter mit einer neuen Hiobsbotschaft.

Stirnrunzelnd betrachtete ich das Display. Noah hatte versucht, mich zu erreichen? Kurz überlegte ich, ob ich überhaupt schon einmal mit ihm telefoniert hatte, bis ich durch ein erneutes Klingeln aufgeschreckt wurde. Ganz schön hartnäckig.

»Hi.«

»Hey, Em.« Er klang außer Atem, was in meine klischeehaften Vorstellungen vom Tagesablauf eines Profisportlers passte. Vielleicht trainierten Footballer wirklich in jeder wachen Minute. Vielleicht spann ich mir auch nur irgendeinen Unsinn zusammen. »Grace ist nicht zufällig bei dir?«

»Nein. Sollte sie das?«

Noah lachte leise. »Im besten Fall. Ich erreiche sie schon den ganzen Tag nicht. Vermutlich hat sie ihr Handy nicht dabei.«

»Typisch Grace.« Während ich mir das Telefon ans Ohr hielt, ging ich ein paar Schritte, um mich auf die Treppe zu setzen, die in den vierten Stock führte.

»Stimmt, ist nicht das erste Mal. «

»Ich kann ihr später etwas ausrichten, aber ich sehe sie auch erst in ein paar Stunden zuhause. Und dort liegt vermutlich auch ihr Handy irgendwo rum.« Eine große Hilfe war ich Noah nicht.

»So wichtig ist es nicht, ich wollte nur wissen, ob ich ihr für morgen ein Ticket buchen soll.«

»Morgen?« Grace flog nie an einem Donnerstag nach Chicago, um ihre Kurse nicht zu verpassen. Freitag war der übliche Tag für sie, um zu Noah aufzubrechen.

»Spielfreies Wochenende.« Ich hörte, wie Noah kurz leise mit jemandem sprach. »Wir dachten, wir fliegen vielleicht zu Josh nach Philadelphia. Als moralische Unterstützung.«

Josh? Philadelphia? Fliegen? Die Realität holte uns anscheinend schneller ein, als ich gedacht hatte.

»Bist du noch da, Em?«

»Ja, natürlich.« Dass er morgen nach Philadelphia fliegen würde, musste Josh auch schon vor ein paar Tagen gewusst haben. Und doch hatte er kein Wort gesagt. Nicht einmal, als wir uns deswegen gestritten hatten. »Hat er da ein Probetraining oder so etwas?«

Noah murmelte ein paar Flüche. So leise, dass ich sie nicht verstand. Doch laut genug, um mich zusammenzucken zu lassen. »Der Idiot hat dir also nicht davon erzählt.«

»Das ist okay.« So gleichgültig wie ich nur konnte, versuchte ich, die Situation herunterzuspielen. »Josh ist mir keinerlei Rechenschaft schuldig.« Dass es sich trotzdem wie ein Schlag in die Magengegend anfühlte, behielt ich für mich.

»Es ist nicht okay, Em.« Noah Preston, der mich zu beruhigen oder gar zu trösten versuchte, war eine merkwürdige Erfahrung. Wir hatten uns in der Vergangenheit auf einen unausgesprochenen Waffenstillstand geeinigt. Meistens jedoch bekam der andere einen dummen Spruch ab. Nicht mehr so ernst gemeint wie früher, aber dennoch weit entfernt von einer innigen Freundschaft. »Ich werde mit ihm reden.«

»Oh Gott. Bloß nicht.« Die ganze Situation war verfahren genug. Josh und ich brauchten niemanden, der sich einmischte. »Wenn er nach Philadelphia fliegt, ohne das zu erwähnen, ist das seine Entscheidung. Kein Grund, daraus eine große Sache zu machen.«

»Wenn ich so eine Nummer bringen würde, ohne Grace davon zu erzählen, wäre sie nicht cool damit.«

»Das ist ...«

»Was anderes. Ja, ja.« Noah fiel mir ins Wort, ohne dass ich meinen Satz beenden konnte. »Ich habe mir so eine Scheiße auch jahrelang eingeredet.«

»Keine Ahnung, wovon du sprichst.«

»Wirklich nicht?« Er seufzte leise. »Ich habe mir viel zu lang weismachen wollen, dass ich ganz großartig ohne Grace leben kann. Dass es okay für mich ist, wenn sie irgendwelche Loser datet oder glaubt, in meinen Bruder verliebt zu sein. Aber weißt du, was das Schlimmste an der ganzen Sache war?«

»Hm?«

»Dass ich mir selbst kein Wort davon geglaubt habe. « Sein Satz hing endlose Augenblicke zwischen uns, bis sich Noah räusperte. »Lass nicht zu, dass er es versaut.«

Wenn es nur so einfach wäre. »Wer behauptet, dass Josh es versaut und nicht ich?«

»Wir kennen ihn beide schon eine Weile.«

»Gutes Argument.«

»Sag ich ja.«

Vielleicht waren es Noahs Worte. Vielleicht auch der Wunsch, mich von Josh zu verabschieden. Was auch immer es war, es führte mich eine Stunde später vor seine Wohnungstür. Nachdem ich klopfte, passierte lange nichts. So lange, dass ich ein zweites Mal klopfte, woraufhin die Tür aufgerissen wurde. Josh stand vor mir. Die Arme voller Spielzeug.

»Em?«

»Hi. Ich ...« Meine kleine Rede, die ich mir auf dem Weg zurechtgelegt hatte, war wie weggeblasen. *Warum hast du mir nicht gesagt, dass du nach Philadelphia fliegst? Wann kommst du zurück? Ich werde dich vermissen. Du kannst nicht einfach abhauen und mich schon wieder verlassen.*

»Willst du reinkommen? Ich räume allerdings gerade auf.« Josh trat einen Schritt zur Seite, um mir Platz zu machen.

Doch anstatt an ihm vorbeizuschlüpfen, trat ich einen Schritt auf ihn zu, ignorierte den ganzen Plunder, den er an seine Brust gedrückt hielt, und schlang meine Arme um seinen Nacken.

Kurz erlaubte ich es mir, meinen Kopf an seiner Halsbeuge zu vergraben, mich an ihn zu schmiegen, mit meinen Lippen seine Wange zu streifen, bevor ich mich wieder von ihm löste.

Er sah ein wenig verdutzt aus. »Wofür war das?«

Stumm schob ich mich an ihm vorbei in die Wohnung. Dass ich emotional angeschlagen war, nur weil er für ein paar Tage nach Philadelphia flog, würde ich ihm sicher nicht beichten.

Das Wohnzimmer sah aus wie ein Schlachtfeld. In einer Ecke türmte sich Spielzeug, in einer anderen Wäsche, die zusammengelegt werden musste, und der kleine Tisch vor der Couch quoll über vor Büchern, Papieren und anderem Studienkram.

Josh warf das Zeug in seinen Armen auf den Haufen mit dem anderen Spielzeug, bevor er sich einen großen Korb schnappte, um die Wäsche darin zu verstauen. »Ich versuche gerade, das Chaos zu beseitigen.« Sein verzweifeltes Lächeln war so hinreißend, dass mein Herz einen kleinen Hüpfer machte. Bei seinem Tagespensum war es kein Wunder, dass er kaum Zeit fand, um regelmäßig aufzuräumen.

»Soll ich dir helfen?«

Er hielt mitten in der Bewegung inne, drehte sich zu mir um und betrachtete mich lange Sekunden, in denen mir unter seinem Blick warm wurde. Immer dann, wenn er seine ganze Aufmerksamkeit auf mich fokussierte, fühlte es sich an, als wären wir die einzigen Menschen auf der Welt. »Du bist nicht hergekommen, um sauber zu machen, oder?«

»Nein.« Eigentlich war ich hier, um mich zu verabschieden und ihm zu sagen, was ich von dieser Heimlichtuerei hielt. »Aber wenn ich schon mal hier bin.« Es war feige, das Gespräch hinauszuzögern, doch vielleicht konnte ich mir so meine Worte zurechtzulegen, ohne dass sie meine Gefühle zu deutlich offenbarten. Ein netter Gedanke – an den ich nicht einmal in der Theorie glaubte.

Josh faltete die Wäsche zusammen, während ich das Spielzeug aufsammelte und in Lillys Zimmer verstaute. Die Schränke und Regale quollen über vor Puppen, Bauklötzen, Bilderbüchern und Stofftieren. Auf dem Bett, das ordentlich gemacht worden war, lag eine Stoffente, die nur auf ihre kleine Freundin zu warten schien.

Nachdem das Kinderzimmer aufgeräumt und ein Großteil des Spielzeugs aus dem Wohnzimmer verschwunden war, nahm ich mir das dreckige Geschirr vor, das hauptsächlich aus Tassen, Gläsern und ein paar Müslischalen bestand.

»Du musst das wirklich nicht machen, Em.« Josh hatte sich so leise angeschlichen, dass ich kurz zusammenzuckte, mich jedoch nicht davon abbringen ließ, auch den restlichen Abwasch zu erledigen.

»Es ist okay. Wirklich.« Wenn wir beschäftigt waren, mussten wir uns nicht mit dem Grund auseinandersetzen, der mich unangemeldet in Joshs Wohnung geführt hatte.

Eine Weile sah er mich einfach nur an. Den Kopf leicht schief gelegt, die Haare in alle Himmelsrichtungen abstehend, in seinen Armen den Wäschekorb. Hastig wandte ich den Blick ab und biss mir so fest auf die Unterlippe, dass es wehtat. Der Schmerz vertrieb das Gefühl von Hilflosigkeit lang genug, um nicht in Tränen auszubrechen. Ich war diejenige gewesen, die darauf bestanden hatte, dass es zwischen uns nicht mehr als Sex gab. Es wäre unfair, ihm jetzt eine solche Show zu bieten. Eine Frau, die heulend Geschirr spülte, weil sie mit ihren Gefühlen nicht klarkam, wollte ich ihm nicht zumuten. Diesen ganzen Schlamassel hatte ich mir selbst eingebrockt. Nichts davon war Joshs Schuld.

Mit einem dumpfen Geräusch stellte er den Wäschekorb auf dem Boden ab. Einen Wimpernschlag später war er hinter mir und schlang die Arme um mich. Geschützt wie in einem Kokon lehnte ich meinen Rücken an Joshs Brust.

Wir mussten ein seltsames Bild abgeben. In den Händen hielt ich immer noch eine Tasse und den Spüllappen, während mein Herz vor Liebe für diesen wundervollen Mann überquoll. Er mochte mich verlassen und niemals so geliebt haben wie ich ihn, doch gegen diese Erkenntnis war ich schlicht immun. Ich wollte Josh. Immer nur Josh. Niemanden sonst.

»Wie kann ich es besser machen?« Sein Atem tanzte über

meine Haut, während er mich fest in seinen Armen hielt und ganz sacht hin und her wiegte.

Die tragischste Erkenntnis war, dass es schlicht nicht möglich war. Die Vergangenheit ließ sich nicht ausradieren. Wir hatten die Zukunft zwar in der Hand, doch unsere Wege würden sich unweigerlich trennen. Und somit würde genau das passieren, was schon einmal geschehen war. Das, wovor ich mich naiv hatte schützen wollen. Josh würde mich ein zweites Mal zurücklassen – und mir damit ein weiteres Mal das Herz brechen. Sein warmer Körper schmiegte sich eng an meinen, und doch lag nichts Sexuelles in seinen Berührungen. Mein Schniefen war leise, doch ich war mir sicher, dass er es hörte. Gern wäre ich stärker gewesen. Eine selbstbewusste, toughe Frau, die sich von nichts und niemandem aus der Bahn werfen ließ. Doch die war ich noch nie gewesen. Alles, was mit Josh zu tun hatte, verwandelte mich entweder in einen liebeskranken Teenager oder ein heulendes Elend. Mit der Tasse und dem Spüllappen in der Hand, war es heute wohl eher das Zweite.

»Was kann ich tun, Em?« Auch wenn ich sein Gesicht nicht sah – die Sorge in seiner Stimme war unverkennbar. Genau das war schon immer eine von Joshs besten Eigenschaften gewesen. Der Sportlerkörper und die Gesichtszüge, die wie gemeißelt wirkten, waren nur ein Bonus. Im Kern war Josh ein guter Mensch. Ein liebevoller, wundervoller Mann, der so viel mehr war als der gefeierte Runningback, dem sich die Frauen an den Hals warfen. Er sorgte sich um andere, war empathisch und manchmal fast schon zu gutgläubig. »Sag mir bitte, was los ist.« Sein Kopf lag an meiner Schulter, seine Wange an meine geschmiegt. »Ich mag es nicht, wenn du traurig bist.«

Diese Aussage entlockte mir ein heiseres Schluchzen. Auch wenn er für mein gebrochenes Herz verantwortlich war, glaubte ich ihm. Ich glaubte ihm wirklich, dass er mir nicht absichtlich wehtun wollte. Und doch war genau das immer wieder passiert. Mit einer Perfektion, die jeden Chirurgen vor Neid hätte erblassen lassen, bohrte er unabsichtlich immer wieder in der Wunde, ohne sich dessen überhaupt bewusst zu sein. Aber das war nicht

Joshs Schuld. Es war ganz allein meine. Ich hatte ihn wieder in mein Leben gelassen, und jetzt zahlte ich den Preis dafür.

»Emily. Komm schon. Bitte.« Seine Worte wurden eindringlicher, als er mir Kaffeetasse und Lappen aus den Händen nahm und achtlos ins Wasser gleiten ließ. Langsam, als wäre ich zerbrechlich, drehte er mich an den Schultern zu sich um, sodass wir uns gegenüberstanden. »Was ist passiert?«

Mehrere Atemzüge lang sah ich ihn einfach nur an. Prägte mir jedes noch so kleine Detail ein, als müsste ich ein Gedankenbild von ihm malen, um es für immer mit mir herumtragen zu können. Und vermutlich war es auch so. Wenn sich Joshs Traum erfüllte, würde er bald in Philadelphia professionell Football spielen und war nicht einfach nur einen kurzen Spaziergang über den Campus entfernt. Es wäre richtig, ihm die Daumen zu drücken. Ihm alles Glück der Welt zu wünschen. Doch ich brachte es nicht über mich. Zutiefst egoistisch wünschte ich mir, dass er bei mir blieb. Entgegen jeglicher Vernunft legte ich meine Karten mit einem einzigen Wort auf den Tisch. »Philadelphia?«

Wenn es ihn überraschte, dass ich davon wusste, ließ er es sich nicht anmerken. Joshs Hände wanderten an meinen Armen hinauf, bis sie sanft mein Gesicht umfassten. Ich brauchte all meine Kraft, um mich nicht in dieser Berührung zu verlieren. »Hm. Philadelphia.« Mit diesem kurzen Statement bestätigte er, was ich bereits wusste.

»Morgen schon?« In meiner simplen Frage schwang so viel mehr mit, als ich wagte, direkt auszusprechen.

Doch Josh vermochte all das zu lesen, was ich nicht sagte. All das, was so viel schwerer wog als die Tatsache, dass er morgen fliegen würde. »Ich wollte es dir sagen, Em.«

Langsam trat ich einen Schritt zurück, bis Josh seine Hände sinken ließ und in den Taschen seiner Jeans vergrub. Der Verlust seiner Haut auf meiner fühlte sich fast wie ein Abschied an. Ein kleiner Vorgeschmack auf das, was noch kommen würde. »Es ist ...«

Ich kam nicht einmal dazu, diesen einzigen Satz zu beenden, als er mich auch schon unterbrach. »Sag nicht, dass es okay ist.

Das ist es nicht und das ist uns beiden klar. Du hättest davon wissen müssen, und meine einzige Entschuldigung ist, dass ich ein verdammter Feigling bin.«

Hastig wischte ich mir eine verräterische Träne weg. Ein sinnloses Unterfangen, wenn man bedachte, dass ich nie gut darin gewesen war, meine Gefühle vor Josh zu verstecken. »Du bist mir keine Rechenschaft schuldig.« Eine Aussage, in der so viel Wahrheit und Lüge zugleich steckten.

»Bin ich das nicht, Em?« Er sah mit einem Mal sehr müde aus, während er sich über die Augen rieb. »Und wenn ich dir Rechenschaft schuldig sein will?« Bevor ich darauf antworten konnte, hob er die Hand. »Ich weiß. Du wirst mir jetzt sagen, dass ich dir schon einmal das Herz gebrochen habe und ein Scheißkerl bin, der keine zweite Chance verdient hat. Und weißt du was? Vermutlich hast du recht.« Josh schüttelte den Kopf, als könnte er selbst nicht fassen, was er da gerade von sich gab. »Du hast keinen Grund, dich wieder auf mich einzulassen. Und ich verstehe das. Wirklich. Ich verstehe dich.«

Ihn so durcheinander zu sehen, schnürte mir die Kehle zu. Seine Worte waren klar und deutlich, und doch lag so viel Verwirrung in seinem Blick. Josh kannte ebenso wenig wie ich einen Ausweg aus dieser Lage. Und augenscheinlich gab er sich allein die Schuld dafür. »Du verdienst jemanden, der besser zu dir ist, Em.« Sein angedeutetes Lächeln war so herzzerreißend traurig, dass ich mich am liebsten an seine Brust geworfen hätte. Stattdessen schlang ich die Arme auf der verzweifelten Suche nach Stabilität in diesem Chaos eng um meinen Oberkörper. »Du verdienst jemanden, der dir jeden Tag aufs Neue zeigt, dass er der glücklichste Mistkerl der Welt ist, weil du seine Freundin bist. Nicht jemanden, der bei der ersten Gelegenheit davonläuft und dich sitzen lässt.«

»Hör auf damit.« Meine Stimme war nur ein Flüstern, doch laut genug, dass er mich verstand.

Er sah mich aus großen Augen an. Seine Gesichtszüge waren schrecklich angespannt. »Womit? Mit der Wahrheit? Es ist an der Zeit, dass wir uns ihr stellen. Ich habe lange genug geschwiegen, weil ich dich nicht verschrecken wollte.«

»Hör einfach auf.« Mir fehlte die Kraft, um zu ertragen, was unweigerlich folgen würde: Irgendwelche Erklärungen und Entschuldigungen. Wenn ich Glück hatte, würde er die Vergangenheit bereuen und sich allein die Schuld geben. Doch es würde nichts ungeschehen machen. Nichts daran ändern, dass ich ihm trotz meiner Gefühle nicht vertraute und dass er Ohio sehr bald verlassen würde.

Ein schrilles Klingeln holte mich aus meiner Gedankenwelt zurück in die Realität. Josh murmelte ein *Fuck*, während er tief ein- und wieder ausatmete. »Sie sind zu früh. Sorry.« Mit diesen Worten ließ er mich stehen und verschwand in dem kleinen Flur.

Großartig. Wer auch immer das war, würde eine verheulte Frau in Joshs Kochnische vorfinden. Um vielleicht noch etwas zu retten, spritzte ich mir kaltes Wasser ins Gesicht. Kaum war ich damit fertig, hörte ich auch schon kleine Füße, die leichtfüßig über den Holzboden rannten. »Emily.«

»Hey.« Ich drehte mich langsam zu Lilly um und winkte ihr zu, was schräg war, wenn man bedachte, dass sie keinen Meter von mir entfernt stand. Langsam ging ich vor ihr in die Hocke. Wie auch schon bei unserer letzten Begegnung sah die Kleine unglaublich niedlich aus. Sie trug einen Disney-Pullover in Pink, auf dem Rapunzel abgebildet war. Ihre Wangen waren gerötet und ihre großen Augen strahlten. »Wie schön, dich zu sehen, Lilly.« Ich bemühte mich um ein Lächeln, auch wenn mir nach der Unterhaltung mit Josh nicht danach zumute war.

»Daddy hat gesagt, dass du Pferde malen kannst.« Sie streckte mir ihren Arm entgegen, auf dem ich die Reste eines aufklebbaren Tattoos erkannte, wie ich sie selbst geliebt hatte, als ich klein gewesen war. »Und Prinzessinnen.«

Mit sehr viel Vorstellungskraft konnte man erahnen, dass das auf ihrem Unterarm mal eine Prinzessin gewesen sein musste. »Ist das Schneewittchen?«

Lilly schüttelte so vehement den Kopf, dass ihre Zöpfe wild hin und her wippten.

»Hm.« Gespielt konzentriert betrachtete ich die Reste des Tattoos. »Ich hab's. Das ist Dornröschen, richtig?«

Dass ich schon wieder falsch lag, erkannte ich an Lillys leisem Kichern.

»Dann kann es ja nur Elsa sein.« Jedes kleine Mädchen liebte *Frozen*. Meine Chancen, einen Treffer zu landen, standen vermutlich nicht schlecht.

»Arielle.« Lilly hielt mir ihren Arm so nah vor das Gesicht, dass ich gar nichts mehr erkennen konnte. »Und Sebastian.«

Wer zur Hölle war Sebastian? Es war mindestens zehn Jahre her, dass ich *Arielle, die kleine Meerjungfrau* gesehen hatte. War Sebastian der Fisch? Oder der Prinz? Ich hatte keine Ahnung.

»Malst du mir Sebastian? Und ein Pferd?« Während Lilly mich erwartungsvoll ansah, wurde mir eine Sache klar: Ich konnte diesem kleinen Mädchen genauso wenig etwas abschlagen wie seinem Dad.

»Lilly? Willst du dich nicht noch von uns verabschieden?« Die Frau, die zu uns in die Kochnische trat, hatte ich über vier Jahre nicht gesehen. Verändert hatte sie sich kaum. Die Haare von Joshs Mom waren immer noch tiefbraun, die Augen von sympathischen Lachfalten gesäumt und der Blick, mit dem sie mich bedachte, genauso freundlich wie damals. »Emily. Es ist so lange her.«

Schnell rappelte ich mich auf, um ihr meine Hand entgegenzustrecken. »Hallo, Mrs Sanders.«

»Kein *Mrs Sanders* mehr. Wir sind beide erwachsen.« Sie umfasste meine Hand mit der ihren und schien nicht überrascht, mich in Joshs Wohnung vorzufinden. Er musste ihr davon erzählt haben, dass wir wieder Zeit miteinander verbrachten. »Nenn mich bitte Joan.«

»Gern.« Ich zwang mich dazu, dieses Spielchen mitzumachen. So zu tun, als ob es völlig normal wäre, dass ich nach all den Jahren in Joshs Küche stand und mich mit seiner Mutter unterhielt. Wenn Joan Sanders das merkwürdig fand, überspielte sie die Situation mit höchster Perfektion.

»Mom?« Hinter Joan tauchte Josh auf, hob Lilly hoch und

setzte sie sich auf die Schultern. Das kleine Mädchen jauchzte vergnügt, während es versuchte, sich an ihm festzuhalten. »Dad steht im Halteverbot und hat gesagt, dass er im Wagen auf dich wartet.«

»Dann gehe ich mal lieber.« Sie lächelte mich noch einmal an, bevor sie zögerte, einen Schritt nach vorn machte und mich in eine Umarmung zog. »Es freut mich sehr, dass wir uns wiedergesehen haben, Emily.« Völlig verdutzt und sprachlos sah ich ihr dabei zu, wie sie Lilly zuzwinkerte und ihrem Sohn liebevoll über den Oberarm strich. »Viel Glück in Philadelphia. Und wenn du nicht willst, dass deine alte Mutter sich um dich sorgt, rufst du zwischendurch mal an.«

Josh verdrehte theatralisch die Augen. »Werde ich, wie ich es dir auch schon hundertmal versprochen habe.«

»Du meinst wie bei allen anderen wichtigen Ereignissen in deinem Leben, von denen wir meistens erst nachher erfahren haben?«

»Mom, bitte.« Josh klang ein wenig gequält. »Ich habe es versprochen und ich werde anrufen.«

»Wenn du das nicht tust, ziehe ich dir die Ohren lang.« Sie betrachtete ihren Sohn so liebevoll, dass offensichtlich war, wie wenig ernst sie diese Drohung meinte. »Dein Vater ist morgen um zwölf wieder hier, um Lilly abzuholen und dich zum Flughafen zu fahren.«

»Danke, Mom.«

»Ja, ja. Das ist doch selbstverständlich.« Sie drehte sich noch einmal zu mir um, und ihre nächsten Worte sorgten dafür, dass sich ein flaues Gefühl in meinem Magen breitmachte. »Ich hoffe, wir sehen uns in Zukunft wieder häufiger, Emily.«

Noch lange, nachdem die Tür hinter Joshs Mutter ins Schloss gefallen war, hallten ihre Worte in mir nach. Nein, wir würden uns nicht häufiger sehen. Ich war nur eine kurze Episode im Leben ihres Sohnes, die sich nach vier Jahren wiederholte. Wie eine Fernsehserie, die noch einmal gezeigt wurde, obwohl man die Folgen bereits kannte.

Josh war wortlos mit Lilly im Wohnzimmer verschwunden, und ich war dankbar für diesen kurzen Moment, in dem ich mich sammeln und meine Emotionen in den Griff kriegen konnte. Weil ich schlicht nicht wusste, was ich sonst tun sollte, spülte ich mechanisch das restliche Geschirr ab. Erst als wirklich alles erledigt war, straffte ich die Schultern und folgte dem Kinderlachen.

Josh saß im Schneidersitz auf dem Boden und Lilly auf seinem Schoß, den Rücken gegen die Brust ihres Vaters gelehnt. In der Hand hielt sie einen Stift, mit dem sie immer wieder versuchte, seine Hände und Arme anzumalen. Doch Josh wich ihren Attacken geschickt aus. Wenn sie ihn doch einmal erwischte, gelang ihr dies nur, weil er es zuließ. Nachdem ich den beiden ein paar Minuten zugesehen hatte, ließ er sich lachend nach hinten fallen und Lilly landete auf seinem Oberkörper. Eine Position, die es ihr erlaubte, sich mit dem Stift seinem Gesicht zu nähern.

»Oh, nein.« Josh tat so, als würde er sich vor Lillys Angriff unglaublich fürchten. Das kleine Mädchen wurde dadurch nur weiter angestachelt und robbte auf ihm so weit nach vorn, bis es kurz davor war, tatsächlich seine Nase anzumalen. Schnell umfasste er Lillys Taille und hob sie hoch in die Luft.

Das Bild vor mir war so schrecklich alltäglich. Ein Vater, der mit seiner Tochter spielte und alles dafür tat, dass sie Spaß hatte. Lilly mochte klein sein, aber die Liebe, die Josh für sie empfand, war riesengroß. Grenzenlos.

»Hey.« Josh hatte mich entdeckt, wie ich mich im Türrahmen herumdrückte, ohne zu wissen, was ich tun sollte. Wobei das nicht stimmte. Es wäre richtig, die beiden nicht weiter zu stören und nach Hause zu gehen, um den Schmerz in meiner Brust mit einer überdimensionierten Portion Eis zu betäuben. »Lilly hat gesagt, du hast versprochen, ihr eine Prinzessin zu malen.«

Als wäre das ihr Stichwort, strampelte die Kleine wild mit den Armen und Beinen, bis Josh sie auf dem Boden absetzte. Sie sauste an mir vorbei aus dem Zimmer, um wenige Augenblicke später mit Papier und weiteren Stiften zurückzukommen. »Emily malt mir Sebastian und ein Pferd.« Bei ihren Worten breitete sie das Papier sorgfältig auf dem Couchtisch aus.

»Das ist sehr lieb von Emily.« Auch wenn die Worte an seine Tochter gerichtet waren, sah Josh mich an. »Vielleicht kann sie mir beibringen, wie man malt.«

Automatisch schnellte meine Augenbraue in die Höhe. »Das halte ich für unwahrscheinlich.« Josh besaß keinerlei künstlerisches Talent, das hatten wir bereits vor Jahren festgestellt. Mehr als ein paar schräge Strichmännchen hatte er nie zustande gebracht. Langsam näherte ich mich dem Couchtisch und setzte mich neben Lilly auf den Boden, die mich erwartungsvoll ansah. »Welche Farbe soll das Pferd haben?«

Während sie überlegte, zog ich mein Handy unauffällig aus der Tasche, um eine kurze Nachricht zu schreiben.

Ich: *Wer ist Sebastian?*

Kaum hatte ich die Frage abgesendet, vibrierte Joshs Handy vor uns auf dem Tisch. Als er sah, wer ihm geschrieben hatte, schüttelte er lachend den Kopf. Es dauerte nur wenige Sekunden, bis mir seine Antwort entgegenleuchtete.

Josh: *Die Krabbe. Und dafür, dass ich dich vor meiner Tochter nicht als Disney-Muffel oute, schuldest du mir was.*

Eine gezeichnete Pferderanch und zwei Krabbenfamilien später – *Sebastian braucht Freunde, er soll nicht allein sein* – war Lilly zufriedengestellt. Sie schlug sich den Bauch mit Spaghetti voll und ließ sich danach, ohne zu murren, von Josh ins Bett bringen.

Zurück im Wohnzimmer blieben ich und das flaue Gefühl in meinem Magen, während ich Josh dabei zuhörte, wie er Lilly schon wieder die Geschichte über diese Ente vorlas.

Es war an der Zeit, nach Hause zu gehen, aber nicht, ohne mich von ihm zu verabschieden. Das wäre feige. Mit flatternden Nerven schnappte ich mir Lillys Teller und brachte ihn in die

Küche. Irgendwie musste ich mich beschäftigen, wenn ich nicht durchdrehen wollte. Unser Gespräch war vorhin unterbrochen worden, doch ich war mir ziemlich sicher, dass Josh es nicht dabei belassen würde.

»Sie schläft.« Ich hatte den Teller gerade abgewaschen und zur Seite gestellt, als Josh hinter mir auftauchte. »Kommst du jetzt jeden Tag vorbei, um unser Geschirr zu spülen?«

Langsam drehte ich mich zu ihm um. »Bei dem Chaos, das du in deiner Wohnung anrichtest, wäre es besser.«

»Mir würde das gefallen.« Er lehnte sich mit dem Rücken an den Türrahmen und beobachtete mich, wie ich imaginäre Wasserspritzer aufwischte, nur um meine Hände irgendwie zu beschäftigen.

»Wenn du bald reich und berühmt bist, kannst du dir sicher jemanden leisten, der hinter dir aufräumt.«

Josh zuckte mit den Schultern. »Möglich, aber eigentlich finde ich den Gedanken, dich jeden Tag zu sehen, verlockender.«

»Tu das nicht.« Seine Worte lösten eine Sehnsucht in mir aus, die fast körperlich wehtat. »Bitte.« Viel zu oft stellte ich mir vor, wie es wäre, einfach jeden Morgen neben ihm aufzuwachen. Ihn zu umarmen, wann immer mir danach war. Ihm dumme kleine Liebesbotschaften auf sein Handy zu schicken, die ihn an mich denken ließen, wenn wir voneinander getrennt waren.

»Warum soll ich das nicht sagen, Em? Weil ich aus Ohio verschwinden will, oder weil ich all meine Chancen vor vier Jahren verspielt habe?« Josh stieß sich vom Türrahmen ab und kam auf mich zu. Ohne auf eine Antwort auf seine Frage zu warten, hob er mich hoch und setzte mich auf die Arbeitsplatte. Im nächsten Augenblick spürte ich auch schon seine Lippen auf meinen. Es ging alles so schnell, dass ich kaum Zeit hatte, mich darauf vorzubereiten. Doch das war sowieso nur eine Illusion. Nichts hatte mich jemals auf Joshua Sanders vorbereitet. Auf den Mann, der mich in seiner Küche mit einer Verzweiflung küsste, als hingen unser beider Leben davon ab. Der mich küsste, als wäre es das allerletzte Mal.

16. Kapitel

»Tisch fünf will zahlen.« Reece ließ den Kopf kreisen, um die Muskeln in seinem Nacken zu lockern. Am heutigen Abend war im *Buddha's Kitchen* die Hölle los, was ungewöhnlich für einen Donnerstag war. An den Wochenenden kam es öfter vor, dass kein Platz unbesetzt blieb, doch unter der Woche war dies so ungewöhnlich, dass nur Reece und ich für diesen Tag eingeplant waren. Wir hatten so viel zu tun, dass wir nicht einmal unsere Pausen machen konnten. Seit Stunden rannten wir ununterbrochen zwischen den Tischen und der kleinen Küche hin und her. Auf der einen Seite war es furchtbar stressig, auf der anderen hielt es mich davon ab, zu viel darüber nachzudenken, dass Josh bereits vor einer ganzen Weile in Philadelphia gelandet sein musste. Meine schmerzenden Füße lenkten mich davon ab, mich in irgendwelche Szenarien zu verlieren, die sich mein vernebeltes Hirn ausdachte.

»Alles klar, ich bringe ihnen sofort die Rechnung.« Noch eine Stunde bis zum Feierabend. Die würden Reece und ich auch noch irgendwie überstehen.

Francesco, unser wortkarger Koch, stellte zwei Teller vor mir ab. »Für Tisch drei.« Als Zeichen, dass ich ihn verstanden hatte, nickte ich kurz. Als ich den Job angefangen hatte, war es mir schräg vorgekommen, dass der Sushi-Koch ein Italiener war, doch Francesco hatte mich eines Besseren belehrt. Sein Sushi war wie von einer anderen Welt. Reece und ich nannten ihn hinter seinem Rücken den *Sushi-Flüsterer.*

»Sieben ist jetzt auch wieder voll besetzt.«

Ich stöhnte leise, das war ein Tisch, der in meinem Bereich lag. Reece kümmerte sich um die Tische mit den gerade Zahlen, mir gehörten die ungeraden. »Lässt du dich bestechen?«

»Keine Chance, Em.« Er schüttelte lachend den Kopf. »Die Truppe an vier hat einen Extrawunsch nach dem anderen. Sieben ist bei dir sicher in den besten Händen.«

»Du kriegst auch das Trinkgeld.«

»Du weißt, ich würde fast alles für dich tun, aber nicht das. Nicht heute.« Reece war genauso müde und fertig wie ich, das war nicht zu übersehen. »Zwei Pärchen und ein Typ ohne Freundin. Er sieht ziemlich gut aus. Glaub mir, du willst den Tisch selbst übernehmen.«

Wollte ich nicht, doch da er sich nicht erweichen ließ, straffte ich die Schultern, ignorierte meine brennenden Füße und schnappte mir die Teller.

Mit einer Sache hatte Reece tatsächlich recht gehabt: Der Kerl, der mit den vier anderen an Tisch sieben saß, war verdammt attraktiv. Groß, dunkelhaarig, schlaksig. Genau das, worauf ich normalerweise abfuhr. Zu allem Überfluss war er auch noch unglaublich nett. Während seine Begleitungen einfach nur ihre Bestellungen bei mir aufgaben, wollte er tausend Dinge wissen. *Was das beste Sushi wäre. Ob es ein Tagesgericht gab. Ob ich selbst Sushi mochte. Was ich von vegetarischem Sushi hielt.* Er war auf seine eigene Art wirklich niedlich, auch wenn ich eigentlich keine Zeit für seine Fragen hatte.

Das Restaurant hatte sich merklich geleert, als Reece und ich kurz vor Feierabend begannen, aufzuräumen. Der gutaussehende Typ und seine vier Freunde waren die letzten Gäste. Ich betete still, dass sie bald aufbrechen würden, damit wir pünktlich schließen konnten, als er plötzlich vor mir auftauchte. »Okay, du wirst mir das nicht glauben, aber ich mache so was nicht oft. Ehrlich. Also eigentlich nie.« Er strich sich nervös ein paar Mal über die Schläfe. »Also nicht, dass ich so was nie mache, also ...« Er lächelte gequält, und ich hatte ein wenig Mitleid mit ihm. »Oh Gott, es wird mit jedem Wort nur schlimmer. Das hier ist meine Nummer. Ich würde mich freuen, wenn du dich meldest.« Blitzschnell drückte er mir ein Stück Papier in die Hand, um sich im nächsten Augenblick umzudrehen und ohne ein weiteres Wort das Restaurant zu verlassen.

»Du alte Herzensbrecherin.« Reece schlug mir freundschaftlich auf die Schulter. »Wie klug von mir, dass ich dir Tisch sieben nicht abgenommen habe. Du schuldest mir was.«

Ich faltete den Zettel auseinander und las, was er geschrieben hatte. Nur ein Name und eine Nummer.

Ryan - 937-359-3924

»Und? Rufen wir Ryan an?« Neugierig wie er war, blickte Reece mir über die Schulter.

»Nein, tun wir nicht.« Schnell schob ich den Zettel tief in meine Hosentasche.

»Und warum tun wir das nicht?« Manchmal war er wirklich nervig. Jetzt gerade war *manchmal.* »Dieser Ryan machte einen netten Eindruck. Und heiß war er auch, falls man auf Männer steht, die so aussehen, als würden sie Oscar Wilde nacheifern.«

»Kein Interesse.«

»Hm.« Reece musterte mich unzufrieden. »Ich finde, du solltest ihn anrufen. Er sah zwar aus wie ein Hipster, aber einer von der guten Sorte.«

»Gibt es verschiedene Arten von Hipstern?«

»Natürlich.« Ich sprühte den Tisch vor uns mit Reiniger ein, ehe Reece ihn abwischte. »Es gibt die Hipster, die sich nur so geben, weil sie cool sein wollen. Und dann gibt es Typen wie deinen Ryan, die vermutlich schon so auf die Welt gekommen sind. Ich wette, er liest Edgar Allan Poe, wenn er sich einen tollen Tag machen will.«

»Er ist nicht *mein* Ryan.«

»Könnte er aber sein.« Reece wackelte anzüglich mit den Augenbrauen. »Dazu müsstest du nur diese hübsche Nummer benutzen und ihn anrufen. Oder schreib ihm eine Nachricht – wie auch immer ihr Kids das heutzutage macht.«

»Kids?« Obwohl ich völlig erschöpft war, schaffte Reece es, mir ein Lachen zu entlocken. »Du bist nur ein Jahr älter als ich.«

»Und damit auch ein Jahr weiser. Du solltest auf mich hören und ihn anrufen.«

»Will ich aber nicht.« Vor wenigen Wochen hätte ich vermutlich ein paar Tage gewartet und Ryan dann eine kurze Nachricht geschrieben. Weil er so nett gewesen war. Und genau mein Typ, das hatte Reece richtig erkannt.

»Hast du vergessen, mir zu erzählen, dass du plötzlich im

Zölibat lebst?«

»Witzig.« Blitzschnell schlug ich ihm mit dem nassen Putzlappen gegen den Oberarm, was ihn dazu brachte, mich böse anzufunkeln.

»Das war nicht nett, Emily Marie Anderson.« Oh, er benutzte meinen vollständigen Namen. Das kam selten vor. »Aber ich verzeihe dir, wenn du mir sagst, warum du den armen Ryan nicht von seinen Qualen erlösen willst. Du bist doch noch Single, oder sollte ich etwas wissen?«

Müde ließ ich den Putzlappen auf den Tisch vor mir fallen. Ich wollte einfach nur schnell fertig werden und nicht mehr ewig mit Reece diskutieren. »Natürlich bin ich Single, aber ich fühle mich nicht so, okay?« Das war die ehrlichste Antwort, die ich ihm geben konnte. Offiziell war ich frei wie ein Vogel und hatte jedes Recht, die Ryans dieser Welt anzurufen, wenn mir der Sinn danach stand. Doch ich war emotional viel zu sehr an einen sturen, klugen, witzigen, wundervollen Footballer gebunden, der gerade in diesem Moment alles dafür tat, dass uns bald das halbe Land trennen würde.

»Grace?« Die Wohnungstür fiel leise hinter mir ins Schloss, als ich mir im Flur die Schuhe auszog. Meine Füße fühlten sich an, als wäre ich einen Marathon gelaufen. »Bist du wach?« Im Wohnzimmer brannte eine Lampe, was bedeutete, dass sie noch auf war oder einfach nur wie so oft vergessen hatte, das Licht auszuschalten, bevor sie ins Bett gegangen war.

»Hellwach. Und wenn du dich beeilst, können wir uns noch das Ende von *Dirty Dancing* ansehen.«

Grace saß auf dem Boden vor der Couch, den Blick gebannt auf den Fernseher gerichtet. »Johnny hat sie gerade verlassen. Jetzt kommt der beste Teil.«

»Du kannst den Film mitsprechen, oder?« Müde setzte ich mich neben sie, nachdem ich die große Papiertüte auf dem Couchtisch abgestellt hatte.

»Als ob es dir anders geht.«

Damit hatte sie nicht unrecht. Allein mit Grace hatte ich den Film mindestens schon ein Dutzend Mal gesehen. »Hast du Hunger? Ich habe so viel Sushi mitgebracht, dass davon locker zehn Personen satt werden könnten.« Wenn Essen übrigblieb, konnten wir es uns immer mitnehmen, was ein toller Bonus an meinem Job im *Buddha's Kitchen* war.

»Ich habe mit Ben in der Mensa gegessen, aber Sushi geht immer.« Grace angelte nach der Tüte und breitete all die kleinen Pappboxen vor uns auf dem Teppich aus. Währenddessen wurde Baby auf dem Bildschirm gerade von Johnny überrascht, der natürlich zurückgekommen war, um ein letztes Mal mit ihr zu tanzen.

Gebannt verfolgten wir das große Finale, bis sich alle Menschen auf dem Bildschirm tanzend und lachend in den Armen lagen. Grace seufzte ein paar Mal ergriffen, während sie eine beachtliche Menge Sushi verdrückte. »Ich liebe diesen Film. Auch wenn ich ihn schon zwei Millionen Mal gesehen habe, ich liebe ihn einfach.« Sie lehnte ihren Kopf gegen meine Schulter und bewegte dabei ihre Zehen im Takt der Musik des Abspanns. »Wenn ich mir so einen Kram angucke, vermisse ich Noah direkt noch mehr.«

»Es ist immer wieder erschreckend, was dich alles an ihn erinnert. Vorgestern war es was?« Lachend schüttelte ich den Kopf. »Eistee, Grace. Du warst den halben Tag melancholisch, weil ich den Eistee gekauft habe, den Noah am liebsten trinkt.« Sie war einfach hoffnungslos, wenn es um ihren Freund ging.

»Hey. Immerhin habe ich ihn fast zwei Wochen nicht gesehen.«

»Zwei Wochen, in denen ihr jeden Tag telefoniert habt.« Nicht nur Grace war hoffnungslos. Noah ebenfalls. Sie waren so ekelhaft süß zusammen, dass ich es nicht immer ertrug.

»Das ist nicht das Gleiche, und das weißt du auch.«

»Nein?« Ich griff nach der Wasserflasche, die zwischen uns stand, und nahm einen großen Schluck, um das letzte Sushi hinunterzuspülen. »Ist der Telefonsex so schlecht?«

Diese Frage entlockte Grace ein lautes Lachen. »Er ist ganz

großartig, aber manchmal ist mir die Realität lieber als die Imagination. Wenn du verstehst, was ich meine.«

»Warum bist du dann nicht mit ihm nach Philadelphia geflogen?« Wie ich Noah kannte, hatte er versucht, Grace mit allen fairen und unfairen Mitteln zu überreden, die ihm einfielen.

»Willst du echt über Philadelphia reden?« Grace hatte sich aufgesetzt und sah mich aus besorgten Augen an.

»Warum nicht?« Dass es mir das Herz zerriss, wenn ich mir vorstellte, dass Josh nur noch kurze Zeit in Columbus sein würde, musste ich Grace nicht sagen. Als meine beste Freundin wusste sie solche Dinge einfach. »Es wäre okay für mich gewesen, wenn du geflogen wärst.«

»Ja, schon.«

»Aber?« Da war eindeutig etwas, das Grace mir nicht sagen wollte. »Du musst keine Rücksicht auf mich nehmen. Ich bin erwachsen. Wenn du meinetwegen auf den Trip verzichtet hast …«

»Nein, nein. Das ist es nicht.« Sie suchte nach den richtigen Worten, die sie lange Augenblicke nicht fand, in denen wir uns einfach nur ansahen.

»Bist du echt nicht mit nach Philadelphia, weil es mich traurig machen würde?«

Grace verzog das Gesicht zu einer Grimasse. »Vielleicht?«

»Das hättest du nicht tun sollen.« Natürlich war ich froh, dass Grace hier war. Bei mir. Als emotionale Stütze, während ich langsam durchdrehte, weil ich nicht wusste, was in Philadelphia passierte. Doch dass sie wirklich darauf verzichtet hatte, Noah zu sehen, ging zu weit. Nur weil ich selbst unglücklich war, musste Grace das nicht auch sein.

»Es wäre sowieso blödsinnig gewesen.« Sie zuckte mit den Schultern. »Spätestens Samstag hätte ich zurückfliegen müssen.«

»Warum? Hat Noah ein Spiel?«

»Nein, kein Spiel.« Sie rollte mit den Augen, als hätte ich eine sehr dumme Frage gestellt. »Aber Samstag hat meine beste Freundin Geburtstag, und da wäre ich gerne bei ihr.«

»Oh, Grace.«

»Nichts *oh, Grace.* Wenn du mir jetzt sagst, dass das nicht nötig ist, bin ich ernsthaft böse. Annie und ich wollen mit dir ausgehen und dich mit Cocktails abfüllen.« Sie grinste verschwörerisch. »Und zum ersten Mal wird das sogar legal sein.«

In zwei Tagen war mein einundzwanzigster Geburtstag. Wenn mich jemand gefragt hätte, was ich mir wünschte, hätte es nur eine Sache gegeben. Doch die konnte man nicht in hübsches Papier verpacken und mit einer Schleife versehen. »Mittags treffe ich meinen Dad, aber abends können wir gerne diese Sache mit den Cocktails ausprobieren.«

»Dein Dad fliegt aus Kalifornien rüber? Das freut mich sehr, Em.« Grace wusste, wie sehr ich an ihm hing und dass ich ihn gern öfter gesehen hätte. »Das heißt, deine Mom kommt nicht?«

»Nope.« Seit unserem letzten Streit am Telefon hatte ich nicht mehr mit ihr gesprochen. »Es ist gerade etwas angespannt zwischen uns.«

»Willst du darüber reden?«

»Besser nicht.« Bei dem Gedanken daran, dass ich vor Grace die wirren Forderungen meiner Mutter wiederholen sollte, wurde mir übel. »Sie hat gegen Dad geschossen, wie sie das jedes Mal tut.« Dass sie zusätzlich von mir verlangt hatte, auf die monatliche finanzielle Unterstützung durch meinen Vater zu verzichten, behielt ich für mich. Diese Sache musste ich mit ihm besprechen. An meinem Geburtstag. Großartig.

»Ich kann mir nicht vorstellen, wie das ist.« Grace ließ sich wie eine Schildkröte auf den Rücken fallen. Alle Viere von sich gestreckt.

»Wie was ist?« Weil ich zu viel gegessen hatte und völlig erschöpft war, legte ich mich in gleicher Pose neben sie.

»Wie es ist, jemanden so sehr zu lieben, und ihn dann eines Tages zu hassen.«

Meine erste Antwort war ein Schnauben. »Keine Ahnung. Sie kann ihn nicht loslassen, denke ich.« Im Loslassen waren wir beide nicht gut.

»Aber nach so vielen Jahren? Sie sind doch schon ewig geschieden.«

»Macht für sie keinen Unterschied.« Wenn Mom von Dad sprach, hörte sich das meist so an, als wären erst ein paar Wochen vergangen, nicht Jahre. Jahre, in denen er sich mit seiner zweiten Frau ein Leben aufgebaut hatte.

»Ich könnte mir nicht vorstellen, Noah so sehr zu hassen.« Sie spielte gedankenverloren an einer Haarsträhne herum. »Ich liebe ihn und ...«

»*Das* weiß ich.« Das wusste jeder, der auch nur wenige Minuten mit den beiden verbracht hatte.

»Ich war noch nicht fertig.« Grace stieß mir mit dem Ellenbogen sanft in die Seite. »Keine Ahnung, was Noah tun müsste, damit ich ihn hassen könnte.«

Dich wegen einer anderen verlassen und ein Kind mit ihr kriegen. Diesen dummen Gedanken verwarf ich jedoch sofort wieder. Gehasst hatte ich Josh nie. Alles wäre so viel einfacher gewesen, wenn ich das gekonnt hätte. »Würdest du ihn hassen, wenn er dich betrügt?«

Grace dachte kurz über meine Frage nach, bis ich aus dem Augenwinkel sah, wie sie den Kopf schüttelte. »Nein, ich glaube nicht.«

Das konnte ich aus schmerzlicher Erfahrung nachempfinden. Josh hatte mich vielleicht nicht betrogen, dennoch hatte er eine andere mir vorgezogen. Moralisch hatte er das Richtige getan. Erst eine Beziehung beendet, dann die nächste eingegangen. Doch moralische Etikette war mir herzlich egal, wenn es um meine Gefühle für ihn ging, die ein einziges Chaos waren.

»Aber auch wenn ich ihn nicht hassen könnte, verlassen würde ich ihn sofort.« Grace klang sehr bestimmt, so als hätte sie darüber bereits nachgedacht.

»Du weißt, dass der Kerl dich nie betrügen würde, oder?« Noah Preston mochte viele seltsame Angewohnheiten haben, eine seiner besten Eigenschaften war jedoch, dass er meine beste Freundin über alles liebte.

Grace nahm ihre Brille ab und rieb sich die Augen. »Du hast keine Ahnung, wie viele Frauen sich den Spielern an den Hals werfen. Das ist jetzt noch viel schlimmer als zu seiner Zeit bei den *Bucks*.«

»Sei nicht albern. Der Typ betet den Boden an, auf dem du gehst.«

»Weiß ich doch.« Sie gähnte lautstark und war damit so ansteckend, dass ich es ihr gleichtat. »Es ist manchmal einfach ätzend, dass er in Chicago ist und ich hier in Ohio.«

»Ist ja nicht für immer.«

»Nein, ist es nicht.« Ich musste sie nicht ansehen, um zu wissen, dass sie diesen verträumten Ausdruck auf dem Gesicht hatte, den nur Noah bewirken konnte. »Noch knapp achtzehn Monate.«

»Willst du nach dem Studium direkt zu ihm nach Chicago ziehen?«

»Habe ich eine andere Wahl?« Sie angelte nach einer der Pappboxen und schob sich das letzte Stück Sushi in den Mund. »Für Fernbeziehungen bin ich echt nicht gemacht. Würde dir so was etwa gefallen?«

Darüber hatte ich nie wirklich nachgedacht, weil sich mir diese Frage nicht gestellt hatte. »Weiß nicht, keine Ahnung.«

»Wenn Josh jetzt nach Philadelphia geht ...«

»Was dann?« Natürlich wusste ich, worauf sie hinauswollte, doch ich hatte nicht mehr die Kraft, mich damit auseinanderzusetzen. Nicht schon wieder, nachdem ich den ganzen Tag an nichts anderes gedacht hatte.

Doch Grace kannte keine Gnade. »Philadelphia ist keine zwei Flugstunden entfernt.«

»Du weißt, dass Josh und ich nicht zusammen sind, oder?« Es war gut, Grace daran zu erinnern. Indem ich es aussprach, machte ich mir auch selbst klar, dass all mein blöder Liebeskummer zu nichts führen würde. Außer zu ... noch mehr Liebeskummer. »Hier.« Ich fischte den kleinen Zettel aus meiner Hosentasche und hielt ihn ihr hin. »Hat mir heute ein netter Typ gegeben.«

Grace drehte den Zettel hin und her, bevor sie ihn achtlos zwischen uns auf den Boden fallen ließ. »Und was hast du mit der Nummer vor?«

»Keine Ahnung, aber ich könnte sie benutzen, wenn ich wollte.« Gott, wem machte ich hier was vor? Grace oder mir selbst? »Und das würde niemanden etwas angehen.«

Einige Sekunden lang hörte ich nur ihre gleichmäßigen Atemzüge, bis sie sich doch zu einer Antwort durchrang. »Der Typ, mit dem du schläfst, hat eventuell ein Problem damit.«

»Der ist in Philadelphia und will so schnell aus Ohio weg, wie er nur kann.« Die bittere Wahrheit auszusprechen, tat weh. Mit dem nächsten Satz versetzte ich mir in einem Akt der Selbstgeißelung den finalen Todesstoß. »Er liebt mich nicht, Grace. Das hat er damals nicht und das tut er auch heute nicht.«

»Du glaubst das wirklich.« Sie setzte sich auf und musterte mich eingehend. »Du gehst echt davon aus, dass es nur Sex für ihn ist.«

»Was soll ich denn sonst denken?« Ich hörte mich wie ein trotziges Kind an. Natürlich waren die letzten Wochen mit Josh wundervoll gewesen, doch ich durfte nicht so dumm sein und glauben, dass unsere gemeinsame Zeit etwas bedeutete.

»Den Sex könnte er auch woanders kriegen.« Grace griff über mich hinweg nach der Wasserflasche und nahm einen kleinen Schluck, bevor sie weitersprach. »Das dürfte für Josh echt das geringste Problem sein.«

»Wie nett, dass du mich daran erinnerst.« Wenn sie es sich zur Aufgabe gemacht hatte, mich noch weiter zu deprimieren, war sie auf einem guten Weg. »Ich weiß, dass er halb Ohio vögeln könnte, wenn er das wollte. Bald ist es dann wahrscheinlich halb Pennsylvania.«

»Es wird Zeit, dass dir jemand genau das vor Augen führt.«

»Um mir zu zeigen, wie hoffnungslos diese ganze Scheiße ist?« Mit einer Mischung aus Wut und Enttäuschung setzte ich mich ebenfalls auf, um Grace anzufunkeln. Grace, die überhaupt keine Schuld an meiner Lage hatte. »Du kannst dir das sparen. Ich weiß, dass Josh und ich keine Zukunft haben.«

Frustriert warf meine beste Freundin die Arme in die Luft. »Das ist doch genau mein Punkt. Josh könnte halb Ohio vögeln. Tut er aber nicht.«

Mir entwich ein wenig damenhaftes Schnauben. »Ach, nein?«

»Nein. Stattdessen lässt er sich nicht abwimmeln, egal wie oft du auch versuchst, ihn zu vertreiben.« Sie lehnte sich nach vorn und zog mich in eine feste Umarmung. »Wenn er dich verletzt, bringe ich ihn persönlich um. Aber ich glaube, es besteht die Chance, dass er genau das vielleicht nicht tun wird.«

»Ich kann das nicht, Grace.« Es tat so gut, von ihr umarmt zu werden, dass ich mich noch enger an sie drückte. »Ich will nicht die sein, die mehr liebt.« Das hatte ich einmal getan und das Ergebnis war eine Katastrophe gewesen, von der ich mich bis heute nicht erholt hatte.

»Tust du das denn?« Grace ließ mich los und rückte ein Stück nach hinten, um mir in die Augen zu sehen. »Liebst du ihn?«

»Das weißt du doch.«

»Ich weiß, dass du noch Gefühle für ihn hast, aber wie stark die sind ...«

Rastlos sprang ich auf die Füße. Meine Müdigkeit hatte sich im Laufe des Gesprächs schlagartig verflüchtigt. »Ich liebe ihn, Grace. Mit allem, zu dem ich fähig bin. Das habe ich getan, als ich sechzehn war, und das tue ich auch heute noch. Josh ist ...« Wie sollte ich Gefühle, die so allumfassend waren, in banale Worte kleiden? »Er ist ... er ist mein Mensch.« Unter seiner Fassade steckte so viel mehr, als man vielleicht auf den ersten Blick annahm. Josh war der knallharte Footballer, für den ihn die ganze Welt hielt. Der sarkastische Typ, der nie um einen dummen Spruch verlegen war und mich damit in den Wahnsinn treiben konnte. Doch zugleich war er auch ein liebevoller Vater, großartiger Freund und der beste Kerl, der mir jemals begegnet war. Wenn man von der klitzekleinen Tatsache absah, dass er unsere Beziehung vor Jahren abrupt beendet hatte, war es unmöglich, ihn nicht zu lieben.

»Meinst du nicht, er sollte das wissen?« Grace, die Stimme der Vernunft.

»Und dann?« Kraftlos ließ ich mich nach hinten auf die Couch fallen, zog die Knie an und umschlang sie mit den Armen. »Glaubst du, dann geht er nicht nach Philadelphia?«

Allein die Vorstellung war lächerlich – und das war auch nicht, was ich wollte. Er sollte seine Träume meinetwegen nicht aufgeben. Eine Beziehung konnte nicht funktionieren, wenn einer der beiden seine Zukunft opferte. Niemals würde ich so etwas verlangen.

»Keine Ahnung, was dann ist. Aber ich denke, dass du ihm sagen solltest, wie du empfindest.« In Grace' Blick lagen Entschlossenheit und Tatendrang. Eine Kombination, die bei ihr selten etwas Gutes verhieß. »Was kann im schlimmsten Fall passieren?«

»Dass er meine Gefühle nicht erwidert, nach Philadelphia abhaut und ich ihn nie wiedersehe?«

»Wenn du nichts tust, wird genau das passieren.« Grace und ihre verdammte Logik, die mir in diesem Moment nicht weiterhalf. Ich wollte mich unglücklich in meinem Elend suhlen und keine klugen Ratschläge von ihr.

»Er liebt mich nicht.« Es zu wiederholen, machte es auf gewisse Weise realer. Ich musste mir diesen verdammten Satz nur noch ein paar Millionen Mal vorbeten, und schon hätte ich mich damit abgefunden.

Er war noch keine vierundzwanzig Stunden weg und ich führte mich auf wie ein Irre. Traurig, wütend und frustriert zugleich, vergrub ich das Gesicht in den Händen.

17. Kapitel

»Happy Birthday, mein Schatz.« Mein Dad nahm mich in den Arm, und ein wenig fühlte ich mich wieder, als wäre ich ein kleines Kind und nicht einundzwanzig Jahre alt.

Wir lösten uns voneinander und ich setzte mich erneut auf den Stuhl, der wie alles im *Lindey's* edel und teuer aussah. Wenn wir gemeinsam Essen gingen, war das nie eine gewöhnliche Angelegenheit. Burger und Pizza, wie es sie früher oft an meinem Geburtstag gegeben hatte, wurden in diesem piekfeinen Restaurant mit Kristallkronleuchtern und Stoffservietten sicher nicht serviert. »Du siehst gut aus, Dad.« Seine Haare waren vielleicht einen Tick grauer als bei unserem letzten Treffen, doch seine Augen strahlten und sein Lächeln war genauso einnehmend wie in meinen frühesten Kindheitserinnerungen.

»Danke. Wir haben ein paar Tage Urlaub gemacht und uns die Sonne auf den Bauch scheinen lassen.« Wir, das beinhaltete meinen Dad, seine Frau Clara und ihre kleine Tochter Amber, die mittlerweile neun oder zehn sein musste. »Nächstes Jahr kommst du mit, okay?«

»Ja, vielleicht.« Ich lächelte ihn über den Rand meines Wasserglases an. Es war nicht so, dass ich Clara und Amber nicht mochte, ganz im Gegenteil, doch sie waren seine Familie, nicht meine. Ein paar Mal hatte ich sie in Kalifornien besucht, doch meistens war ich mir wie ein Eindringling vorgekommen. Das änderte nichts daran, dass ich meinen Dad liebte. Vermutlich waren meine Gefühle typisch für Scheidungskinder.

Während des Essens redeten wir über alles und nichts. Er erzählte mir von seiner Arbeit in der Kanzlei, zeigte mir Fotos von Amber und dem kleinen Hund, den sie bekommen hatte. Ich berichtete im Gegenzug von meinen Vorlesungen, sprach über Grace und meinen Job im Sushi-Restaurant. »Hat Mom dich angerufen?« Die Frage platzte aus mir heraus, weil ich einfach nicht wusste, wie ich dieses Thema geschickt angehen sollte.

»Ja, vor ein paar Wochen.« Ich sah ihm an, dass er versuchte, mir zuliebe einen neutralen Gesichtsausdruck beizubehalten. Also war es schlimm gewesen. Sehr schlimm.

Unruhig rutschte ich auf meinem Stuhl hin und her und verknitterte dabei das dunkelblaue Vintage-Kleid, das ich mir extra für meinen Geburtstag gekauft hatte. »Hat sie dir gesagt, dass ich deine Unterstützung nicht mehr brauche?«

Kopfschüttelnd griff er nach seinem Weinglas. »Ja, hat sie. Das und noch viel mehr, aber diese Dinge wiederhole ich besser nicht.«

»Sie ist eine gute Mom, weißt du.« Woher der plötzliche Drang kam, sie zu verteidigen, war mir selbst nicht klar. Doch er war da und so übermächtig, dass ich es aussprechen musste. »Wenn sie nicht gerade ... dann ist sie wundervoll.«

»Das weiß ich, Emily.« Er lächelte und sah dadurch so viel jünger aus. »Ich würde mir für sie wünschen, dass sie eine Sache findet, die ihr Freude macht.« *Damit sie nicht verzweifelt an einem Mann hängt, der sie nicht mehr liebt.* Diesen Teil sprach er nicht aus, doch es war sehr offensichtlich, was er gemeint hatte.

»Mein Job im Sushi-Restaurant ist okay, aber ...«

»Emily.« Er fiel mir ins Wort, kaum dass ich angesetzt hatte. »Über diesen Unsinn diskutieren wir nicht. Natürlich werde ich dich weiterhin unterstützen.«

Wir wurden von der freundlichen Kellnerin unterbrochen, die sich erkundigte, ob sie uns die Dessertkarte bringen sollte. Dad und ich waren uns einig, dass ein Dessert der wichtigste Teil jeder Mahlzeit war. So brüteten wir über der Auswahl verschiedener Köstlichkeiten, als er mich urplötzlich todernst ansah. »Ich werde dich immer unterstützen, Schatz. Und wenn das ein Problem für deine Mutter ist, soll sie das mit mir regeln und dich aus dem Spiel lassen.«

»Danke, Dad.«

»Hast du wirklich gedacht, dass ich mir von deiner Mutter ausreden lasse, dein Studium zu finanzieren?« Er wirkte entrüstet und vielleicht sogar enttäuscht.

»Nein, aber ...« Wie sollte ich es ihm erklären, ohne die beiden gegeneinander auszuspielen? »Ich weiß, wie verrückt Mom manchmal klingt, und dass du nichts getan hast, außer dich in eine andere Frau zu verlieben.« Auch wenn ich erwachsen war – mit meinem Dad über dieses Thema zu sprechen, war nicht einfach. Sobald ich an meine Eltern dachte, wurde ich unweigerlich wieder zu dem unsicheren Teenager, der sich nichts weiter gewünscht hatte, als bei seinem Vater zu sein.

»Aber?« Er sah mich erwartungsvoll an. »Das klingt nach einem sehr großen *Aber*.«

»Sie hat ein gebrochenes Herz, und dieses irrationale Verhalten ist der einzige Weg für sie, um damit fertig zu werden.« Unter meinen Worten veränderte sich sein Gesichtsausdruck von fragend zu bedrückt. »Ich weiß, dass du mich weiterhin unterstützen willst. Und auch wenn ich das Geld wirklich brauche, möchte ich ihr nicht damit wehtun.« Mit einem Mal war mir der Appetit auf ein Dessert vergangen. Es stimmte, ich wollte sie nicht verletzen, doch viel mehr Angst hatte ich davor, so wie sie zu werden. Verbittert. Allein. Wütend auf die ganze Welt.

»Sie muss nichts davon erfahren, Em.«

Kurz dachte ich darüber nach. Wägte ab, was für alle Beteiligten das Beste wäre. »Vermutlich ist das eine gute Idee.« Auch wenn ich Lügen verabscheute, wollte ich ihren Zorn auf meinen Vater nicht vergrößern. Vielleicht war es an der Zeit, sie zu beschützen. So wie sie das mein ganzes Leben lang für mich getan hatte.

Heute Morgen war ein Päckchen von ihr angekommen. Mein Geburtstagsgeschenk. Eine Mütze und ein Schal in allen Farben des Regenbogens, die sie selbst gestrickt hatte. Auf dem Weg hierher hatte ich beides voller Stolz getragen. Auch wenn meine Mutter manchmal zu sehr von dem Phantomschmerz geleitet wurde, den der Verlust ihrer Ehe heraufbeschworen hatte, war sie ein wundervoller Mensch. Meine Mom, die ich liebte. Trotz ihrer Fehler.

Das Geburtstagsgeschenk meines Dads war ein neuer Zeichentisch. Das Paket war viel zu groß, um es im Flugzeug zu transportieren, daher hatte er mir ein Foto auf seinem Handy gezeigt und erklärt, dass Clara es bereits heute Morgen losgeschickt hatte. Ein eigener Zeichentisch war schon immer mein Traum gewesen. Die Dinger waren in annehmbarer Qualität schrecklich teuer und brauchten eine Menge Platz. Ich würde Grace dazu überreden müssen, ihn im Wohnzimmer aufzubauen. In mein Zimmer passte er auf gar keinen Fall.

Ich war bereits auf dem Weg zur Bar, als das Handy in meiner Tasche vibrierte.

Grace: *Wo bleibst du?*

Die vorwurfsvoll klingende Nachricht von Grace und Annie, war zusammen mit einem Foto angekommen, auf dem sie fröhlich in die Kamera winkten. Am Hintergrund erkannte ich, dass die beiden bereits an unserem Treffpunkt auf mich warteten.

Das *Tipsy Cow* war die beliebteste Bar im Umkreis. Man konnte sie vom Campus aus problemlos zu Fuß erreichen. Die Drinks waren nicht zu teuer und das Publikum bestand zu neunzig Prozent aus Studenten. Ein Pluspunkt des Ladens war, dass Sport dort keinerlei Rolle spielte. Selbst wenn die *Bucks* aufliefen, machte sich niemand die Mühe, einen der großen Fernseher an den Wänden einzuschalten, um das Treiben im Stadion zu verfolgen. Früher hatte ich Grace gern in diese Bar geschleppt. Hier konnte ich aller Welt und mir selbst vorspielen, wie wenig ich mir aus Football machte. Heute war ich einfach nur froh, den Abend in einer der wenigen Ecken von Columbus verbringen zu können, wo ich nicht an Football und somit auch nicht an Josh erinnert wurde.

In meinem kurzen, nachtblauen Kleid war ich overdressed, doch das war mir egal. Es war mein einundzwanzigster Geburtstag, und den wollte ich feiern – im besten Fall, ohne ununterbrochen an Josh zu denken. Ich erlaubte mir, mein Handy erneut aus der Tasche zu ziehen und einen letzten Blick auf das

Display zu werfen, bevor ich es für den Rest des Abends wegstecken würde. Zahlreiche neue Nachrichten leuchteten mir entgegen, doch die eine, auf die ich schon den ganzen Tag wartete, war nicht dabei. Josh hatte meinen Geburtstag vergessen oder sich einfach nicht daran erinnert; wie auch immer man es betrachten wollte. Während ich mich auf der Suche nach Grace und Annie zur Theke durchkämpfte, redete ich mir wenig erfolgreich ein, dass ich nicht traurig sein würde. Unsere Beziehung war so lange her. Wie konnte ich da erwarten, dass er an meinen Geburtstag dachte?

Grace bemerkte mich zuerst. Sie hüpfte wenig elegant von ihrem Sitz und zog mich in ihre Arme. Dass wir uns bereits morgens gesehen hatten, schien unwichtig. »Da bist du ja endlich.« Sie funkelte mich aus großen blauen Augen aufgeregt an. »Wir haben schon befürchtet, du versetzt uns.«

Kaum hatte sie mich losgelassen, übernahm Annie. Sie umarmte mich nicht weniger herzlich. »Happy Birthday, Em.« Aus der Tasche ihrer Jeans zog sie ein kleines, rosa Päckchen mit einer goldenen Schleife. »Ich hoffe, es gefällt dir.«

Zusammen stellten wir uns an die Theke und bestellten zwei Cocktails, deren Namen ich noch nie zuvor gehört hatte. Annie wollte nur eine Cola und ließ sich zu nichts anderem überreden.

Für zehn Dollar war hoffentlich eine Menge Alkohol in diesem giftgrünen Drink, den der Barkeeper vor mir abstellte. Ich trat ein Stück zur Seite, während ich das filigran eingewickelte Geschenk auspackte.

Unter dem rosafarbenen Papier befand sich eine kleine Pappschachtel, in der ein wunderschöner, messingfarbener Ring lag. In einer Glaskugel war der Buchtstabe *E* eingelassen.

»Den habe ich in einem Antiquitätenladen gefunden.« Annie nestelte nervös am Saum ihres Shirts herum. Fast so, als hätte sie Angst, dass mir ihr Geschenk nicht gefallen würde. »Die Glasperle habe ich selbst eingesetzt.«

»Der Ring ist wunderschön, Annie.« Ich steckte ihn mir an den Finger und drehte ihn unter der gedimmten Beleuchtung hin und her. »Danke.«

»Ich habe auch einen.« Grace streckte mir ihre Hand entgegen, an der ich einen Ring erkannte, der meinem verdammt ähnlichsah. In ihre Glasperle war ein *G* eingelassen.

»Und das ist meiner.« An Annies Finger steckte ein identischer Ring mit einem *A*. »Ich habe die Ringe entdeckt und dachte, es wäre eine schöne Idee.« Sie sah weder mich noch Grace direkt an. Wenn Annie verlegen oder sich nicht sicher war, wie ihr Gegenüber reagieren würde, vermied sie fast immer direkten Blickkontakt.

Ich zog sie in eine innige Umarmung. »Das ist das schönste Geschenk, das du mir machen konntest.«

Annie rückte ein Stückchen von mir ab und strich sich eine dunkle Haarsträhne aus der Stirn. »Ja?«

»Oh, ja.« Grace antwortete für uns beide. »Das ist das beste Geschenk seit meinem sechzehnten Geburtstag, als ich Noah ein blaues Auge verpasst habe.«

»Du hast was getan?« Entgeistert starrte ich sie an. Es war kein Geheimnis, dass sie und ihr Freund eine Zeit lang nicht gerade freundlich zueinander gewesen waren. Dass sie jedoch auch vor körperlicher Gewalt nicht zurückgeschreckt hatte, war mir neu.

Grace hob lachend die Hände. »Es war ein Unfall. Ich schwöre.«

»Ein Unfall?« Selbst Annie, die in jedem Menschen nur das Beste sah, wirkte skeptisch.

»Ein blöder Unfall, der mit einem Baseballschläger und Bens Versuch zu tun hatte, mir dieses Spiel beizubringen.« Grace nahm einen großen Schluck von ihrem Cocktail, während sie uns über den Rand des Glases hinweg angrinste. »Ihr glaubt doch nicht wirklich, dass ich absichtlich mit einem Baseballschläger auf Noah losgegangen bin, oder?«

»Wenn es um ihn geht, traue ich dir alles zu.« Natürlich wusste ich, dass Grace nicht gewalttätig war, doch es machte Spaß, sie aufzuziehen. »Aber vielleicht steht Noah auch auf bizarren Kram und das ist so eine Art Rollenspiel.«

Jetzt lachte Grace laut auf. »Ist das echt ein Thema, über das du mit mir sprechen willst?«

»Hab es mir anders überlegt.« Im Lauf der Monate hatte ich mich an Noah Preston gewöhnt. Das bedeutete jedoch noch lange nicht, dass ich wissen wollte, worauf der Kerl im Bett stand.

»Ich liebe diesen Song!« Annie überraschte sowohl Grace als auch mich mit ihrem Enthusiasmus. Sie wippte auf ihrem Stuhl im Takt der Musik und hatte dabei die Augen geschlossen. Aus den Boxen dröhnte laut *Take me out* von Franz Ferdinand. Im *Tipsy Cow* wurde die beste Musik gespielt. Dafür war der Laden bekannt. Der heutige Abend bildete keine Ausnahme.

»Wollt ihr tanzen?« Ich wurde nur einmal einundzwanzig, und in meiner Vorstellung gehörten zu solch einem Abend Alkohol, Musik, die besten Freunde und mindestens ein Tanz zu einem richtig guten Song. Dass ich mir insgeheim auch noch eine bestimmte Person herbeiwünschte, versuchte ich zu verdrängen. Er war in Philadelphia, um die einschneidendste Veränderung seines Lebens einzuläuten. Josh konnte niemanden gebrauchen, der melancholisch an seinem imaginären Rockzipfel hing und ihn nicht loslassen wollte.

Vier Songs später war mir schrecklich warm. Bei Grace und Annie sah es nicht anders aus. Die beiden waren wie ich außer Atem. »Ich habe vorher noch nie getanzt.« Annie strahlte über das ganze Gesicht.

»Du hast noch nie ... getanzt?« Ich hielt in meinen Bewegungen inne, um mich vorzubeugen und davon zu überzeugen, dass ich mich nicht verhört hatte.

»Nein.« Sie schüttelte den Kopf, wodurch ihre Locken in alle Richtungen flogen. »Nicht unter Menschen jedenfalls.« Ihre Wangen waren gerötet und sie wirkte so glücklich, dass ich mich auf einmal verdammt undankbar und mies fühlte. Alles, was ich für selbstverständlich hielt, war für Annie neu und aufregend. Und während sie sich niemals darüber beklagte, dass ihre Kindheit so verdammt beschissen gewesen war, badete ich in Selbstmitleid, weil mich irgendein Kerl nicht wollte. Objektiv betrachtet war Josh natürlich nicht *irgendein Kerl*, doch im Vergleich zu

Annies Vergangenheit bedeutete mein Liebeskummer gar nichts. Ohne Vorwarnung machte ich einen Schritt auf sie zu, schlang meine Arme um sie und versprach ihr, so oft mit ihr tanzen zu gehen, wie sie wollte.

Zurück an der Theke bestellten wir eine neue Runde Cocktails. Dieses Mal nicht grün, sondern hellblau. Selbst Annie wollte es jetzt doch mit Alkohol versuchen. Das Zeug machte den Anschein, als hätte man einen Schlumpf in einen Mixer gesteckt.

»Ich habe dir dein Geschenk noch nicht gegeben.« Grace funkelte mich freudestrahlend an. »Bist du mir böse, wenn es nicht eingepackt ist?«

»Natürlich nicht.« Als ich einen weiteren Schluck von meinem grellen Cocktail nehmen wollte, tippte mir jemand auf die Schulter. Ich wirbelte herum und blinzelte. Einmal, zweimal. Doch das Bild veränderte sich nicht. Mit einem angedeuteten Lächeln auf dem Gesicht stand er vor mir. Josh. Josh, der eigentlich in Philadelphia sein sollte. »Was machst du denn hier?«

Ohne meine Frage zu beantworten, legte er in einer unendlich sanften Geste seine Hände an meine Wangen. Wenn das hier ein Traum war, wollte ich nie wieder aufwachen. »Happy Birthday, Em.« Unbeeindruckt von den unzähligen Menschen um uns herum überbrückte er die letzte Distanz zwischen uns. Seine Lippen waren genauso sanft wie seine Berührungen. Er war hier. Bei mir. Das war alles, was in diesem Moment zählte – und doch war es nicht genug. Ich stellte mich auf die Zehenspitzen und drückte mich ihm entgegen. Überrascht von der plötzlichen Bewegung verlor er kurz das Gleichgewicht, um sich im nächsten Augenblick wieder zu fangen. Auch wenn es nur wenige Tage gewesen waren, hatte ich ihn furchtbar vermisst. Weil ich angetrunken war, mich seine Anwesenheit schrecklich glücklich machte und es mein verdammter Geburtstag war, ließ ich sämtliche Mauern fallen. In diesem Moment war es mir egal, dass mir jeder um uns herum meine Gefühle für Josh vom Gesicht ablesen konnte. Ich küsste ihn mit allem, was ich geben konnte. Mit den guten Erinnerungen. Mit den schlechten. Mit der unvernünftigen Liebe für ihn in meinem Herzen. Und der Angst, ihn zu verlieren, in meinem Verstand. Vielleicht würde er bald für immer gehen, doch in dieser Nacht gehörte Josh zu mir. In dieser Nacht erlaubte ich mir die Illusion, dass wir zusammengehörten und alles so war, wie ich es mir immer erhofft hatte.

Viele Stunden später lag ich nackt in meinem Bett, den Kopf auf Joshs Arm gebettet. Allzu lange waren wir nach seinem plötzlichen Auftauchen nicht mehr im *Tipsy Cow* geblieben. Wir hatten uns ein Uber gerufen, waren ohne Umwege zu meinem Wohnheim gefahren und wenige Sekunden später in meinem Bett gelandet. Es war ein Wunder, dass wir es überhaupt so weit geschafft hatten. Ich war mir ziemlich sicher, dass ich mein Kleid bereits im Flur verloren hatte.

»Du sollst schlafen.« Die müde Stimme an meinem Ohr klang dumpf und erschöpft. Kein Wunder nach dem, was wir in den letzten zwei Stunden miteinander getan hatten. Josh veränderte seine Position und schob sein Bein zwischen meine. Ich war in seiner warmen Umarmung wie in einem Schraubstock gefangen. Es gab wahrlich schlechtere Orte auf dieser Welt. »Wenn du mich rauswerfen willst, dann sag es jetzt. Sollte ich einschlafen, wache ich drei Tage nicht mehr auf.«

Ich griff nach seinem rechten Arm, küsste sein Handgelenk und kuschelte mich enger an ihn. Nein, ich wollte definitiv nicht, dass er sich jetzt anzog und nach Hause ging. »Bleib. Bitte.« Zwei Worte, die für sich stehend wenig aussagten. Doch in diesem Augenblick waren sie der untrügliche Beweis, dass ich verloren hatte. All meine blöden Ideen, wie ich Josh davon abhalten konnte, mir wieder das Herz zu brechen, waren von vorneherein zum Scheitern verurteilt gewesen. Mit lächerlichen Regeln hatte ich versucht, das Unvermeidliche zu verhindern. Dabei war es schier unmöglich für mich, ihn nicht zu lieben. Ich hatte niemals damit aufgehört.

»Du hast dein Geschenk noch nicht ausgepackt?«

Seine Worte entlockten mir ein leises Lachen. »Doch, das

habe ich.« Ich griff hinter mich und streichelte über seinen nackten Oberschenkel.

»Dass du so denkst, ist reizend, aber ich bin nicht das Geschenk.«

»Nicht?«

»Nein.« Mittlerweile klang er gar nicht mehr so müde. »Kommst du an meine Jacke? Die muss irgendwo vor dem Bett liegen.«

Langsam hob ich den Kopf und blickte über die Bettkante. Er hatte recht. Seine Jacke war achtlos auf den Boden gefallen, als wir uns nicht schnell genug aus unseren Klamotten hatten schälen können.

»In der Innentasche ist dein Geschenk.«

Ich fand ein dünnes, rechteckiges Päckchen. Was auch immer sich darin befand, war so dilettantisch in Zeitungspapier eingewickelt, dass ich Josh allein dafür küssen wollte, bis wir keine Luft mehr bekämen. Er hatte offensichtlich sein Bestes gegeben, was die schiefe grüne Schleife bewies, mit der das Papier notdürftig zusammengehalten wurde.

Als ich es in meiner Hand hin und her drehte, räusperte er sich leise hinter mir. »Es ist nicht besonders hübsch, aber angeblich zählen die inneren Werte sowieso mehr.«

Mit einer raschen Bewegung setzte ich mich auf, klemmte mir die Bettdecke unter die Achseln und schob mir ein paar wirre Strähnen aus dem Gesicht. »Es *ist* hübsch.«

»Ist es nicht.« Er lachte leise, während er sich ebenfalls aufsetzte und mich erwartungsvoll ansah. »Willst du es nicht aufmachen?«

Wenn ich ehrlich war, hätte ich das lieber nicht getan. Das Geschenk konnte niemals so wundervoll sein wie Joshs Versuch, es selbst einzuwickeln. Dass er überhaupt an diesen Tag gedacht hatte, brachte mein Herz dazu, schneller zu schlagen.

»Du machst mich nervös, Em.« Er beugte sich vor, gab mir einen sanften Kuss und zupfte dabei mit der Hand an der grünen Schleife herum.

»Hey, das gehört mir.« Ich drückte das Geschenk fest an meine Brust und versuchte, ihn so furchteinflößend wie möglich anzufunkeln. »Finger weg, Mister.«

»Es gibt da so eine alte Tradition, weißt du? Wenn man etwas zum Geburtstag bekommt, packt man es aus.«

Als Antwort streckte ich ihm die Zunge raus und machte mich daran, das Zeitungspapier zu entfernen. Zum Vorschein kam ein Buch. Doch es war nicht irgendein Buch. Ich hielt *The Phantom Prince* in der Hand. Die Autobiografie, die Elizabeth Kendall über ihr Leben mit Ted Bundy, dem berüchtigten Serienkiller, geschrieben hatte. Es wurde schon viele Jahre nicht mehr gedruckt und musste ein halbes Vermögen gekostet haben. »Das ist ...« Mir fehlten die Worte. Nicht nur, weil Josh eine Stange Geld für dieses Buch ausgegeben hatte. Er hatte sich auch erinnert. An einen Nachmittag vor über vier Jahren, an dem wir gemeinsam auf seinem Bett gelegen und uns auf meinem Laptop Videos über Ted Bundy und seine Beziehung zu Elizabeth angesehen hatten. Josh war krank gewesen, was mich jedoch nicht davon abgehalten hatte, den Tag mit ihm zu verbringen. Die paar Viren waren mir seine Gesellschaft wert. »Du weißt das noch?« Ich blinzelte ein paar Mal, um nicht völlig gefühlsduselig vor ihm in Tränen auszubrechen.

Er ignorierte meine Frage und deutete auf die Rückseite des Buches. »Ganz hinten ist noch etwas. Auch wenn das kein wirkliches Geschenk ist, aber ich habe sie letztens in einer Kiste wiedergefunden und dachte, du freust dich vielleicht.«

Stumm folgte ich seiner Anweisung und schlug die letzte Seite des Buches auf. Was ich sah, ließ mir den Atem stocken. »Ich dachte, ich hätte sie verloren.«

»Du hast sie bei mir liegen lassen. Und bevor ich sie dir geben konnte ...« Der Rest des Satzes blieb ungesagt. Bevor er mir die Fotos zurückgeben konnte, hatte er mich verlassen.

Die Aufnahmen waren bei unserem ersten offiziellen Date entstanden. Wir waren zum *Lake Erie* gefahren, hatten am Pier in der Sonne gesessen, Unmengen an Eis in uns hineingestopft, die ganze Zeit Händchen gehalten und waren mit nackten Füßen durch das eiskalte Wasser gelaufen. Es war das perfekte erste Date gewesen. Kurz bevor wir zurückfahren wollten, hatte ich die uralte Fotobox entdeckt. Nach ein wenig Überredung hatte sich Josh schließlich breitschlagen lassen, und es war der Fotostreifen entstanden, den ich in den Händen hielt. Vier schwarz-weiße Bilder, die den Tag perfekt einfingen. Zwei zeigten uns mit schiefen Grimassen, auf einem hatte Josh sein Gesicht an meinem Hals vergraben, und auf dem letzten küssten wir uns. Unser allererster Kuss – auf billigem Fotopapier für die Ewigkeit festgehalten. War ich vorhin noch davon überzeugt gewesen, dass ich nicht vor ihm weinen würde, strafte mich die einzelne Träne, die über meine Wange rollte, Lügen. Wir sahen auf diesen Aufnahmen so glücklich aus. Glücklich und unendlich verliebt.

»Fuck, das tut mir leid.« Josh nahm mir das Buch vorsichtig aus der Hand, klappte es zu und legte es hinter sich auf die Matratze. »Das war eine blöde Idee. Ich wollte dich damit nicht traurig machen.«

»Hast du nicht.« Mehr als diesen kurzen Satz brachte ich nicht heraus. Die Bilder beschworen so viele Gefühle herauf, dass es unmöglich war, Josh klarzumachen, was sie mir bedeuteten. Also schwieg ich und sah ihn einfach nur aus tränenverschleierten Augen an.

»Das heißt du weinst, weil du *nicht* traurig bist?« Er schnaubte leise, als er mich auf seinen Schoß zog. Ich stützte meine Knie rechts und links von ihm ab und schlang die Arme so fest um ihn, dass ich nicht mehr wusste, wo mein Körper aufhörte und seiner begann. In diesem Augenblick war alles so, wie es sein sollte. Wir gehörten zusammen und hatten es immer getan. Ich war niemand, der an Liebe auf den ersten Blick glaubte. Wie konnte man auch jemanden lieben, mit dem man noch kein Wort gewechselt hatte? Aber so kitschig, wie es sich vielleicht anhörte: Damals hatte ich Josh gesehen und gewusst, dass er zu mir gehörte.

»Es tut mir so leid, Em.« Während er meine Schläfe so vorsichtig küsste, als wäre ich eine kostbare Porzellanpuppe, murmelte er eine Entschuldigung nach der anderen. »Das war so dämlich von mir. Ich wollte dir deinen Geburtstag nicht mit so einem Blödsinn kaputtmachen.«

»Habe ich nicht mehr.«

Langsam rückte er ein Stückchen von mir ab, um mir ins Gesicht sehen zu können. »Was hast du nicht mehr?«

»Geburtstag.« Mein Blick wanderte zu dem Wecker auf meinem Nachttisch. »Der Tag ist seit drei Stunden vorbei.«

»Das macht es nur bedingt besser.«

Schniefend wischte ich mir über die Wangen. Zu der ersten Träne hatten sich noch weitere gesellt. Die verlaufene Wimperntusche färbte meine Finger schwarz. Vermutlich sah ich aus wie ein Waschbär. Wie der unglücklichste und armseligste Waschbär der Welt. »Ich werde kurz ins Bad gehen und diese Katastrophe beseitigen.« Gerade wollte ich mich aufrappeln, als Josh mich zurückhielt.

»Musst du nicht. Das sieht niedlich aus.« Sein Versuch, etwas Positives an meinem derzeitigen Zustand zu finden, entlockte mir ein zaghaftes Lächeln. »Nett, aber eindeutig gelogen.«

»Okay, okay. Es ist vielleicht nicht niedlich, aber du siehst verwegen aus.« Er musterte mich ganz genau aus jedem Winkel. »Ja, verwegen passt gut. Mit dem schwarzen Zeug im Gesicht würdest du glatt als Anführerin irgendeiner satanischen Sekte durchgehen.«

Wenn er es darauf anlegte, konnte Josh unglaublich charmant und hinreißend sein. »Ich glaube dir immer noch kein Wort, aber lieb von dir, dass du es versucht hast.«

»Für dich immer, Em.«

Lange Zeit sagten wir nichts, hielten uns einfach nur in den Armen. Im Schutz der Nacht war es so einfach, an die Unendlichkeit des Augenblicks zu glauben. In dieser Nacht fühlte es sich an, als wäre Philadelphia viele Lichtjahre entfernt und keine unmittelbare Bedrohung, die mir in wenigen Wochen den Mann nehmen würde, den ich liebte.

18. Kapitel

»Das hast du toll gemacht.« Josh hob Lilly hoch in die Luft, während das kleine Mädchen laut kicherte. Dabei glitt ihm der bunte Schaumstoff-Ball aus den Händen, den es eben noch stolz gefangen hatte. »Aus dir wird mal eine richtig gute Footballspielerin.«

»Noch mal.« Sie strampelte mit den Armen und Beinen, bis Josh sie wieder absetzte. Schnell hob sie den Ball auf und hielt ihn ihrem Dad hin.

»Okay, Schatz. Dieses Mal läufst du ein bisschen weiter und ich werfe.« Liebevoll strich er ihr mit den Fingerspitzen über die blonden Locken. »Und dann versuchst du, ihn zu fangen.«

Lilly nickte eifrig und lief los, so schnell sie ihre kurzen Beine trugen.

»Jetzt.« Joshs Stimme hallte über den Footballplatz, als er den Ball in die Richtung seiner Tochter warf.

Seit einer halben Stunde übten die beiden, damit Lilly irgendwann so gut werden konnte wie ihr Dad. Das war jedenfalls ihr Ziel, so hatte sie es mir stolz erklärt. Sie wurde nicht müde, immer wieder über den Rasen zu rennen und den Ball zu fangen. Nicht viele hatten die Chance, in einem echten Footballstadion zu spielen. Heute war ein trainingsfreier Tag, und es war so kalt, dass auch die Cheerleader die Halle vorgezogen hatten. Fröstelnd vergrub ich das Gesicht in meinem dicken, bunten Schal. Hätte ich gewusst, dass wir den Nachmittag draußen verbringen würden, hätte ich mir definitiv wärmere Klamotten angezogen.

»Willst du auch mal?« Josh war hinter mich getreten und hatte die Arme um meinen zu Eis gefrorenen Oberkörper geschlungen. Selbst durch die unzähligen Kleidungschichten bildete ich mir ein, seine Körperwärme zu spüren.

»Soll ich werfen oder fangen?« In beidem war ich grottenschlecht, was ihm durchaus bekannt war.

»Wie du willst.« Sein Kopf lag auf meiner Schulter und seine Lippen an meinem Hals. Als ich seine Zunge spürte, die langsam über meine Haut glitt, schüttelte ich sachte den Kopf.

»Du bist unmöglich.«

Seine Antwort war ein leises Lachen und ein Kuss auf meine Wange, den Lilly garantiert gesehen hatte.

»Hältst du das für eine gute Idee?« Dass ich eine Freundin ihres Dads war, hatte die Kleine verstanden und sofort akzeptiert. Doch ich war mir nicht sicher, ob sie es verstehen würde, dass Josh mich küsste.

»Lilly mag dich.« Mehr sagte er nicht dazu. Eine Erklärung, die keine war.

»Sie sollte sich nicht zu sehr an mich gewöhnen.« Es auszusprechen tat weh, doch einer von uns beiden musste vernünftig sein – und Josh schien diesen Part nicht übernehmen zu wollen. Sobald er nach Philadelphia oder wohin auch immer zog, würde mich Lilly nicht mehr sehen. Da war es besser, wenn sie keine enge Beziehung zu mir aufbaute.

»Müssen wir darüber reden?« Er klang genervt, ließ mich jedoch nicht los. »Bis jetzt habe ich überhaupt noch keine Angebote.«

Doch die waren nur eine Frage der Zeit. Das wusste er genauso gut wie ich. »Nimmst du sie mit?«

»Lilly?«

Mein Blick wanderte zu dem hinreißenden kleinen Mädchen, das in etwa zwanzig Metern Entfernung von uns mit seinem Ball spielte. Aktuell sah es mehr nach Fußball als nach Football aus, was die Kleine in der Nähe der Fünfzig-Yard-Linie veranstaltete. »Ja. Oder bleibt sie bei deinen Eltern?«

»Nein, sie zieht mit mir um.« Selten hatte ich ihn einen Satz mit so viel Bestimmtheit sagen hören. »Es wird für sie sicher nicht einfach, aber ich habe endlich die Chance, wirklich ihr Vater zu sein.«

»Das bist du auch jetzt schon.«

Er schnaubte leise dicht an meinem Ohr. »Jetzt bin ich der Typ, der sie ein- bis zweimal in der Woche bespaßt. Ein richtiger

Vater wäre jeden Tag für sie da.«

»Und deine Eltern?« Wir hatten nie darüber gesprochen, was passieren würde, wenn er ging. Sein Umzug war genauso ein Tabuthema wie unsere Trennung vor vier Jahren. Immer wieder schifften wir um diese Dinge herum, bis wir unvermeidlich mit ihnen kollidierten.

»Meine Eltern bleiben in Ohio.«

Das ergab natürlich Sinn, wenn man näher darüber nachdachte. Joshs Vater hatte hier seinen Job. Wenn ich mich recht erinnerte, machte er irgendetwas mit Immobilien.

»Mit dem, was mir ein NFL-Team zahlt, kann ich Lilly auf die beste Schule schicken und eine Nanny engagieren.«

Es war offensichtlich, dass Josh bereits intensiv darüber nachgedacht hatte, wie seine Zukunft mit Lilly in einer anderen Stadt, in einem anderen Bundesstaat, aussehen würde. »Ihr wird es sicher gefallen, wenn sie bei dir wohnen kann.« Äußerlich ruhig, versuchte ich, meine überschäumenden Emotionen so gut es ging unter Kontrolle zu halten.

»Warum reden wir jetzt über diese Scheiße, Em?« Bei seinen Worten zog er mich noch fester an sich. »Solange ich nicht weiß, wohin wir gehen, ist das alles graue Theorie.«

Wenn es doch nur so einfach wäre.

»Sanders?« Hinter uns erklang eine laute, durchringende Stimme. »Ist das deine Kleine?«

Josh löste sich von mir, und wir drehten uns beide zu dem ungebetenen Gast um. Ein großer Typ mit einer Sporttasche über der Schulter kam mit langen Schritten auf uns zu. »Hey, Coleman.« Die beiden begrüßten sich mit diesem seltsamen Schulterklopfen, wie es nur Männer taten. »Das ist Lilly.«

»Endlich lerne ich sie mal kennen.« Coleman winkte Lilly zu, was die Kleine schüchtern erwiderte. »Sehr süßes Kind. Kommt wohl eher nach der Mutter.« Bei diesem Satz fiel sein Blick auf mich.

Zeit, mich vor- und Dinge klarzustellen. »Ich bin Emily und *nicht* die Mutter.«

»Oh, ich dachte ...« Coleman sah verwirrt von mir zu Josh

und wieder zurück.

»Em, das ist Coleman, unser Fullback. Coleman, das ist Emily. Meine Freundin.«

Meine Freundin? Was zur Hölle redete er da? Während sich die beiden über das kommende Spiel der *Bucks* unterhielten, starrte ich Josh einfach nur an. Seine *Freundin* war ich schon lange nicht mehr. Und auch wenn er mich seinen Mitspielern nicht als die Frau vorstellen wollte, mit der er schlief, konnte er nicht einfach solche Dinge in die Welt setzen. Dinge, die all die Wunden wieder aufrissen, die ich mühsam geflickt hatte. Ich wollte Joshs Freundin sein. Aber nicht nur, weil er nicht wusste, wie er mich sonst nennen sollte. Wenn er so etwas sagte, musste er es verdammt noch mal auch so meinen. Stattdessen rutschte ihm diese Bezeichnung einfach so raus, als würde sie überhaupt nichts bedeuten.

Die beiden lachten über einen Witz, den Coleman gemacht hatte. Josh merkte nicht einmal, wie ich neben ihm stand und mein Herz mit jeder Sekunde ein wenig mehr brach. Weil ich ihm nicht länger dabei zusehen konnte, wie er belanglosen Small Talk betrieb, ließ ich die beiden stehen und ging zu Lilly. Die Vierjährige war in diesem Augenblick die weit bessere Gesellschaft.

Auf dem Weg zurück schwiegen wir uns an. Einzig Lilly plapperte unaufhörlich und ließ uns wissen, welche Farbe jedes einzelne Auto hatte, an dem wir vorbeifuhren.

Ich war wütend auf Josh, auch wenn ich den Grund nicht einmal genau in Worte fassen konnte. Dass er mich einfach so lapidar seine Freundin genannt hatte, ohne dass es etwas bedeutete, nagte an mir. Doch noch viel größer war die Wut darüber, dass ich mir wünschte, es wäre wirklich so. Ich war nicht nur sauer auf Josh, sondern auch auf mich selbst und auf diese ganze beschissene Situation.

Kaum hatte er auf dem Parkplatz vor meinem Wohnheim gehalten, riss ich auch schon die Autotür auf und sprang aus dem Wagen. »Auf Wiedersehen, Lilly.« Die Kleine hatte im Gegensatz zu ihrem Vater eine Verabschiedung verdient.

»Tschüss, Emily.« Sie winkte mir mit ihrer Stoffente zu, die natürlich bei unserem Ausflug dabei gewesen war.

»Was zur Hölle soll das?« Ich war keine zehn Schritte weit gekommen, als sich Josh mir in den Weg stellte. »Warum rennst du vor uns davon?«

»Ich renne nicht vor *euch* davon, ich renne vor *dir* davon. Das ist ein Unterschied.« Niemals würde er mich einfach so gehen lassen, dafür kannte ich seinen Gesichtsausdruck zu gut. Er wollte eine Erklärung. Fast hätte ich aufgrund der Absurdität der Situation gelacht. Wie ignorant musste er sein, um nicht zu wissen, warum ich wütend war?

»Okay. Gut. Warum rennst du vor *mir* davon?«

»Ist das dein Ernst? Ist das wirklich dein fucking Ernst?« Den zweiten Satz zischte ich leise, damit Lilly das Schimpfwort nicht hörte.

»Oh, Mann.« Josh trat einen Schritt zurück und fuhr sich mit beiden Händen über das Gesicht. »Was zur Hölle hätte ich Coleman denn sonst sagen sollen? Die Wahrheit?«

Also wusste er doch, worum es mir ging. »Warum nicht? Was wäre an der Wahrheit so schlimm gewesen?«

»Was ist denn die Wahrheit, Em? Ich kenne sie schon lange nicht mehr.«

Das hier würde nicht gut ausgehen. Instinktiv verschränkte ich die Arme vor der Brust. Ein minimaler Schutzschild vor all den Gefühlen, die nur Josh in mir auslösen konnte. »Wir kennen beide die Wahrheit. Sex, das ist es, worauf wir uns geeinigt haben.«

»Ach, Bullshit.« Sein Blick schien mich durchbohren zu wollen. »Das war es vom ersten Abend an nicht, und das weißt du genauso gut wie ich.«

»Wir hatten Regeln.« Regeln, denen er zugestimmt hatte.

»Wie oft haben wir *beide* die gebrochen, Em? Jedes verdammte Mal, wenn wir uns gesehen haben.«

»Genau.« Ich trat einen Schritt auf ihn zu und betonte jedes meiner nächsten Worte, indem ich mit einem Finger gegen seinen Brustkorb tippte. »Und genau das ist das Problem. Dass wir uns nicht an die Abmachungen gehalten haben und du jetzt sogar irgendwelchen Menschen erzählst, dass ich deine Freundin wäre.«

»Was zur Hölle bist du denn sonst?« Josh griff nach meinem Handgelenk und hinderte mich daran, ihn weiter zu malträtieren. »Was hätte ich Coleman sagen sollen?«

»Woher soll ich das wissen?« Ich entriss ihm meine Hand und schob sie tief in die Tasche meiner Jacke. In diesem Augenblick ertrug ich es nicht, seine Haut an meiner zu spüren. »Das, was du sonst auch in so einer Situation erzählst.«

Joshs Augen waren zu Schlitzen verengt. »Von was zum Teufel sprichst du?«

»Ich werde nicht die erste Frau gewesen sein, mit der dich die Jungs gesehen haben. Nenn mich dein Groupie oder was auch immer, aber nicht deine verdammte Freundin.« Mein Herz würde es verkraften, dass ich als sein Groupie galt. Das konnte sich nicht so beschissen anfühlen, wie in einem Nebensatz als Freundin betitelt zu werden, die ich nicht war.

»Du hast den Verstand verloren.« Josh schüttelte ungläubig den Kopf. »Coleman hat mich noch nie mit irgendeiner Frau gesehen.«

Meine Erwiderung war bösartig und so vergiftet, wie sich mein Innerstes anfühlte. »Ach, ist Coleman also neu im Team?«

Josh wurde erst blass, dann feuerrot vor Wut. Auf seiner Stirn trat eine Ader deutlich hervor. Er war ein Vulkan, der kurz vor der Explosion stand. »Das hat so keinen Sinn.« Er drehte sich um und lief mit schnellen Schritten zurück zu seinem Auto. »Ich bringe Lilly jetzt zu meinen Eltern, und danach reden wir. Unter vier Augen und nicht auf einem verdammten Parkplatz. In ungefähr einer Stunde bin ich zurück.«

»Und wenn ich dann nicht hier bin?« Es war so viel einfacher, ihm gemeine Dinge an den Kopf zu werfen, als sich damit auseinanderzusetzen, warum sich jedes Wort dieser Unterhaltung anfühlte, als wäre es unser letztes.

Die Ader auf seiner Stirn pochte. »Du wirst es nicht schaffen, mir ewig aus dem Weg zu gehen, also können wir es auch heute hinter uns bringen.«

»Was sollen wir hinter uns bringen?« Josh klang, als hätten wir dieses Gespräch ewig vor uns hergeschoben. Nicht so, als wäre es einfach nur ein Streit, der aus unüberlegten Bemerkungen entstanden war.

»In einer Stunde weißt du es.« Ohne ein weiteres Wort stieg er in den Wagen und fuhr davon.

Während ich auf ihn wartete, verging die Zeit quälend langsam. In meinem Kopf formte sich Minute um Minute ein neues Horrorszenario. Der heutige Tag würde das Ende von Josh und mir markieren. Was auch immer wir hatten, war bald vorbei. So viel war sicher.

Die Panik vor dem, was Josh mir zu sagen hatte, kroch wie ein Parasit durch meinen Körper. Ein Eindringling in meinem Herzen und meinem Verstand, den ich nicht abschütteln konnte. Wie es war, wenn er mich verließ, das wusste ich. Darin war ich geübt. Doch ehrlich zueinander sein, das hatten wir nie gekonnt. Damals nicht und heute noch viel weniger.

Was auch immer Josh besprechen wollte, ich wusste, dass ich nicht dafür bereit war. Ein lautes Klopfen schreckte mich auf. Ängstlich sah ich auf die Uhr. Es waren siebzig Minuten vergangen, seit er mich auf dem Parkplatz zurückgelassen hatte. Josh war wieder da. Und mit ihm das Ende meiner absurden Teenagerträume, von denen ich mich niemals komplett gelöst hatte.

Kaum hatte ich die Tür geöffnet, drückte er sich an mir vorbei und marschierte schnurstracks in mein Zimmer. Lange, gleichmäßige Schritte. Wie ein Soldat im Kampfeinsatz.

Langsam folgte ich ihm. Am liebsten wäre ich einfach geflüchtet. Doch er hatte recht. Wir konnten nicht vor der Wahrheit davonlaufen – egal wie hässlich ihr Gesicht auch sein mochte.

Josh stand neben meinem Schreibtisch, die Arme vor der Brust verschränkt. »Diese Scheiße muss aufhören, Emily.« Er schien keine Zeit verlieren zu wollen. »Ich kann so nicht weitermachen.«

Was sollte ich dazu sagen? Unsere schräge Beziehung war für alle Beteiligten nicht gesund, also nickte ich. »Okay.«

»Okay?« Er ließ den Kopf in den Nacken fallen und starrte kurz an die Zimmerdecke, bevor er mich erneut fixierte. »Mehr hast du dazu nicht zu sagen?«

»Was willst du von mir hören?« Er sollte froh sein, dass ich es ihm so einfach machte.

»Wie wäre es mit der Wahrheit. Nur ein einziges Mal.«

»Welche *Wahrheit* denn, bitte?« Es gab nur eine Sache, die er nicht wusste. Lieber hätte ich mir die Zunge abgebissen, als ihm meine Gefühle zu gestehen.

»Warum hast du mit mir geschlafen?« Joshs Stimme war nicht mehr so hart und durchdringend wie vor einigen Minuten, doch sie wirkte immer noch schrecklich kalt. Er stand fast bewegungslos vor mir und sah dabei aus wie eine Statue. Michelangelos David in all seiner wütenden Pracht, der ich wenig entgegenzusetzen hatte.

Nichts als all die aufgestauten Gefühle. Verwirrung. Angst. Hilflosigkeit. Und Liebe. So viel Liebe. »Wann? Wir haben mehrmals, wenn ich mich recht erinnere.«

»Du willst es mir schwer machen, oder?« Josh lehnte sich mit dem Rücken gegen die Wand. Anscheinend hatte er vor, das hier in die Länge zu ziehen. »Vermutlich habe ich das auch verdient.«

»Warum sagst du nicht einfach, was du loswerden willst, und dann beenden wir das hier.« Ob ich damit nur dieses Gespräch oder alles zwischen uns meinte, ließ ich offen. Nicht weil ich es nicht wusste, sondern weil ich es schlicht nicht über die Lippen brachte.

»Du lügst mich an, Em. Und das ist keine gute Basis.«

Am liebsten hätte ich ihn angeschrien. Er stand seelenruhig vor mir und sprach von einer ominösen *Basis*, die wir nie gehabt hatten. Eine Basis wofür überhaupt? »Wohin soll das hier führen?«

»Das kommt auf dich an.«

»Auf mich?« Das war so unglaublich lächerlich. »Warum willst du es komplizierter machen, als es ist? Warum gehst du nicht einfach nach Hause, Josh?«

»Weil es an der Zeit ist, dass wir endlich ehrlich zueinander sind. Ich habe es satt, dass ich nicht aussprechen kann, was ich empfinde.« Er stieß sich von der Wand ab und kam ein paar Schritte auf mich zu. Nicht nah genug, dass ich ihn hätte berühren können, aber ich erkannte die Enttäuschung in seinen Augen. »Ich habe es satt, dass du durchdrehst, nur weil ich dich meine Freundin nenne. Ich habe es satt, dass du dich von meiner Tochter fernhalten willst. Und ich habe vor allem diese beschissenen Regeln satt. Auf diesen Mist hätte ich mich niemals einlassen sollen.«

»Es hat dich niemand dazu gezwungen.« Trotzig reckte ich das Kinn vor. »Du hättest jederzeit aussteigen können.«

Sein Lachen war heiser und überhaupt nicht fröhlich. »Wenn ich das getan hätte, was wäre dann gewesen? Du hättest dir weiterhin eingeredet, ich würde nicht existieren. Und wenn wir dann doch mal miteinander gesprochen hätten, wären es irgendwelche dummen Beleidigungen gewesen, die wir schon viel zu lange benutzen, um unsere Gefühle nicht zeigen zu müssen.«

»Gefühle?« Wie konnte er ausgerechnet davon sprechen, wenn er mir bewiesen hatte, dass seine für mich nicht stark genug waren? »Du weißt nichts über meine Gefühle.«

»Bist du dir da sicher?« Josh machte einen weiteren Schritt nach vorn, sodass uns nur noch wenige Zentimeter trennten.

Ich nickte lediglich. Wenn er mir so nah war, konnte ich nicht denken. Nicht, wenn ich mich mit aller Kraft davon abhalten musste, die Hand nach ihm auszustrecken, um ihn ein letztes Mal zu berühren.

»Ich weiß, dass ich dir nicht so egal bin, wie du immer tust.«

Welch eine Untertreibung. Josh war mir niemals egal gewesen.

»Wir haben eine gemeinsame Vergangenheit, das solltest du nicht überbewerten.« Fast glaubte ich mir selbst.

»Das ist ein gutes Stichwort.« Josh war mir jetzt so nah, dass ich die Wärme spürte, die von seinem Körper ausging.

»Über die reden wir aber nicht.« Er hatte mir versprochen, dass er unsere Trennung auf sich beruhen lassen würde.

»Und ob wir das tun.« Mein Zimmer war so klein, dass er nur einen Schritt nach links machen musste, um direkt vor meinem Bett zu stehen. Ohne auf mein Okay zu warten, setzte er sich. »Das ist längst überfällig.«

»Nein.« Ich versuchte, gleichgültig zu klingen – als würde mir bei seinem Anblick nicht das Herz aus der Brust gerissen. »Wir waren uns einig, dass wir das nicht tun.«

»Es gibt sonst keine verdammte Regel, die wir nicht gebrochen haben, Em.« Seine Wut schien verflogen. Wie er da auf meinem Bett saß, die Ellenbogen auf den Knien abgestützt, wirkte er resigniert. Obwohl das keinerlei Sinn ergab. »Hör dir an, was ich zu sagen habe. Bitte.«

Nur ein Masochist hätte seiner Bitte zugestimmt. Dass Josh mich nicht so geliebt hatte wie ich ihn, war kein Geheimnis. Ich hatte mich vier lange Jahre versucht, damit zu arrangieren. Es aus seinem Mund bestätigt zu bekommen, wäre nur zusätzliche Folter. »Warum machst du es mir so schwer?« Ich schloss kurz die Augen, um mich zu sammeln. Wenn ich ihn ansah, bekam ich meine Emotionen nicht unter Kontrolle. Ich brauchte den kurzen Augenblick nur mit mir und meinen Gedanken, um einen Weg zu finden, ihm unmissverständlich klarzumachen, dass ich auf seine große Offenbarung verzichten konnte. »Wenn es dir darum geht, dass ich dir verzeihe, dann ... okay. Ich verzeihe dir, du bist kein Scheißkerl.«

»Du glaubst, dass es mir darum geht?«

Hilflos sah ich ihn an. »Worum sonst?«

»Ich *weiß*, dass ich ein Scheißkerl bin, Em. Daran wird nichts, was du oder ich sagen könnten, etwas ändern.« Josh fuhr sich mit der Hand über den Nacken. Sein nervöser Tick, den ich schon so oft gesehen hatte. »Aber ich will, dass du es verstehst.

Dass du es wirklich verstehst und nicht weiter an eine Version glaubst, die du dir zurechtgelegt hast.«

»Wozu?« Weil ich nicht wusste, wohin mit meinen Händen, zupfte ich mit den Fingern immer wieder am Saum meines T-Shirts herum. Josh hatte seine Ticks, ich hatte meine. »Es ändert doch nichts.«

»Nein, vielleicht tut es das nicht, aber du solltest wissen, was der Grund dafür war, dass ich wie ein fucking Loser vor deiner Tür gestanden und nicht den Mut gefunden habe, dir die ganze Wahrheit zu sagen.« Sein Blick war flehend, und am liebsten hätte ich ihn in den Arm genommen. Etwas, das ich auf gar keinen Fall tun sollte, wenn ich es uns beiden nicht noch schwerer machen wollte. Also stand ich still vor ihm und wartete, dass er weitersprach. Mein Herz schlug dabei so laut in meiner Brust, dass ich mir sicher war, Josh konnte es hören. »Du denkst, dass ich dich verlassen habe, weil ich wieder mit Vanessa zusammen sein wollte. Das stimmt nicht, Em. Ich wollte keine Beziehung mit Vanessa.«

»Ist ein bisschen schwierig, dir das zu glauben.« Wir waren noch keine Woche getrennt gewesen, als mir jemand davon erzählt hatte, dass Josh und Vanessa wieder ein Paar waren. Nicht einmal sieben verdammte Tage hatte er gewartet.

»Damals dachte ich, ich tue das Richtige. Ich habe wirklich daran geglaubt, weißt du?« Er verschränkte die Finger in seinem Schoß, bis die Knöchel weiß hervortraten.

»Das Richtige?« Nichts von dem, was er gesagt hatte, hörte sich *richtig* an.

»Ich wollte nicht, dass mein Kind ohne Vater aufwächst.« Hatte er mich am Anfang unseres Streits noch hitzig mit seinen Blicken durchbohrt, sah er mich jetzt nicht mehr an. Stattdessen betrachtete er den billigen Teppichboden zu unseren Füßen. »Ich habe dich nicht mit ihr betrogen, falls du das in all den Jahren gedacht hast.«

Ganz langsam realisierte ich, was er da gerade gesagt hatte. »Sie ist ... da bereits schwanger gewesen?«

Unsicher, ob meine Beine mich noch länger tragen würden,

ließ ich mich an der Tür in meinem Rücken zu Boden gleiten. Bis vor ein paar Sekunden hatte ich angenommen, dass Vanessa erst nach unserer Trennung schwanger geworden war. Das war damals erzählt worden. Oder es war die Version der Wahrheit, an die ich hatte glauben wollen. Es war die Version, die mir mit ihrer hässlichen Fratze bestätigte, was ich glaubte, zu wissen. Dass Josh mich nie geliebt hatte und ich nur ein Zeitvertreib für ihn gewesen war.

»Deswegen bin ich mit ihr nach Michigan. Sie hatte Angst und wollte in der Nähe ihrer Mom sein.« Er vergrub den Kopf in den Händen, sodass ich Mühe hatte, die nächsten Worte zu verstehen. »Das habe ich fantastisch hinbekommen, nicht wahr? Heute lebt Lilly bei meinen Eltern, und ich sehe sie fast nur am Wochenende. Ich habe nicht nur unsere Beziehung weggeworfen, ich habe es auch noch völlig umsonst getan.«

Ich traute mich nicht einmal, zu atmen, während Josh nach Worten rang. Es war zu viel Ehrlichkeit auf einmal – und doch nicht genug. Er hatte mich für Lilly verlassen. Jahrelang hatte ich geglaubt, dass Vanessa allein der Grund gewesen war.

»Mit siebzehn ist man ein verdammter Idiot, aber das wird einem leider erst später klar.« Er hob den Kopf und verzog den Mund zu dem traurigsten Lächeln, das ich jemals gesehen hatte. »Ich wollte nicht wieder mit Vanessa zusammen sein, aber ich habe es trotzdem getan. Für Lilly. Weil ich dachte, es wäre ... richtig. Weil ich dachte, das würde von mir erwartet. *Meinen Mann stehen, die Verantwortung übernehmen* und der ganze Mist.«

»Vielleicht war es das. Vielleicht war es richtig.« Es kostetet mich unglaubliche Kraft, diese beiden Sätze auszusprechen. Denn ein Teil von mir glaubte daran, dass ein Kind nicht ohne seinen Vater aufwachsen sollte. Dass Eltern alles versuchen mussten, um eine Beziehung zu kitten. Von meinen eigenen hätte ich mir genau das gewünscht.

»Nein, das war es nicht.« Josh schüttelte vehement den Kopf. »Ich hätte mich auch um Lilly kümmern können, ohne mit Vanessa zusammen zu sein. Vielleicht wäre das am Ende sogar besser gewesen. Wir waren beide so verdammt unglücklich.

Vanessa, weil sie kein Kind wollte, und ich, weil ich dieses Leben mit ihr gehasst habe. Weil ich ein Leben ohne dich nur hassen konnte.«

»Warum hast du mir das nie gesagt?« Meine Stimme war so schwach, wie ich mich fühlte. Sie war voller Angst. »Ich hätte es verstanden.«

»Was hätte ich dir sagen sollen, Em? Dass ich so dumm war, meine Ex-Freundin zu schwängern, und zu ihr zurückgegangen bin, obwohl ich dich geliebt habe? Hättest du das hören wollen?«

»Du hast ...« Damals hatten wir es nie so direkt ausgesprochen.

Josh erhob sich von meinem Bett, kam auf mich zu und setzte sich vor mir auf den Boden. Ich konnte nicht anders, als ihn einfach nur anzusehen. Die braunen Augen, in denen so viel Liebe für Lilly lag. Die Lippen, die so zärtlich küssen konnten. Die Augenbrauen, die sich oft mürrisch zusammenzogen, wenn ich ihn ärgerte. »Natürlich habe ich dich damals geliebt.« Er griff nach meiner rechten Hand und hielt sie fest in seiner. »Viel zu sehr für die kurze Zeit, in der wir zusammen waren.«

»Hast du nicht.« Der Satz platzte instinktiv aus mir heraus. Woran ich jahrelang geglaubt hatte, würde sinnbildlich in Flammen aufgehen, wenn Josh die Wahrheit sagte. All die Gedanken, an die ich mich stets geklammert hatte, wären nichts wert gewesen.

»Doch, Em. Das habe ich.« Er lehnte seine Stirn zaghaft an meine.

»Ich wünschte, du wärst ehrlich gewesen.« Vielleicht wäre er trotzdem nicht bei mir geblieben. Vielleicht hätte es nichts geändert. Vielleicht wären wir jetzt in exakt derselben Situation.

»Das ist noch nicht alles.«

»Nein.« Mehr würde ich an einem Tag nicht ertragen können. »Bitte nicht.«

»Nur noch eine Sache.« Er drehte den Kopf leicht und fand mit seinen Lippen meine Schläfe. Der Kuss war sanft und unschuldig. »Du sollst alles wissen.«

»Ist es schlimm?« Innerlich versuchte ich, mich gegen die nächste Offenbarung zu wappnen, die mir sicher nicht gefallen würde.

Josh rückte ein Stückchen von mir ab. »Schlimm würde ich es nicht nennen. Aber ob du es hören willst, weiß ich auch nicht.«

»Will ich nicht.«

Meine Erwiderung entlockte ihm ein zaghaftes Lächeln. Das erste echte in den letzten Minuten. »Du bist kein Feigling.«

»Oh, doch. Das bin ich.« Josh irrte sich. Alles, was mit ihm zu tun hatte, ängstigte mich. Die Erinnerungen. Die Gegenwart. Und die Zukunft. »Die ganzen Regeln sind entstanden, weil ich genau das bin. Ein riesengroßer Feigling.«

»Und dennoch hast du dich wieder auf mich eingelassen.«

»Das war nicht mutig. Das war dumm.«

»Autsch.« Joshs Lächeln war bei meinen Worten schlagartig verschwunden.

»Es war dumm, weil ich wusste, wie es endet.« Er würde mir wehtun, ob er das wollte oder nicht. Durch alte Wunden, die wieder aufgerissen wurden - und den Umzug in einen anderen Bundesstaat.

»Muss es denn enden?«

Jetzt war ich diejenige, die ungläubig lachte. Jedes Wort tat weh, weil ich mit aller Macht versuchte, meine Tränen zu unterdrücken. Meine Kehle war wie zugeschnürt, als würde mich mein Körper davor beschützen wollen, Dinge zu sagen, die ich besser für mich behielt. »Natürlich muss es enden.« Dabei hatte es nicht einmal richtig begonnen. Das zwischen uns sollte nie mehr als ein Sex-Ding sein. Was für ein lächerlicher Gedanke. Die wenigstens Affären endeten vermutlich damit, dass man sich weinend gegenübersaß.

»Ich kann nicht in Ohio bleiben.« Josh atmete ein paar Mal schwer ein und wieder aus. »Das Angebot aus Philadelphia ist zu gut.«

Erschrocken hob ich den Kopf. »Sie haben dir bereits ein Angebot gemacht?« Damit wurde meine schlimmste Befürchtung wahr. Josh würde mich zum zweiten Mal verlassen.

»Kein offizielles, aber sie wollen mich haben. Ich treffe mich nächste Woche mit meinem Agenten, und dann handeln wir die Einzelheiten aus.«

»Du hast einen Agenten?«

Er nickte. »Seit zwei Jahren.«

Theoretisch war mir das alles klar. Ich wusste genug über Football, um die Regeln des jährlichen Drafts zu verstehen. Doch dass Josh eins von den Talenten war, denen man obszön hohe Angebote machte, um sie sich für das eigene Team zu sichern, das war mir bis zu diesem Augenblick nicht bewusst gewesen. Oder ich hatte es einfach nur nicht sehen wollen. »Also Philadelphia dann?«

»Wahrscheinlich. Ja.« Er strich mit seinen Fingerspitzen über meine Wange, fast so, als wollte er mich beruhigen. »Das war es aber nicht, worüber ich noch mit dir sprechen wollte.« Mit halb geschlossenen Augen beobachtete ich, wie er unsicher nach Worten suchte. »Eigentlich hatte ich mir das anders vorgestellt.«

»Du bist mir keine Rechenschaft schuldig. Wenn du nach Philadelphia gehen willst, dann tu das.« Mein Herz schmerzte mit jedem Wort, mit jeder Silbe, ein wenig mehr. »Ich freue mich für dich. Das ist eine große Chance und ...«

Weiter kam ich nicht. Mein Schwall an fadenscheinigen Lügen, die ich mir selbst in den letzten Wochen immer wieder eingeredet hatte und jetzt Josh auftischte, wurde durch seine Lippen unterbrochen, die sich auf meine legten.

Richtig wäre es gewesen, mich von ihm zu lösen. Diesen Kuss zu unterbrechen. Doch ich war nicht stark genug, um das Richtige zu tun. Wenn dies meine letzte Gelegenheit war, Josh zu küssen, wollte ich jede Sekunde davon voll auskosten. Ohne den Kuss zu unterbrechen, kletterte ich auf seinen Schoß, verschränkte die Beine hinter seinem Rücken und drängte mich ihm entgegen. Wir waren uns so nah, wie sich zwei Menschen, die vollkommen angezogen waren, nur sein konnten. Er biss in meine Unterlippe, weil er wusste, wie sehr ich das mochte. Seine Hände fuhren meinen Rücken auf und ab, weil ich schon immer unter diesen Liebkosungen dahingeschmolzen war. Alles am jeweils anderen war uns so vertraut. Wie konnte es dann möglich sein, dass dieser Kuss, der sich wie ein Anfang anfühlte, doch ein Ende war?

»Ich muss dir immer noch was sagen, Em«, murmelte Josh leise. Doch das war nicht genug, um mich dazu zu bringen, diesen Moment enden zu lassen.

Was immer es war, es konnte nicht besser sein als das hier. Ohne seinen leisen Protest zu beachten, schmiegte ich mich enger an ihn. Presste meine Lippen in einem verzweifelten Versuch, das Unausweichliche aufzuhalten, noch einmal auf seine.

Ich gewann wertvolle Augenblicke, die jedoch nicht ewig andauern konnten. Josh löste sich erneut von mir und lehnte sich so weit nach hinten, dass die Botschaft unmissverständlich war. »Lass mich das bitte tun. Ich bin schon nervös genug.« In einer hinreißenden Geste presste er die Lippen, die von unseren Küssen geschwollen waren, fest aufeinander.

Wenn er nervös war, konnte das nichts Gutes verheißen. »Was willst du mir sagen?« Selten hatte ich so viel Angst vor einer Antwort gehabt.

»Du hast das vorhin falsch verstanden, glaube ich. Und das würde ich gern richtigstellen.«

Ich hatte keine Ahnung, wovon er sprach. »Das mit Philadelphia?«

»Nein. Die andere Sache.« Wie schon vor einigen Minuten rieb er sich mit der Hand über den Nacken.

»Welche andere Sache?«

»Du machst es mir nicht einfach, Em.« Ein leicht verzweifeltes Lächeln stahl sich auf seine Gesichtszüge. »Aber einfach war es zwischen uns noch nie. Warum sollte es das jetzt sein?«

Wieso redete er die ganze Zeit um das herum, was er wirklich sagen wollte? Wir wussten beide, dass es einer von uns aussprechen musste. »Es ist okay.« Ich in Columbus, er in Ohio, das würde niemals funktionieren.

»Es ist ... *okay*?«

»Ja.« Ein zaghaftes Nicken unterstrich meine Worte. »Ich habe das alles vorher gewusst.«

»Stopp!« Josh legte seine Hände an meine Wangen. »Wovon du auch immer redest, es hat nichts mit dem zu tun, was ich dir seit Wochen erklären will. Ich habe niemals damit aufgehört.« Sein Lächeln war nur angedeutet, bevor es von einem sehr ernsten Gesichtsausdruck abgelöst wurde. »Ich liebe dich. Das habe ich damals getan, und das tue ich auch heute noch.«

»Du ...« Mein Gehirn brauchte kurz, um das Gehörte zu verarbeiten. »Du tust was?«

»Ich liebe dich.« Da waren diese drei Worte schon wieder, die keinen Sinn ergaben. »Und da du es abstreiten wirst, wiederhole ich es auch noch hundertmal, wenn du es mir dann vielleicht glaubst. Ich liebe dich.« Als könnte er mich dadurch hypnotisieren, fuhren seine Händen in gleichmäßigen Bewegungen über meine Wangen. »Auf diese ganzen dummen Regeln habe ich mich nur eingelassen, um dir wieder nah zu sein.«

»Es war Sex.« So war es geplant gewesen. Er konnte nicht einfach daherkommen und mit solchen Geständnissen alles durcheinanderbringen, um danach nach Philadelphia abzuhauen. »Nur Sex.«

»Der war eine fantastische Zugabe.« Josh zog mich an seine Brust, sodass mein Gesicht an seinem weichen T-Shirt lag. »Aber ich hätte mich auf den Irrsinn auch ohne Sex eingelassen.«

Sein Herz schlug rasend schnell in seiner Brust und passte nicht zu seinen ruhigen, wohlüberlegten Worten. Josh liebte mich. Wenn er mir nicht gerade die größte Lüge der Welt aufgetischt hatte, dann liebte er mich tatsächlich. Es war einfach, sich daran zu gewöhnen, dass manche Dinge nur Wunschträume blieben. Damit konfrontiert zu werden, dass sie vielleicht doch wahr wurden, war so viel schwerer. Josh zu lieben und es tief in mir zu verstecken, wo es niemand finden konnte, darin war ich gut. Mit ihm über dieses Gefühl zu sprechen, darin war ich fürchterlich schlecht.

»Möchtest du vielleicht auch etwas dazu sagen?« In seiner Stimme lag so viel Hoffnung, dass ich die Tränen erneut nicht zurückhalten konnte.

Liebe sollte sich nicht so anfühlen. Josh liebte mich, und alles, was ich tun wollte, war davonzulaufen.

»Em? Komm schon, du machst mir langsam Angst.«

Zögerlich hob ich den Kopf, um ihn anzusehen. Es verstrichen lange Sekunden, die mir jedoch nicht halfen, die richtigen Worte zu finden. Also musste ich es mit den falschen versuchen, wenn ich ihn nicht weiter quälen wollte. »Du liebst mich?« Meine Stimme war lediglich ein Flüstern, fast so, als würde jedes laute Geräusch die täuschend echt wirkende Illusion zerstören. Josh nickte. Wenn ich vor einigen Minuten vielleicht noch an der Aufrichtigkeit seines Geständnisses gezweifelt hatte, sah ich ihm jetzt an, dass er es ernst meinte. Ich las in seiner Mimik all das, was er in den letzten Wochen vor mir versteckt hatte. In den Wochen, in denen er sich auf mein dummes Spiel eingelassen hatte. »Und du gehst nach Philadelphia?«

Die verschiedensten Emotionen huschten über seine Gesichtszüge. Verwirrung. Hoffnung. Angst. Liebe. »Das Angebot kann ich nicht ablehnen. Es geht einfach nicht.«

»Für Lilly.« Seine Tochter sollte genau das Leben haben, das er sich für sie ausgemalt hatte. Sie sollte bei ihm aufwachsen und alles bekommen, was sie brauchte. Mit dem Geld, das er in der NFL verdienen würde, wäre es so leicht, für die Kleine zu sorgen. Wenn er es richtig anstellte, würde sie sich ihr Leben lang keine Sorgen machen müssen.

»Ja. Für Lilly und für mich.« Josh griff erneut nach meiner Hand, doch dieses Mal entzog ich sie ihm und schob sie unter mein T-Shirt. »Das ist mein Traum, seit ich sechs Jahre alt bin.« Seine Erklärung klang fast wie eine Entschuldigung. Und das war nicht richtig. Überhaupt nicht richtig.

»Ich verstehe das. Es ist wahrscheinlich die größte Chance, die du jemals bekommen wirst.« Mein Herz krampfte sich bei den nächsten Worten schmerzhaft zusammen. »Und diese Chance darfst du nicht verpassen.«

»Das heißt aber nicht, dass wir beide schlussmachen müssen.« Er rieb ein paar Mal mit den Handflächen über den Stoff seiner Jeans, als könnte er sich dadurch beruhigen. »Philadelphia ist zwei Flugstunden entfernt. Du könntest uns besuchen.«

»Wir müssen nicht schlussmachen, wir waren nie zusammen.«

»Das stimmt nicht, Em.« Mit den Fingerspitzen tippte er ganz vorsichtig gegen meinen Brustkorb. Genau auf die Stelle, wo sich mein Herz befand. »Da drin weißt du ganz genau, dass wir mehr sind als nur Sex.«

Aufgebracht und von meinen Emotionen getrieben, sprang ich auf die Füße. In diesem Augenblick ertrug ich es nicht länger, Josh so nah zu sein. »Du wirst nach Philadelphia gehen. Was spielt es da für eine Rolle, was ich empfinde?«

Joshs Blick folgte mir, während ich in meinem kleinen Zimmer auf und ab lief. »Wir könnten versuchen, es hinzukriegen. Gemeinsam.«

»Eine Fernbeziehung?« Es war nicht so, als hätte ich darüber nicht bereits nachgedacht. Seit ich von Philadelphia wusste, schwirrte nichts anderes in meinem Kopf herum. Ich wollte eine Lösung finden, wo es doch keine gab.

»Bei Noah und Grace funktioniert es auch.«

»Wir sind aber nicht Noah und Grace.« Hilflos fuhr ich mir mit den Händen durchs Haar. »Es sollte nur Sex sein. Nicht mehr.« Immer mehr klammerte ich mich an diesen einen Gedanken, der zu meinem Rettungsanker wurde. »Ich will keine Fernbeziehung mit dir.« Und das war die absolute Wahrheit. Wenn er in Philadelphia zum gefeierten NFL-Star wurde, wollte ich nicht in Ohio hocken und mich ständig fragen müssen, ob ich auch morgen noch genug für ihn sein würde. Vor vier Jahren war ich es nicht gewesen, und auch wenn ich seine Beweggründe mittlerweile verstand, hatte er sich gegen mich entschieden. Weil seine Gefühle nicht ausgereicht hatten, um mir die Wahrheit zu sagen. Damals hatte ich ihn mehr geliebt als er mich, und auch wenn ich ihm glaubte, dass seine Gefühle für mich nicht gespielt waren, vertraute ich ihnen nicht.

»Du weißt, dass ich nicht in Ohio bleiben kann.« Äußerlich völlig ruhig, lagen so viele Emotionen in seiner Stimme. Sie brach am Ende des Satzes, und mit ihr auch mein Herz. »Wir können es schaffen, wenn du uns nicht aufgibst.«

»Nein.« Zaghaft schüttelte ich immer wieder den Kopf. »Das will ich nicht.«

»Warum nicht?« Er erhob sich vom Boden, hielt jedoch weiterhin Abstand von mir. Weil er mich fast besser kannte als ich mich selbst, wusste er, dass er mich mit zu viel Nähe nur weiter in die Enge treiben würde. »Beantwortest du mir eine Frage? Nur eine einzige.«

Bevor er sie überhaupt gestellt hatte, wusste ich, worum es ihm ging. »Die Antwort ist *nein*.« *Nein, ich liebe dich nicht mehr.* Eine so infame Lüge, dass mein Puls in meinen Ohren zu rauschen begann, und ich nichts mehr sah außer der Enttäuschung in Joshs Gesicht.

»Ich glaube dir nicht.« Mit all der Starrköpfigkeit, die ich so gut an ihm kannte, funkelte er mich an. »Du lügst. Ich weiß nur nicht, warum.«

Weil ich nicht darauf vertraue, dass du mich in ein paar Monaten auch noch willst. Weil du mir schon einmal das Herz gebrochen hast. Weil ich nicht so enden will wie meine Mom ... Sie hatte meinen Dad ihr Leben lang mehr geliebt als er sie, und genau das hatte sie zerstört. Auch wenn Josh jetzt davon überzeugt war, dass er mich liebte, reichte das nicht aus, um mir diese Angst zu nehmen. Die Furcht davor, wie Mom für immer an einem Mann zu hängen, für den ich austauschbar war. Vielleicht war es unfair, dass ich ihm Vanessa insgeheim immer noch vorhielt, doch Angst brachte oft die hässlichsten Seiten in Menschen hervor. Ich war da keine Ausnahme. »Wollen wir es nicht freundschaftlich beenden?« Mir fehlte die Kraft für eine wütende Abschiedsszene, in der wir uns anschrien und die gemeinsten Dinge an den Kopf warfen. Ich brauchte all meine Stärke, um mich davon abzuhalten, Josh die Wahrheit zu sagen. Dass ich ihn liebte wie noch keinen Menschen zuvor. Doch dass ich zu feige war, mein Herz in seine Hände zu legen.

»Du willst es *freundschaftlich* beenden?« Er wiederholte meine Worte so leise, dass ich ihn kaum verstand. »Was ich für dich empfinde, hat wenig mit Freundschaft zu tun.«

»Es tut mir leid.« Hastig wischte ich mir ein paar Tränen von den Wangen. »Es tut mir alles so schrecklich leid.«

»Das heißt, ich gehe jetzt durch diese Tür und das war es dann?« Josh streckte die Hand nach mir aus, um sie im nächsten Moment zurückzuziehen und in die Tasche seiner Jeans zu stecken. »Du wirfst uns weg, weil du aus irgendeinem Grund nicht zugeben kannst, dass du mich liebst?«

»Woher willst du wissen, dass ich dich liebe?«

Lange sah Josh mich einfach nur an. Unter seinen Blicken fühlte ich mich verletzlich, fast nackt. Als könnte ich nichts von dem vor ihm verstecken, was unter allen Umständen mein Geheimnis bleiben sollte. »Ich liebe dich, Emily.« Da waren schon wieder diese verdammten Worte, die mir den Boden unter den Füßen wegzogen. »Und wenn du keine Angst mehr hast, lass es mich wissen.« Josh überwand die letzte Distanz zwischen uns und war mir so nah, dass ich mich nur nach vorne lehnen musste, um ihn zu berühren. Es kostete mich unendliche Kraft, genau das nicht zu tun. Seine Lippen fanden meine Stirn in einem flüchtigen Kuss. Ein Versprechen. Ein Abschied. Ich wusste es nicht. »Wenn du so weit bist, bin ich da.« Leise Worte, geflüstert gegen meine Haut, die sich heiß und kalt zugleich anfühlte. Mit dem nächsten Atemzug war er verschwunden, und ich hörte, wie die Wohnungstür ins Schloss fiel.

19. Kapitel

Die nächsten Wochen verstrichen, ohne dass ich bewusst am Leben teilnahm. Ich ging zur Uni, ich arbeitete im *Buddha's Kitchen*, ich schaffte es sogar, meine Zeichnungen rechtzeitig fertigzustellen und an Weihnachten bei meiner Mom mein fröhlichstes Gesicht aufzusetzen. Von außen betrachtet, wäre niemand auf die Idee gekommen, dass etwas nicht stimmte. Doch Grace war niemand, der mich von außen sah. Sie war hautnah dabei, wenn ich auf meinem Bett saß und mir stundenlang die Zeichnungen ansah, die ich von Josh angefertigt hatte. Oder wenn ich mir immer wieder all die Textnachrichten durchlas, die er und ich in den vergangenen Wochen ausgetauscht hatten. Grace war Zeuge, wie ich mit zusammengepressten Lippen den Coffeeshop verließ, als ein junges Mädchen in einem Trikot der *Bucks* mit Joshs Rückennummer durch die Tür kam. Vor der ganzen Welt vermochte ich mein gebrochenes Herz zu verstecken, doch nicht vor Grace.

»Hast du heute schon was vor?« Es war Freitag, und eins der wenigen Wochenenden stand bevor, an denen sie nicht zu Noah nach Chicago flog. »Wir könnten mit Annie Schlittschuhlaufen gehen.«

Mein Plan war es gewesen, mich mit *Ben & Jerry's*, den besten Freunden jeder Frau mit Liebeskummer, vor den Fernseher zu setzen und mir eine neue True-Crime-Serie über die gefährlichsten Serienmörder des 20. Jahrhunderts anzusehen. »Geht ruhig ohne mich.«

»Annie ist noch nie Schlittschuh gelaufen, wusstest du das?« Grace war in ihrem Zimmer verschwunden, was sie nicht davon abhielt, sich weiter mit mir zu unterhalten. Sie hatte nur die Lautstärke merklich erhöht. »Ich kann mir nicht vorstellen, wie es ist, so aufzuwachsen. Es muss wie in einem Gefängnis gewesen sein.«

»Hm.« Meine Antwort war viel zu leise, als dass sie mich hätte hören können. Ich stand am Wohnzimmerfenster und blickte auf den Parkplatz vor dem Gebäude, der so aussah, als wäre er mit Puderzucker verziert worden. Es schneite schon den ganzen Tag immer wieder große Flocken.

»Komm schon, Em. Du kannst nicht jeden Abend hier versauern.« Grace stand mit Wollmütze, dickem Schal und Handschuhen bewaffnet im Türrahmen. »Annie würde sich bestimmt freuen.«

»Das ist keine gute Idee, ich möchte wirklich lieber zuhause bleiben.« In den letzten Wochen war ich Josh zweimal zufällig über den Weg gelaufen. Einmal hatte ich ihn nur aus der Ferne gesehen, als ich gerade auf dem Weg in die Bibliothek gewesen war. Und ein anderes Mal, als ich mittags schnell etwas essen wollte. Ich hatte die Mensa betreten und Josh sie im selben Augenblick verlassen wollen. Wie angewurzelt blieben wir beide stehen. Auch wenn es unsinnig war, versuchte ich, in seinem Gesicht Anzeichen dafür zu finden, dass er mich vermisste. Doch da war nichts. Josh sah gut aus. So gut, wie er das immer tat. Erst als mich jemand von hinten unsanft anrempelte, zwang ich mich dazu, meinen Blick von ihm zu lösen, und mit schnellen Schritten davonzueilen. Ich rannte förmlich in die Mensa, um sie am anderen Ende direkt wieder zu verlassen. In dieser Mittagspause aß ich nichts. Stattdessen hatte ich draußen in der Kälte auf einer Holzbank gesessen und mich selbst bemitleidet.

Grace vermochte, wie so oft, meine Gedanken zu lesen. »Ich glaube nicht, dass Josh an einem Freitag Eislaufen wird.«

Das nahm ich auch nicht an. Wenn er nicht beim Training war, verbrachte er den Abend vielleicht auf einer der Partys, für die ich heute überall Flyer und Plakate gesehen hatte. Irgendeine Studentenverbindung feierte einen unsinnigen Jahrestag, eine andere hatte zu einer Mottoparty geladen. Hätte ich wetten müssen, wäre mein Tipp gewesen, dass er der Studentenverbindung einen Besuch abstattete. Josh hatte Halloween früher leidenschaftlich gehasst, sodass er sich sicherlich nicht freiwillig für ein dummes Wintermotto in ein Kostüm zwängte. »Du weißt, dass ich nicht Eislaufen kann, Grace.« Ein gutes Argument. Mein bestes, wenn ich ehrlich war. Auf Kufen war ich völlig untalentiert. Eislaufen, Rollerbladen ... beides war hoffnungslos.

»Du musst auch nicht fahren. Es gibt einen tollen Stand, an dem heiße Schokolade mit Mini-Marshmallows verkauft wird.« Grace hatte ihre Winterstiefel gefunden und schlüpfte in diese dunkelblauen Fellmonster, die schon bessere Tage gesehen hatten. »Nächstes Wochenende bin ich wieder in Chicago. Ich würde wirklich gern den Abend mit dir verbringen. Komm schon. Wir beide und Annie. Wie früher.«

»Okay, okay. Du hast gewonnen.«

Und so wurde aus *Ben & Jerry's* heiße Schokolade mit Mini-Marshmallows und einem gehörigen Schluck Alkohol.

Als ich bei Tasse drei angekommen war, sah die Welt gar nicht mehr so übel aus. Grace und Annie drehten ihre Runden auf der Eisbahn, die nur wenige hundert Meter vom Campus entfernt aufgebaut worden war. Ich stand mit meinem dampfenden Kakao gegen die Bande gelehnt und beobachtete die beiden dabei, wie sie mehr oder weniger grazil an mir vorbeizogen. Annie war definitiv ein Naturtalent. Für jemanden, der noch nie zuvor mit Eis in Berührung gekommen war, bewegte sie sich nach kurzer Zeit erstaunlich sicher.

Aus riesigen Boxen ertönten kitschige Popsongs, die perfekt zu den bunten Lichteffekten passten, die auf die Fläche projiziert wurden. Carly Rae Jepsen sang *This Kiss*, was einige Eisläufer zum Anlass nahmen, ihrer Aufforderung zu folgen. Die Pärchen hielten sich an den Händen, sahen sich tief in die Augen und küssten sich. Manche stoppten dafür nicht einmal. Ohne Alkohol hätte ich diese rosarote Idylle niemals ertragen. Er vollbrachte sogar ein kleines Wunder: Mir war seit langer Zeit nicht zum Heulen zumute. Stattdessen bewegte ich mich leicht im Takt der Musik, die zu Taylor Swift und *You Belong With Me* übergegangen war. Wer auch immer für die Auswahl verantwortlich war, hatte zu viele schlechte Teenie-Filme gesehen.

Auf der anderen Seite der Eisfläche gab es die Möglichkeit, Schlittschuhe zu leihen. Die meisten Läufer besaßen keine eigenen, sodass die Schlange entsprechend lang war. Es waren ein paar bekannte Gesichter darunter. Alicia aus meinem Zeichenkurs und Matthew, mit dem ich mal ein Seminar über Bildhauerei besucht hatte. Meine Aufmerksamkeit galt jedoch dem großen Kerl, der sich eben erst angestellt hatte. Drew, einer der Defensive Ends der *Bucks*. Das Mädchen neben ihm war seine Freundin. Kate, Katie oder so ähnlich. Ich hatte die beiden schon ein paar Mal zusammen gesehen. Sie waren ein süßes Paar und lächelten sich so verliebt an, dass einem schon vom Zusehen schlecht werden konnte. Zu Katie gesellte sich nach einigen Minuten ein weiteres Mädchen. Doch mein Blick lag einzig auf ihrer Begleitung. Der Mini-Marshmallow in meinem Mund schmeckte mit einem Mal wie Gummi, als ich Zeuge wurde, wie sie Josh aufgeregt etwas erzählte. Die beiden lachten ausgelassen. Sie musste den lustigsten Witz der Welt zum Besten gegeben haben. Mit zitternden Händen stellte ich den Becher auf der Bande ab und vergrub das Gesicht in meinem Schal. In Kombination mit meiner Kapuze würde er hoffentlich dabei helfen, dass Josh mich nicht erkannte.

Es war die schlechteste Idee der Welt, einfach stehen zu bleiben und die beiden zu beobachten, doch keine Macht hätte mich davon abgehalten. Die Szene vor mir war genau das, was ich gebraucht hatte. Ein Eimer kaltes Wasser, der mich zurück in die Realität holte. Josh hatte ein Date. Mit einem Mädchen, das nicht ich war. Ich studierte jede seiner Bewegungen. Jedes Lachen. Jede zufällige Berührung. Jede noch so beiläufige Geste. All seine Liebesschwüre hatten nicht einmal ein paar Wochen überdauert. Es war eingetreten, was ich immer insgeheim gewusst hatte. Ich sog den Anblick von Josh und diesem Mädchen tief in mich auf. Wenn ich das nächste Mal heulend auf meinem Bett saß und mich bedauerte, würde ich mir genau diese Szene in Erinnerung rufen.

Doch meine Gedanken konnten nicht verhindern, dass ich

mich fühlte, als würde ein Teil von mir einen langsamen Tod sterben. Der Teil, der an Joshs Worte geglaubt hatte.

Ich war mir ziemlich sicher, dass die Footballer nicht Schlittschuhlaufen durften. Eine Verletzung, nur weil sie unvorsichtig waren, konnte kein Team brauchen. Doch Josh und Drew schienen sich nicht daran zu stören. Drew war so schlecht, dass seine Freundin alle Mühe hatte, unsanfte Stürze zu verhindern. Sie hielt ihn lachend an der Hand und redete ihm gut zu. So stellte ich mir das jedenfalls vor – ich war viel zu weit von den Vieren entfernt, um sie verstehen zu können. Josh und sein Date waren geschickter. Sie glitten nebeneinander über das Eis, als wäre es für sie gemacht. Jedes Mal, wenn sie die Stelle passierten, an der ich stand, hielt ich kurz die Luft an. Doch Josh sah mich nicht. Er war viel zu sehr damit beschäftigt, sich mit seinem Date zu unterhalten.

Der Versuch, mir einzureden, dass es so besser wäre, scheiterte grandios. In der einen Sekunde war ich froh darüber, dass er anscheinend glücklich und zufrieden war, in der nächsten wollte ich ihn mit seinen falschen Schwüren konfrontieren und anbrüllen. Erst hatte er mir mit traurigen Augen versprochen, auf mich zu warten, um nur wenige Wochen später ein Date mit dieser fürchterlich sympathisch aussehenden Brünetten zu haben.

Josh glitt an Grace vorbei, die blitzschnell die Hand nach ihm ausstreckte und ihn zum Stehen brachte. Er umarmte sie kurz mitten auf der Eisfläche, bevor der Blick meiner besten Freundin auf die junge Frau neben Josh fiel. Auch mit ihr wechselte sie ein paar Worte, doch zu diesem Zeitpunkt schenkte Josh der Unterhaltung schon keine Beachtung mehr. Er drehte sich langsam um die eigene Achse, als würde er sich nach etwas – oder nach jemandem – umsehen. Es dauerte keine zehn Sekunden, bis er mich entdeckte. Obwohl ich meine dicksten Klamotten trug und der Kakao mich von innen wärmte, wurde mir immer kälter, je länger er mich ansah.

Aus den Boxen dröhnte Selena Gomez mit *Love You Like A Love Song,* als er Grace und sein Date stehen ließ, um die Distanz zwischen uns zu überwinden. Genau mir gegenüber, keinen halben Meter entfernt, kam er auf der anderen Seite der Bande zum Stehen. »Hey, Em.«

Nach all den Wochen seine Stimme wieder zu hören, war Folter und Erleichterung zugleich. Diese Stimme, die mich bis in meine Träume verfolgt hatte. Die mich ein paar Dutzend Mal fast dazu gebracht hätte, ihn einfach anzurufen, um sie noch einmal hören zu können. »Hi.«

»Grace hat gesagt, dass du nicht eislaufen willst.«

Warum tat er mir das an? Warum dieser sinnlose Small Talk, der es mir nur viel schwerer machte? Zaghaft schüttelte ich den Kopf. »Ich bin nicht gut darin.« Mein wahres Talent lag darin, Josh und sein Date zu beobachten, während ich mich mit einer Alkohol-Kakao-Mischung betrank.

»So kompliziert ist es nicht.« Sein Lächeln war so entwaffnend, dass es mir schwerfiel, zu antworten.

»Niemand will sehen, wie ich ständig auf der Nase lande.« Ich selbst wollte das definitiv nicht erleben. Nicht vor Josh und dieser Brünetten, die über das Eis glitt, als wäre sie mit Schlittschuhen an den Füßen geboren worden.

»Ich kann es dir zeigen.« Auf seiner linken Wange zeichnete sich das Grübchen ab, das ich so sehr mochte. »Wenn du willst.«

»Das dürfte deinem Date nicht gefallen.« Es fiel mir unglaublich schwer, jegliche Enttäuschung aus meiner Stimme zu verbannen – mir ein wenig Selbstachtung zu bewahren und nicht wie eine eifersüchtige Hexe zu klingen. Ich hatte Josh weggeschickt, er konnte so viele Dates haben, wie er wollte.

»Du bist eifersüchtig.« Das breite Grinsen brachte seine braunen Augen zum Leuchten und mich dazu, mich tiefer in meinem Schal zu vergraben.

»Bin ich nicht.« Mein Protest klang lahm und unehrlich. Was vermutlich daran lag, dass er unehrlicher nicht hätte sein können. Natürlich war ich eifersüchtig, auch wenn ich keinerlei Recht dazu hatte.

»Okay, du bist also nicht eifersüchtig.« Es war schrecklich offensichtlich, dass er mir keine Silbe glaubte. »Soll ich dir Stella vorstellen? Du würdest sie sicher mögen.«

Meine kühle Fassade bröckelte mit jedem seiner Worte etwas mehr. »Willst du mich verarschen?« Das konnte nicht sein Ernst sein.

»Nein.« Josh zuckte mit den Schultern, als wäre er nicht gerade dabei, meinem angeschlagenen Herzen den Rest zu geben.

Mein Puls schlug noch viel schneller als der Beat dieses fürchterlichen Popsongs, der die Eisfläche beschallte. »Du bist nie grausam zu mir gewesen.« Bis heute. »Natürlich will ich nicht, dass du mir dein fucking Date vorstellst, auch wenn sie vermutlich so liebenswert wie Mutter Teresa und so gut im Bett wie ...«, mir wollte kein passender Name einfallen, »wie irgendein verdammter Pornostar ist. Mich interessiert nicht, mit wem du abhängst, Sanders.« Mein Atem ging schwer, als ich meinen kleinen Ausbruch beendet hatte.

Wieder zuckte er mit den Schultern, was er vermutlich nur tat, um mich zur Weißglut zu treiben. »Bist du sicher, dass du nicht eifersüchtig bist, Em?«

»Ganz sicher.« Meine Antwort war ein Zischen. »Wenn ich gewollt hätte, hätte ich dich haben können.« So gleichgültig, wie es mir nur möglich war, zwinkerte ich ihm zu. »Aber ich wollte dich nicht.« Joshs Grinsen war bei meinen Worten verschwunden und einem neutralen Gesichtsausdruck gewichen. Er war nicht einmal verletzt oder sauer. Die Erkenntnis, dass ich ihm so gleichgültig war, änderte nichts daran, dass ich am liebsten alles zurückgenommen und mich an seine Brust geworfen hätte. Theoretisch konnte ich mich einfach umdrehen und abhauen. Grace hätte es verstanden und wäre mir nicht böse gewesen, doch ich wollte nicht vor Josh einknicken. Ihm nicht dieses Territorium überlassen, auch wenn es nur eine dämliche Eislaufbahn war. »Dein Date wartet sicher schon auf dich.« Tat sie nicht, doch das konnte Josh nicht sehen, da er mit dem Rücken zur Bahn stand. Stella drehte mit Drew und seiner Freundin fröhlich ihre Runden und schien Josh kein bisschen zu vermissen. Sie hatte nicht einmal in unsere Richtung gesehen.

Anstatt sich umzudrehen und zu verschwinden, glitt Josh ein weiteres Stück nach vorn. Auf den Schlittschuhen war er riesig groß. »So wird das nicht funktionieren, Em.«

Was zum Teufel sollte das bedeuten? »Wovon sprichst du?« Da war schlicht nichts mehr zwischen uns, wie mir überdeutlich durch Joshs Date vor Augen geführt wurde. Er war über die Gefühle, die er geglaubt hatte, für mich zu haben, längst hinweg. Sonst wäre er heute nicht mit dieser Stella hier.

»Von uns.« Als müsse er seine Aussage einem dummen, kleinen Kind erklären, zeigte er mit dem Finger auf sich, dann auf mich.

»Es gibt kein *Uns*.« Wut und Enttäuschung kämpften in mir um die Oberhand. Entweder ich würde spätestens in fünf Minuten in Tränen ausbrechen oder ich würde ihn killen. Pazifismus hin oder her, alles hatte seine Grenzen. Und dieses selbstgefällige Grinsen auf Joshs Gesicht war nichts, was ich einfach so ignorieren konnte. Es gab keinen Grund für ihn, mir sein beschissenes Date auch noch unter die Nase zu reiben. Dass ich es gewesen war, die ihn weggeschickt und alles zwischen uns beendet hatte, ignorierte ich gekonnt. Ich war einfach nur unsagbar traurig und aufgebracht. Da war die Wut auf Josh, die Wut auf diese Stella und die Wut auf mich selbst, die mich am heftigsten traf. Solange Josh nicht in meiner Nähe war, konnte ich mir einreden, dass es besser wäre, von ihm getrennt zu sein. Doch sobald ich ihn sah, entpuppte sich dieser Gedanke als eine Lüge.

»Du vertraust mir nicht.« Eine simple Aussage, die mir trotz der Kälte den Schweiß auf die Stirn trieb.

»Warum sollte ich das tun?« Es war nicht so, als hätte er mir viel Grund dazu gegeben.

»Damit es funktionieren kann.« Sein Lächeln war traurig und nur halbherzig. »Ich habe dir gesagt, dass ich warte. Bis du keine Angst mehr hast.«

Wie konnte er seelenruhig vor mir stehen und mich an unseren letzten Abend erinnern? Es waren mehr als acht Wochen vergangen und ganz offensichtlich war er längst darüber hinweg. »Weiß Stella, dass du auf mich *wartest*?« Das letzte Wort betonte ich mit so viel Abscheu, wie ich aufbringen konnte.

»Es ist okay, Em.« Josh griff nach meiner Hand, die die Bande so fest umklammerte, als könnte ich so dem Emotionsstrudel entrinnen, in den ich zu fallen drohte. Sanft verschränkte er seine Finger mit meinen und betrachtete sie, bevor er mir wieder in die Augen sah. »Jedes Wort war ernst gemeint. Auch wenn ich verstehe, dass du misstrauisch bist.«

Meine pinkfarbenen Wollhandschuhe konnten nicht verhindern, dass ich die Wärme spürte, die von ihm ausging. Sie breitete sich von meinen Fingern, durch meinen ganzen Körper, bis in die hintersten, dunklen Winkel meiner Gedanken aus. »Du hast ein Date.« Und das war zu diesem Zeitpunkt alles, was mich davon abhielt, über die Bande zu springen und ihm dieses traurige Lächeln aus dem Gesicht zu küssen.

»Ja, ich habe heute ein Date.«

Seine Bestätigung fegte das letzte bisschen Hoffnung hinweg. Es wurde von einem dumpfen Schmerz in meiner Brust abgelöst. »Und trotzdem sagst du mir, dass ich dir vertrauen soll?« Mein Lachen war heiser und unecht. »Wie kannst du es wagen, von Vertrauen zu sprechen, wenn du nach ein paar Wochen schon mit anderen schläfst?«

Josh schüttelte sacht den Kopf, bevor er sich zu mir beugte. Im ersten Moment glaubte ich, dass er wirklich die Frechheit besitzen würde, mich zu küssen. Vielleicht hoffte ich auch ein wenig darauf. Statt auf meinen Mund trafen seine Lippen jedoch nur auf meine Wange in einem federzarten Kuss. »Ich liebe dich, Emily. Daran hat sich nichts geändert.«

Ungläubig sah ich ihm hinterher, wie er gekonnt über das Eis glitt und zu Stella aufschloss, die immer noch mit Drew und seiner Freundin ihre Runden drehte. Er behauptete, mich immer noch zu lieben, um danach sofort zu seinem Date zurückzukehren. Stumm beobachtete ich, wie er eine Runde nach der anderen mit ihr drehte. Immerhin besaß er so viel Anstand, nicht Hand in Hand mit ihr zu laufen, wie es viele Paare taten. Das Bild vor mir war so falsch. So unglaublich falsch. Auch wenn ich auf dem Eis eine Niete war, sollte ich an Joshs Seite sein. Nicht diese Stella, die ich in Gedanken verwünschte, obwohl sie mir rein gar nichts getan hatte.

Grace rammte ungeschickt die Bande vor mir und hielt sich im letzten Moment fest, bevor sie hinfallen konnte. »Fahren ist einfach.« Sie kicherte leise. »Bremsen allerdings nicht.«

»Sah fast gewollt aus.«

Schnaubend stupste sie mich an. »Schon klar.«

»Wollt ihr gehen?« Ich war nicht sicher, welche Antwort ich mir erhoffte. Wenn wir uns auf den Weg zurück nach Hause machten, würde ich Josh nicht mehr mit Stella beobachten müssen. Doch gleichzeitig war es genau das, was ich tun wollte. Offiziell, um mir selbst einzutrichtern, dass es vorbei war. Inoffiziell, um ihm einfach noch länger nah sein zu können.

»Ich glaube nicht. Annie hat Spaß.«

Über Grace' Schulter beobachtete ich, wie Annie immer sicherer wurde. Sie war definitiv begabter als meine beste Freundin. »Okay, ich warte auf euch. Und genehmige mir noch einen Kakao.« Dass er mit Alkohol versetzt war, würde ich Grace nicht auf die Nase binden.

»War es okay mit Josh?« Manchmal klang sie wie eine besorgte Mutter. »Ihr habt geredet, und zuerst dachte ich, es wäre eine gute Idee, aber jetzt ist er wieder ...« Sie stockte.

»Du kannst es ruhig aussprechen.« Es war nicht so, als wäre ich blind. »Er ist wieder bei diesem Mädchen.«

»Und du willst trotzdem bleiben?«

»Ja.«

»Sicher?«

»Grace.« Ich zwang mich dazu, sie nicht für etwas anzufahren, an dem sie keine Schuld trug. »Hast du gedacht, dass er jetzt plötzlich zu einem Mönch mutiert?« Welch eine absurde Vorstellung.

»Nein. Aber ich habe geglaubt, dass er dich liebt.« Sacht legte sie mir die Hand auf den Unterarm. Warum besaß heute jeder den Drang, mich beruhigen zu wollen? Ich war ruhig. Äußerlich jedenfalls.

»Das hat er auch gesagt.« In einer fließenden Bewegung entzog ich Grace meinen Arm. »Aber wie viel das wert ist, sehen wir ja.«

Grace folgte meinem Blick und betrachtete Josh zwei Runden lang dabei, wie er neben Stella über das Eis glitt. »Sieht für mich nicht sehr romantisch aus.«

Genau so einen Quatsch brauchte ich jetzt. »Ist vielleicht ihr erstes Date.«

»Soll ich Noah fragen?«

»Untersteh dich!« Sich bei Joshs bestem Freund nach seinem Liebesleben zu erkundigen, war so erbärmlich, dass ich nicht einmal darüber nachdenken wollte. »Das geht mich alles nichts an. Und dich auch nicht.«

»Wieso sollte ich die Ressourcen nicht nutzen, die sich mir bieten?«

»Weil diese Ressource dein Freund ist. Und wer weiß, was der für diese Info haben will.« Ein blöder Witz, der Grace zuverlässig zum Lachen brachte.

»Was auch immer mich diese Information kostet, ich würde mich opfern.« Sie wackelte verschwörerisch mit den Augenbrauen. »Für dich würde ich das tun.«

»Völlig selbstlos. Ich verstehe.«

»Natürlich.« Sie streckte sich über die Bande, zog mich in eine kurze Umarmung und machte sich auf den Weg zurück zu Annie.

Die kommende halbe Stunde verbrachte ich damit, meinen Freundinnen zuzusehen und dabei zu vertuschen, dass ich eigentlich nur Augen für Josh und seine Begleitung hatte.

Am nächsten Tag klingelte mich mein Handy um Punkt sechs Uhr aus dem Schlaf. Niemand rief mich um diese Zeit an, außer ... »Hey, Mom.« Müde rieb ich mir über die Augen. Nach dem Eislaufen hatte ich noch ewig wachgelegen und über Josh und seine kryptischen Bemerkungen nachgedacht.

So wird das nicht funktionieren.

Jedes Wort war ernst gemeint.

Ja, ich habe heute ein Date.

Ich liebe dich, daran hat sich nichts geändert.

»Es ist etwas Unfassbares passiert.« Meine Mutter schnappte nach Luft, so aufgebracht war sie.

Natürlich würde es etwas mit Dad zu tun haben. Niemand außer ihm weckte Gefühle in ihr, die die zerstörerische Kraft eines Tornados hatten. »Hast du mit Dad gesprochen?«

»Natürlich nicht.« Es lag so viel Entrüstung in ihrer Stimme, dass ich sie besser nicht an ihre letzten Anrufe bei ihm erinnern wollte. »Ich habe mit Felicity geredet.«

»Wer ist Felicity?«

»Die Sekretärin deines Vaters.«

Oh, Gott. Was auch immer sie mir sagen würde, es konnte nichts Gutes sein. »Warum hast du Kontakt zu Dads Sekretärin?«

»Das hat sich so während der Scheidung ergeben. Er hat alles über sie abwickeln lassen und nicht einmal mehr persönlich mit mir telefoniert.« Sie holte ein paar Mal tief Luft. »Aber das ist auch nicht der Grund für meinen Anruf.«

Und genau diesen Grund wollte ich nicht wissen. Auf gar keinen Fall. »Mom, ich würde mich da wirklich gern raushalten.«

»Das sagst du jetzt, aber du solltest es erfahren.«

Aus dieser Nummer würde ich nicht herauskommen. So viel war sicher. »Okay. Um was geht es?« Langsam rappelte ich mich auf und lehnte mich mit dem Rücken gegen das Kopfende des Bettes. An Schlaf war sowieso nicht mehr zu denken.

»Er hat sie geschwängert. In so einer lausigen Klinik mit Plastikröhrchen und Pappbechern.«

»Wer ist schwanger?« Vermutlich war ich noch zu müde, um meiner Mom folgen zu können.

»Die Freundin deines Vaters.« Sie weigerte sich stets, Clara beim Namen oder sie schlicht *die Ehefrau*, *neue Frau* oder was auch immer zu nennen. Für meine Mutter war Clara immer nur *die Freundin deines Vaters*. Aus ihrem Mund klang es, als wäre sie eine männermordende Heiratsschwindlerin.

»Clara ist schwanger?« Wow. Damit hatte ich nicht gerechnet. Ich wusste nicht einmal, dass sich die beiden noch Kinder wünschten. Auch wenn ich nicht halb so aufgebracht auf diese

Neuigkeit reagierte wie Mom, fühlte es sich seltsam an. Dad würde noch einmal Vater werden. Ich würde einen kleinen Bruder oder eine kleine Schwester bekommen. Es wäre schön gewesen, wenn er es mir selbst hätte sagen können. Dass er es mir erzählen würde, bezweifelte ich nicht. Mom war ihm wahrscheinlich nur zuvorgekommen.

»Ja, schwanger.« Sie schnaubte ein paar Mal leise, als müsste sie sich sammeln. »Sie waren in so einer Klinik. Für Paare, bei denen es nicht klappt. Kannst du dir das vorstellen?«

Damit wollte sie mir faktisch sagen, dass Clara nicht einmal dazu fähig war, auf natürlichem Wege von Dad schwanger zu werden. Nicht so wie sie selbst. Alles war immer nur ein Wettbewerb. Ein Kampf, den sie längst verloren hatte, ohne es wahrhaben zu wollen. »Das geht uns doch nichts an.«

»Und das in seinem Alter.« Auf meinen Einwand ging sie natürlich nicht ein. Das tat sie nie. »Dein Vater ist bereits über fünfzig, Emily.«

»Ich weiß, wie alt Dad ist.« Gern hätte ich erwidert, dass ich mich für ihn und Clara freute. Ein Teil von mir war wirklich glücklich über diese Neuigkeit. Doch die Umstände und die Verletzlichkeit in der Stimme meiner Mom ließen mich schweigen. »Es ist schwer für dich, das verstehe ich, aber ...«

Unwirsch unterbrach sie mich. »Nichts daran ist *schwer* für mich.« Dass ich ihre unterdrückten Tränen deutlich hören konnte, behielt ich ebenfalls für mich. »Dein Vater kann tun und lassen, was er möchte. Ich dachte nur, du hättest ein Recht, es zu erfahren.«

Darum ging es ihr nicht. Darum ging es nie. Sie benutzte mich mit diesem Anruf als Ventil für ihren Schmerz. Doch das war okay. Wenn es ihr half, würde ich zuhören.

20. Kapitel

»Es tut mir leid. Es tut mir leid. Es tut mir leid.« Ich stolperte hastig durch den Hintereingang des *Buddha's Kitchen,* zog meine Jacke aus und schlüpfte gleichzeitig aus meinen Schuhen.

Francesco beobachtete mich sichtlich amüsiert, als ich ungeschickt versuchte, auf einem Bein das Gleichgewicht zu halten. »Reece hat dich mehrmals angerufen.«

»Mein Handy war aus.« Das war auch der Grund dafür, warum ich im Zeichenatelier völlig die Zeit vergessen hatte. Erst als sich der Raum immer mehr geleert hatte, war mir klar geworden, dass ich längst bei der Arbeit hätte sein müssen. »Ist Reece sauer?«

»Nein.« Francescos schneeweißes Lächeln wurde noch breiter. »Der Junge ist gestresst. Er läuft seit einer Stunde wie ein aufgescheuchtes Huhn durch die Gegend.«

Im nächsten Moment betrat besagtes *Huhn* die Küche und funkelte mich an. »Wo warst du?«

»Es tut mir leid.« Zum vierten Mal wiederholte ich meine Entschuldigung, an Reece prallte sie jedoch ab wie ein Gummiball an einer Hauswand.

»Du wusstest, dass wir hier heute allein sind. An einem Freitag.« Er griff nach einem Papiertuch, um sich die Stirn abzutupfen.

»Ist es sehr voll?« Meine Schuhe hatte ich erfolgreich gegen schwarze Sneaker getauscht, die zusammen mit einem roten Rock und einer weißen Bluse mein Kellnerinnenoutfit bildeten. Hastig schlang ich mir die grüne Fliege um den Hals, die das hässliche Ensemble komplettierte.

»Der erste Ansturm ist schon weg, doch wir haben für 19 Uhr eine Reservierung für zwanzig Personen.«

So schnell ich konnte, band ich mir die Haare zu einem losen Knoten zusammen. Einen Aufenthaltsraum gab es hier nicht, sodass eine Nische im Flur neben der Küche Pausenraum und

Umkleide zugleich war. »Wo wollen wir zwanzig Personen hinsetzen?« Wir hatten maximal Sechsertische, und auch davon nicht sehr viele. Das *Buddha's Kitchen* war winzig. Wenn wir voll besetzt waren, konnten wir nicht mehr als dreißig Gäste gleichzeitig bewirten.

»Wir müssen ein paar Tische zusammenstellen. Das wird schon irgendwie gehen.« Ungeduldig beobachtete er, wie ich mir die Bluse in den Rock stopfte und meine Schürze umband. »Bist du fertig?«

Natürlich war ich das. Ohne auf diese rhetorische Frage zu antworten, eilte ich an Reece vorbei in den Gästeraum. Nur ein kleiner Tisch in der hintersten Ecke war belegt. Mit Reece' Hilfe würde es schnell gehen, ein paar Möbel zu verschieben, um für die kommende Reservierung Platz zu schaffen.

Fünfzehn Minuten später war unser Werk vollbracht und die lange Tafel in der Mitte des Restaurants musste nur noch mit Speisekarten, Servietten und Deko ausgestattet werden. Während ich Vasen und Kerzen in gleichmäßigen Abständen arrangierte, wurde die Tür aufgestoßen. Mit der eiskalten Luft eines Januarabends wehte eine große Gruppe neuer Gäste herein. Sie redeten durcheinander, waren laut, und ich ahnte, dass es ein sehr langer Abend werden würde. Ausgelassene Gruppen blieben meist ewig.

»Hey, Emily.« Bevor ich überhaupt die Chance hatte, aufzusehen, wurde ich an eine breite, warme Brust gezogen. Das T-Shirt meines Umarmers war weich und roch großartig. »Wir haben uns viel zu lange nicht gesehen.«

Die zum T-Shirt gehörende Stimme kannte ich. Viel zu oft hatte sie mich nachts aus dem Schlaf gerissen. Wenn Noah Preston morgens um fünf Uhr zum Training aufbrach, war er so laut wie ein Bulldozer. »Hi, Noah.«

Er ließ mich los, um mich anzustrahlen. »Du magst mich. Vergiss das nicht.«

»Ähm, warum sollte ich das vergessen?«

Noah kam nicht dazu, mir zu antworten, als Grace vor mir auftauchte und mich aus weit aufgerissenen Augen ansah. Sie wirkte dabei so schuldbewusst, dass es ein sehr ungutes Gefühl in mir auslöste. »Wollt ihr mir etwas sagen?«

Noah hob abwehrend die Hände. »Das war alles nicht meine Idee.«

Für diesen Satz kassierte er einen Ellenbogenstoß seiner Freundin. »Ist das dein Ernst?«

Wie ein guter Freund entschuldigte er sich sofort. Vermutlich ohne zu wissen, wofür überhaupt. Hinter uns wurden Stühle gerückt. Ein untrügliches Zeichen dafür, dass ich mich dringend wieder an die Arbeit machen sollte. »Wollt ihr hier essen?«

»Wir sind ...«, Grace wedelte mit der Hand in Richtung der großen Gruppe, die immer noch damit beschäftigt war, die Plätze aufzuteilen, »mit den anderen hier.«

Zum ersten Mal warf ich einen genaueren Blick auf die große Truppe. Footballer. Coleman, Djamal, Mateo, Drew mit seiner Freundin – ich kannte nicht jeden Namen, aber fast alle Gesichter. Als ich *ihn* sah, stockte mein Atem. Seit unserem Treffen auf der Eislaufbahn vor drei Wochen waren wir uns nicht mehr begegnet. Grace hatte mehrmals versucht, mit mir über ihn zu sprechen, doch ich hatte mich jedes Mal geweigert. Meinem schmerzenden Herzen tat es nicht gut, mich auch noch im wachen Zustand mit Josh zu beschäftigen. Dass ich jede zweite Nacht von ihm träumte, war schlimm genug. Er stand einfach nur da, die Hände in den Taschen seiner Hose vergraben. Und so einfach wie sein Outfit aus Jeans und einem schwarzen Henley auch war, nie war er mir anziehender vorgekommen. Bevor Josh bemerkte, dass ich ihn anstarrte, zwang ich mich dazu, mich wieder Grace zu widmen, die mit jeder Sekunde ein Stückchen zu schrumpfen schien. »Was zur Hölle hast du getan?«

»Du bist zu Recht sauer auf mich, aber es ist Joshs letzter Abend in Columbus, und ich dachte ...« Sie stockte. »Ich dachte, ihr könntet vielleicht noch mal miteinander sprechen. Deswegen wäre es möglich, dass ich das Abschiedsessen hier ausrichten wollte.«

Joshs letzter Abend in Columbus. Immer wieder raste mir dieser eine Gedanken durch den Kopf. Es war unwichtig, dass Grace mich hintergangen hatte. Es war unwichtig, dass Josh bei unserer letzten Begegnung ein Date gehabt hatte. Es zählte einzig, dass ich ihn nach heute nicht mehr wiedersehen würde. Vielleicht irgendwann, in ein paar Jahren, wenn Grace und Noah uns zu einer Hochzeit oder einer Taufe einluden. Doch dieser Abend markierte das Ende einer Zeit, in der ich einfach nur über den Campus laufen musste, um mich ihm in die Arme zu werfen. Nicht dass ich das jemals getan hätte; doch ich hätte die Möglichkeit gehabt. Eine Möglichkeit, die in wenigen Stunden Geschichte wäre.

»Alles okay, Em?« Noah musterte mich besorgt.

»Natürlich.« Enthusiastisch setzte ich das falscheste Lächeln auf, das jemals jemand aufgesetzt hatte. Es war so breit und überschwänglich, dass ich vermutlich an den Joker erinnerte. Doch ich hatte keine Wahl. Es war dieses schlechte Schauspiel oder ein Zusammenbruch in der Küche neben Francescos Sushi. »Nehmt schon mal Platz, ich bin gleich bei euch, um die Getränkebestellung aufzunehmen.«

Und genau das tat ich fünf Minuten später. Mit stoischer Miene schrieb ich die gewünschten Getränke auf. Josh war als Letzter dran, was jedoch ausschließlich an seiner Sitzposition lag und natürlich überhaupt nicht daran, dass ich ihm aus dem Weg gehen wollte. Mit gezücktem Block blieb ich vor ihm stehen. Die Blicke seiner Teamkameraden ignorierte ich dabei gekonnt. Mehr als einer von ihnen hatte uns in der Vergangenheit zusammen gesehen. »Was kann ich dir bringen?«

Er sah von der Speisekarte auf und mir direkt in die Augen. »Em, ich ...«

»Wir haben einen hervorragenden Reiswein im Angebot. Und auch eine ausgezeichnete Auswahl an japanischem Bier.«

»Du weißt, dass ich nicht trinke.« Seine Stimme war sanft und fast liebevoll, als er sich, mich und alle Menschen um uns herum daran erinnerte, *wie gut* wir uns kannten.

Auch wenn es mir den Hals zuschnürte, knickte ich nicht ein.

Ich erwiderte Joshs Blick, obwohl ich am liebsten in die rettende Küche geflüchtet wäre. »Ein Wasser dann?« Unendlich lange Sekunden sagte er nichts. Er schien nicht einmal zu atmen.

»Ja, er nimmt ein Wasser.« Noah wurde zu meinem Ritter in schimmernder Rüstung, indem er den unangenehmen Moment beendete. »Danke, Em.«

Aus dem Augenwinkel erkannte ich, wie Grace ihren Freund anstupste. Ob sie mit seiner Einmischung einverstanden war oder nicht, war mir herzlich egal. Ich eilte, so schnell mich meine Füße trugen, zur Bar, um die zwanzig Getränke vorzubereiten. Sportler waren langweilige Gäste, fast alle hatten Wasser bestellt. Dazu kamen noch drei Säfte und eine Cola für Grace. Noah hatte sie mit seinem gesunden Lebensstil eindeutig noch nicht angesteckt.

Nachdem ich den ersten Schwung der Getränke auf ein Tablett gestellt hatte, machte ich mich auf den Weg zurück. Reece hatte bereits damit angefangen, die Essensbestellungen aufzunehmen.

»Was davon ist ohne Gurke, Em?« Grace' Stimme klang ein wenig hilflos. Sie hasste Gurken. Aufgrund dieser Nummer, die sie heute abgezogen hatte, hätte ich sie ihrem Schicksal überlassen sollen. Auch wenn ich wusste, dass sie es nur gut gemeint hatte, war ich ihr wirklich böse. Mich in eine Situation zu bringen, in der ich nicht vor Josh flüchten konnte und mich mit ihm auseinandersetzen musste, war einfach nicht okay – egal, was sie sich dabei gedacht hatte.

»Nummer fünfzehn bis einundzwanzig sind ohne Gurke, Nummer acht bis zwölf ganz ohne Gemüse.«

»Danke.«

Eine Erwiderung sparte ich mir. In diesem Moment war ich nur die Kellnerin. Nicht die beste Freundin, die Grace den Hals umdrehen wollte, und schon gar nicht die Frau, die mit Josh geschlafen hatte. Mein Vorsatz, so neutral wie möglich aufzutreten, wurde dadurch erschwert, dass mir Josh unzählige Fragen zur Speisekarte stellte. *Welchen Fisch verwendet ihr? Stammt er aus nachhaltigem Fang? Wie frisch wird er verarbeitet? Gibt es auch Sushi mit*

Schildkrötenfleisch? Mit der letzten Frage hatte er es geschafft. Ich war nicht nur unglaublich wütend auf Grace, sondern auch auf ihn. Wenn er hier war, um mich zu veralbern, konnte er direkt wieder gehen. »Nein, wir haben kein Kröten-Sushi.« Mit aller Kraft zwang ich mich zu einem zuckersüßen Lächeln.

»Hm. Schade.« Anstatt mir endlich seine Bestellung zu nennen, schlug er erneut die Speisekarte auf. »Kannst du etwas empfehlen?«

»Ja, unsere To-go-Boxen. Dann packen wir dir alles ein und du kannst zuhause essen.« Wollte ich, dass er durch diese Tür ging und ich ihn nie wiedersah? Nein, natürlich nicht. Doch je länger er vor mir saß und mit mir sprach, desto weniger gelang es mir, meine Gefühle zu verstecken.

»Das war nicht sehr geschäftstüchtig, Emily.« Josh zwinkerte mir zu, was bedeutete, dass ich genau drei Möglichkeiten hatte. Ich könnte ihm die Speisekarte über den Kopf ziehen, mich in seine Arme werfen oder die beste aller Waffen auffahren: Sarkasmus.

»Gerne gebe ich dir die Nummer des Managers, falls du dich beschweren möchtest.«

»Nein, das wird nicht nötig sein.« Er schüttelte sacht den Kopf. Dass er im nächsten Augenblick die Ärmel seines Shirts bis zu den Ellenbogen hochkrempelte, ließ mich schwer schlucken und fast vergessen, dass ich böse auf ihn war. Joshs Unterarme waren schon immer mein Untergang gewesen. Männliche Unterarme waren generell sexy, aber Joshs waren von einer anderen Welt. Wie alles an diesem verdammten Kerl. »Gibt es Suppe?«

»Was?« Völlig perplex blinzelte ich ein paar Mal, um all die nicht jugendfreien Gedanken zu vertreiben, die mich heimgesucht hatten. *Reiß dich zusammen, Emily. Er ist nur ein Mann – und es sind nur verdammte Arme.*

»Suppe. Ich fragte, ob es auch Suppe gibt.«

Wen wollte er hier verarschen? »Du magst überhaupt keine Suppe.«

»Wer sagt, dass ich keine Suppe mag?« Er lächelte mich über

den Rand der Speisekarte unverhohlen an.

»*Ich* sage, dass du keine Suppe magst.«

»Oh, also wollen wir doch nicht mehr so tun, als würden wir uns nicht kennen?«

Wenn ich vor zwei Minuten sauer auf ihn gewesen war, stand ich nun kurz vor der Explosion. Er konnte nicht einfach hier auftauchen und sich so unmöglich aufführen. Joshs Verhalten war herzlos. Man musste keine Gedanken lesen können, um zu wissen, dass er mir wehtat. »Weißt du jetzt, was du essen möchtest?«

»Nein, ich brauche Hilfe bei der Auswahl.«

»Wie schade, dass dein Date heute nicht hier ist. Sie wäre bestimmt gern behilflich. Kommt sie nach? Soll ich noch einen Stuhl bringen?« Kaum hatte ich diese spitzen Bemerkungen auf ihn abgefeuert, bereute ich sie auch schon. All meine Karten lagen offen. Da war nichts mehr, das ich verheimlichen konnte. Ich war traurig, verletzt, wütend und eifersüchtig. Eifersüchtig, dass er nach wenigen Wochen andere Frauen traf, während sich mir bei dem Gedanken an Dates mit irgendwelchen Typen der Magen umdrehte.

»Ich nehme die Nummer vierunddreißig.« Natürlich. Nachdem ich ihm passiv-aggressiv mein Herz offenbart hatte, hatte er nichts Besseres zu tun, als sich endlich zu entscheiden. Ohne ein weiteres Wort eilte ich in die Küche.

»Sanders ist der Typ?« Reece hielt mir eine Wasserflasche hin, die ich ihm dankbar abnahm. Mein Hals fühlte sich staubtrocken und kratzig an.

Ich nahm einen großen Schluck, bevor ich ihm antwortete. »Welcher Typ?«

»Der schuld daran ist, dass du seit Wochen nicht mehr gelächelt hast.«

»Das stimmt nicht.« Reece musste sich irren. Natürlich lächelte ich. Nur vielleicht ... nicht mehr so häufig.

»Doch, tut es. Als guter Freund müsste ich dir jetzt anbieten, ihn mir für dich vorzuknöpfen.« Er sah mich entschuldigend an. »Aber auch wenn ich dich echt gern habe, mit einem Footballer lege ich mich nicht an.«

»Mit Josh werde ich schon fertig.« Dass meine Nase bei dieser Lüge nicht um mindestens einen halben Meter wuchs und mich in Pinocchio verwandelte, war ein echtes Wunder. Wenn mir dieser Abend eine Sache gezeigt hatte, dann, dass ich nicht mal ansatzweise über ihn hinweg war. Vor über vier Jahren hatte ich geglaubt, dass ich mich nie wieder von ihm erholen würde, heute wusste ich, dass mein dummes Teenager-Ich recht gehabt hatte.

»Soll ich seine Bestellungen übernehmen?« Reece stand mit zwei Tellern in der Hand vor mir.

»Das mache ich schon selbst.« Ich würde mich nicht vor Josh verstecken. Meine Gefühle waren keine Schande und nichts, wofür ich mich schämen musste. Schwungvoll nahm ich ihm die Teller ab und marschierte zurück in den Gästeraum.

Die Stimmung war ausgelassen. Die Gruppe um Josh war laut, fröhlich und nichts erinnerte daran, dass sie einen von ihnen verabschieden würden. Aber vielleicht war der heutige Abend für Joshs Freunde auch kein wirklicher Abschied. Sie könnten nach Philadelphia fliegen, ihn besuchen und eine gute Zeit haben. All die Dinge, die ich ausgeschlagen hatte. Doch ich hatte die richtige Entscheidung getroffen. Er konnte noch so eindringlich behaupten, dass er mich liebte, ich wäre immer diejenige, die stärkere Gefühle hatte. Für mich wäre er so wichtig wie die Luft zum Atmen, während ich für ihn austauschbar war. Wenn nicht durch Stella, dann durch irgendein anderes Mädchen.

Josh war mit seinem Handy beschäftigt, als ich sein Essen vorsichtig vor ihm abstellte. Mit etwas Glück würde er mich gar nicht bemerken.

»Das hat Lilly für dich gemalt.« Er zog ein Stück Papier aus der Hosentasche und faltete es auseinander. »Sie hat darauf bestanden, dass ich es dir zeige, und da heute vermutlich die letzte Gelegenheit ist ...«

Lilly hatte mir eine Prinzessin gemalt. Eine Meerjungfrau, wenn ich das ganze Grün richtig als Algen deutete. In der rechten Ecke prangte mein Name – krumm und schief. Dabei musste ihr Josh geholfen haben. Das Bild war weder besonders hübsch, noch bescheinigte es Lilly künstlerisches Talent. Es war einfach nur die simple Zeichnung eines kleinen Mädchens, das mir eine Freude machen wollte. »Warum tust du das?« Meine Stimme war so leise, dass mich vermutlich niemand außer ihm verstehen konnte.

»Können wir später reden? Allein?« Sein Blick war flehend und verdunkelte sich, als ich den Kopf schüttelte. »Bitte, Em. Mein Flieger geht morgen Früh um sieben, und ich habe jetzt Wochen gewartet, dass du zur Vernunft kommst. Mir läuft die Zeit davon.«

Er hatte gewartet, *dass ich zur Vernunft kam*? Das war so unglaublich arrogant, dass meine Traurigkeit in Wut umschlug. Ich war nicht die mit den Dates. »Dann wünsche ich dir einen angenehmen Flug.«

Hatte mich mein Stolz zuvor davon abgehalten, Reece den Tisch allein zu überlassen, war er mit einem Mal verpufft. Nachdem ich ihm angeboten hatte, den Laden später aufzuräumen, war er so nett gewesen, sich allein um die große Gruppe zu kümmern. Ich half Francesco und erledigte alles, was ich tun konnte, ohne die Küche verlassen zu müssen. Als im Gästeraum Stühle gerückt wurden, wusste ich, dass die Zeit gekommen war. Er würde gehen. Für immer. Nur mit größter Anstrengung konnte ich mich davon abhalten, zur Küchentür zu schleichen und einen letzten Blick auf ihn zu werfen. Stattdessen schnappte ich mir eine von Francescos Zigaretten und stürzte aus dem Hinterausgang.

In den letzten Jahren hatte ich die Dinger nicht mehr angefasst. Während der Highschool hatte es eine kurze Zeit gegeben, in der meine Freundin Haley und ich uns furchtbar cool vorgekommen waren, wenn wir rauchten. Aber diese Phase hatte nicht länger als ein paar Wochen gedauert. Die Zigarette in meiner Hand brannte langsam runter, ohne dass ich an ihr zog. Die Droge mit Namen Joshua Sanders gegen eine andere auszutauschen, hatte noch nie funktioniert. Zuerst hatte ich es mit exzessivem Zeichnen versucht, bis ich mir eingestehen musste, dass es nicht hilfreich war, wenn jede zweite Skizze ihn darstellte. Dann hatte ich gedatet. So viel wie ich nur konnte. Während meines ersten Jahres an der *Ohio State* war ich mit mehr Typen ausgegangen, als ich zählen konnte. Mit keinem hatte es ein zweites Date gegeben. Keiner von ihnen war mir so nah gekommen, dass es über einen scheuen Kuss hinausgegangen wäre. Nichts hatte geholfen, um Josh aus meinem Kopf zu vertreiben. Ich mochte mich selbst nicht besonders dafür, dass ich mich so sehr von den Gefühlen für einen Typen abhängig machte, der mich abserviert hatte. Die Angst, so zu sein wie meine Mom, war immer präsent und lauerte wie ein Schatten über meiner Zukunft.

»Hey, wir sind fertig.« Reece lehnte sich neben mich an die Wand und musterte die abgebrannte Zigarette. »Fängst du jetzt auch mit dem Scheiß an?«

»Hab nicht mal dran gezogen.« Ich musste ein melodramatisches Bild abgeben, doch es passte zu meiner Stimmung. Ein wenig fühlte ich mich wie ein Gemälde von Grant Wood: steif, leblos und uralt. »Danke, dass du für mich übernommen hast.«

»Kein Problem.« Reece war ein guter Freund. Er griff nach meiner Hand, drückte sie kurz, und einen winzigen Augenblick glaubte ich, dass alles wieder gut werden konnte. »Soll ich noch bleiben?«

»Nein.« Ich schnipste die Asche in die Dunkelheit und wünschte mir, das Gleiche mit meinen dummen Gefühlen tun zu können. »Ich wäre ganz gern allein. Ist Francesco schon weg?«

»Ja, der ist vor zehn Minuten vorne raus. Seine Mutter hat ihn abgeholt.«

Das entlockte mir ein leises Schnauben. »Wie alt ist er noch mal?«

»Mitte vierzig?«

Wir grinsten um die Wette, doch insgeheim fand ich es bezaubernd, dass Francescos Mutter ihren Sohn jeden Abend von der Arbeit abholte. Es war schräg und, psychologisch betrachtet, bestimmt aus tausend Gründen falsch, aber es war auch ein Zeichen von Liebe. Von fehlgeleiteter Liebe, die jedoch nicht weniger wert war als jede andere.

Nachdem Reece nach Hause gegangen war, machte ich mich daran, aufzuräumen. Tische abwischen, Stühle hochstellen, Salzstreuer auffüllen, Deko abstauben ... All die Dinge, die ich normalerweise hasste. An diesem Abend war es eine willkommene Routine. Diese Tätigkeit hatte ich bereits so oft erledigt, dass ich nicht darüber nachdenken musste und sie mechanisch verrichtete. Meine Gedanken hatten Zeit, sich um wichtigere Dinge zu kümmern. Sie waren damit beschäftigt, jede noch so winzige Kleinigkeit des heutigen Abends in Endlosschleife abzuspielen und sich für immer einzuprägen.

Gerade als ich mit dem Gästeraum fertig war, um die Küche zu wischen, hörte ich ein Klopfen. Einige Sekunden später erneut. Jemand war an der Hintertür. Fuck. Hatte ich abgeschlossen? Natürlich nicht. Aber welcher irre Serienkiller würde klopfen, bevor er mich überfiel? Dieser Gedanke war jedoch wenig hilfreich. Ich hatte zu viele Dokus gesehen und wusste, dass diese Typen nicht immer logisch vorgingen. Ein drittes Klopfen, bevor die Tür langsam aufgezogen wurde. Fuck. Fuck. Fuck.

Als er in mein Sichtfeld kam, stieß ich erleichtert die Luft aus, um sie im nächsten Moment erschrocken anzuhalten.

»Können wir jetzt reden?« Die Tür fiel hinter Josh ins Schloss, während wir uns über den Herd hinweg anstarrten.

»Was machst du hier?« Eine dumme Frage, da er mir doch eben gesagt hatte, dass er mit mir sprechen wollte.

»Ich habe gehofft, dass du vielleicht ein paar Minuten Zeit hast.« Josh kam keinen Schritt näher. Fast so, als hätte er Angst, mich mit einer unbedachten Bewegung zu verschrecken.

Sein Haar war vom Wind zerzaust. Es fiel ihm in wirren Locken in die Stirn, seine Wangen waren vor Kälte leicht gerötet. Unter der Intensität seines Blicks war mir deutlich bewusst, dass er nichts von seiner Wirkung auf mich eingebüßt hatte. Im Gegenteil. Ich liebte ihn in diesem Moment mehr als jemals zuvor. So war es schon immer gewesen. Jeden Tag ein bisschen mehr. Bis ich nur noch von Liebe für ihn erfüllt war – und von mir selbst nichts übrigblieb. Er war in jedem Gedanken, in jedem Atemzug, in jedem Augenblick. »Das ist keine gute Idee.« Wenn er länger blieb, würde er all meine Gefühle für ihn in meinen Augen lesen können. Ich hatte nicht die Kraft, sie vor ihm zu verstecken. Nicht, wenn alles in mir danach schrie, ihn zu umarmen. Zu küssen. Ihm ein letztes Mal nah zu sein.

»Em, mein Flieger geht bald, und ich habe das dumpfe Gefühl, dass du meine Anrufe nicht annehmen wirst.« Joshs Stimme war so liebevoll, dass ich nach hinten auswich. Nur wenige Zentimeter, bis ich die Wand in meinem Rücken spürte. Doch es bedeutete mehr Abstand zu ihm und all den Dingen, die ich ihm gestehen wollte. »Was ich beim Eislaufen gesagt habe, war die Wahrheit.«

»Dass du ein Date hattest?« Wenn er wirklich mit mir reden wollte, war es nicht klug von ihm, mir diesen Abend in Erinnerung zu rufen. »Du musst mir nichts erklären.«

»Ja, es war ein Date.« Er umrundete den Herd in der Mitte des Raums, blieb jedoch etwa zwei Meter vor mir stehen. »Ein völlig platonisches Date mit der Schwester von Drews Freundin. Drew hat mich gefragt, ob ich mitkomme, damit sich Stella nicht wie das fünfte Rad am Wagen fühlt. Das war alles.«

Auch wenn ich ihm nicht glauben wollte, tat ich es. Es hätte so viel besser zu meinen Hirngespinsten gepasst, wenn sich Josh bereits nach kurzer Zeit mit anderen Frauen traf. Doch das tat er nicht. Es lag nichts als Aufrichtigkeit in seiner Stimme. »Warum hast du mir das nicht eher gesagt?«

»Hätte es einen Unterschied gemacht?«

»Weiß ich nicht.« Und das war die Wahrheit. Ob er sich mit anderen Frauen traf oder nicht, änderte nichts daran, dass er in wenigen Stunden Ohio und mein Leben verlassen würde.

»Nein, hätte es nicht.« Josh suchte nach den richtigen Worten.

»Solange du nicht ...«

»Solange ich nicht was?«

»Du vertraust mir nicht.« Eine simple Feststellung, in der das ganze Dilemma unserer verkorksten Beziehung lag.

Nein, ich vertraute Josh nicht. Doch das war nicht alles. Ich traute mir selbst genauso wenig. Da war immer die Angst, dass ich mich in meinen Gefühlen für ihn verlieren würde. Dass ich mich selbst langsam auflöste, weil sie so viel stärker waren als seine. »Wieso sollte ich?«

»Weil ich dich nicht angelogen habe, als ich dir gesagt habe, dass ich dich liebe.« Bei seinen Worten kam er zwei Schritte auf mich zu. Wir berührten uns nicht, doch er war mir so nah, dass ich das Blitzen in seinen Augen sehen konnte. »Vor vier Jahren habe ich einen Fehler gemacht, doch ich habe mir geschworen, dass ich den nicht wiederholen werde. Also sage ich es dir noch mal, und noch tausend Mal, wenn du mir dann glaubst. Ich liebe dich, Emily.«

»Du gehst nach Philadelphia.« Unter der Macht seiner Worte drohte ich einzuknicken. Mit jeder Sekunde vergaß ich mehr, warum wir nicht zusammen sein sollten.

»Ja, ich gehe nach Philadelphia.« Langsam streckte er die Hand nach mir aus. Es wäre ein Leichtes gewesen, auszuweichen, doch stattdessen lehnte ich mich in seine Berührung. Er strich ganz zart über mein Schlüsselbein, und meine Atmung beschleunigte sich unter seinen Fingern. »Komm mit mir.«

Mechanisch schüttelte ich den Kopf. Ich konnte nicht mein ganzes Leben aufgeben, auch wenn ich nichts lieber getan hätte. Die schwache Emily, die sich an einen Mann band und sich emotional von ihm abhängig machte, hätte sofort ihre Koffer gepackt. Doch diese Emily wollte ich nicht sein. Durfte ich nicht sein. »Ich kann nicht.«

Joshs Finger spielten beiläufig mit dem obersten Knopf meiner Bluse, öffneten ihn jedoch nicht. Vermutlich war ihm gar nicht bewusst, was er da tat. Mir dafür jedoch umso mehr. Meine Haut war überzogen von einer angenehmen Gänsehaut. »Du liebst mich.« Keine Frage, eine einfache Aussage, an der nichts einfach war. »Und ich habe gehofft, dass es vielleicht genug ist.«

»Ist es nicht.« Wenn Josh bemerkte, dass ich mit diesem kleinen Satz zum ersten Mal bestätigte, dass ich ihn nach wie vor liebte, sagte er nichts dazu. »Du kannst nicht erwarten, dass ich einfach so mit dir nach Philadelphia gehe.«

»Erwarten?« Er lächelte so zaghaft, dass es mir fast das Herz brach. »Nein, erwarten nicht. Aber ich habe es gehofft.«

Wieder blieb mir nichts, außer den Kopf zu schütteln.

Josh ließ die Hand sinken, mit der er mich gestreichelt hatte. Alles in mir bäumte sich gegen den Verlust seiner Berührung auf. Das war so falsch. So unglaublich falsch. Er schob die Hand in die Tasche seiner Jacke und zog seine Autoschlüssel heraus. Ein untrügliches Zeichen dafür, dass diese letzten gestohlen Momente ihr Ende finden würden.

Bleib bei mir. Bleib bei mir. Bleib bei mir.

Nur dieser eine egoistische Gedanke schoss mir durch den Kopf. *Bleib bei mir. Du bist der eine Mensch für mich.* Doch das war unmöglich. Uns trennten seine Träume und meine Ängste. Beides unüberwindliche Hindernisse.

»Dann war's das jetzt wohl.« Er schlang die Arme um mich und zog mich für eine feste Umarmung an seine Brust. »Es tut mir leid, dass ich es nicht besser hingekriegt habe, Em.« Seine Stimme war leise, fast ein Flüstern. »Es tut mir leid, dass ich dir wehgetan habe.« Er drückte mich so eng an sich, dass es beinahe schon schmerzhaft war, doch um nichts in der Welt hätte ich protestiert. In meiner hilflosen Verzweiflung klammerte ich mich wie eine Ertrinkende an ihn. »Es tut mir leid, dass ...«

Weiter kam er nicht. Impulsiv und völlig kopflos stellte ich mich auf die Zehenspitzen, verschränkte die Hände in seinem Nacken und zog ihn zu mir herunter. Josh keuchte leise, als sich unsere Lippen trafen. Wenn dies unsere letzten Minuten waren, wollte ich keine davon verschwenden. Unser Kuss war chaotisch und wundervoll. Wir stießen mehrmals in unserem Eifer, dem anderen nah zu sein, mit den Nasen aneinander, doch das spornte uns nur noch weiter an. Als ich ihn in die Unterlippe biss, stieß er ein leises *Fuck* aus, während seine Hände ungeduldig an meiner Bluse zupften. Er war so stürmisch, dass er dabei einige der filigranen Knöpfe abriss, die mit leisem *Pling ... Pling ... Pling* zu Boden fielen.

Ohne den Kuss zu unterbrechen, machte ich mich an seiner Jeans zu schaffen. Es war nicht leicht, eine Hose zu öffnen, wenn Josh seine Hand gleichzeitig in meinen BH schob und er meine Brustwarze liebkoste, bis ich laut aufstöhnte. Als ich endlich alle Knöpfe geöffnet hatte, drängte sich mir seine harte Erektion entgegen. Bevor ich ihn jedoch umfassen konnte, hob er mich hoch und wollte mich auf die Arbeitsplatte hinter uns setzen.

»Nicht hier.« Meinen Protest keuchte ich gegen seine Lippen. »Da vorne.« Der kleine Tisch, an dem Reece und ich unsere Pausen verbrachten, war zwar nicht ideal, aber besser als die Küchentheke.

Josh fegte ihn mit einer Hand leer, während er mich mit der anderen festhielt. Zeitungen, ein Kaffeebecher und eine kleine, künstliche Blume landeten auf dem Boden. »Sorry.« Er setzte mich ab und ging vor mir auf die Knie. Mein Rock war so eng, dass er Mühe hatte, ihn hochzuschieben. Ich wackelte ungeschickt hin und her, um ihm zu helfen. Kleidung war in diesem Stadium nur noch ein ärgerliches Hindernis.

Als der Rock endlich aus dem Weg war, richtete sich Josh wieder auf und presste seine Lippen auf meine. Gleichzeitig spürte ich, wie seine Hand über mein Knie und meinen Oberschenkel glitt und in meiner Unterwäsche verschwand. Josh verlor keinerlei Zeit. Zwei seiner Finger schoben sich drängend in mich, während sein Daumen meine empfindlichste Stelle streichelte. Wenn die Küche um uns herum explodiert wäre, ich hätte nichts davon mitbekommen. Es gab nur noch Josh und seine Finger, mit denen er immer wieder in unnachgiebigem Tempo in mich stieß. Stöhnend krallte ich mich an seinen Schultern fest. Es würde nicht lange dauern, bis ich kam. Josh kannte jeden Quadratmillimeter meines Körpers. Er müsste nur ein wenig den Winkel verändern, und mein Orgasmus würde mich überrollen. Doch genau das tat er nicht. Stattdessen zog er seine

Hand zurück. Mit einem leisen Keuchen zwang ich mich, die Augen zu öffnen.

Auch wenn ich ihn kaum angefasst hatte, atmete er mindestens ebenso schwer wie ich. »Willst du das wirklich, Em? Hier?«

Ich nickte, ohne zu zögern. Auf keinen Fall würde ich ihn mit nach Hause nehmen. Diese Episode in einer grell beleuchteten Küche war unser Abschied. Ein letztes Mal, bevor wir unsere Leben ohne den anderen weiterführen würden. Sex am unromantischsten Ort der Welt, um Bedeutungslosigkeit vorzutäuschen. Ich wollte ihn wie kaum etwas zuvor in meinem Leben. Hier und jetzt. Nirgendwo sonst.

»Okay, wie du möchtest.« Josh zog seine Jacke aus, die er die ganze Zeit noch angehabt hatte. Er holte seine Geldbörse hervor, in der sich ein Kondom befand, wie ich sehr genau wusste.

Meine Hände liebkosten seinen Oberkörper, während er die Verpackung öffnete und sich das Kondom überrollte. Vielleicht war es gefühlsduselig oder ich in einem Zustand sexueller Anspannung verrückt geworden, doch ich versuchte, mir das Gefühl seiner warmen Haut unter meinen Fingern so gut einzuprägen, wie ich nur konnte.

Ohne weitere Zeit zu verlieren, hob Josh mich an den Hüften an, positionierte mich ganz vorn am Rand des Tisches und schob meine Unterwäsche aus dem Weg. Ganz langsam drang er in mich ein. Zentimeter für Zentimeter, während sich sein Blick in meinen bohrte.

Meine Finger krallten sich in seine Schultern, um ein Ventil für all das zu finden, was ich in diesem Moment empfand. Sexuelles Verlangen, Intimität, Liebe. Dinge, die in ihrer Gesamtheit allein für Josh reserviert waren.

Nachdem er komplett in mich eingedrungen war, verharrte er kurz, bevor er sich wieder fast ganz aus mir zurückzog, um mich mit dem nächsten Atemzug wieder komplett auszufüllen. Er imitierte den hämmernden Rhythmus seiner Finger, mit dem er mich vorhin fast zum Orgasmus gebracht hatte. Unfähig, mich länger aufrecht zu halten, ließ ich mich nach hinten fallen. Josh nutzte die Gelegenheit, um meine Hüften zu packen und meinen Körper im Takt seiner Stöße gegen seinen zu dirigieren.

Unter seinen Bewegungen fiel es mir schwer, die Augen offen zu halten, doch ich zwang mich dazu, ihn anzusehen, damit ich kein Detail verpasste. Der leichte Schweißfilm auf seiner Stirn, die zusammengezogenen Brauen, die halb geöffneten Lider. Nach einem Dutzend weiterer kraftvoller Stöße biss er sich auf die Unterlippe. Er bemühte sich, nicht zu schnell zu kommen. Ich kannte ihn gut genug, um zu wissen, was folgen würde. Josh war nie egoistisch im Bett gewesen. Dass ich kam, war für ihn immer mindestens genauso wichtig wie sein eigener Orgasmus. Mit dem Zeigefinger seiner rechten Hand streichelte er fast zurückhaltend über mein pulsierendes Zentrum, was mich laut aufstöhnen ließ. Die federleichte Berührung war nicht genug, doch sie reichte aus, um mich bittersüß zu foltern. Immer wieder stieß er fast brutal in mich, um mich gleichzeitig hauchzart mit seinem Finger zu reizen. Dieser Kontrast brachte mich um den Verstand. Ich konnte die Augen nicht mehr offenhalten, bog den Rücken durch und krallte mich rechts und links am Tisch fest.

Doch er gab mir noch lange nicht, was wir beide wollten. Minutenlang führte er das sinnliche Spiel aus harten Stößen und scheuen Berührungen weiter, bis er endlich den Druck seines Fingers erhöhte. Es brauchte nur wenige Sekunden, bis ich laut keuchend kam und Josh mir folgte.

Erst als mein Orgasmus langsam abebbte, kehrte das rationale Denken zurück. Hastig setzte ich mich auf und schob meinen Rock nach unten. Während ich meinen BH richtete und meine Bluse notdürftig mit den noch verbliebenen Knöpfen schloss, entsorgte Josh das Kondom. Ich saß auf dem Rand des Tisches und vermied es, ihn direkt anzusehen, weil ich in seinem Gesicht weder die Enttäuschung noch die Endlichkeit unserer Zweisamkeit lesen wollte. Hatte ich den Sex mit ihm gewollt? Mehr als alles auf der Welt. War es fair ihm gegenüber gewesen? Auf keinen Fall.

Als wir beide wieder komplett angezogen waren, trat er zwischen meine Beine und nahm mich erneut in den Arm. Nichts war mehr übrig von der sexuellen Spannung. Geblieben war ein dumpfes Gefühl von Verlust und die verzweifelte Suche nach einem Grund, ihn noch länger bei mir zu behalten. Doch den gab es nicht. Auf Josh wartete ein neues Leben. Auf mich selbst die tägliche Routine, die von nun an nicht mehr durch die Aufregung und das Herzklopfen unterbrochen werden würde, die Joshua Sanders lange in mir ausgelöst hatte.

»Soll ich dich noch nach Hause bringen?« Er murmelte die Frage in mein Haar, bevor er mir unendlich zärtlich einen Kuss auf den Scheitel gab.

»Nein.« Das *Buddha's Kitchen* lag in der Nähe des Campus, doch das war nicht der Grund, sein Angebot auszuschlagen. Ich wollte ihn nicht gehen lassen, was ein untrügliches Zeichen dafür war, dass ich genau das jetzt tun musste. Wenn ich mich nicht sofort von ihm verabschiedete, würde es mir niemals gelingen. »Ich laufe gern.«

»Okay.« Josh trat einen Schritt von mir zurück, und der unsichere Ausdruck, mit dem er mich ansah, ließ mich erschrocken zu ihm aufblinzeln. Doch entgegen meiner Befürchtung wollte er nicht über das reden, was zwischen uns passiert war. Ohne dass ich es aussprechen musste, verstand er, dass der Sex kein Neuanfang, sondern das Ende war. »Pass auf dich auf, Em.« Ein letzter Satz. Eine ins Schloss fallende Tür. Ein Abschied, der mir das Herz zerriss.

21. Kapitel

»Hältst du das wirklich für eine gute Idee?« Grace stand im Türrahmen und beobachtete mich dabei, wie ich den Inhalt meines Kleiderschranks inspizierte.

Dieses Gespräch hatten wir heute schon dreimal geführt, und ich war es leid, dass sie sich immerzu einmischte. Dass sie Joshs Abschiedsessen ausgerechnet im *Buddha's Kitchen* abgehalten hatte, war mittlerweile vergeben, wenn auch nicht vergessen. »Was soll ich deiner Meinung nach tun? Leben wie eine Nonne?«

»Wie wäre es, wenn du endlich damit anfängst, dich mit deinen Gefühlen auseinanderzusetzen?« Sie zickte mich genauso an, wie ich es in den Wochen seit Joshs Abschied so oft bei ihr getan hatte.

»Richtig, Grace. Es sind meine Gefühle. *Meine.* Und die gehen nur mich was an.« Endlich fand ich hinter unzähligen Winterpullovern, wonach ich gesucht hatte. Das dunkelgrüne Kleid mit den goldenen Punkten hatte ich ewig nicht getragen. Heute war die richtige Gelegenheit. Es war ausgeschnitten, doch nicht zu tief. Der Saum endete knapp über dem Knie und war weit davon entfernt, aufreizend zu sein. Dennoch vermittelte es, dass ich mir Mühe mit dem Outfit gegeben hatte. Und genau das war das Ziel des heutigen Abends.

»Und natürlich geht es auch nur um *deine* Gefühle.« Grace' Bemerkung war bissig. In jeder Silbe schwang eine unterschwellige Anklage mit.

»Ich bin nicht für die Gefühle anderer verantwortlich.« Ein hässlicher Satz, der nicht ansatzweise widerspiegelte, was ich empfand. Doch wenn ich vor Grace zugab, wie hoffnungslos, allein und traurig es tief in mir aussah, müsste ich mich auch diesen Emotionen stellen. Und das war schlicht keine Option.

»Wow.« Während ich nach meinen Schuhen suchte, sah ich aus dem Augenwinkel, wie sie den Kopf schüttelte. »Also sind wir noch im Stadium, in dem man verleugnet.«

»Hast du auf Psychologie umgesattelt?« Endlich. Da waren sie, die hübschen schwarzen Stiefel, die ich seit Monaten nicht getragen hatte.

»Man muss nicht Psychologie studieren, um zu verstehen, was mit dir los ist.« Sie verschränkte die Arme vor der Brust und musterte mich über den Rand ihrer Brille hinweg wie eine strenge Lehrerin.

»Okay, dann klär mich auf, Grace. *Was* ist denn mit mir los?« Diese Frage würde ich bereuen, doch ich war es satt, dass sie immer glaubte, zu wissen, was in mir vorging. Sie war zwar meine beste Freundin, doch das bedeutete nicht, dass ich jeden verdammten Gedanken mit ihr teilen musste.

»Die kurze oder die lange Version?«

»Kurz, wenn es geht. Ich habe heute noch was vor.« Schnell schlüpfte ich aus meinem Bademantel und in das Kleid. Vermutlich würde ich mir darin bei dem kalten Schmuddelwetter den Tod holen, doch besondere Abende verlangten nach besonderen Maßnahmen.

»Du liebst Josh, vermisst ihn. Warst aber so dumm, ihn gehen zu lassen, weil du Angst hast, dass er dich noch einmal verlässt. Und jetzt bereust du es, traust dich aber nicht, die Sache wieder geradezubiegen.« Sie räusperte sich leise. »Das wäre die ganz kurze Version.«

Jedes ihrer Worte traf ins Schwarze – und damit mitten in mein geschundenes Herz. Natürlich bereute ich, dass er nicht mehr bei mir war. Jeden verdammten Tag. Und natürlich liebte ich ihn. Das würde ich wohl immer tun. »Warum rufe ich ihn dann nicht einfach an, wenn ich ihn doch deiner Meinung nach so schrecklich vermisse? Deine Theorie hinkt.« Angriff war stets die beste Verteidigung. Doch diese Regel galt anscheinend nicht für jemanden, der einen besser kannte als jeder andere Mensch.

»Du hast Angst, dass er dich nicht mehr will. Dass er eine neue Freundin hat oder was auch immer du dir zusammenreimst.«

»Das stimmt nicht.« Ungeduldig fummelte ich an dem Reißverschluss eines dummen Stiefels herum. »Warum sollte ich Angst davor haben?«

»Ach, Em.« Sie setzte sich neben mich auf das Bett und lehnte ihre Schulter gegen meine. »Josh ist nicht wie dein Dad, und du bist nicht wie deine Mom.«

Bei dieser Bemerkung zuckte ich zusammen. Grace wusste von den Problemen meiner Eltern. Sie wusste leider viel zu viel, um es nicht richtig zu interpretieren. »Er ist seit fast vier Wochen weg.«

»Was hast du denn erwartet? Dass er dich jeden Tag anruft, nur damit du ihn ignorieren kannst?«

»Natürlich nicht.« Doch insgeheim war mir klar, dass Grace recht hatte. Auch wenn ich ihn weggeschickt hatte, ein Teil von mir – ein sehr dämlicher Teil – hatte gehofft, dass er hinter die Fassade sehen würde. Dass er erkannte, wie sehr ich ein Zeichen von ihm brauchte. Irgendetwas, von dem ich nicht einmal selbst sagen konnte, was es genau war.

»Willst du da heute wirklich hingehen?« Grace tippte auf die Schuhe, die ich immer noch in der Hand hielt.

»Es gibt keinen Grund, das nicht zu tun.«

Sie lehnte sich an mich und seufzte leise. »Es gibt hundert Gründe, aber der wichtigste davon sitzt in Philadelphia und vermisst dich gerade vermutlich genauso sehr wie du ihn.«

Kurz nachdem ich das Verbindungshaus der *Alpha Omikron Pi* betreten hatte, bereute ich bereits, dass ich hergekommen war. Alles war in kitschigem Rosa geschmückt. Von der Decke hing ein riesiger aufblasbarer Amor, und selbst die Getränke waren pink eingefärbt. Es war laut, bunt und fürchterlich. Am Eingang hatte ich einen herzförmigen Aufkleber mit einer Nummer auf die Brust geheftet bekommen. Bei meinem Glück waren auch noch schreckliche Spielchen geplant, bei denen sich die Besucher dieser Party näher kennenlernen sollten. Was zur Hölle tat ich hier?

»Hey, Emily.« Hannah, die mir nie offiziell vorgestellt worden war, kam lächelnd auf mich zu. Ich kannte ihren Namen nur von Grace. Unsere erste und einzige Begegnung war vor Monaten gewesen, als ich sie eifersüchtig in Joshs Nähe beäugt hatte. »Hallo.« Ich wollte nicht unfreundlich sein, aber ich war auch nicht hier, um neue Freunde zu finden. Jedenfalls keine weiblichen.

»Falls du dich fragst, woher ich weiß, wer du bist ...«, sie zwinkerte mir fast verschwörerisch zu, »Josh hat viel von dir erzählt.«

Und da war er, der Name, von dem ich gehofft hatte, auf dieser blöden Party verschont zu bleiben. Ich war hier, um ihn zu vergessen, nicht um an ihn erinnert zu werden. Nicht, dass mir das mit dem Vergessen gelingen würde, doch es war einen kläglichen Versuch wert.

»Wie geht's ihm denn so in Philadelphia?« Wenn Hannah bemerkte, dass ich nicht mit ihr reden wollte, ignorierte sie es gekonnt. »Ganz schön aufregend, dass er wirklich bald für die *Eagles* spielen wird.«

»Sehr aufregend, ja.« Ich war so schrecklich unhöflich, dass es mir fast leidtat. Fast.

»Bist du mit einer Freundin hier?« Hannah sah sich nach meiner nicht vorhandenen Begleitung um.

»Nein, allein.«

Diese Antwort ließ sie kurz verstummen. »Du gehst allein am Valentinstag auf eine Single-Party? Warum?«

Das war eine sehr gute Frage, die ich mir in den letzten zehn Minuten bereits mehrfach gestellt hatte. *Weil ich mir etwas damit beweisen wollte*, wäre die ehrliche Antwort gewesen. Doch das war nichts, was ich der viel zu neugierigen Hannah erzählen würde. »Warum sollte ich heute nicht hier sein?«

»Na ja, weil du nicht Single bist.«

Mein erster Impuls war, sie einfach stehen zu lassen. Ich war nicht hergekommen, um mich über meinen Beziehungsstatus auszulassen – was nicht einer gewissen Ironie entbehrte, wenn man bedachte, dass die meisten Besucher dieser Party genau das tun wollten: über ihren Status reden und ihn, wenn möglich, ändern. Ich zwang mich zu einem zaghaften Lächeln. »Doch, bin ich.«

»Oh.« Ihre Augen wurden groß, als sie mich lange Sekunden anstarrte. »Ich dachte ...«

All die aufgestellten Regeln hatten wunderbar funktioniert. Dass niemand von Josh und mir erfahren sollte, war eine der Bedingungen gewesen. Und jetzt stand ich hier, auf einer verdammten Single-Party, und erklärte einem Mädchen, das ich quasi überhaupt nicht kannte, dass ich nicht mehr mit Josh zusammen war. Was Blödsinn war. Es hatte nie eine Beziehung gegeben. »Möchtest du noch was trinken?« Um vom Thema Josh Sanders abzulenken, nickte ich in Richtung ihres leeren Pappbechers. »Ich wollte mir gerade ein Bier holen. Soll ich dir etwas mitbringen?«

»Ja, das wäre sehr nett.«

Hannah drückte mir ihren Becher in die Hand, und ich bahnte mir einen Weg zur Küche, wo ich bei meiner Ankunft ein paar Studentinnen in pinkfarbenen Kostümen gesehen hatte, die hinter einer provisorisch aufgebauten Bar standen.

Vier Drinks später waren Hannah und ich leicht angetrunken. So nervig ich sie anfangs gefunden hatte, so reizend kam sie mir jetzt vor. Sie besaß einen bitterbösen Humor, der meinem in nichts nachstand. Wir machten uns einen Spaß daraus, das Balzverhalten unserer Mitstudenten zu beobachten und zu kommentieren. »Oh, sieh mal.« Sie stupste mich mit dem Ellenbogen an. »Eitler Pfau auf zwölf Uhr.«

Wann wir damit begonnen hatten, die Himmelsrichtungen im Militär-Jargon anzusagen, wusste ich nicht mehr. Irgendwann zwischen Drink zwei und drei. Es war nicht schwer, zu erraten, wen Hannah meinte. Genau gegenüber von uns strich sich ein großer, muskulöser Typ in einem hautengen schwarzen Hemd mehrmals mit beiden Händen durchs Haar. »Was meinst du? Auf wen hat er es abgesehen?«

»Die Blondine da vorn in dem kurzen, roten Rock.«

Das Mädchen war wunderschön. Lange, blonde Haare, die ihm fast bis zur Taille fielen. Dazu ein herzförmiges Gesicht mit großen Augen. »Meinst du, sie steigt darauf ein?«

Hannah schnaubte leise. »Auf keinen Fall. Der Typ ist viel zu schmierig für sie.«

Fasziniert beobachteten wir, wie sich ihre Vorhersage bewahrheitete. Das Mädchen sprach zwar kurz mit dem Kerl, aber es war selbst aus der Ferne deutlich zu erkennen, dass er sich einen Korb einfing. »Er tut mir fast leid.«

»Du könntest ihn selbst ansprechen.« Hannah kicherte leise. »Obwohl er definitiv ein Abstieg wäre.«

Jeder Kerl war ein Abstieg nach Josh. Das war der Kern des Problems. Niemand war auch nur ansatzweise mit ihm vergleichbar. Und dass ich nach wie vor unsterblich in ihn verliebt war, machte die Sache nicht weniger kompliziert. »Verzichte.«

»Hm. Dachte ich mir. Vielleicht sollte ich mein Glück versuchen.«

»Aber doch nicht bei dem.« Empört sah ich sie an. Hannah war mit ihren dunklen Locken und den großen braunen Augen unglaublich niedlich. Sie erinnerte mich an eine Elfe, wie man sie aus Märchen kannte. Der selbstverliebte Typ war sicher nicht der Richtige für sie. »Wir suchen dir einen anderen.«

Hannah zuckte mit den Schultern. »Ist das nicht der Sinn von Single-Partys? Man reißt irgendwen auf, nimmt ihn mit nach Hause und wünscht sich im nüchternen Zustand am nächsten Tag, dass man in ein anderes Land auswandern könnte?«

Nicht, dass ich Erfahrungen mit One-Night-Stands hätte. Mein erster und einziger war Josh gewesen – und der hatte sich als sehr langlebig herausgestellt. »Mag sein, aber nicht ausgerechnet dieser Kerl. Er gräbt übrigens gerade die Nächste an.«

»Willst du ihm vorwerfen, dass er sein Glück bei mehreren versucht?« Hannah kicherte schon wieder. Dieses Mal in ihren pinkfarbenen Becher, bevor sie einen kleinen Schluck nahm. »Wenn man hier niemanden für eine Nacht abschleppt, wo sonst?«

»Bist du deswegen hergekommen?«

Ihre Locken hüpften um ihren Kopf, als sie auf der Stelle im Takt der Musik hin und her wippte. »Bist du etwa aus einem anderen Grund hier?«

Ja? Nein? So richtig wusste ich das selbst nicht. »Keine Ahnung.«

»Du hast nicht geglaubt, dass du hier die große Liebe triffst, oder?« In ihrem Blick lag ein Hauch Mitleid. »Die jährliche Valentins-Party der *Alpha Omikron Pi* ist berüchtigt dafür, dass jeder nur schnellen Sex will.«

»Aber sie haben mir ein rosa Herz mit einer Nummer aufgepappt.« Um meine Worte zu unterstreichen, fuhr ich mit den Fingern den Aufkleber auf meiner Brust nach. »Das bedeutet ...«

»Das bedeutet, dass du auf der großen Tafel hinten im Billardzimmer nachschauen kannst, ob jemand Interesse an dir hat.«

»Ich weiß absolut nicht, wovon du sprichst.« Vielleicht wäre es klug gewesen, sich über die Regeln einer solchen Veranstaltung vorab zu informieren. Als ich die Werbeplakate gesehen hatte, war es mir wie eine gute Idee vorgekommen. Schließlich war ich Single – auch wenn mein dummes Herz etwas anderes behauptete.

»Wenn dich jemand kennenlernen will, muss er dich nicht persönlich ansprechen. Er kann auch einfach zu dieser Tafel gehen, seine Nummer neben deine schreiben und Kontaktdaten hinterlassen. Wenn du Interesse hast, kannst du dich direkt bei der Person melden oder versuchen, sie in der Menge zu finden.« Sie griff nach meiner Hand und zog mich hinter sich her, bevor ich begriff, was sie vorhatte. »Und jetzt sehen wir nach, ob es Interessenten gibt.«

Oh Gott. Das klang absolut falsch. So geschäftsmäßig. War das hier eine Single-Party oder ein getarnter Swinger-Club?

Vor der Tafel herrschte reger Andrang, doch davon ließ sich Hannah nicht beirren. Wir warteten ganze zwanzig Minuten, bis wir endlich an der Reihe waren. »Da!« Sie zeigte auf die untere, rechte Ecke der Tafel. »Das macht zwei Telefonnummern für mich. Und bei dir, Emily?«

Ich hatte die Tafel noch keines Blickes gewürdigt. Mir war es völlig egal, ob mich irgendwer kennenlernen wollte. Hierherzukommen war eine furchtbar dämliche Idee gewesen. Entschlossen riss ich mir den Aufkleber von der Brust und ließ ihn zu Boden segeln. »Bin gleich wieder da, ich brauche frische Luft.«

Erst als ich die Holzterrasse erreichte, die einmal um das komplette Verbindungsgebäude führte, beruhigte sich mein Herzschlag langsam wieder. Vor dieser Tafel hatte mich die Erkenntnis meiner eigenen Dummheit wie eine Lawine überrollt. Ich stand an einem Freitagabend in einem stickigen, lauten Verbindungshaus und tat so, als würde ich irgendeinen Typen suchen, obwohl ich keinerlei Interesse an diesen Männern hatte. Schwer atmend setzte ich mich auf die Holztreppe. Es war unangenehm kalt, doch das erschien mir in diesem Moment das kleinere Übel zu sein. Zurück ins Haus wollte ich auf keinen Fall. Mit eisigen Fingern fischte ich mein Handy aus meiner kleinen Schultertasche und formulierte eine Nachricht, die ich morgen sicher bereuen würde.

Ich: *Ich bin auf einer Single-Party.*

Nur ein Satz und ich hatte keine Ahnung, was ich mir davon versprach. Sicher würde er nicht einmal antworten. Wenn er klug wäre, würde er meine Nummer blockieren, sein perfektes Leben leben und sich eine Freundin suchen, die nicht so verkorkst war. Auf dem Display erschienen nach wenigen Sekunden die drei kleinen Punkte, die anzeigten, dass er mir antwortete.

Josh: *Lilly ist gerade endlich eingeschlafen. Sie mag Philadelphia nicht besonders und wacht nachts oft auf. Ich glaube, sie hat Heimweh.*

Mit keinem Wort ging er auf meine vorherige Nachricht ein. Das war gut – glaubte ich jedenfalls. Es zeigte, dass wir vielleicht freundschaftlich miteinander umgehen konnten. So schnell, wie ich diesen Gedanken gehabt hatte, verwarf ich ihn auch wieder.

Niemals wäre es genug, nur Joshs platonische Freundin zu sein. Manchmal war ich gut darin, mir selbst Dinge einzureden, doch diese Lüge war dafür einfach zu groß.

Ich: *Hannah sagt, das sei gar keine richtige Single-Party, und jeder hier ist nur auf der Suche nach einem One-Night-Stand.*

Für jedes Wort, das ich Josh schrieb, hasste ich mich ein wenig mehr. Nach wenigen Augenblicken erschienen die drei kleinen Punkte erneut.

Josh: *Gestern waren Lilly und ich im* Philadelphia Museum of Art. *Hast du den Film* Rocky *gesehen? Die Treppen, die er in dieser berühmten Szene hinaufjoggt, sind die vor dem Museum. Lilly und ich haben das nachgemacht, auch wenn sie keine Ahnung hatte, warum wir plötzlich unbedingt rennen mussten.*

Ich hatte *Rocky* nie gesehen, doch ich hätte alles dafür gegeben, es nachzuholen. Mit Josh und Lilly, falls der Streifen kinderfreundlich war. Oder später, wenn sie alt genug wäre. Und ich wollte mit ihnen zusammen in dieses Museum gehen und mich nicht allein auf schrecklichen Single-Partys rumdrücken. Die nächsten Zeilen tippte ich, während einzelne Tränen auf mein Handy tropften, die ich hastig am Saum meines Kleides abwischte.

Ich: *Vielleicht sollte ich es wie Hannah machen und mich nach jemandem umsehen, um heute Nacht nicht allein zu sein.*

Mit jeder Silbe versuchte ich, ihm wehzutun. Mein eigener Schmerz war so groß, dass ich ihn nicht anders zu kompensieren wusste. Josh konnte froh sein, dass er mich los war. Jemanden zu verletzen, weil man selbst verletzt war, machte mich zu einem Menschen, den ich verabscheute. Auch auf diese Nachricht antwortete er, obwohl ich es weiß Gott nicht verdient hatte.

Josh: *Meine Mom ist aktuell noch hier und hilft, bis sich Lilly eingewöhnt hat. Aber bald werde ich eine Nanny suchen müssen. Sie in den Händen von fremden Menschen zu lassen, ist eine seltsame Vorstellung.*

Die kleine, süße Lilly, die bestimmt in einem wunderhübsch eingerichteten, neuen Kinderzimmer schlief und einen Dad hatte, der die Welt für sie aus den Angeln heben würde. Auch sie fehlte mir – ihr Spielzeug, das überall verstreut lag, ihr bezauberndes Kinderlachen und die Bilder, die sie mir gemalt hatte. Ich wollte mehr bunte Zeichnungen von ihr, um sie an meinen Kühlschrank zu hängen, egal wie hässlich sie wären.

Mit der nächsten Frage machte ich mich zu der größten Heuchlerin der Welt.

Ich: *Ist es dir egal?*

Er hatte jegliche Aussagen zu dieser Party vermieden – so sehr ich auch versucht hatte, eine Reaktion zu provozieren. Ich hätte es dabei belassen sollen, doch ich konnte einfach nicht.

Josh: *Nichts, was dich betrifft, ist mir egal.*

Aber dass du irgendwo in einer Ecke hockst und mir schreibst, anstatt jemanden aufzureißen, ist ein gutes Zeichen.

Meine Finger flogen über das Display.

Ich: *Ein gutes Zeichen wofür?*

Wieder dauerte es nicht lange, bis seine Antwort aufleuchtete.

Josh: *Ich vermisse dich auch, Em.*

Schniefend lehnte ich den Kopf gegen die Balustrade links neben mir. Nach ein paar tiefen Atemzügen hatte ich die aufkeimenden Tränen unter Kontrolle gebracht.

Ich vermisse dich auch, Em.

Mit keinem Wort hatte ich zugegeben, was ich fühlte. Stattdessen waren meine Nachrichten distanziert und kalt gewesen. So kalt, wie ich gern sein wollte – doch nicht sein konnte, wenn es um Josh ging.

... dass du irgendwo in einer Ecke hockst und mir schreibst, anstatt jemanden aufzureißen, ist ein gutes Zeichen.

Josh hatte recht. Ich saß auf einer verdammten Single-Party draußen in der Kälte und schrieb ihm irgendwelche passiv-aggressiven Nachrichten, weil ich mit meinen Gefühlen nicht klarkam. Weil ich ihn so sehr vermisste, dass mich keiner der Typen hier interessierte. Nicht gestern, nicht heute und nicht morgen. Vier Jahre lang hatte ich mir eingeredet, dass ich Josh nicht mehr wollte, um die erste Gelegenheit zu nutzen, ihn wieder zu einem Teil meines Lebens zu machen. Mit dummen Regeln, mit der lächerlichen Vorstellung, dass es nur Sex zwischen uns war, und mit der irrwitzigen Annahme, die Vergangenheit ruhen lassen zu können.

Nichts, was dich betrifft, ist mir egal.

Er hatte mir auf hundert Arten gesagt, dass er mich liebte. Immer wieder. Und ich dumme Kuh ging zu einer Single-Party, um andere Typen aufzureißen, die alle niemals so perfekt für mich wären wie er.

Hastig rappelte ich mich auf und lief durch die große Flügeltür zurück ins Haus. Hannah entdeckte ich nach wenigen Minuten auf der Tanzfläche. Sie war damit beschäftigt, sich von einem Typen wenig jugendfrei küssen zu lassen, während sich die zwei im Takt der Musik bewegten.

Entschlossen straffte ich die Schultern und ging auf einen riesigen, blonden Kerl zu, der mit einem Bier in der Hand lässig an der Wand lehnte. Er war mindestens so groß wie Josh, jedoch weniger durchtrainiert. »Hi.«

Er sah mir nur kurz in die Augen, bevor er seinen Blick an meinem Körper auf- und abgleiten ließ. »Hey.«

Auch auf die Gefahr hin, dass er mich für verrückt hielt – ich musste ihn einfach fragen. »Wer ist dein liebster Serienmörder?«

»Was?« Mit einem Mal waren meine Brüste für ihn nicht mehr das interessanteste Körperteil. Er sah mir offensichtlich verwirrt direkt ins Gesicht.

»Dein liebster Serienmörder?«

»Ist das ein Witz?«

Ich schüttelte den Kopf. »Nein. Nur eine Frage.«

»Keine Ahnung, was das für ein kranker Mist sein soll, aber such dir einen anderen dafür.« Mit diesen Worten stieß er sich von der Wand ab und ließ mich stehen.

Der nächste Typ war dunkelhaarig und hatte ein umwerfendes Lächeln. »Hi, darf ich dich was fragen?«

»Alles, was du möchtest.«

»Das ist nett von dir.« Er schien umgänglicher als der Blonde zu sein. »Willst du mal Kinder?«

Bei dieser Frage verschluckte er sich an seinem Bier. Erst nachdem ich ihm ein paar Mal auf den Rücken geschlagen hatte, hörte er auf, zu husten. Sein Gesicht hatte eine ungesunde, rote Farbe angenommen. »Ob ich *was*?«

»Kinder. Willst du welche?«

»Keine Ahnung?« Seine Antwort klang wie eine Frage. »Suchst du hier jemanden, der dich schwängert?«

»Nein, natürlich nicht.« Lachend stupste ich ihm gegen den Oberarm. »Danke, du hast mir sehr geholfen.«

»Habe ich das?«

»Mehr als du denkst.« Ich ließ ihn stehen und bahnte mir auf der Suche nach meinem nächsten Opfer einen Weg durch die tanzende Menge.

Ich fand es wenig später. Coleman stand mit zwei anderen Footballern zusammen und unterhielt sich angeregt.

»Hallo.«

»Hey Emily.« Er umarmte mich kurz, bevor er mich seinen beiden Freunden vorstellte. »Brian, Paul, das ist Emily. Die Freundin von Sanders.«

Sie nickten mir kurz zu, bevor sie sich wieder ihrem Bier widmeten. Es sollte sich falsch anfühlen, dass mich Coleman

Joshs Freundin genannt hatte – doch das tat es nicht. Es fühlte sich so verdammt richtig an. So viel richtiger als die vergangenen Wochen ohne ihn. »Kann ich dich was fragen, Coleman?«

»Klar.«

»*Star Trek* oder *Star Wars*?«

Coleman zögerte kurz, bevor er laut lachte. »Warum zur Hölle fragst du mich so was?«

Ihm das zu erklären, würde länger dauern. So viel Zeit hatte ich nicht. »Das ist kompliziert.«

»Ich verstehe langsam, warum Sanders gesagt hat, du wärst etwas Besonderes.«

Das hatte Josh über mich gesagt? Natürlich hatte er. Ich dumme Kuh war nur viel zu verbohrt gewesen. »Also? Skywalker oder Picard?«

»Ist mir beides egal, aber wenn ich mich entscheiden muss, wäre es wohl *Star Trek*.«

Ich runzelte die Stirn.

»Das war die falsche Antwort, oder?«

»Ja und nein.« Die Situation war so absurd, dass ich ein Grinsen nicht unterdrücken konnte. »Du hast mir jedenfalls sehr geholfen.«

»Immer wieder gerne.« Wenn er mich für durchgeknallt hielt, versteckte er das gut.

Ich stellte mich auf die Zehenspitzen und gab ihm einen flüchtigen Kuss auf die Wange. »Danke.«

Drei verwirrte Typen später wusste ich, dass der eine penibel ordentlich war, der nächste auf die *Dallas Cowboys* stand und mein letztes Opfer den Unterschied zwischen Barock und Gotik nicht kannte.

Es wurde alles bestätigt, was ich längst wusste. Keiner von ihnen war wie Josh. Egal, wie lang ich suchte, ich würde niemanden finden, der so war wie er.

Als ich Hannah Bescheid geben wollte, dass ich mich auf den Heimweg machen würde, sah ich ihren Bruder in einer Ecke nahe der Küche stehen. Adam Baker nippte gelangweilt an seinem Bier und wirkte, als wäre er lieber an jedem anderen Ort der Welt. Zielstrebig steuerte ich auf ihn zu. »Hallo Adam.«

Sichtlich irritiert drehte er sich zu mir um. »Kennen wir uns?« Seine Bewegungen waren geschmeidig, nichts erinnerte an seinen Unfall vor ein paar Monaten.

»Flüchtig.« Auch wenn ich ihn wirklich nicht leiden konnte, setzte ich mein schönstes Lächeln auf. Er war der perfekte Kandidat. »Ist es okay, wenn ich dir eine Frage stelle?«

»Nein.« Er schaffte es, in diese eine Silbe erstaunlich viel Abneigung zu legen. Adam Baker und ich würden in diesem Leben wohl keine Freunde mehr.

»Es dauert auch nicht lange.«

Er seufzte leise und bedachte mich mit einem sichtlich genervten Blick. »Ich habe *Nein* gesagt.«

Gott, was Annie an diesem ungehobelten Klotz attraktiv fand, würde ich nie verstehen. Optisch war er okay, aber seine ganze Art machte ihn nicht sehr anziehend.

Hannah tauchte wie aus dem Nichts neben mir auf und strahlte erst mich, dann ihren Bruder an. »Ihr kennt euch?«

»Nein.«

»Ja.«

Sie kräuselte die Nase, als sie sich an Adams Schulter lehnte. »Manchmal ist er etwas mürrisch. Mach dir nichts draus, Em. Eigentlich ist er ein netter Kerl.«

»Dass er mürrisch ist, habe ich schon gemerkt.«

Adam nahm einen großen Schluck von seinem Bier. »Habt ihr euch vorgenommen, mir gemeinsam den Abend zu verderben?«

»Das hat Chloe doch schon getan.« Ich folgte Hannahs Blick und sah das Mädchen, mit dem er im *Buddha's Kitchen* gegessen hatte, engumschlungen mit einem gutaussehenden Typen tanzen.

»Du da.« Damit meinte er eindeutig mich. »Wenn ich dir diese Frage beantworte, verschwindest du dann und nimmst meine Schwester mit?«

»Okay. Mach ich.« Besonders scharf war ich auf seine Gesellschaft sowieso nicht.

»Was für eine Frage?« Hannah musterte mich verwirrt.

»Wie heißt die Krabbe aus *Arielle, die kleine Meerjungfrau*?«

Adam sah mich an, als wäre ich völlig übergeschnappt, während Hannah mich über das ganze Gesicht anstrahlte. »Ich weiß es.«

»Damit hast du mir einiges voraus.« Adams Stimme war zu einem unfreundlichen Brummen geworden. »Ich habe keine verdammte Ahnung, wie dieses Ding heißt, und es ist mir auch egal.«

»Danke.« Damit war auch meine letzte Frage beantwortet.

Adam wandte sich besorgt an seine Schwester. »Kann ich dich mit der alleinlassen?«

Sie schlang die Arme um seinen Nacken und umarmte ihn fest. »Alles gut, *Grumpy Bear*.«

»Das ist mein Stichwort.« Er löste sich von ihr und ließ uns ohne ein weiteres Wort stehen.

»Ist der immer so?« Ich war Adam Baker nur zweimal über den Weg gelaufen, und bei beiden Begegnungen war er unfreundlich gewesen.

»Nicht immer, aber die Frage war schon schräg, das musst du zugeben. Welcher Kerl weiß schon, wer Sebastian ist?«

Ich kannte einen, der genau das tat. Der einen liebsten Serienkiller hatte, auch wenn er es niemals offen zugeben würde. Der Kinder vergötterte und *Star Wars* so viel spannender fand als *Star Trek*. Der pathologisch unordentlich war, auf die *New England Patriots* stand und alles über die verschiedenen Epochen der Kunstgeschichte wusste, weil er mich stundenlang darüber ausgefragt hatte.

Ich hatte den größten Fehler meines Lebens begangen – und es war an der Zeit, ihn zu berichtigen.

22. Kapitel

Es war später Nachmittag, als ich endlich durch eine der riesigen Drehtüren des *Philadelphia International Airports* ins Freie trat. Mehrmals war der Flug verschoben worden. Erst hatte man Schnee von der Startbahn entfernt, später die Tragflächen des Flugzeugs enteist. Alles Dinge, die nicht unbedingt dazu beitrugen, das mulmige Gefühl in meinem Magen zu vertreiben. Ich hatte keine Flugangst, doch ich fühlte mich wesentlich besser, wenn ich mit beiden Beinen fest auf dem Boden stand. Zum Glück hatte ich nicht auch noch auf mein Gepäck warten müssen. Mehr als eine kleine Reisetasche hatte ich nicht dabei.

Vereinzelt segelten Schneeflocken auf die Erde, während ich ganz langsam Panik bekam. In Columbus hatte der Plan noch so gut geklungen. Doch hier in Philadelphia wurde mir erst richtig bewusst, was es bedeuten würde, wenn es schiefging. Tausend Dinge hatte ich mir zurechtgelegt, die mir mittlerweile alle albern vorkamen. Ich wusste, was ich Josh sagen wollte. Daran würde sich auch nichts ändern. Ich wusste nur nicht, wie.

Auf wackeligen Beinen steuerte ich ein wartendes Taxi an, stieg ein und gab dem Fahrer die Adresse, die ich von Noah bekommen hatte. Zu meiner Überraschung hatte er alle benötigten Informationen bereitwillig rausgerückt, ohne dass ich Grace auf ihn hetzen musste.

Society Hill war einer der ältesten Stadtteile von Philadelphia – das hatte meine Google-Recherche ergeben. Schmale Straßen schlängelten sich vorbei an wunderschönen Backsteinhäusern, die zwar in die Jahre gekommen, doch fast alle renoviert waren. Die Türen und Fensterläden waren rot, blau oder weiß gestrichen. Wenn man nicht wusste, dass man sich in einer Stadt mit mehr als anderthalb Millionen Einwohnern befand, hätte man diesen Teil Phillys auch für ein Dorf halten können. Gusseiserne Laternen leuchteten gegen die einsetzende Dämmerung an und hüllten die Straßen in malerisches Licht. *Society Hill* war hübsch und ganz anders, als ich es mir vorgestellt hatte. Ich wusste nicht genau, was ich erwartet hatte. Vielleicht ein schickes Penthouse oder ein altes Industriegebäude, das zu einem hippen Loft umgebaut worden war. Vielleicht auch nur ein Hotelzimmer. Alles außer diesem dreistöckigen, fast schon spießig wirkenden Haus mit himmelblauer Holztür.

Aus meiner Reisetasche kramte ich das schwarze Notizbuch, in dem ich während des gesamten Flugs geblättert hatte. Sanft strich ich ein letztes Mal über den Einband, bevor ich es auf den Briefkasten legte. Laut Noahs Infos würde es nicht mehr lange dauern, bis Josh nach Hause kam. Ich warf einen kurzen Blick auf mein Handy. Das Training war gerade beendet, spätestens in einer Stunde würde er das Buch finden. Finden und im besten Fall verstehen, was ich ihm damit sagen wollte. War ich vorhin noch panisch gewesen, war ich nun, nachdem ich meinen Plan ins Rollen gebracht hatte, fest davon überzeugt, dass es niemals funktionieren würde. Unsere gemeinsame Vergangenheit würde auch das dumme Notizbuch nicht vergessen machen können. Josh hatte mich vor Jahren verletzt, ich ihn in den vergangenen Monaten. Immer wieder hatte ich ihn fortgeschickt, nicht an mich herangelassen, und ihm sogar am Valentinstag absichtlich mit diesen Nachrichten wehgetan. Vielleicht hatte er längst genug von mir. Von uns.

Mit einer wirren Mischung aus Verzweiflung und Hoffnung stieg ich zurück ins Taxi, das auf mich gewartet hatte.

Die Treppe war genauso imposant wie im Film. Mehrmals hatte ich mir den Ausschnitt aus *Rocky* auf YouTube angesehen, in dem er die unzähligen Stufen hinaufstürmte. Ein Mann mit absolutem Siegeswillen, der trotz aller Widerstände an sich und sein Ziel glaubte. Das hatten *Rocky* und ich gemeinsam. Auch wenn unsere Chancen nicht gut standen, gaben wir nicht auf. Auf ihn wartete der Weltmeistertitel im Schwergewicht. Für mich stand die Liebe meines Lebens auf dem Spiel.

Das *Museum of Art* hatte schon geschlossen, sodass sich nur noch wenige Menschen auf dem kleinen Vorplatz befanden. Seit ich das Buch abgelegt hatte, war über eine Stunde vergangen. Wenn alles so lief, wie Noah es mir versprochen hatte, hielt Josh es bereits in seinen Händen. Allein der Gedanke daran sorgte dafür, dass mir schlecht wurde. Nachdem ich zweimal tief aus- und wieder eingeatmet hatte, zog ich einen dicken Wollpullover aus meiner Reisetasche und faltete ihn wie ein Kissen zusammen. Die Sonne war bereits untergangen und hüllte Philadelphia in eine goldene Dämmerung. Es war hübsch, jedoch noch kälter als vor zwei Stunden. Seufzend drapierte ich mein Pullover-Kissen auf der obersten Treppenstufe und setzte mich darauf. Meinen stümperhaften Berechnungen zufolge würde ich nicht länger als eine halbe Stunde warten müssen. Vorausgesetzt er hatte das Buch gefunden und noch nicht genug von mir.

Im nächsten Moment brummte das Handy in meiner Jackentasche. Mit zitternden Fingern zog ich es hervor. Innerlich wappnete ich mich für eine Nachricht von Josh, der mir sagen würde, dass ich umsonst wartete. Doch es war Annie, die mir geschrieben hatte.

Annie: *Der Unterschied zwischen einem Helden und einem Feigling ist der, dass der Held bereit ist, zu kämpfen ...*

Das ist ein Zitat aus Rocky, falls du es nicht erkannt haben solltest, du Banause. Ich weiß, dass alles gut wird. Hab keine Angst.

Annie hatte diese Gabe, zum richtigen Zeitpunkt die perfekten Worte zu finden. Ich war vom Erfolg meiner Mission zwar nicht so sehr überzeugt wie sie, doch es half, dass sie an mich und Josh glaubte. Viel zu aufgewühlt, um ihr zu antworten, verstaute ich das Handy wieder.

Zweiundsiebzig Stufen. So viele führten von der Straße unterhalb der Treppe hinauf zum Museum. Auch wenn es mit jeder Minute dunkler wurde, hatte ich sie so oft gezählt, dass ich mir sicher war, mich nicht geirrt zu haben. Eine triviale Tätigkeit, um meinen Verstand davon abzuhalten, mir weismachen zu wollen, dass meine schlimmsten Befürchtungen eintreten würden. Mittlerweile saß ich seit fast zwei Stunden auf meinem Platz, von dem ich die Umgebung haargenau im Blick hatte. Wenn er kam, würde ich ihn nicht übersehen. Doch genau das war das Problem. Josh tauchte nicht auf. Unzählige Autos hatten am Fuß der Treppe gehalten, und jedes Mal hatte mein Herz schneller geschlagen – nur um wenige Sekunden später zu realisieren, dass es doch nur ein Tourist war, der ein Selfie vor den berühmten Stufen machen wollte. Selbst die einsetzende Dunkelheit hielt sie nicht davon ab. Immer wieder blitzte ein Handy in der Nähe auf. Sobald ich wieder zuhause war, würde ich mir diesen Film ansehen müssen. Im besten Fall mit Josh zusammen, im schlimmsten allein mit billigem Wein, einer Familienpackung Eiscreme und einem gebrochenen Herzen.

Die Minuten verstrichen quälend langsam. Mir war mittlerweile so kalt, dass ich nicht länger stillsitzen konnte. Ich stand auf, lief unruhig von rechts nach links und wieder zurück, ohne dabei die Straße aus den Augen zu lassen. Mehrmals kontrollierte ich mein Handy. Der Akku war fast voll, ich hatte Empfang, doch außer der Nachricht, dass meine Lerngruppe nächste Woche ausfallen würde, blieb das Telefon stumm.

Er schrieb nicht. Er rief nicht an. Er kam nicht.

Je länger ich wartete, desto mehr Zeit hatte ich, um nachzudenken. Je länger ich nachdachte, desto überzeugter war ich davon, dass Josh mit uns abgeschlossen hatte. Vielleicht hatte er das Buch gefunden, kurz durchgeblättert, ehe er es mit einem Murmeln zur Seite gelegt hatte. Er murmelte oft vor sich hin, auch wenn ihm das selbst gar nicht bewusst zu sein schien. Wenn er unzufrieden war, wurde das Murmeln manchmal zu einem leisen Brummen. Ob er gebrummt hatte, als er das Notizbuch gesehen hatte?

Erschöpft von diesem schrecklich langen Tag, der Kälte und der Enttäuschung setzte ich mich wieder auf mein Pullover-Kissen. Ein paar Minuten würde ich noch ausharren. So lange ich wartete, musste ich mich nicht der hässlichen Wahrheit stellen, dass ich zu spät war. Unzählige Male hatte ich ihn abgewiesen, ihn von mir gestoßen und versucht, mit dummen Regeln meine Gefühle zu verstecken. Vielleicht wollte er nicht ewig auf etwas warten, das doch nie eintraf. Niemand wollte einfach immer nur unglücklich sein.

Langsam rappelte ich mich auf und stopfte den Pullover wieder in die Reisetasche. War mir Philadelphia nach meiner Ankunft noch freundlich, hübsch und einladend vorgekommen, empfand ich jetzt nichts als Abscheu für diese Stadt. Wenn es mir gelang, ein Taxi zu erwischen, würde ich direkt zum Flughafen fahren, dort die Nacht verbringen und morgen Früh so schnell verschwinden, wie es mir nur möglich war.

»Emily.« Laut und eindringlich hallte mein Name zu mir nach oben. Die wenigen Menschen, die sich noch in der Nähe befanden, drehten sich verdutzt um, doch das schien Josh nicht zu stören. Er stand in Trainingsklamotten, die Hände in die Hüften gestemmt, etwa zweihundert Meter von mir entfernt am Fuß der Treppe. Ich konnte seinen Gesichtsausdruck nicht sehen, doch seine Körperhaltung drückte Entschlossenheit aus. »Bleib, wo du bist.« Josh jagte in einem wahnwitzigen Tempo die Stufen nach oben. *Rocky Balboa* wäre stolz auf ihn gewesen. Schwer atmend kam er vor mir zum Stehen.

Mein Herz schlug rasend schnell in meiner Brust. Vor Erleichterung. Vor Aufregung. Vor Liebe. Josh war hier. Er war tatsächlich gekommen. Nach verdammten drei Stunden. »Ich warte seit einer halben Ewigkeit.« Warum ich das sagte, wusste ich selbst nicht genau. Vielleicht weil all das, was ich wirklich in diesem Augenblick fühlte, nicht in Worte zu fassen war.

Ein zaghaftes Lächeln stahl sich auf seine Lippen. »Das habe ich vermisst.«

»Vorwürfe?«

Aus dem Lächeln wurde ein breites Grinsen. »Ja, die auch.« Er zog das Notizbuch aus der Hosentasche und hielt es mir unter die Nase.

»Du hast es gefunden.« Eine ziemlich dumme Feststellung. Hätte er das nicht, wäre er nicht hier.

»Durch Zufall.« Er fuhr sich mit der Hand durchs Haar, das mittlerweile so lang war, dass es den Kragen seines Hoodies berührte. »Erst als ich mit Otis noch mal vor die Tür bin, habe ich es da liegen sehen.«

»Wer ist Otis?«

»Der Hund meiner Mom. Sie ist noch hier wegen Lilly.«

»Das ist nett. Von deiner Mom. Und von Otis.« Gott, was redete ich da? Nervös nestelte ich am Saum meines Pullis.

Josh schüttelte belustigt den Kopf. »Ja, das ist sehr nett von Otis. Du würdest ihn mögen, er ist mindestens ebenso launisch wie du.«

Unter normalen Umständen hätte ich vehement widersprochen, doch in diesem Moment war gar nichts normal. Die Anspannung fraß mich von innen auf und drohte, mir den Boden unter den Füßen wegzuziehen. Ich ignorierte die Kälte und setzte mich wieder auf die Treppenstufe.

Josh zögerte nicht und tat es mir gleich. Lange Sekunden saßen wir schweigend nebeneinander. So nah, dass sich unsere Oberschenkel berührten. Vielleicht erlag ich einer trügerischen Illusion, doch dieser harmlose Körperkontakt gab mir Hoffnung. Josh war gekommen, das musste etwas bedeuten.

»Können wir darüber sprechen?« Er hatte das Notizbuch auf dem Schoß und schlug die erste Seite auf. Ich erkannte im schwachen Licht der Straßenlaterne in unserem Rücken meine Handschrift. In großen Buchstaben prangte sein Name auf der ersten Seite.

»Du willst ... reden?« In meiner Naivität hatte ich angenommen, dass die Bilder erzählten, wofür ich immer zu feige gewesen war.

»Ja, das sollten wir.« Er sagte es so leise, dass ich ihn kaum verstand.

»Okay.« Auch wenn er gekommen war, fühlte es sich nicht so an, als würde mein Flug nach Philadelphia zu der einen Sache führen, die ich mir so sehr wünschte: eine neue Chance für uns. Ohne Ballast, Geheimnisse und unausgesprochene Wahrheiten. Ich schluckte schwer, als ich den Kopf drehte und sein Profil betrachtete, das mir so vertraut war. »Was willst du wissen?«

»Das hier«, er tippte mit dem Finger auf die erste Zeichnung, »hast du das wirklich gedacht?«

Die Skizze von mir bei meinem Probetraining für die Cheerleader-Mannschaft unserer Highschool war wie von selbst aufs Papier geflossen. Der Tag war mir heute noch so gut in Erinnerung, als wäre es gestern gewesen. Ich hatte mich gemalt, wie ich mit hässlichen Pompons und in einem schrecklichen grünen Polyesterrock am Rand des Spielfelds stand. Auf dem Rasen trainierten die Footballer. Über meinem Kopf schwebten zwei Gedankenblasen.

Warum tue ich mir diesen Quatsch überhaupt an? – Damit du Joshua Sanders während der Spiele anstarren kannst.

Das war die einzige Motivation für meine wenig rühmliche Karriere als Cheerleaderin gewesen. Das Training und die Spiele hatten mir die Gelegenheit geboten, in Joshs Nähe zu sein. Damals war ich davon ausgegangen, dass er keine Ahnung von meiner Existenz hatte. Doch das hatte mein sechzehnjähriges, dummes Ich nicht davon abgehalten, es mit fürchterlichem Cheerleading zu versuchen.

Kaum nickte ich zaghaft, blätterte er auch schon ein paar Seiten weiter. »Das hier. Wann war das?«

Die Zeichnung zeigte, wie ich in meinem alten Zimmer zuhause in Newark auf dem Bett lag und die Decke anstarrte. Über mir erneut eine Gedankenblase.

Wenn der Abend nur ein Traum war, will ich nie wieder aufwachen.

»Das war nach der Party bei Dylan Hanson.«

Josh sah mich aus großen Augen an. »Als ich dich nach Hause gebracht habe?«

»Hm.« Aber er hatte noch so viel mehr getan. Er hatte meine Hand gehalten, mir seine Jacke angeboten, weil mir kalt gewesen war, und er hatte mit mir geredet. Stundenlang. Es war perfekt gewesen.

»Hier ist die Haarfarbe falsch.« Josh hatte eine der wenigen Skizzen aufgeschlagen, die coloriert waren.

»Ist sie nicht.« Wir waren beide zu sehen, nebeneinander in

Joshs Bett. Nur unsere Köpfe lugten unter der Decke hervor. Der Fernseher auf der gegenüberliegenden Seite des Zimmers zeigte den Schriftzug *Das Schweigen der Lämmer.* Josh hatte sich in sein Schicksal ergeben und den Film mir zuliebe angesehen. Doch besonders weit waren wir nicht gekommen. An diesem Abend hatten wir das erste Mal Sex. Die Zeichnung bildete uns kurz danach ab. In meiner Gedankenblase war lediglich ein kleines rotes Herz zu sehen. Ein simples Symbol für ein so viel komplexeres Gefühl. Damals hatte ich gedacht, dass uns nichts und niemand trennen konnte.

»Doch, die Haarfarbe ist falsch.« Er holte sein Handy aus der Tasche und beleuchtete mit dem Display das Notizbuch. »Hier sind deine Haare rot, aber an dem Abend waren sie noch pink.«

»Das stimmt nicht. Ich hatte sie eine Woche vorher rot gefärbt.«

Er presste die Lippen fest aufeinander und schüttelte vehement den Kopf. »Ich kann mich an jede Sekunde dieses Abends erinnern. Deine Haare waren da noch pink. Ganz sicher.«

Wenn er darauf bestand, würde ich ihm nicht widersprechen. Dieses Detail war wohl auch eher unwichtig. Es war die Botschaft, die ich vermitteln wollte. Ob sie bei ihm ankam, wusste ich jedoch nicht, und das machte mir furchtbare Angst. Josh ließ sich nicht in die Karten gucken. Zum ersten Mal. Es gelang mir sonst immer, ihn wie ein offenes Buch zu lesen. Doch hier und jetzt war ich so damit beschäftigt, nicht vor Anspannung durchzudrehen, dass ich nicht einschätzen konnte, was in ihm vorging.

Ein paar Seiten weiter hielt er bei einem Bild von uns beiden auf dem Campus inne. Es zeigte unsere erste Begegnung, nachdem er mich verlassen hatte. Wir waren fast übereinander gestolpert. Natürlich hatte ich gewusst, dass Josh mittlerweile auch an der *Ohio State* studierte. Er spielte schließlich Football und war einer der Stars der Mannschaft. Jeder kannte seinen Namen, ob man den Sport mochte oder nicht. An diesem Frühlingstag war er mir aus heiterem Himmel über den Weg gelaufen. Völlig unvorbereitet hatte ich ihn einfach nur angestarrt.

Viel zu lange, um verbergen zu können, wie geschockt ich war.

»Hast du dir damals wirklich gewünscht, mich niemals wiederzusehen?«

Genau das prangte in schwarzen Buchstaben auf weißem Papier – *Ich hoffe, er läuft mir nie wieder über den Weg.*

»Ja, habe ich.« Wie sollte ich ihm erklären, was diese Begegnung nach all der Zeit in mir ausgelöst hatte? »Es war einfach zu viel.«

Josh drehte sich ein wenig nach links, um mich ansehen zu können. »Hast du mich so sehr gehasst?« Die Schuldgefühle waren ihm ins Gesicht geschrieben. Sie sorgten für tiefe Falten auf seiner Stirn. Seine Lippen waren so schmal wie ein Strich, weil er sie fest aufeinanderpresste.

»Ich habe zu viel gefühlt.« Erschöpft von der ganzen Situation, rieb ich mir mit den Händen über die Augen. »Zwei Jahre lang habe ich versucht, dich zu vergessen, und mir dabei eingebildet, dass ich damit erfolgreich wäre. Dann habe ich dich gesehen und alles war wieder da. Jede Erinnerung, jedes Gefühl. Alles.«

»Verstehe. Und das wolltest du nicht.«

»Nein, das wollte ich nicht.« Ich griff nach seiner Hand, die das Notizbuch eisern festhielt. Sanft strich ich über jeden einzelnen Finger. Unter meinen Berührungen entspannte er sich langsam. »Zu dem Zeitpunkt bin ich davon ausgegangen, dass du eine Familie hast, vielleicht sogar verheiratet bist. Da hatten meine Gefühle für dich keinen Platz.«

Schweigend blätterte er weiter. Ein paar Seiten später hielt er inne und betrachtete die Skizze lange Augenblicke. »Du warst bei einem Spiel?«

»Hm.« Nicht mein stolzester Moment. Auf der Zeichnung saß ich neben Grace und Ben im Stadion bei einem Heimspiel der *Bucks.* »Grace hat mich gezwungen.«

War Josh eben noch angespannt gewesen, zierte jetzt ein sehr breites Grinsen sein Gesicht. »Sicher? Da steht, dass du mich heiß findest.«

Genau das war die Unterschrift des Bildes. *Warum finde ich dumme Kuh ihn immer noch so heiß? Arghs, er ist vollkommen verschwitzt. Ich möchte ihm die Klamotten vom Leib reißen und mit ihm duschen.* »Dürfte dich nicht überraschen, dass ich das denke.«

»Trotzdem höre ich es manchmal gern.«

»Als ob dir das deine Groupies nicht oft genug gesagt haben.« Bei den Spielen hatten die weiblichen Zuschauer meist nur Joshs oder Noahs Namen gebrüllt. Das war unter anderem ein Grund dafür gewesen, warum ich damals nur einen einzigen Ausflug zu einem Spiel ins Stadion gemacht hatte.

»Vielleicht ist es dir nicht aufgefallen, aber deren Meinung ist mir herzlich egal, wenn es nicht um meine sportliche Leistung geht.« Seelenruhig ging er das Buch weiter durch, während ich mit jeder Minute nervöser wurde. »Welcher Abend war das?«

Ich warf einen kurzen Blick auf das Bild. »Nach der Party, als du mit mir nach Hause gekommen bist.« Der Abend vor einigen Monaten, an dem ich ihn nach dem Sex hinausgeworfen hatte. Mit wenigen Strichen hatte ich mich selbst auf meinem Bett liegend gezeichnet. Über mir eine schwarze Gedankenblase, die nur ein einziges Wort enthielt: *Fuck!*

»Fuck?« Josh betrachtete mich mit hochgezogener Augenbraue. »Beschreibt das die vorangegangene Tätigkeit oder deine Haltung zu der ganzen Sache?«

»Was glaubst du denn?« Manchmal war er einfach unmöglich, und genau dafür liebte ich ihn. Er hatte die Gabe, mich selbst in der angespanntesten Situation zum Lachen zu bringen.

»Ich habe es übrigens nicht bereut.« Er sprach so leise, dass ich ihn kaum verstand, während er eine neue Seite aufschlug. »Nichts davon.«

»Ich auch nicht.« Josh schnaubte bei meinen Worten ungläubig. »Doch. Glaub mir, ich wollte es bereuen. Alles. Aber ich konnte nicht. Und genau das drückt dieses *Fuck* aus.«

»Du hast mich rausgeworfen.«

»Ja, und dennoch wäre ich dir am liebsten sofort hinterhergelaufen, um dich zurückzuholen.« Ein Gedanke, den ich mir damals nicht erlaubt hatte, der jetzt jedoch schrecklich offensichtlich war.

»Hätte ich nichts gegen gehabt.«

»Nicht?« Mein Herz schlug mir bis zum Hals.

»Ach, Em.« Josh lehnte sich ein Stück zu mir herüber, bis unsere Lippen nur noch wenige Zentimeter trennten. »Ich wollte jedes Mal bleiben.«

Das war der Moment. Jetzt würde er mich küssen. Jetzt oder nie. Sein Atem tanzte lange Sekunden über meine Haut, bevor er sich räusperte und sein Blick wieder auf das Notizbuch fiel. »War das hier der Abend, an dem du mir die Regeln vorgeschlagen hast?«

Ich brauchte einen Moment, um mich davon zu erholen, dass Josh mich entgegen meiner Hoffnung nicht geküsst hatte. Er hatte die Zeichnung aufgeschlagen, die uns beide vor der Bar zeigte. Über meinem Kopf war der Schriftzug *Bitte brich alle Regeln mit mir* gemalt. »Ja.« Ich nickte kurz. Wie dumm ich doch gewesen war. »War nicht meine klügste Idee.«

»Du wolltest dich schützen. Das verstehe ich.« Seine Worte sagten das eine, seine Augen etwas völlig anderes. Auch damit hatte ich ihn verletzt. Genauso wie ich es in den letzten Monaten unzählige Male getan hatte.

»Es tut mir leid, ich ...«

»Em.« Josh griff nach meiner Hand und drückte sie leicht. »Ich verstehe das. Wirklich. Auch wenn ich es bereue, können wir nicht wegdiskutieren, dass ich dich verlassen habe.«

»Ich kann es dir aber auch nicht ewig vorhalten.« Eine Erkenntnis, zu der ich erst sehr spät gelangt war. Möglicherweise zu spät.

Als hätte er meine Worte nicht gehört, schlug er die nächste Seite auf. Sie zeigte uns an seinem letzten Abend in Ohio in der Sushi-Bar. Wir hatten uns den Rücken zugedreht und richteten unsere Klamotten, nachdem wir im *Buddha's Kitchen* Sex gehabt hatten. Über meinem Kopf standen in riesigen, roten Buchstaben zwei Worte: *Geh nicht.* »Warum hast du nicht mit mir gesprochen?«

Weil ich ein elender Feigling war. »Wärst du für mich in Ohio geblieben?«

»Nein.« Josh schüttelte sanft den Kopf. »Wäre ich nicht.«

Es kostete mich all meine verbliebene Selbstbeherrschung, ihm nicht zu zeigen, was gerade in mir vorhing. Natürlich hätte ich niemals verlangt, dass er für mich seinen Traum aufgab, doch dass er es nicht einmal ...

»Aber ich hätte Himmel und Hölle in Bewegung gesetzt, um dich davon zu überzeugen, mit mir zu kommen.« Dieses Mal überwand er den letzten Abstand zwischen uns und lehnte seine Stirn gegen meine. »Du erinnerst dich daran, was ich gesagt habe, oder?«

»Woran genau? Du redest so viel. Wenn du müde bist. Oder hungrig. Oder schlecht gelaunt. Eigentlich redest du ständig.«

Sein Lachen hallte durch die Nacht und erfüllte mich mit einer Zuversicht, die ich bis zu diesem Moment nicht gehabt hatte. Vielleicht gab es für uns doch noch ein Happy End. »Ich habe dir gesagt, dass ich dich liebe. Auch wenn ich gerade nicht mehr weiß, warum ich das tue.«

»Ach, das.« Äußerlich war ich völlig ruhig, doch in mir tobte ein Wirbelsturm. »Muss ich vergessen haben.«

»Das ist legitim, schließlich haben wir uns lange nicht gesehen. Aber vielleicht kann ich dich in Zukunft regelmäßig daran erinnern.« Er rückte ein Stück von mir ab und hielt mir das Notizbuch hin. »Letzte Seite, und ich entschuldige mich direkt dafür. Ich bin einfach nicht gut darin und es musste schnell gehen.«

Eigentlich sollten wir uns längst küssen und nicht mehr über das dumme Notizbuch sprechen. Josh sah mich auffordernd an, und ich tat, worum er mich gebeten hatte. Als ich die fürchterlich hässliche Skizze sah, die er gemalt hatte, schlug ich mir die Hand vor den Mund, um ein Schluchzen zu unterdrücken. Sie zeigte uns, nebeneinander auf dieser Treppe. Über seinem Kopf war eine Gedankenblase zu sehen. Die Botschaft war simpel und doch alles, was ich mir gewünscht hatte. *Lilly und ich suchen noch eine Mitbewohnerin. Was hältst du von einem Studium in Philadelphia?* »Meinst du das ernst?« Die Frage war aus mir herausgeplatzt, bevor ich darüber nachdenken konnte.

»Ja, Em. Ich meine das todernst.« Er zog einen Kugelschreiber aus seiner Jackentasche und drückte ihn mir in die Hand. »Deine Antwort steht noch aus.«

Über meinem Kopf hatte er ebenfalls eine Gedankenblase gemalt. Krumm und schief und wunderbar. Ohne zu zögern schrieb ich mit zitternden Händen nur ein einziges Wort. *Ja!*

Dann endlich küsste er mich. So stürmisch und wild, dass ich meine Hände in seinem Nacken verschränkte, um nicht das Gleichgewicht zu verlieren. Mein Enthusiasmus stand seinem in nichts nach. Ohne meine Lippen von seinen zu lösen, kletterte ich auf seinen Schoß und küsste ihn so lange, bis wir kurz innehalten mussten, weil uns die Luft ausging.

»Du ziehst wirklich bei uns ein?« Fast ungläubig sah Josh mich aus großen, hoffnungsvollen Augen an.

»Annie übernimmt im nächsten Semester mein Zimmer und ...« Von Joshs Schoß aus war es schwierig, meine Tasche zu erreichen, doch mit seiner Hilfe schaffte ich es doch. »Hier.« Das zerknitterte Stück Papier hätte als Absicherung hergehalten, falls er mir meine Gefühle nicht glaubte.

»Was ist das?«

Lachend gab ich ihm einen flüchtigen Kuss. »Schau nach.«

Er faltete den Brief auseinander, überflog den Inhalt, sah mich an, betrachtete wieder das Papier und wiederholte dieses Hin und Her genau dreimal, bevor ich es ihm aus der Hand nahm und zurück in meine Reisetasche stopfte. »Du hast dich an der *Penn* beworben?«

Er sah so niedlich und verwirrt aus, dass ich mein glückliches Lachen nicht unterdrücken konnte – und auch nicht wollte. Dieser wundervolle, komplizierte, außergewöhnliche Mann gehörte zu mir und ich zu ihm. »Nicht nur beworben. Sie haben mich angenommen. Ab dem nächsten Semester studiere ich in Philadelphia, und da du mir gerade das nette Angebot gemacht hast, bei euch einzuziehen, muss ich mir nicht mal eine Wohngemeinschaft suchen.«

»Du bekommst kein eigenes Zimmer.«

»Was?« Fragend sah ich ihn an. »Ich bekomme kein Zimmer?«

»Nope. Falls auch nur die klitzekleine Chance bestehen sollte, dass wir aneinander vorbeigeredet haben, muss ich klarstellen, dass wir keine WG sein werden.« Der Ausdruck in seinen Augen war ernst. Gern hätte ich ihn von seinen Qualen erlöst, doch ich wollte hören, was er mir zu sagen hatte.

»Was werden wir denn dann sein?«

»Alles, Em. Wir werden alles sein.« Josh zog mich sanft zu sich, doch bevor er mich küssen konnte, legte ich ihm einen Finger auf die Lippen.

Es gab etwas, das ich ihm noch dringend sagen musste. »Ich liebe dich, Josh. So sehr, dass es wehtut.«

»Das habe ich immer gewusst.« Er wirkte so gelöst und glücklich, wie ich ihn seit Jahren nicht gesehen hatte. »Oder warum denkst du, war ich so schrecklich hartnäckig?«

»Ich dachte, das liegt daran, dass du nicht verlieren kannst. Wie Sportler eben so sind.« Um nicht zu kichern, biss ich mir auf die Unterlippe.

»Verlieren ist nicht schön. Da hast du recht.« Josh küsste liebevoll meinen Finger, der noch immer auf seinen Lippen lag. »Und deswegen werde ich alles dafür tun, dass ich *dich* nie wieder verliere.«

»Ich kann genauso hartnäckig sein wie du.«

»Darauf habe ich gehofft.«

Epilog

6 Monate später …

»Dafür wirst du büßen, Em.« Grace murmelte zum wiederholten Mal leise Flüche, während sie mit gerunzelter Stirn und einem sehr unzufriedenen Gesichtsausdruck neben uns saß. »Das verzeihe ich dir nicht so schnell.«

»Bist du jetzt sauer, weil die *Bears* verlieren, oder ist immer noch der Sitzplatz das Problem?« Auch wenn ich wirklich Verständnis für sie haben wollte, war ihr Anblick schrecklich amüsant. »Wie gut, dass du gekommen bist und so Noah nach dem Spiel trösten kannst.«

»Noch ist nichts verloren.« Meine beste Freundin funkelte mich aus blitzenden Augen an.

Wir befanden uns im letzten Quarter des Spiels und die *Eagles* führten mit 38:13. Es müsste schon ein Wunder passieren, damit Joshs Team nicht haushoch gewinnen würde. Das wusste ich. Das wussten die ausgelassenen Zuschauer im Stadion. Und Grace wusste es auch. »Auch wenn du gerade nicht dafür empfänglich bist – ich bin froh, dass du hier bist.« Sanft stupste ich sie mit dem Ellenbogen an. Wir sahen uns zum ersten Mal seit meinem Umzug vor zwei Monaten, und ich hatte sie schrecklich vermisst.

»Und weil du dich freust, zwingst du mich dazu, in meinem *Bears*-Trikot zwischen den *Eagles*-Fans zu sitzen?« Sie hatte eine Augenbraue nach oben gezogen und richtete sich grummelnd ihre Brille.

Ihr weißes Trikot der *Chicago Bears* stach zwischen all den grünen Jerseys der *Philadelphia Eagles* deutlich hervor. Natürlich trug sie Noahs Namen und Rückennummer. Davon hatte sie sich auch nicht abbringen lassen, als ich ihr gebeichtet hatte, dass sich unsere Plätze mitten im Fanblock der *Eagles* und nicht im neutralen Block befanden. »Das war nicht meine Idee. Da musst du dich bei Josh beschweren.« Immerhin hatte er uns die Karten besorgt.

Grace schnaubte leise. »Das habt ihr doch gemeinsam ausgeheckt.«

»Niemals.« Gespielt empört sah ich sie an. »Wie kannst du uns so etwas zutrauen? Es waren die einzigen Sitze, die noch zu kriegen waren.«

Meine schauspielerische Einlage brachte mir ein theatralisches Augenrollen ein. »Ihr seid beide so schlechte Lügner, dass es echt jämmerlich ist.«

»Du bist nur sauer, weil die *Eagles* Noah fertig machen.« Natürlich freute ich mich nicht grundsätzlich darüber, wenn Noahs Team verlor. Doch wenn er gegen Josh spielte, war es eindeutig, wem meine Loyalität galt. Die Uhr zeigte nur noch wenige Sekunden an, bevor das Spiel zu Ende sein würde. Mittlerweile stand es 44:15.

»Gewinnt Daddy?« Lilly kletterte auf ihren Sitz, um besser sehen zu können. Mit den kleinen grünen Pompons in ihren Händen sah sie hinreißend aus. Sie reckte ihre Arme in die Luft und wedelte so wild hin und her, dass ich sie festhalten musste.

»Oh ja, dein Dad gewinnt.« Wir trugen beide ein Trikot der *Eagles* mit Joshs Rückennummer. Hatte ich früher seine Spiele immer nur heimlich verfolgt, konnte ich jetzt ganz offen dazu stehen, dass ich Football mochte und er für immer mein liebster Spieler sein würde. Meiner und Lillys. Die Kleine war zum ersten Mal live im Stadion dabei. All unsere Sorgen, dass sie sich nach kurzer Zeit langweilen würde, waren unbegründet gewesen. Sie aß Hotdogs und Popcorn, quietschte vor Vergnügen, wenn die Spieler auf dem Feld zu Boden gingen, und wedelte immer dann mit ihren kleinen Pompons, wenn sie glaubte, Josh auf dem Feld erkannt zu haben.

Wir hatten nicht nur Tickets für das Spiel, wir besaßen auch VIP-Zugänge für das ganze Gelände. Mit den Plastikkarten, die an grünen Bändern um unsere Hälse hingen, kamen wir überall hin. Fast überall. In den Katakomben des Stadions warteten wir in einem Aufenthaltsraum, bis die Spieler umgezogen und geduscht waren. Oft dauerten die Interviews nach den Matches eine kleine Ewigkeit – und so war es auch dieses Mal. Glücklicherweise hatte ich daran gedacht, für Lilly Stifte und ein Malbuch mitzunehmen. Sie saß auf meinem Schoß und zeichnete ein unförmiges Etwas, das ein Pferd darstellen sollte, als die Tür geöffnet wurde und Josh den Raum betrat, dicht gefolgt von Noah. »Daddy.« Schnell wie der Wind hatte sie sich ihre Pompons geschnappt und flog in seine Arme.

Ich blieb auf dem Boden neben Grace sitzen und betrachtete die beiden, wie ich es so oft in den vergangenen Wochen getan hatte. Anfangs hatte ich mich wie ein Eindringling gefühlt. Josh und Lilly waren eine unzertrennliche Einheit. Manchmal verständigten sie sich nur mit Blicken, was mich regelmäßig in den Wahnsinn trieb. Doch ganz schnell war mir klargeworden, dass ich kein Zuschauer dieser Harmonie war. Ich war ein Teil davon. Und diese beiden Menschen, die sich mit voller Hingabe den grünen Kinder-Pompons widmeten, hatten es mir unglaublich leicht gemacht. Als ich mit meinen wenigen Habseligkeiten, verpackt in ein paar Umzugskartons, vor Joshs Tür gestanden hatte, war die alte Unsicherheit für eine Millisekunde zurückgekehrt. Doch sie war in dem Moment verflogen, als Josh mir zeigte, was er aus dem oberen Stockwerk gemacht hatte. Die kompletten Räume waren zu einem großen Studio umgebaut worden. Lichtdurchflutet, geräumig und viel zu extravagant für eine arme Kunststudentin. Es war seine Art, mir zu zeigen, dass er das hier genauso wollte wie ich. Dass er sich sicher war. Zu einhundert Prozent. In einem Anfall von Sentimentalität war ich ihm schluchzend um den Hals gefallen. An meinem ersten Tag in meinem neuen Zuhause hatte ich so sehr geheult, dass sich Josh ernsthafte Sorgen um mich machte. Erst nachdem ich ihm zigmal versichert hatte, dass es gute Tränen waren, schien er einigermaßen beruhigt.

Am nächsten Tag war ich losgezogen und hatte einen kleinen Kinderzeichentisch für Lilly gekauft. Dieser stand jetzt neben meinem vor einem der großen Fenster. Wenn wir wollten, konnten wir gemeinsam zeichnen und malen. Lilly verbrachte so viel Zeit mit mir im dritten Stock, dass sich Josh bereits mehrmals beschwert hatte, uns gar nicht mehr zu Gesicht zu bekommen. Doch das brachte er immer mit solch einem breiten Grinsen vor, dass es offensichtlich war, wie wenig ernst er seinen Protest meinte.

»Lilly sagt, ihr habt die Pompons gemeinsam gebastelt.« Tief in Gedanken versunken, hatte ich die zwei nicht näherkommen hören. Josh trug Lilly auf den Schultern, die bei dieser Erwähnung rhythmisch mit ihren Pompons vor seinem Gesicht hin und her wedelte. Er streckte die Hand nach mir aus und zog mich in einer schwungvollen Bewegung auf die Füße.

»Sollte eine Überraschung für dich sein. Ist sie uns gelungen?«

»Nur deswegen haben wir heute gewonnen.« Er beugte sich nach vorn und gab mir einen Kuss, der viel zu schnell vorbei war. »Wegen der Pompons und weil der Runningback der *Bears* wie ein alter Mann gespielt hat.«

Natürlich war diese Bemerkung an Noah gerichtet, der mit Grace in seinen Armen neben uns stand. »Der Runningback der *Bears* hat mit einem nicht auskurierten Muskelfaserriss gespielt.« Noah bedachte Josh mit einem vernichtenden Blick »Und trotzdem habe ich euch zweimal zehn Yards abgenommen.«

Wenn man die beiden nicht kannte, hätte man ihre Bemerkungen ernst nehmen können. Doch mir war klar, dass sie sich nur aufzogen.

»Ich bringe sie eben ins Bett, okay?« Lilly war im Taxi eingeschlafen und wurde auch nicht wach, als Josh sie vorsichtig die Stufen zu ihrem Zimmer hinauftrug. »Das war alles etwas viel heute.«

Nach dem Spiel waren wir noch mit Noah und Grace essen gegangen, bevor die beiden sich auf den Weg in ihr Hotel gemacht hatten. Es war ein wundervoller Abend gewesen. Den morgigen Tag würden Grace und ich miteinander verbringen, weil Noah mit seinem Team zurück nach Chicago flog. Wie in alten Zeiten hatten wir beschlossen, die Uni zu schwänzen und uns gemeinsam Philadelphia anzusehen.

Nicht nur die kleine Lilly war furchtbar müde. Erschöpft ließ ich mich auf die riesige Couch im Wohnzimmer fallen. Als Josh keine fünf Minuten später zurück war, lief bereits eine Folge von *American Crime Story* über den Bildschirm. Die Serie war meine neueste Entdeckung und auf eine so bizarre Art faszinierend, dass Josh sie natürlich hasste. Zu meiner großen Freude protestierte er jedoch nicht. Stattdessen legte er sich hinter mich und zog mich in seine Arme, bis mein Rücken an seine Brust gepresst war. Wohlig seufzend kuschelte ich mich an ihn. »Das war ein tolles Spiel heute.«

»Hm.« Sein Brummen wurde von meinen Haaren erstickt, in denen er sein Gesicht vergraben hatte.

»Für Noah tut es mir leid.«

»Sechs ihrer Stammspieler sind verletzt. Das war zu erwarten.« Diesem Satz folgte ein zarter Kuss auf meinen Nacken.

Ein Haus, ein Kind, ein gemeinsamer Abend vor dem Fernseher. Wir waren furchtbar spießig, und doch hätte ich die letzten Wochen gegen nichts in der Welt eingetauscht. Ich war genau da, wo ich hingehörte. Bei Josh. Und bei Lilly.

»Du weißt noch, was du mir für einen Touchdown versprochen hast, oder?« Mit einem Mal wirkte er gar nicht mehr so müde. Joshs Hand wanderte bei seinen Worten von meiner Hüfte langsam nach oben.

»Das war ein Witz.« Lachend drehte ich mich um, bis wir uns genau gegenüber lagen. »Selbst für hundert Touchdowns werden wir keine nicht jugendfreien Dinge auf meinem Zeichentisch tun.«

»Wenn wir es ganz genau nehmen, waren das heute sogar zwei Touchdowns.« Er zwinkerte mir zu, was einerseits albern war, andererseits aber auch nach all der Zeit seine Wirkung auf mich nicht verloren hatte. »Das heißt, du musst dein Angebot verdoppeln.«

»Und was schwebt dir da so vor?« Wenn er unbedingt wollte,

würde ich das Spielchen mitmachen.

»Ganz einfach.« Seine Antwort kam, ohne zu zögern. Er musste darüber bereits nachgedacht haben. »Einen Touchdown löse ich ein, den anderen spare ich mir auf. Und solange du mir den noch schuldest, musst du hierbleiben.«

Sein hoffnungsvoller Blick sorgte für ein dumpfes Gefühl in meinem Magen. Es war meine Schuld, dass dieser normalerweise so selbstbewusste Mann in seltenen Momenten seine Unsicherheit zeigte. Zu oft hatte ich ihn von mir gestoßen. »Du wirst mich nicht mehr los.« Selten hatte ich eine Sache so ernst gemeint. »Du bist mein Mensch.« Das war er vor vielen Jahren gewesen und das war er noch heute. Wenn überhaupt, waren meine Gefühle im Laufe der Zeit nur stärker geworden. »Ich liebe dich, Lilly und mein Leben mit euch.« Um meine Worte zu bekräftigen, suchte ich mit meinen Lippen die seinen. Der Kuss war süß, unschuldig und voller Zuversicht. Niemals war ich mir einer Sache so sicher gewesen wie dieser. Und wenn es sein musste, würde ich liebend gern den Rest meines Lebens damit verbringen, Josh davon zu überzeugen, wie ernst ich es meinte. »Wie war das mit dem Zeichentisch? Noch Interesse?«

Kaum hatte ich die Frage ausgesprochen, war er auch schon auf die Füße gesprungen und hatte mich wie einen Kartoffelsack über seine Schulter geschwungen. Meinem leisen Protest schenkte er keinerlei Beachtung, während er mich die Treppen in den dritten Stock hinauftrug.

»Du benimmst dich wie ein Neandertaler.«

»Solange es zum Erfolg führt.« Wir waren fast am Ziel und Josh auf wundersame Weise kein bisschen außer Atem. Es hatte durchaus Vorteile, wenn der Freund Spitzensportler war.

»Ich wäre freiwillig mitgekommen.«

Er hielt mich immer noch in seinem Klammergriff, als er die Tür des Studios leise hinter uns ins Schloss zog. »Es war eine gute Übung.«

»Wofür?«

Sanft setzte er mich vor meinem Zeichentisch ab. »Na ja, eines Tages werde ich dich vielleicht über die Schwelle dieses

Hauses tragen müssen.«

Ich war mir sicher, dass sich die verschiedensten Emotionen im Sekundentakt auf meinem Gesicht abwechselten. Panik. Nervosität. Unsicherheit. Und das Wissen darum, dass Josh recht hatte. Eines Tages würde er das tun.

»Das war nur Spaß, Em.« Er hob abwehrend die Hände. »Mir ist klar, dass wir noch lange nicht so weit sind, aber irgendwann ...«, er zuckte mit den Schultern, »irgendwann werde ich fragen.«

Ich stellte mich auf die Zehenspitzen und legte meine Hände in seinen Nacken. »Wer weiß, vielleicht bin ich ja schneller und frage dich zuerst.«

Danksagung

Mit der Veröffentlichung des zweiten Buches habe ich gelernt, wie wichtig es ist, Menschen zu haben, die einem den Rücken freihalten. Die verstehen, wenn man Termine absagt, weil ein Kapitel unbedingt fertig geschrieben werden will oder das Lektorat auf einen wartet. Menschen, die mit der ganzen Buch-Sache überhaupt nichts am Hut haben, sich aber trotzdem für mich und mit mir freuen. Die so tun, als würden sie mich ernstnehmen, wenn ich von Dialogen spreche, die noch runder werden müssen oder von Konflikten, die ich unbedingt jetzt in diesem Moment noch auflösen muss – bevor ich mich dann an den Schreibtisch verabschiede.

In diesem Sinne: Danke an meine Familie, die mich zwar für merkwürdig hält, mich aber trotzdem zum Glück (noch) nicht ausgesetzt hat.

Keine Danksagung von mir wird vermutlich jemals ohne die Erwähnung meines ärgsten Kritikers und gleichzeitig meiner größten Inspiration auskommen. Danke, dass du immer da bist, wenn ich dich brauche, Becka. Ohne dich kann ich kein Buch schreiben – und will ich kein Buch schreiben. Dir haben die Leser das Ende dieses Romans zu verdanken. Mittlerweile kann ich sogar fast zugeben, dass deine Idee besser war als meine. Fast.

Nina, Caro ... was soll ich sagen? Ohne euch geht's nicht. Manchmal kommt mir unser WhatsApp-Chat mehr wie eine Gruppentherapie vor, aber genau das macht den Charme unserer oft wahnwitzigen Gespräche aus. Wie ich ohne euch (und Alkohol) jemals ein Lektorat überstehen sollte, weiß ich nicht.

Alkohol und Lektorat sind das richtige Stichwort für das nächste riesengroße Dankeschön. Liebe Steffi, ohne dich wäre der Roman nur halb so gut. Du legst den Finger immer sehr zielsicher in meine literarischen Wunden und spürst jede Stelle auf, bei der ich es mir vielleicht zu einfach gemacht habe. Verdammt! Danke für deinen fachlichen Input, aber auch für die lustigen Kommentare, die mich mehr als einmal zum Lachen gebracht haben. Ich hoffe, wir sehen uns bei und mit dem Katzenpyjama wieder.

Danke an das wunderbare Team vom Romance Edition Verlag. Ich arbeite so gern mit euch allen zusammen und fühle mich wunderbar aufgehoben. Mit euch habe ich einen Glücksgriff gemacht.

Liebe Leserin/lieber Leser, ich freue mich, dass du dich entschieden hast, mein zweites Buch zu lesen. Vielen Dank für dein Vertrauen. Ich hoffe, du hattest so viel Spaß beim Lesen wie ich beim Schreiben.

Falls du Lust hast, Hallo zu sagen, findest du mich recht aktiv auf Instagram unter @nadine.wilmschen

Eure Nadine

P.S. Danke an die beste Katze der Welt, weil sie sich nicht jeden Abend (nur jeden zweiten) auf die Tastatur wirft, um mich vom Schreiben abzuhalten.